dtv

Über Triest fegt die Bora nera, ein eiskalter Nordostwind, der die Stadt unter einer dicken Schneedecke begräbt. Das Wetter paßt zur Gemütslage von Kommissar Laurenti, der gerade von seiner Frau verlassen worden ist – sie behauptet, einmal in Ruhe über sich selbst nachdenken zu wollen. Um sich abzulenken, stürzt Laurenti sich in die Arbeit, und davon gibt es genug. Ein Haus fliegt in die Luft, und ein grausamer Mord auf dem Karst wird gemeldet, der möglicherweise in Zusammenhang steht mit einer Schmugglerbande, die ihre Ware nachts auf dem Meer in Empfang nimmt. Werden hier alte Rechnungen aus der Nachkriegszeit blutig beglichen? Ein heikler Fall für Kommissar Laurenti, den Süditaliener, für den das explosive Gemisch aus Slowenen, Kroaten und Italienern, aus eifernden Nationalisten und alten Kommunisten schwer zu durchschauen ist ...

»Proteo Laurenti ist ein leidenschaftlicher Ehemann mit Machoallüren, viel Sinn für gutes Essen und ein scharfsinniger Aufklärer im Kampf gegen das Böse. Mit ›Die Toten vom Karst‹ etabliert sich der Commissario als Serienheld: man möchte noch öfter mit ihm auf Spurensuche gehen.« (Maike Albath in der ›Süddeutschen Zeitung‹)

Veit Heinichen, geboren 1957, arbeitete als Buchhändler und für verschiedene Verlage. 1994 war er Mitbegründer des Berlin Verlags und bis 1999 dessen Geschäftsführer. Er kam 1980 zum ersten Mal nach Triest, wo er heute lebt.

Veit Heinichen

Die Toten vom Karst

Roman

Deutscher Taschenbuch Verlag

Von Veit Heinichen
ist im Deutschen Taschenbuch Verlag erschienen:
Gib jedem seinen eigenen Tod (20516)

Ungekürzte, vom Autor neu durchgesehene Ausgabe
Mai 2003
2. Auflage September 2003
Deutscher Taschenbuch Verlag GmbH & Co. KG,
München
www.dtv.de

Umschlagkonzept: Balk & Brumshagen
Umschlaggestaltung: Catherine Collin
unter Verwendung einer Fotografie
von © IFA-Bilderteam/DIAF
Satz: Fotosatz Reinhard Amann, Aichstetten
Gesetzt aus der Apollo 11/12· (QuarkXPress)
Druck und Bindung: Druckerei C. H. Beck, Nördlingen
Gedruckt auf säurefreiem, chlorfrei gebleichtem Papier
Printed in Germany · ISBN 3-423-20620-9

Non gridate piú

Cessate d'uccidere i morti,
Non gridate piú, non gridate
Se li volete ancora udire,
Se sperate di non perire.

Hanno l'impercettibile sussurro,
Non fanno piú rumore
Del crescere dell'erba,
Lieta dove non passa l'uomo.

Schreit nicht mehr

Hört auf, die Toten zu töten,
Schreit nicht mehr, schreit nicht,
Wenn ihr sie noch hören wollt,
Wenn ihr hofft, nicht zu verderben.

Sie haben das unmerkbare Flüstern,
Sie machen nicht mehr Lärm
Als das Wachsen des Grases,
Froh, wo kein Mensch geht.

Giuseppe Ungaretti

Ein tiefgrauer Tag

Proteo Laurenti raste vor Wut, Eifersucht und Verzweiflung. Er hatte sich die ganze Nacht unruhig im Bett hin und her gewälzt, geschwitzt und gefroren und kaum geschlafen. Ihm war speiübel.

Es war der 19. November, ein Sonntag, und das Tageslicht konnte sich kaum gegen die schwarzen Sturmwolken durchsetzen. Die Bora nera fegte seit gestern abend über die Stadt und riß alles mit sich, was nicht fest verankert war. Fensterläden klapperten, und immer wieder hörte man einen Knall von Blumentöpfen oder anderen Gegenständen, die auf die Straße oder die enggeparkten Autos krachten. Vom Hafen her kam das einzig versöhnliche Geräusch: der Wind schien Harfe zu spielen auf den Wanten und Stegen der Segelboote.

Laura hatte ihm gestern abend eröffnet, daß es einen anderen Mann in ihrem Leben gebe. Sie wisse nicht, ob sie ihn liebe. Sie brauche Zeit, um dies zu überprüfen, und wolle in aller Ruhe und allein darüber nachdenken. Proteo Laurenti mußte sie beinahe zu diesem Geständnis zwingen. Seit Wochen hatte er ihr Vorhaltungen gemacht, daß sich etwas verändert habe zwischen ihnen. Sie hatte es lange abgestritten. Bis gestern abend. Es sei Pietro, erzählte sie, der Versicherungsvertreter. Er habe sich vor einiger Zeit in sie verliebt, und sie genieße seine Aufmerksamkeit. Nein, geschlafen habe sie nicht mit ihm. Sie werde für ein paar Tage wegfahren, um mit sich ins Reine zu kommen.

Laura hatte die Nacht in Patrizia Isabellas Zimmer verbracht. Er hörte sie schon vor sieben Uhr im Bad, danach ihre Schritte in der Küche. Er stand auf, hoffte, sie doch noch umstimmen zu können, und fand sie schon im Mantel, vor gepackten Taschen im Flur, die Schlüssel in der Hand. Sie verabschiedete sich mit einem flüchtigen Kuß und entschlüpfte ihm, als er sie unsicher zu umarmen versuchte. Dann fiel die Tür hinter Laura ins Schloß, und Proteo stürzte verzweifelt zurück ins Schlafzimmer, vergrub sich unter der Decke und drosch mit aller Kraft auf die Kissen ein, bis sich die graue Müdigkeit, die ihm von der Nacht geblieben war, wieder über ihn schob und er in einen unruhigen, bleiernen Schlaf fiel.

Um neun Uhr war Laurenti klapprig auf den Beinen und irrte durch die Wohnung. Er hatte weder Lust, Kaffee zu machen, noch Musik zu hören oder zu lesen, wie er es Sonntag morgens gerne tat, wenn der Rest der Familie noch schlief. Schließlich ging er in Marcos Zimmer. Sein Sohn öffnete schlaftrunken die Augen.

»Was ist los, Papà?«

»Ich wollte dir sagen, daß Laura für einige Zeit weggefahren ist. Wir haben gewaltige Probleme, und sie will darüber nachdenken.«

»Was?« Marco schoß empor.

»Sie hat eine Geschichte mit einem anderen Mann.« Proteo lehnte sich an den Türrahmen. »Sie will allein sein, um sich über ihre Gefühle klar zu werden. Vielleicht wird ja alles wieder gut«, sagte er kleinlaut.

»Mit wem?« fragte Marco.

»Mit Pietro, dem Versicherungsvertreter.«

»Das darf nicht wahr sein! Mit diesem Langweiler?« Marco war entsetzt. »Ist sie mit ihm weggefahren?«

»Nein! Angeblich nicht. Sie wollte nach San Daniele zur Großmutter. Ob sie ihn trifft, weiß ich nicht. Aber ich gehe davon aus.«

»Ich ruf sie an!«

»Nein, Marco, laß sie. Sie wird sich selbst melden. Ich glaube, sie braucht erst mal Ruhe.«

»Warum hat sie nicht mit mir gesprochen?«

»Wir sind um ein Uhr schlafen gegangen. Du warst wie üblich noch nicht zu Hause, und um sieben Uhr ist sie schon losgefahren.«

»Sie hätte mich wecken müssen!« Marco warf die Bettdecke zurück und stand kopfschüttelnd auf. »Ich versteh das nicht! Warum bloß?«

»Das frage ich mich auch.«

Marco schlurfte in die Küche, stellte fest, daß kein Frühstück auf dem Tisch stand, wie sonst am Sonntagmorgen, suchte die Espressokanne und setzte Kaffee auf. »Ich dachte, Pietro ist verheiratet?«

»Deine Mutter auch!«

»Seit wann geht das schon?«

»Keine Ahnung! Seit dem Sommer vielleicht.« Er zuckte die Achseln und setzte sich an den Küchentisch, als Marco den Kaffee brachte. Während draußen der Sturm ungebrochen tobte, unterhielten sich Vater und Sohn noch eine halbe Stunde über die ernsten Dinge des Lebens. Dann beschloß Laurenti, trotz des Unwetters einen Spaziergang zu machen. Er wollte Zeitungen kaufen und sich ins »Caffè San Marco« setzen. Er hoffte, sich so etwas zerstreuen zu können. Vielleicht fiel ihm ein Weg ein, Laura zur Rückkehr zu bewegen.

Es hatte wieder zu schneien begonnen, und die patschnassen Schneeflocken wurden von der Bora fast waagerecht durch die Straßen gepeitscht. Wenige Autos fuhren im Schrittempo vorbei. Nach den Spuren auf dem Gehweg zu schließen, hatte sich bis jetzt kaum ein Fußgänger hinausgewagt. Drei Häuser weiter stand die Feuerwehr. Ein Mann versuchte auf der zum vierten Stock ausgefahrenen, schwankenden Drehleiter einen nur noch an einem Haken schaukelnden Fensterladen abzunehmen, bevor der Wind ihn auf die Straße schleuderte. Laurenti schlug den Kragen hoch, wechselte die Straßenseite und ging nahe an den Hauswänden entlang. Die Naturgewalten, die ihm ins Gesicht peitschten, taten ihm gut, auch wenn sie ihn nicht von seinem Kummer ablenken konnten. Er kam an den geschlossenen Rolläden der Galerie seiner Freunde vorbei, mit denen er jetzt gerne gesprochen hätte. Ihre Anteilnahme hätte ihn getröstet. Doch am Sonntagmorgen war mit ihnen nicht zu rechnen. Wahrscheinlich lagen sie noch mit Barney, dem kleinen Terrier, im Bett.

Die Nässe drang durch die Ledersohlen seiner Halbschuhe. Kurz vor dem Zeitungsladen kam ihm ein anderer Mann entgegen, die Schultern hochgezogen und den Schal fast bis unter die Augen gewickelt. Sie begrüßten sich mit einem Kopfnicken, und Laurenti ging als erster hinein. Die Verkäuferin trug Wollhandschuhe, die ihre Fingerspitzen frei ließen, und eine dicke Lammfell-Jacke. Der kleine Gasofen war zu schwach, den Laden ausreichend zu beheizen.

»Was für ein herrlicher Tag«, begrüßte sie Laurenti.

»Das kannst du laut sagen!«

»Wie lange das wohl dauern mag?«

»Die Voraussagen geben nicht viel Grund zur Hoffnung.«

»Fast wie im Winter 1984/85«, sagte der andere Mann. »Damals war am Molo Audace sogar das Meer zugefroren.«

»Gib mir bitte den ›Piccolo‹, den ›Corriere‹ und ›Il Sole 24 Ore‹.« Laurenti war nicht zum Plaudern aufgelegt. Obwohl er seit über fünfundzwanzig Jahren in Triest lebte, konnte er sich noch immer nicht daran gewöhnen, daß die Stadt tagein tagaus das zentrale Gesprächsthema für ihre Bewohner blieb, über das sie sich unermüdlich und endlos wiederholend unterhalten konnten. Wer erinnerte sich schon an einen Winter vor sechzehn Jahren?

Die Verkäuferin legte die Zeitungen aufeinander. »Fünftausendzweihundert.«

Er warf das Geld auf den Tisch, dann fiel sein Blick auf

das Zigarettenregal hinter ihr. »Und eine Schachtel Marlboro und ein Feuerzeug, ein rotes, Gianna!«

»Was? Du rauchst doch gar nicht, Proteo!«

»Für alle Fälle.«

»Fünfzwei und sechsacht ... genau zwölftausend.« Sie schüttelte den Kopf und sparte sich den Kommentar, schließlich lebte sie davon, das Zeug zu verkaufen.

Er zog ein paar weitere Geldscheine und Münzen heraus, klemmte die Zeitungen unter den Arm, steckte Zigaretten und Feuerzeug in die Jackentasche, schlug den Kragen wieder hoch und ging zur Tür.

»Hoffen wir, daß es bald vorbei ist. Buona giornata!«

»Gleichfalls, Proteo, und grüß Laura von mir!«

»Mach ich«, brummte er und zog die Tür auf. Eine heftige Bö schlug in den Laden und blätterte aufgeregt die Titelseiten einiger Zeitschriften um. Laurenti zog die Tür kräftig hinter sich zu und machte sich auf den Weg. Er kämpfte sich gegen die Bora durch die graue Stadt, die an diesem Morgen nicht zu erwachen schien.

Fünfzehn Minuten später saß er im »Caffè San Marco«, dem alten, denkmalgeschützten Kaffeehaus auf der Rückseite der Synagoge. Es war das einzige aus jener großen Zeit der Stadt, das unverändert erhalten geblieben war, und man hatte immer den Eindruck, daß jeden Moment einer der famosen Dichter von einst eintreten könnte. Die Kellner wunderten sich, den Polizisten am Sonntagvormittag hier zu sehen. Er saß sonst nur unter der Woche in der Mittagspause am stets gleichen Tisch und las. Und heute hatte er sich nicht einmal rasiert.

Die letzten Wochen waren hart gewesen. Der Staatsanwalt hatte eine Aktion gegen die illegalen Chinesen in Triest von langer Hand vorbereitet. Unzählige und endlose Koordinationssitzungen gingen der Razzia im ganzen Stadtgebiet voraus. Der Untersuchungsrichter gab am Ende grünes Licht, und vergangenen Freitag hatten sie zugeschlagen: Sechzig Streifenwagen und dreihundert Mann Besatzung von der Polizia Statale und der Guardia di Finanza durchsuchten gleichzeitig dreizehn Geschäfte, neun Restaurants und siebenundzwanzig Wohnungen. Es war die große, seit langem erwartete Aktion gegen die Chinesen, die, vorwiegend über Belgrad kommend, die Stadt seit einem Jahr überrannten. Sie hatten einen Laden nach dem anderen eröffnet, viele Immobilien zu kraß überhöhten Preisen gekauft und grundsätzlich bar bezahlt. Man erzählte sich auch die Geschichte von den sechs Lieferwagen, die einer von ihnen in einem Autohaus gekauft und die Scheine auf den Tisch geblättert hatte, als bezahle er ein Pfund Tomaten. Die halbe Stadt vermutete, daß das Geld kaum aus legalen Quellen stammte.

Die Ausbeute der Durchsuchung war beträchtlich: Gefälschte Dokumente, gefälschte Markenware, illegale Einwanderung, Schwarzarbeit und Glückspiel, Erpressung und Geldwäsche, mehr als nur ein Mordverdacht. Der Einsatz hatte Spuren hinterlassen: Im Borgo Teresiano baumelten die ausgeschalteten roten Lampions triste vor zahlreichen geschlossenen Geschäften. Unterlagen waren zentnerweise beschlagnahmt worden und mußten noch ausgewertet werden. Und ein großer Schatten war auch auf jene Chinesen gefallen, die seit langem in der Stadt lebten und mit den kriminellen Machenschaften nichts zu tun hatten.

Ein paar Studenten belegten die anderen Tische, blätterten in ihren Büchern und machten Notizen oder unterhielten sich. Laurentis Lieblingsplatz war noch frei. Er warf die Zeitungen auf den Tisch, legte die Jacke ab, rieb sich die Hände, fuhr sich durch das schneenasse Haar und setzte sich.

Der Caffelatte wärmte ihn schnell auf, er bestellte einen zweiten und einen frisch gepreßten Pampelmusensaft. Dann vertiefte er sich in den ›Piccolo‹.

Die örtliche Tageszeitung titelte mit großen Lettern schon auf der ersten Seite, daß die Bora diesmal Eis und Schnee mitbringen würde. Die Meldung war Schnee von gestern. Auch der Rest war nicht aufregend, und Laurenti war viel zu unruhig, um sich auf einen Artikel zu konzentrieren, der länger als zehn Zeilen war. Erst beim Horoskop blieb sein Auge hängen. Widdern versprach es einen harmonischen Tag mit Überraschungen in der Liebe, und den Zwillingen, Laura also, eine aufregende und romantische Reise mit neuen Horizonten. Laurenti verschwammen für einen Augenblick die Buchstaben vor den Augen, dann schüttelte er heftig den Kopf, als könnte er sich dadurch wieder in die Gegenwart zwingen.

Warum mußte das ihm passieren, ihm, einem Mann von 47 Jahren, der von sich immer behauptet hatte, eine glückliche Ehe zu führen. Wer war denn dieser Pietro, dieser Versicherungsagent und Biedermann, der mit der Alleanza Nazionale sympathisierte, einen weißen Volvo fuhr und in einem Häuschen oben in Opicina wohnte. Verdammt! Wieder spürte Laurenti dieses Unwohlsein, dieses verfluchte Magengrimmen, mit dem er schon den ganzen Morgen kämpfte. Er wühlte in der Jackentasche und riß die Zigarettenschachtel auf. Zum ersten Mal seit dreiundzwanzig Jahren steckte er sich wieder eine Marlboro an. Er sog zweimal tief den Rauch ein, hustete, und dann wurde ihm schwindlig.

Die Toilette erreichte er gerade noch rechtzeitig. Er würgte das wenige, das er im Magen hatte, in die nicht eben saubere Kloschüssel und versuchte möglichst nicht genau hinzuschauen. Dann ging er zum Waschbecken, wusch sich Hände und Gesicht, spülte den Mund und tat sich so unendlich leid, als er seine traurigen Augen im Spiegel sah, daß er grinsen mußte. Doch der kleine Funken Hoffnung, der durch sein Selbstmitleid hindurch aufglimmte, war sogleich wieder erloschen.

Als er zurück zu seinem Tisch ging, schaute er stur geradeaus, so blieben ihm wenigstens die fragenden Blicke der Kellner erspart. Er bestellte ein Glas Wasser und schwarzen Tee, griff wieder zur Zeitung und las in den Lokalnachrichten weiter. Jetzt fühlte er sich ruhiger und konzentrierter.

Spannungen an der Foiba von Basovizza – Ein Priester (im langen schwarzen Hemd) segnet das Mahnmal. An diesem Artikel blieb Laurenti hängen. Er wußte nicht viel über die »Foibe«, er stammte schließlich aus dem Süden des Landes. Und weder Politik noch Medien hatten dieses finstere Kapitel der Geschichte über Jahrzehnte vertrauenswürdig behandelt. Nichts außer widersprüchlichen Aussagen – je nachdem, ob die Behauptungen von links oder rechts kamen, von Extremisten oder Bürgerlichen, von Nationalisten, Faschisten oder Kommunisten, von jenseits der Grenze oder aus Italien. Der alte Doktor Galvano aus der Gerichtsmedizin hatte ihm einmal erzählt, wie er als junger Arzt all die Leichen anschauen mußte, die man umständlich aus den Foibe geborgen hatte, den Spalten, die bis zu dreihundert Meter tief in das poröse Karstgestein abfallen. Schon Faschisten, Gestapo und SS, Partisanen und später vor allem die Soldaten der Tito-Armee hatten auf brutalste Art und Weise ihre Opfer dort hinabbefördert – von den Leichen des Ersten Weltkriegs und den normalen Mordfällen ganz abgesehen.

Gestern, so berichtete der Artikel, f*and sich eine Gruppe slowenischer Aktivisten unter Leitung eines Historikprofessors an der Foiba von Basovizza ein. Sie wollten durch eine kleine Öffnung am Rande der mächtigen Steinplatte, mit der man den Abgrund einst verschlossen hatte, eine Sonde hinablassen. Der Professor forderte die Öffnung und die genaue*

Untersuchung des 240 Meter tiefen Schlunds. ›Es handelt sich hier um nichts anderes als eine Verteufelung der Slawen. Der Abgrund ist leer!‹ behauptete einer derAktivisten.

Zur gleichen Zeit hatte sich, kaum sechs Meter entfernt, eine Gruppe militanter italienischer Faschisten aufgebaut. Sie wurden begleitet von dem italienischen Priester einer französischen Bruderschaft, der angeblich auf Weisung des Bischofs Lefèbvre geschickt worden war. Sie entrollten die Fahne der ›Repubblica sociale‹ mit dem Adlerkopf und dem ›Fascio‹, den Emblemen der Faschisten, und der Priester redete mit provozierend lauter Stimme: ›Wir fordern Respekt vor den Opfern der Foibe! Es ist ein Zeichen göttlicher Vorsehung, daß wir rechtzeitig hierher gekommen sind, da versucht wird, die Erinnerung an unsere Toten in den Dreck zu ziehen.‹ Dann öffnete er seine Bibel und sprach ein kurzes Gebet, breitete die Arme aus und gab den Segen. Die anderen bekreuzigten sich. Währenddessen unterhielt sich der Professor mit den anwesenden Carabinieri, die ihn daran hinderten, die Sonde hinabzulassen, und die Journalisten vom slowenischen Fernsehen versuchten, die Rechtsextremisten zu interviewen. Aber auch sie kamen nicht weiter, weil keiner den Mut hatte, sich vor laufender Kamera zu äußern. Die Faschisten zogen schließlich ab. Doch als der Geistliche in seinen Wagen stieg, wendete er sich noch einmal um, deutete auf seinen Talar und sagte: ›Dies ist ein schwarzes Hemd, das lediglich ein bißchen zu lang geraten ist.‹ Der slowenisch-nationalistische Historiker setzte indessen unbeirrt seinen Vortrag fort. Wenig später kam eine Gruppe älterer Radfahrer hinzu, die seine Thesen hörten und sogleich eine lautstarke Diskussion mit den slawischen Aktivisten begannen, der es von beiden Seiten an Härte nicht fehlte: Gesetze zur Unterdrückung der slowenischen Minderheit, Rassenpolitik der Faschisten, Tito-kommunistische Folterknechte, Staatspräsidenten, die am Mahnmal niederknieten, Reparationsforderungen, Verantwortung der Regierenden gegenüber den Opfern der Foiba von Baso-

vizza und aller Foibe in Italien und Istrien. Die Beamten der Antiterroreinheit mußten auch während dieser Begegnung nicht einschreiten.

»Triest ist ein Irrenhaus!« brummte Laurenti und schüttelte den Kopf. Irgendwann einmal würde er sich doch intensiver mit dem Phänomen der Foibe beschäftigen müssen. Er wollte sich ein paar Bücher besorgen und jemanden in der Stadt auftreiben, der unpolemisch mit der Sache umging und die Hintergründe aufhellen konnte. Er schob das düstere Thema schon lange vor sich her, wie die meisten Triestiner, die einen großen Bogen um die schwarzen Abgründe machten.

Laurenti legte die Zeitung beiseite, winkte dem Kellner und zahlte. Er wollte sehen, ob er den alten Galvano erwischte. An einem Sonntag wie diesem, da sich wegen der durch die Straßen pfeifenden Bora kaum jemand hinaustraute, würde er wohl zu Hause sitzen und für einen Besuch sogar dankbar sein. Doktor Galvano hatte damals nach seiner Pensionierung das Gerichtsmedizinische Institut einfach nicht verlassen und mußte daraufhin wieder vereidigt werden, damit seine Gutachten anerkannt wurden. Galvano sollte ihm von den Foibe erzählen, und außerdem hoffte Laurenti insgeheim, auch über seinen Kummer sprechen zu können. Die Ansichten des alten Mannes und seine Einstellung zum Leben hatte er immer geschätzt. Vielleicht könnte er ihn zu einem Mittagessen überreden. Laurenti spürte wieder seinen Magen. Huhn mit Reis bei einem der Chinesen, die von der Razzia verschont geblieben waren, würden ihm sicher guttun.

Der Schnee fegte immer dichter durch die Straßen, die Temperatur mußte deutlich unter dem Gefrierpunkt liegen. Laurenti hatte den Kragen soweit es ging hochgeschlagen und die Hände tief in den Jackentaschen vergraben. Hätte er bloß Schal und Handschuhe mitgenommen! Vor zwei Tagen waren die Leute mittags noch in den Straßencafés gesessen, und jetzt so was! Laura hätte ihn mit Sicherheit nicht so leicht bekleidet aus dem Haus gehen lassen. Wo mochte Laura jetzt sein? Die Fahrt nach San Daniele war sicher kein Vergnügen, aber sie hatte es so gewollt. Ob er sie anrufen sollte? Besser nicht. Sollte sie schmoren! Mit einem Versicherungsvertreter! Das konnte doch alles nicht wahr sein!

Kurz vor dem Kommissariat in der Via del Coroneo sah er einc Gestalt durch den Schneefall auf sich zukommen und erkannte erst, als sie nur noch wenige Schritte trennten, daß es Antonio Sgubin war, der Beamte, mit dem er seit Jahren eng zusammenarbeitete. Seit dem letzten großen Fall, bei dem es um den Mord an dem Mädchenhändler Kopfersberg ging, waren sie per Du. Laurenti hatte es ihm damals in einem Moment angeboten, in dem er im Kreuzfeuer der Kritik stand. Aber er mußte es nicht bereuen. Sgubin blieb unverändert korrekt und zuverlässig.

»Was machst denn du hier?« fragte er.

»Letzte Nacht gabs 'ne Messerstecherei mit einem Toten. Ich wollte den Bericht schreiben und noch ein paar Zeugen vernehmen.«

»Komm, laß uns reingehen. Wo war das?«

»In einer Bar auf dem Viale XX Settembre. ›Bellavia‹.«

Sie hatten sich den Schnee abgeklopft, die Jacken aufgeknöpft und gingen die Treppe zur dritten Etage hoch. Laurentis Schuhe und Strümpfe waren durchnäßt, und er beneidete Sgubin in seiner winterfesten Kleidung.

»Da, wo die jungen Rechten saufen und der Transsexuelle bedient?« fragte er. Wieder solch eine absurde Geschichte, die Laurenti sich in keiner anderen Stadt als Triest vorstellen konnte. Er kannte die Bar nur aus den Erzählungen seiner Kollegen. Zwanzigjährige Rechtsradikale, teils mit kahlgeschorenen Köpfen, teils mit fettigem Haar und Springerstiefeln, gröhlten dort am Tresen Lieder auf den Duce und den Abessinien-Feldzug und bestellten eimerweise Bier bei Flavio/Angiolina, einem etwa fünfundvierzigjährigen Transsexuellen. Wenn sie über einen Funken Verstand verfügten, dann müßten sie doch bemerken, daß eine solche Existenz nicht in ihr Weltbild paßte. Sie nannten ihn weiter Flavio, obgleich der Busen längst drall und ansehnlich aus der Bluse quoll. Jeder wußte, daß für Flavio/Angiolina die Hauptoperation noch ausstand. Sie machte keinen Hehl daraus und zeigte dem besoffenen Publikum zu vorgerückter Stunde gelegentlich ihren schönen Arsch im Tangaslip.

»Ja, genau da!« bestätigte Sgubin. »Wir sind auch schon fast Stammgäste geworden. Immer das gleiche: Zuerst saufen sie wie die Stiere, und dann schlagen sie sich grundlos die Köpfe ein. Aber gestern hat es einen der Anführer erwischt. Einer, den er den ganzen Abend drangsaliert hatte, rammte ihm, als er es nicht mehr länger ertragen konnte, ein Messer in die Kehle. Der Laden schwamm im Blut, es schoß ihm wie eine Fontäne aus dem Hals. Er war ziemlich schnell hinüber. Als der Rest der Meute das begriffen hatte, haben sie den Kleinen beinahe gelyncht. Flavio hatte uns aber schon verständigt. Wir konnten ihn gerade noch retten. Der Kleine liegt jetzt auf der Intensivstation, mit einem Wachtposten vor der Tür.«

Laurenti stand am Fenster seines Büros und schaute auf das Schneetreiben. Die Bora hatte von einer der Platanen vor dem Gebäude einen dicken Ast abgerissen, der jetzt ein Auto dekorierte.

»Das Gesicht will ich sehen, wenn der seinen Wagen sucht.«

»Scheißwetter«, sagte Sgubin, der neben ihm stand.

»Genau wie im Winter 1984/85. Hoffen wir, daß es diesmal nicht so lange dauert.«

Sgubin schaute ihn überrascht an. »Winter 85?«

»Damals gefror sogar das Wasser im Hafen. Erinnerst du dich nicht?«

»Doch, doch. Aber es überrascht mich, daß du so etwas weißt.«

»Wieso nicht?« fragte Laurenti gereizt, obwohl er nur das wiederholte, was er im Zeitungsladen gehört hatte. »Wen willst du eigentlich vernehmen? Gibt es Zweifel in dem Fall?«

»Nein, nichts. Nur der Vollständigkeit halber, zwei Typen, die dabeistanden und nicht zu den Faschisten gehören. Ich wollte die Sache aus deren Perspektive hören, vielleicht erfährt man so ein bißchen mehr über die ›Bellavia‹.«

»Mir ist es lieber, wenn sie sich dort abstechen und die Stadt ansonsten in Ruhe lassen.«

»Und die Hakenkreuzschmierereien? Das Viertel sieht wirklich zum Kotzen aus. Ich finde, die Stadtverwaltung sollte mehr dagegen unternehmen. Man könnte doch ein paar Arbeitslose anstellen, die den Dreck übermalen. Was soll man denn sonst mit den Arbeitslosen . . .«

»Sgubin«, unterbrach ihn Laurenti. »Jetzt redest du wie die! Außerdem sitzen die Faschisten dick im Stadtrat, auch wenn sie sich einen anderen Anstrich geben.«

»Trotzdem, man schämt sich doch, wenn man die Dinger sieht. Ich glaube, die Burschen würden schnell die Energie verlieren, wenn man ein bißchen hinterher wäre.«

»Wenn du willst, komme ich mit«, sagte Laurenti. »Hören wir uns mal an, weshalb da Leute hingehen, die angeblich nichts mit der Szene zu tun haben. Schau dir das an!« Er zeigte auf die Straße hinunter, wo eine Sturmbö einen randvollen Müllcontainer vor sich her trieb, bis er in die Fahrertür eines geparkten Autos krachte.

»Verdammt!« fluchte Sgubin. »Mein Wagen steht direkt dahinter.«

Sie fuhren nicht weit. Der Schnee fiel immer dichter, und die Räder der wenigen Autos, die unterwegs waren, drehten auf dem steilen Anstieg der Via Rossetti durch. Sgubin schimpfte vor sich hin, fuhr die gesperrte Viale XX Settembre hinunter und schaffte es unten beim Cinema Excelsior kaum, den Wagen zum Stehen zu bringen. Sie versuchten es über die schmale Parallelstraße, die etwas sanfter in die Gegenrichtung anstieg, aber auch dort war nach hundert Metern nichts mehr zu machen. Vor ihnen standen die Autos bewegungslos und mit qualmendem Auspuff, und hinter ihnen versperrten zwei weitere Fahrzeuge den Rückweg. Zu Fuß wären sie schneller gewesen. Sgubin setzte den Wagen schräg in eine enge Einfahrt. »Egal«, sagte er, »ich glaube kaum, daß da in der nächsten Stunde einer rausfährt.« Mit vorsichtigen Schritten eierten sie auf dem Gehweg durch eine Gasse, wo noch keine einzige Fußspur im Schnee zu sehen war, bis zur Via Stuparich. Das Haus hatten sie bald gefunden. Es war ein fünfstöckiges Gebäude aus Fertigbauteilen, vor dessen kleinen Balkonen rote Eisengeländer montiert waren. Das Haus aus den sechziger Jahren war auffallend schmal geraten. Neben dem Eingang befand sich eine kleine Bar, die sonntags geschlossen war, daneben eine Lotto-Annahmestelle und ein Friseurgeschäft. Im ersten Stock waren die Rolläden heruntergelassen.

»Ein Grieche«, sagte Sgubin und klingelte. »Perikles Ritsos. Siebenundfünfzig Jahre alt. Wohnt allein.«

Nach einiger Zeit, während der sie unter dem schmalen Dachvorsprung Schutz vor dem Schneefall suchten, summte der Türöffner. Der Eingang war mit häßlichen Steinplatten ausgekleidet, einen Aufzug gab es nicht. Rechts führte eine enge Treppe hinauf. In diesem Haus schien man an allem gespart zu haben. Die Steinstufen waren wie Glatteis unter ihren nassen Schuhsohlen. Im ersten Stock schlug ihnen muffiger Geruch entgegen, und Laurenti warf einen Blick auf das Klingelschild: »Marasi«. Eine Etage höher las er diesen Namen nochmals. Sie mußten bis in den fünften Stock hinaufsteigen, wo sie ein sehr magerer, rothaariger Mann im Trainingsanzug und mit gerötetem Gesicht vor der einzigen Tür der Etage erwartete.

»Sie wünschen?«

»Polizia di Stato«, antwortete Sgubin. »Es geht um die Sache letzte Nacht in der Bar ›Bellavia‹. Sie waren Zeuge, und wir haben ein paar Fragen. Das ist Commissario Laurenti.« Er deutete auf seinen Chef, der wie ein Assistent hinter ihm stand, geistesabwesend und zerstreut. »Können wir reinkommen? Es dauert nicht lange.«

Ritsos drehte sich halb in der Tür um und rief ein paar englische Worte in die Wohnung.

»Come in«, hörten sie eine fiepsige Frauenstimme antworten. »I'm going to the bathroom.«

»Sie müssen entschuldigen«, sagte Ritsos zu den Beamten. »Die Wohnung ist sehr klein.« Er ging voraus durch einen schmalen Flur, in dem billige Drucke alter Segel- und Dampfschiffe in einfachen Wechselrahmen hingen. Dann öffnete er eine hell furnierte, schmutzige Tür und stand bereits mitten in seinem kleinen Wohnzimmer. Es roch durchdringend nach Katzenpisse. Auch hier hingen Schiffsbilder an der Wand und einige Fotografien von ihm und anderen Personen, meist mit halbvollen Gläsern in der Hand. Zwei graue Katzen verzogen sich in eine Ecke, als sie eintraten. Ritsos nahm eine schwarze Damenstrumpfhose, die malerisch eine riesige rote Spitzenunterhose umschlang, vom Sofa, knüllte sie zusammen und warf sie in Richtung der Tiere, die aber ungerührt und mit mißtrauischem Blick sitzen blieben.

»Nehmen Sie Platz!« Ritsos wies auf das Sofa, zog einen Stuhl aus einer Ecke herbei und setzte sich ihnen gegenüber vor einen überdimensionierten Fernsehapparat, auf dessen Schirm ein bunter Zeichentrickfilm flimmerte. Der Ton war abgeschaltet.

»Scheußliche Sache gestern abend«, sagte Ritsos.

»Sind Sie öfter im ›Bellavia‹?« fragte Sgubin.

»Manchmal. Unregelmäßig.«

»Was zieht Sie an der Bar so an?«

»Sie ist nah, und sie hat vierundzwanzig Stunden am Tag geöffnet.«

»Kennen Sie andere Gäste?«

»Wenige. Ein paar schon. Aber nicht gut.«

»Wie würden Sie jemandem, der die Bar nicht kennt, die Gäste dort beschreiben?«

»Verrückte, Einsame, Trinker, Nachtschwärmer, junge Faschisten, Intellektuelle. Nichts Besonderes.«

»Es gibt dort ständig Schlägereien, Signor Ritsos. Haben Sie keine Angst?«

»Ach was, das machen die Jungs unter sich aus. Das sind keine schlechten Kerle. Sie tun den anderen Gästen nichts. Sie bekämpfen die Langeweile halt auf ihre Weise. Politische Wirrköpfe. Das legt sich mit dem Alter.«

»Was sind Sie von Beruf?« fragte Laurenti dazwischen. Bisher hatte nur Sgubin gesprochen.

»Ingenieur. Schiffsbauingenieur, genauer gesagt. Ich arbeite in Monfalcone bei Fincantieri.« Das war eine der großen Werften, wo Kreuzfahrtschiffe gebaut wurden, angeblich die größten, die es gab, wenn man dem ›Piccolo‹ glauben durfte. Jeder neueingegangene Auftrag und jeder Stapellauf wurde mit ganzseitigen Berichten bejubelt.

»Sie sind Grieche?«

»Ja.«

»Seit wann leben Sie in Triest?«

»Seit fünfundzwanzig Jahren. Ich bin damals mit einem Handelsschiff gekommen und habe meine erste Frau hier kennengelernt. So bin ich hier hängengeblieben. Man lebt gut in Triest, wenn nicht gerade Bora nera ist.« Alle drei blickten wie zur Bestätigung zum Fenster.

»Können Sie uns erzählen, was gestern abend geschah?« Sgubin nahm sein Verhör wieder auf.

»Ehrlich gesagt, habe ich nicht viel davon mitgekriegt. Keine Ahnung, wie das anfing. Die Bar war gedrängt voll. Wie üblich sangen sie zwischendurch ihre Lieder und tranken darauf. Dann war wieder Ruhe. Plötzlich, so kurz nach ein Uhr, begann ein Riesengeschrei. Das Blut spritzte bis zu uns herüber. Und dann kam ja schon die Polizei. Mehr habe ich nicht gesehen, ich stand Gott sei Dank nicht daneben.«

»Sie haben also nichts gesehen?«

»Nein. Wir standen weiter hinten. Und es war zu laut, um irgend etwas zu hören.«

»Wir?«

»Ja, meine Verlobte und ich.«

»Kennen Sie einen von den Kerlen?« fragte Sgubin.

»Von denen? Nein. Nur vom Sehen.«

»Und Sie selbst sind nie angerempelt worden?«

»Nein. Das sind einfach gelangweilte Jungs, die nichts zu tun haben.«

»Gelangweilt und gefährlich, nicht nur wenn sie besoffen sind. Sie vertreten extreme politische Positionen. Und Sie als Ausländer, Signor Ritsos . . .«

Der Grieche winkte ab, noch bevor Sgubin den Satz beenden konnte. »Die interessieren sich nicht für Politik. Und sie sind auch keine üblen Kerle. Die haben nur was gegen Ausländer, die hier abzocken wollen. Gegen mich haben die nichts!«

Die Tür ging auf, und eine kleine, unglaublich dicke Frau von etwa Mitte Vierzig kam in einem geblümten Morgenmantel herein, der bei jedem Blick zu zerreißen drohte.

»Who are these men, Perikles?« fragte sie mit Quietschstimme.

»Policemen, darling. Asking about last night. We have seen nothing, haven't we?«

»I don't think so!« Die Dicke schüttelte den Kopf. Sie zog den Bademantel noch enger zusammen, hob ihre Strumpfhose auf und schlug mit ihr nach den Katzen. Dann ließ sie ein meckerndes Kichern hören und ging durch die andere Tür hinaus. Laurenti wunderte sich, daß sie durchkam, ohne den Türrahmen zu streifen.

»Meine ›fidanzata‹«, erklärte Ritsos. »Sie ist Australierin. Arbeitet im Konsulat.«

»Wir wollen nicht weiter stören, Signor Ritsos.« Laurenti war schon aufgestanden. Hier war seiner Meinung nach nichts zu erfahren, was sie weiter bringen konnte. »Wenn wir noch Fragen haben, melden wir uns.« Er wollte lieber hinaus in den Schnee, als noch länger in dieser Tristesse zu verweilen.

Sgubin dagegen erhob sich widerwillig. Er hätte gerne noch ein paar Fragen gestellt, folgte aber mißmutig seinem Chef.

»Tut mir leid, Sgubin«, sagte Laurenti im Treppenhaus, nachdem die Wohnungstür hinter ihnen ins Schloß gedrückt wurde, »aber dieser Gestank von Katzenpisse war nicht mehr auszuhalten. Der hält die Faschisten für gute Kerle, die Jugendsünden begehen. Vielleicht ist er selbst einer.«

Im Hinuntergehen fiel Laurenti wieder auf, daß auch die anderen Etagen jeweils nur eine Tür hatten. Schwachsinnige Architektur, und im ganzen Haus ein übler Geruch. Laurenti hielt die Luft an, bis er draußen war.

»Ich fahre Richtung Universität. Der andere Zeuge wohnt in der Via Fabio Severo. Kommst du mit?« fragte Sgubin.

Laurenti schüttelte den Kopf. Er war alles andere als in Form. »Besser nicht. Und vergiß nicht, es ist Sonntag. Arbeite nicht den ganzen Nachmittag!«

Sgubin war erleichtert. Es war nicht gerade angenehm, einen mißmutigen Chef neben sich zu haben. Was mochte ihm über die Leber gelaufen sein?

Sie verabschiedeten sich, und Laurenti ging Richtung Via Carducci. Der Weg nach Hause. Aber was sollte er da? Und was sollte er woanders, fragte er sich. Hatte Laura angerufen? Oder würde sie anrufen? Sollte er mit seiner Schwiegermutter sprechen? Vielleicht hätte die alte Signora Tauris die Macht, ihre Tochter zur Vernunft zu bringen. Die alte Dame verfügte noch immer über einen sehr klaren, pragmatischen Verstand und hielt nichts von solchen Mätzchen in der Ehe. Man konnte sich jedenfalls kaum vorstellen, daß ihr Mann sie je betrogen hatte, und umgekehrt schon gar nicht.

Laurenti merkte, daß er mit sich selbst sprach. Wenigstens war niemand auf der Straße, der ihn hören konnte. Eine eisige Bö schlug ihm hart ins Gesicht. Er vergrub die Hände tief in den Jackentaschen. Ich selber, dachte er, werde mich in keine andere Frau mehr verlieben können.

*

Auf dem Karst bei Contovello tobte die Bora nera noch heftiger und erreichte Spitzen von hundertsiebzig. Das kleine Dorf, hoch oben über der Stadt, schien wie ausgestorben. Der Schnee lag knöchelhoch, und in den engen Gäßchen hing trotz der Böen der Geruch der Holzfeuer, die in den Kaminen loderten. Die kleinen Häuser waren so eng aneinandergepreßt, als suchten sie Schutz vor einem gemeinsamen Feind, und manche Ziegeldächer waren zur Sicherheit mit schweren Steinen beschwert. Eine vermummte Gestalt kämpfte sich gegen den Wind die kleine Straße am Friedhof vorbei, der neben den alten Burgfundamenten lag. Sie wollte ins Dorf. Im Schutz eines Torbogens zündete sie sich eine Zigarette an, dann ging sie mit stapfendem Schritt weiter. Weiter unten, auf dem Platz vor der Kirche, hielt sie einen Augenblick inne und beobachtete eines der neueren Häuser des Dorfes, das etwas unterhalb direkt über dem Abhang stand. Bevor es erbaut wurde, hatte man vom Kirchplatz noch freie Aussicht auf den Golf von Triest. Nichts regte sich. Die Gestalt schaute sich um, zog noch einmal an der Zigarette, warf die Kippe in den Schnee und stieg dann die Treppe hinab. Sie zog einen schweren, in dickes, braunes Packpapier gehüllten Gegenstand aus einer Plastiktüte und schob ihn rasch durch das Katzenloch in der Haustür, das mit einer Kokosmatte verhängt war. Dann richtete sie sich schnell wieder auf, zog die schwere Jacke am Hals zusammen und nahm eilenden Schrittes und mit hochgezogenen Schultern den Weg um die Kirche herum, der zur Strada del Friuli führte. Es war kurz vor sechzehn Uhr und wegen des Sturms schon fast dunkel. Die vermummte Gestalt verließ die Straße nach Triest nach der Haarnadelkurve und nahm einen der alten Fischerpfade zum Meer hinunter, der sich zwischen den brachliegenden, terrassierten Feldern schlängelte. Es war alles andere als leicht. Die wild wuchernde Vegetation hatte schnell das Terrain zurückerobert, als die Bauern vor Jahren die Bewirtschaftung der Terrassen aufgaben. Brombeergestrüpp, Wildkirschen und die wuchernden Glyzinien mit ihren zähen Fangarmen versperrten immer wieder den rutschigen alten Pfad. Erst nach einer halben Stunde kam die vermutlich einzige Person, die an diesem Tag draußen mehr als die nötigsten Schritte gemacht hatte, wieder zurück auf die Uferstraße und wischte den Schnee von den Scheiben des Wagens, der nahe der Abzweigung zum Castello Miramare geparkt war. Kein anderes Auto war auf der Straße zu sehen, kein Mensch konnte sie gesehen haben. Das war sicher. Sie zog die Mütze vom Kopf, knöpfte die Jacke auf und stieg ein.

*

Proteo Laurenti verbrachte den Nachmittag vor dem Fernseher und schaltete wahllos zwischen den Kanälen hin und her. Alles erinnerte ihn an Laura. Mal war es eine Landschaftsaufnahme aus Sizilien, wo sie ihren letzten glücklichen Urlaub verbrachten und antike Steinsplitter vom Hera-Tempel in Selinunt mitgehen ließen, die jetzt in einer Glasvase lagen, neben anderen Steinen von anderen Reisen. Dann war es die Haarsträhne einer Schauspielerin oder das Dekolleté der Ansagerin. Er überlegte, wie lange sie nicht mehr miteinander geschlafen hatten. Es mußten vier Monate sein. Stets hatte sie einen Weg gefunden, sich zu entziehen. So lange also mußte die Geschichte mit Pietro schon dauern! Proteo versuchte sich zu erinnern, was damals geschehen war, doch außer aufblitzenden Fragmenten, die kein ganzes Bild ergaben, brachte er nichts zusammen. Damals, als Laura übers Wochenende allein zu Freunden nach Sorrent gefahren war, war sie, wie er glaubte, verändert zurückgekommen. War sie vielleicht gar nicht allein gefahren, wie sie behauptete? Er tobte, sprach mit sich selbst, fluchte, und einmal schrie er so laut auf, daß Marco aus seinem Zimmer kam und fragte, ob etwas passiert sei. Doch als sein Vater mit entrücktem Blick abwinkte, verzog er sich wieder. Proteo zappte weiter. Schon zweimal war er in die Küche gegangen und hatte sich eine Flasche Bier geholt. Er fühlte sich erschöpft und unkonzentriert, an Lesen war nicht zu denken. Er legte sich aufs Sofa, stellte den Ton leiser, schloß die Augen und versank in einen leichten Schlummer.

Laura? Als das Telefon klingelte, räusperte sich Proteo kräftig, damit man seiner Stimme nicht anmerkte, daß er geschlafen hatte. Trotzdem würde Laura es beim ersten Ton erkennen, das wußte er.

»Commissario?« fragte die unbekannte Stimme am anderen Ende.

»Am Apparat.«

»Hören Sie, Sie bekommen Arbeit! Es ist gleich soweit.«

Laurenti schaute auf die Uhr: zwanzig nach vier. »Wer sind Sie? Sprechen Sie bitte lauter!«

Es war eine verstellte Männerstimme. Bariton, dachte Laurenti, per Mobiltelefon und mit zugehaltener Sprechmuschel.

»Ich kann Sie kaum verstehen! Was ist passiert?«

»Fahren Sie nach Contovello. Wenn Sie sich beeilen, sind Sie vor den anderen dort. Sie finden es von allein.« Die Leitung wurde unterbrochen.

Laurenti saß vornübergebeugt auf dem Sofa und schaute ratlos auf den Hörer in seiner Hand. Nein, der würde nicht noch einmal anrufen. Aber warum sollte ausgerechnet er jetzt aufstehen und tun, was der Mann gesagt hatte? Es wäre ohnehin unmöglich, mit seinem Auto die steile Straße den Karst hinaufzukommen. Und ob ein Jeep der Fahrbereitschaft es ohne Schneeketten schaffte, war fraglich genug. Laurenti rief die Dienststelle in Opicina an und bat den wachhabenden Beamten, zur Überprüfung einen Wagen ins nahegelegene Contovello zu schicken. Von da oben aus hätten sie es leichter, und wahrscheinlich war es ohnehin nur ein dummer Scherz gewesen. Wahrscheinlich war es sogar jemand aus Contovello selbst, der sich vom warmen Wohnzimmer aus daran freute, die Beamten ratlos durch den Schnee stapfen zu sehen. Er kannte keinen in dem Dorf, den er hätte anrufen können. Also sollten die Kollegen aus Opicina nachsehen, dem verfluchten Kaff, in dem auch Pietro, der Versicherungsvertreter, wohnte. Wenn ihn die Bora doch weggeblasen hätte!

Laurenti legte sich wieder aufs Sofa, zog sich eine Wolldecke bis unter die Achseln, nahm einen langen Schluck lauwarmes Bier aus der Flasche und schaltete wieder durch die Fernsehprogramme. Für einen Augenblick hatte er Laura vergessen. Er fühlte sich besser. Arbeit gibt Halt, auch wenn man sie nicht erledigt.

Im Sportkanal wurde Skispringen übertragen, aus Österreich. Eine lächerliche Sportart, die ihn noch nie interessiert hatte. Er glotzte auf die Sprünge, die alle gleich zu sein schienen und denen jede Sensation fehlte. Alle kamen heil herunter. Er fand diese Männer lächerlich. In ihren glatten Lackanzügen glichen sie fliegenden, orangefarbenen Würsten, wie man sie in Deutschland aß. Es war gerade recht, nur Eiskunstlauf war langweiliger. Und schon war Proteo Laurenti wieder eingeschlafen.

*

»Nein, Nicoletta, wir fahren nicht! Keiner läuft aus bei diesem Sturm.« Ugo Marasis Füße steckten in abgenutzten, graubraun karierten Pantoffeln. Der alte Fischer stand in seinem Wohnzimmer und starrte zum Fenster hinaus.

»Verflucht! Ich habe es mir schon gedacht. Aber sie warten auf die Lieferung. Wir sind ohnehin zu spät.« Der Fischladen machte Nicoletta keine Sorgen. Der Montag würde sowieso flau. Wer ging schon hinaus bei diesem Wetter? Aber ihre Geschäftspartner, für die sie die illegalen Transporte der anderen Ware übers Meer nach Triest organisierte, interessierten sich nicht besonders für die Schwierigkeiten der Lieferanten.

»Nichts zu machen! Keinen Hund jagt man heute raus. Du weißt, wie hart das ist! Wir können nur hoffen, daß der Sturm sich bald legt. Aber vor Dienstag rechne ich nicht damit.«

»Papà, wenn es dann nicht klappt, gibt es ernste Probleme. Wir müssen! Ich habe es versprochen, und Gubian wartet nur auf meinen Anruf.«

»Unten in Istrien ist die Bora schwächer, das weiß auch Gubian. Wenn sie hier siebzig Knoten hat, sind das bei Cittanova gerade noch dreißig. Gubian hat gut reden. Aber auch für ihn wäre es schwierig!«

»Dann also morgen. Sie warten. Ich rufe ihn an. Ihr trefft euch um Mitternacht an der üblichen Stelle.«

»Unmöglich, Nicoletta. Wenn der Sturm so bleibt, fahren wir auch morgen nicht. Kein normaler Mensch fährt bei diesem Wetter raus, heute nicht, morgen nicht und so wie es aussieht, nicht einmal am Dienstag.«

»Du bist der einzige, bei dem sich keiner wundert, Papà. Wenn ich nicht liefere, drehen die mir den Hals um. Ich bitte dich, laß mich nicht im Stich! Ich stimme alles für Dienstag früh ab. Die Geschäfte sind leer, wir werden die einzigen sein, die Fisch haben. Der Kühlwagen kommt um fünf Uhr am Mittwoch morgen.«

»Verdammt, weißt du eigentlich, wie alt ich bin? Nein, und nochmals nein! Nimm den Landweg!«

»Die Grenzübergänge sind zu unsicher. Die kontrollieren zu viel. Du bist jung, Papà! Du bist immer bei jedem Wetter ausgelaufen. Dein Boot ist gut und die Crew ist die beste von allen. Ich bitte dich, fahr!«

Ugo Marasi hatte seiner Tochter in den letzten 34 Jahren noch nie einen Wunsch abgeschlagen. Sie kam sehr nach ihm, weniger nach ihrer Mutter. Stur wie ein Ochse, spärlich im Umgang mit Worten, eine harte Arbeiterin, die keine Pausen kannte und deren finsterer Blick genügte, um die Angestellten auf Trab zu halten. Dabei bezahlte sie schlecht. Und auch in der Statur kam sie nach dem Vater: breitschultrig, Arme wie ein Ringer, kurzer Hals, auf dem ein trotziger, fast quadratischer Schädel saß. Sie war verbissen und undurchschaubar, aber eine gute Geschäftsfrau, die erreichte, was sie sich vornahm. Mit ihr zu verhandeln führte zur Niederlage. Es machte ihr auch nichts aus, schwerste Kisten mit Fisch und Eis herumzuwuchten, wenn sie der Meinung war, ihre Angestellten arbeiteten nicht schnell genug. Viele fragten sich, was sie eigentlich vom Leben wollte. Am nötigen Kleingeld fehlte es ihr nicht, mit Mann und Kindern konnte sie sich niemand vorstellen.

Im Sommer machte sie für drei Wochen den Laden zu und verschwand. Niemand wußte, wo sie Urlaub machte. Sie kam genauso blaß zurück, wie sie weggefahren war, lediglich die dunklen Ringe unter den Augen verschwanden. Strandurlaub machte sie jedenfalls nie, und irgend jemand sagte einmal, Nicoletta sei eine Fischhändlerin, die das Meer haßte.

Morgens ab fünf Uhr verhandelte sie mit ihrer dunklen und rauhen Stimme mit den Fischern am Molo Venezia und dirigierte die Verladung der Kisten in die Kühlwagen, zeichnete die Wägelisten ab für die Ware, die sie weiterverkaufte an andere Fischgeschäfte und Restaurants in der Region. Danach trank sie, wortlos wie die meisten, einen Kaffee in der Bar »Pescheria« oder dem »Roma« an der Riva Nazario Sauro. Das einzige Thema, für das auch sie sich interessierte, war die drohende Verlagerung des Fischmarkts aus dem Zentrum heraus in die Nähe des Porto Nuovo, gegen die sich die Fischer auflehnten. Aber wenig später stand sie in ihrem Laden und beäugte mißtrauisch, wie die Auslage hergerichtet wurde. Und dann verschwand sie, im dicken Pullover unter der dunkelblauen, gesteppten Weste, die ihre Statur noch mehr der eines Gewichthebers gleichen ließ, in dem unbeheizten Verschlag neben dem Lager, an dessen Eingangstür ein zerfleddertes Pappschild mit der Aufschrift »Ufficio« hing. Ein schäbiger Tisch mit Papierstapeln und einem alten Telefon, ein schwerer Holzstuhl ohne Kissen und ein schiefes Stahlregal waren die einzige Einrichtung in dem Verschlag, zu dem niemand außer ihr Zutritt hatte. Die Bücher führte sie selbst, Buchhaltern und Steuerberatern traute sie nicht über den Weg.

»Nicoletta, ruf deine Partner an und sag ihnen, sie sollen den Wetterbericht anschauen.«

»Das kümmert die nicht. Die wollen die Ware pünktlich haben. Erinnere dich an das letzte Mal. Ich bitte dich, fahr!«

»Vielleicht geschieht ja ein Wunder und die Bora legt sich«, brummte Marasi. »Aber ich glaub's nicht.«

»Danke, Papà.«

Ugo Marasi schüttelte den Kopf, als er den Hörer aufgelegt hatte. Er wußte nur zu gut, daß die Bora nera Tage anhalten konnte, genausogut aber war es möglich, daß morgen schon alles vorbei war. Sie war ein launischer Wind, auch wenn sie in den letzten Jahren nur noch selten ihr bösestes Gesicht zeigte. Marasi stand zwar trotz seiner 74 Jahre noch immer im Ruf, auch dann zu fahren, wenn alle anderen zu Hause vor den Fernsehgeräten die Beine lang machten, aber an diesem Tag kniff selbst er. In der Küche schenkte er sich ein Glas Merlot aus der Korbflasche ein und ging dann zurück zum Telefon und wählte.

»Giuliano, wir fahren spätestens am Dienstag, vielleicht aber auch morgen, wenn es etwas besser wird«, sagte er kurz. »Informiere die anderen.«

»Ja«, antwortete der andere, ohne weiter zu fragen, und hängte ein.

*

Die Räder des Jeeps drehten trotz Allradantrieb durch. Das letzte Stück vor Contovello, unter den senkrecht aufragenden Kalkfelsen, wo die Steigung immer steiler wurde und man wegen zwei enger Kurven die Fahrt vermindern mußte, war ohne Schneeketten nicht mehr zu schaffen. Die beiden Männer stiegen mißmutig aus. Sie mußten im Sturm die Ketten montieren. Laurenti hatte die Kollegen telefonisch angefordert, nachdem die Dienststelle auf dem Karst ihn unterrichtet hatte. Die telefonische Auskunft des Beamten aus Opicina war knapp, er sagte lediglich, daß eine Explosion das Haus Contovello Nummer 525 in Trümmer gelegt habe. Und daß es Tote gab.

Auch Laurenti stieg aus und sagte den beiden Polizisten, daß er die letzten vierhundert Meter zu Fuß gehen wollte. Bevor er aus dem Haus gegangen war, hatte er feste Schuhe mit Gummisohlen angezogen und einen dicken, flauschigen Wollschal seiner Frau um den Hals geschlungen. Er war winterfest – Laura hätte ihm höchstens noch die Handschuhe, die er nicht fand, herausgesucht und einen anderen Schal, der ihn nicht so lächerlich aussehen ließ.

Die Straße war mit Glas- und Holzsplittern übersät. Die Dienstfahrzeuge hatten tiefe Spuren im Schnee hinterlassen, er sah, wie die Blitze der Blaulichter von den hellen Hauswänden in die Nacht zurückgeworfen wurden. Als er das Motorengeräusch des Jeeps näher kommen hörte, war er schon fast am Dorfrand angekommen. Ein Krankenwagen suchte sich langsam und ohne Sirene den Weg durch die Menschenmenge. Er sah bedrückte Gesichter und hörte wenige, nur leise Gespräche meist auf slowenisch, in die sich immer wieder italienische Wörter oder Satzfetzen verirrten. Als Laurenti um Durchlaß bat, wurde er mit skeptischen Blicken betrachtet.

Umberto Marrone, der diensthabende Schichtführer aus Opicina, informierte ihn knapp und präzise. »Die Explosion fand Punkt sechzehn Uhr dreißig statt. Drei Tote: Manlio Gubian, 42, seine Frau Elisabetta, 33, und das Kind von zwei Jahren. Alle drei Bewohner des Hauses Nummer 525. Keine Gasexplosion. Die Spurensicherung ist an der Arbeit, aber es gibt nicht mehr viel zu sichern. Die Streifenbeamten haben die Detonation schon unten auf der Strada del Friuli gehört, gerade als sie den Dienstwagen verließen, um die letzten Meter zu Fuß hinaufzugehen. Der Knall muß wahnsinnig laut gewesen sein, wie sie sagen. Die Jungs haben Glück gehabt, daß sie nicht früher eintrafen. Die Splitter flogen bis zu ihrem Wagen, mehr als zweihundert Meter.«

»Ich spreche später selbst mit ihnen. Haben Sie die Leute schon befragt? Gibt es jemand, der etwas gesehen hat?«

»Bis jetzt niemand.«

Sie waren ein Stück weitergegangen und standen im Licht der Halogenlampen, die auf die Trümmer gerichtet waren und in deren Schein die Schneeflocken tanzten. Laurenti traute seinen Augen nicht. Von dem Haus war nicht mehr viel zu erkennen, und auch die Nachbargebäude waren erheblich beschädigt. Ein breiter Riß zog sich durch die Hauswand zur Linken, die Fensterscheiben waren geborsten und hatten nur schwarze Höhlen hinterlassen. Laurenti sah, wie die Nachbarn im Schein von Taschenlampen in dem Raum hantierten, und hörte Hammerschläge. Die Leute versuchten hastig, die Fenster auf der dem Sturm ausgesetzten Hausseite mit Brettern zu vernageln. Die Elektrizität war im gesamten unteren Dorfteil ausgefallen. Acht Beamte in Overalls suchten in den Trümmern herum. Einer führte einen Schäferhund an der Leine.

»Der Hund?« fragte Laurenti.

»Ist auf Sprengstoff abgerichtet.«

»Wo sind die Toten?«

»Das, was von ihnen übrigblieb, ist auf dem Weg in die Gerichtsmedizin. Sie waren alle im Wohnzimmer.«

»Man muß das Ganze überdachen! Haben Sie das veranlaßt?«

»Die Feuerwehr bereitet alles vor. Aber es ist nicht einfach bei dem Sturm. Sie wollen hier auf dem Platz ein Zelt für die Trümmer aufbauen. Wenn es gelingt, ich meine wegen der Bora.«

»Wer war zuerst da?«

»Der Priester und seine Haushälterin kamen fast zeitgleich mit unserer Patrouille. Sie bereiteten gerade die Abendmesse vor, als das Haus hochging.«

»Wo sind sie jetzt?«

»In der Kirche. Der Priester will in einer halben Stunde eine Messe für die Toten lesen.«

Laurenti schaute auf die Uhr. »Ich will vorher mit ihm reden.«

Sie stiegen über das rotweiße Plastikband, das den Platz absperrte. Der Uniformierte hielt Laurenti das Kirchenportal auf. Die Kirche war beheizt. Laurenti tauchte die Finger in die Weihwasserschale und bekreuzigte sich, was er seit Jahren nicht getan hatte. Er war nicht religiös und antwortete immer nur ausweichend auf die Frage, ob er gläubig sei oder nicht. Der einzige, an den er manchmal glaubte, war der heilige Antonius von Padua, dem er einst, als er Laura zu erobern suchte, aus seinem schmalen Gehalt dreimal 100000 Lire spendiert hatte. Er wischte die Finger an der Hose trocken. Auf der rechten Seite des Kirchenschiffs stand eine hellblaue Prozessionsfahne mit der Darstellung des heiligen Hieronymus, dem Patron von Dalmatien, mit Buch und Löwe, dem er den Dorn aus der Pranke zieht. Laurenti zählte zwei Reihen mit jeweils neun Bänken in dem kleinen Barockkirchlein. Der Priester schaute sie fragend an, bewegte sich aber keinen Schritt vom Altar weg.

»Buona sera«, grüßte Laurenti.

»Dober dan!« entgegnete der Priester mit steinernem Gesicht.

»Verzeihen Sie, Padre. Wir müssen Sie einen Augenblick stören.«

»Mal, kdo pa ste vi?« Keine Mimik bewegte das Gesicht des Pfarrers.

Laurenti verstand kein Wort. Hilflos schaute er Marrone an.

»Er fragte, wer Sie sind«, übersetzte der Uniformierte laut und antwortete auf italienisch. »Commissario Laurenti ist der Leiter der Kriminalpolizei in Triest.«

»Prego?« Das Gesicht des Priesters blieb unbeweglich.

»Man sagte mir, Sie waren als erster zur Stelle«, sagte Laurenti.

»Ja, das ist richtig.«

»Haben Sie jemanden gesehen?«

»Nein. Die Straße war leer.«

»Waren Sie zuvor in der Kirche?«

»Ja.«

»Kennen Sie die Familie?«

»Ich kenne jeden in Contovello.«

»Wer sind die Leute?«

»Die Gubians? Manlio hat ein Feinkostgeschäft in der Stadt. Seine Frau arbeitete mit ihm, bis vor einem Monat. Sie erwartete ihr zweites Kind. In etwa acht Wochen.«

»Gibt es Angehörige?«

»Manlios Vater lebt in Pola. Ich habe ihn angerufen. Er kommt noch heute abend. Elisabettas Eltern sind vor vielen Jahren bei einem Verkehrsunfall ums Leben gekommen.«

»Wo ist das Geschäft?«

»Hinter Sant' Antonio Taumaturgo. Piazza San Giovanni.«

Laurenti kannte es. Er kam fast täglich daran vorbei, wenn er zu Fuß ins Kommissariat ging. Ein guter Laden, teuer, aber einer der wenigen in Triest, wo man wenigstens manchmal französischen Ziegenkäse bekam, den er für sein Leben gerne aß.

»Kamen die Gubians zur Messe?«

Der Pfarrer schien über die Frage zumindest einen Augenblick lang irritiert. »Wir sind eine kleine Gemeinde«, antwortete er. »Jeder im Dorf kommt, wenn auch nicht regelmäßig.«

Laurenti wußte, daß er nicht direkt nach der Beichte fragen durfte. »Wissen Sie von Problemen?«

»Nein.«

»Feinde? Neider?«

»Nein. Die Gubians waren ausgesprochen beliebt. Es ist ein harter Schlag für alle hier. Haben Sie die Gesichter der Menschen auf dem Platz nicht gesehen? Sie sind fassungslos und entsetzt. Ich werde nachher eine Messe für sie lesen. Sie brauchen Zuspruch und Trost, und die Nachbarn, deren Häuser beschädigt wurden, brauchen schnell Hilfe.«

»Politik?«

Der Pfarrer schaute ihn wortlos an.

»Ich meine, war Gubian vielleicht politisch aktiv?«

»Manlio? Nein! Manlio arbeitete Tag und Nacht. Er fuhr morgens sehr früh in die Stadt und kam am Abend selten vor einundzwanzig Uhr nach Hause. Sie haben das Haus erst vor ein paar Jahren gebaut. Es ist noch nicht abbezahlt.«

»Padre, ich möchte Sie darum bitten, daß ich vor der Messe ein paar Worte an die Leute richten darf. Vielleicht hat jemand etwas gesehen. Gestatten Sie mir nur ein paar Sätze vorweg.«

»Wenn es Ihnen hilft, Signore. Aber bitte kurz. Die Menschen brauchen in dieser Stunde den Trost des Wortes Gottes.«

»Erlauben Sie, daß wir die Bürger nach der Messe in Ihrer Kirche anhören?« Laurenti schielte nach der Heizung.

»Ich werde Ihnen einen Raum im Pfarrhaus überlassen. Und jetzt müssen Sie mich bitte entschuldigen.«

Immer mehr Menschen drängten in die Kirche, belegten die Bänke und warteten schweigend. Viele weinten. Der Pfarrer war in die Sakristei gegangen, so daß Laurenti plötzlich allein vor den Stufen zum Altar stand. Umberto Marrone hatte sich offenbar still verdrückt. Als Laurenti aus der Kirche trat und die Hände in die Jackentasche schob, fühlte er das Päckchen Zigaretten. Er drehte sich gegen den Wind und steckte sich eine Marlboro an, warf sie aber schon nach drei Zügen in den Schnee.

Marrone kam mit wichtigem Schritt auf Laurenti zu. »Wir haben einen Zünder gefunden.« Er sprach sehr leise. »Es handelt sich eindeutig um einen Anschlag.«

Laurenti kickte einen Steinsplitter weg. Der Schnee blieb auf seinem Schuh haften. Er war nervös, zornig und empört. »Hier hat jemand eine ganze Familie ausgelöscht. Die Frau war im siebten Monat. Das war niemand aus dem Dorf. Schauen Sie die Häuser an. Alle dicht an dicht gebaut. Nur die hier am Hang stehen ein paar Meter auseinander. Keiner aus Contovello kommt auf eine solche Idee.«

»Das war sorgfältig geplant.«

Sie gingen zurück in die Kirche und zwängten sich durch die Menschen, die eng aneinander gedrängt das kleine Kirchenschiff füllten. Der Pfarrer hob die Hand, und es wurde schlagartig still, nicht einmal das obligate Einräuspern war zu hören. Er sprach ein paar Worte auf Slowenisch, deren Sinn Laurenti nur erahnen konnte. Dann richtete er den Blick auf ihn.

»Dober dan«, mehr Slowenisch, außer »na zdravje«, konnte er nicht. Alle schauten ihn an, wie er mit seinem grellen Schal auf den Altarstufen stand. »Liebe Bürger – wir haben soeben den Beweis dafür gefunden, daß es sich um einen Anschlag handelt. Es war eine Bombe! Die Tat war genau berechnet, und es handelt sich um einen äußerst abgefeimten Täter. Hier wurde planmäßig eine ganze Familie ausgelöscht. Sie, die Bürger von Contovello, sollen wissen, daß die Polizei alles daransetzen wird, den Täter so schnell wie möglich zu finden. Wir haben alle verfügbaren Spezialisten hier, unsere Experten werden schon bald die Bauart des Sprengsatzes kennen. Aber das genügt nicht. Jemand hat die Bombe hergebracht. Heute nachmittag. Sonntags wird keine Post zugestellt, also war der Täter selbst hier. Wegen des Schneefalls gibt es keine Spuren. Kaum jemand war heute auf der Straße. Der Täter hat vermutlich auf einen solchen Tag gewartet. Vielleicht schon sehr lange. Er kennt sich zweifellos gut aus hier oben, im Dorf und in der Umgebung. Er kann nur zu Fuß unterwegs gewesen sein. Wer von Ihnen hat ihn gesehen? Und wann? Wir brauchen Ihre Unterstützung. Irgend jemand von Ihnen hat ihn bestimmt gesehen, wahrscheinlich schon vor Tagen oder Wochen. Nicht erst heute. Er war mit Sicherheit früher schon mehr als einmal im Dorf. Alles ist wichtig, was Ihnen einfällt. Auch wenn Sie der Meinung sind, daß eine Kleinigkeit keine Bedeutung habe – ich bitte Sie, teilen Sie sie uns mit. Die Familie Gubian ist tot! Sie kennen sich hier in Contovello alle sehr gut. Wenn Sie etwas wissen, auch nur etwas vermuten, das die Tat erklären könnte, dann sagen Sie es uns. Wir werden Ihre Hinweise mit Diskretion behandeln. Nach der Messe sind wir im Pfarrhaus, außerdem wird ein fahrendes Kommissariat auf dem Parkplatz installiert, in dem Sie uns in den nächsten Tagen finden. Signori, ich bitte Sie, helfen Sie uns, diese grausame Tat schnell aufzuklären. Signora Gubian hat ihr zweites Kind erwartet.«

Laurenti nickte dem Pfarrer zu und suchte sich behutsam den Weg hinaus. Er sah die stummen Blicke auf sich gerichtet und versuchte, jeden Augenkontakt zu vermeiden. Als er unter der Empore angekommen war, begann die Orgel zu spielen, und die Menschen in den Bänken erhoben sich.

Gegen Mitternacht war er endlich zu Hause. Durchgefroren, hungrig und müde. Die Anhörungen in Contovello hatten zwar nichts gebracht, dafür aber ewig gedauert, und die Sitzung im Kommissariat, bei der sie anschließend den Stand ihrer bisherigen Erkenntnisse zusammentrugen, war auch nicht leicht gewesen. Von Marco, dem er telefonisch mitgeteilt hatte, daß aus dem Abendessen nichts würde, wußte er, daß Laura gut in San Daniele angekommen war.

»Und sonst?« hatte Laurenti gefragt.

»Nichts sonst.«

»Wie lange will sie bleiben?«

»Das hat sie nicht gesagt.«

Offenbar war niemand in der Wohnung. Laurenti hängte Jacke und Schal an die Garderobe, streifte seine Schuhe ab und ging in die Küche. Auf dem großen Küchentisch standen leere Gläser, ein paar ausgetrunkene Bierflaschen und mehrere Pizzaschachteln. Auf einer lag noch eine halbe Margherita, kalt und labbrig. Er riß ein Stück ab und schob es in den Mund. Was für ein Scheißleben, fluchte er. Keine Frau, keine Kinder, keine Liebe und kein richtiges Essen. Und das am Sonntagabend bei dem grausamsten Dreckwetter.

Proteo Laurenti nahm eine Flasche Cabernet aus dem Regal und öffnete sie. Er warf die kalte Pizza auf einen Teller, suchte ein Glas und ging ins Wohnzimmer. Er schaltete den Fernseher ein und ließ sich in einen Sessel fallen. Schnell hatte er einige Gläser Wein getrunken. Er fühlte, wie sich sein Körper entspannte, doch seine Gedanken rasten ohne Ende weiter. Immer wieder sah er Fragmente des Anschlags in Contovello vor sich, das Gesicht des Pfarrers, die Tränen der Nachbarn, Laura, wie sie am Morgen im Mantel vor ihm stand, dann die Kloschüssel im »Caffè San Marco« – und schließlich hörte er wieder die Stimme des Anrufers am Nachmittag.

Es war ihm zum Heulen zumute. Proteo Laurenti rauchte die dritte Zigarette an diesem Tag.

Montagsleben

Die politische Situation in der Stadt war angespannt. Schon Ende August hatte die Forza Nuova ein internationales Faschisten-Treffen in Triest angekündigt, nachdem die für September in Mailand geplante Zusammenrottung verboten worden war. Deutsche Neonazis und NPD-Anhänger, angeführt vom ehemaligen RAF-Anwalt Horst Mahler, Österreicher, Rumänen, Griechen, Skandinavier sowie der englische Holocaust-Leugner David Irving wurden erwartet. Die Politiker aus dem rechten Lager, die sogenannten Postfaschisten der Alleanza Nazionale, die Anhänger der Lega Nord und andere spielten die Sache herunter. Forza Italia und andere Nachfolgeparteien der Democristiana hörten weg. Erst im Oktober fiel die Entscheidung im Stadtrat, daß man die Faschisten auch in Triest nicht dulden wollte. Die AN und die Leghisten enthielten sich, ein Abgeordneter forderte, daß man dem Verbot nur zustimmen dürfe, wenn man zugleich die extreme Linke verurteile. Und so weiter. Am selben Tag hatten Dario Fo und Franca Rame als gutes Gewissen der Linken die Presse wissen lassen, daß sie bereit seien, an einer Gegendemonstration teilzunehmen. Darüber wunderte sich wirklich niemand. Und unüberhörbar war natürlich auch die abgenutzte Polemik der Rifondazione Comunista und der linken Gewerkschaften. Die Sicherheitskräfte befanden sich in Alarmbereitschaft. Trotz des Verbots würden Neonazis anreisen, doch rechnete man weniger mit Übergriffen auf die Bürger der Stadt als damit, daß Horden besoffener Skins sich gegenseitig massakrierten. Als könnte es eine »faschistische Internationale« geben! An der Risiera di San Sabba, dem einstigen Vernichtungslager der deutschen Besatzer, waren Wachen postiert, ebenso an der Synagoge. Dort hätte man die Situation im Griff. Schwerer wog die Befürchtung, daß die Stadt, wie schon bei der Ankündigung im Sommer, mit diesem Kainsmal erneut durch die Medien gehen würde. Die Hakenkreuzschmierereien an den Hauswänden nahmen seit Monaten zu, ebenso wie die Plakate mit den extremistischen Parolen, die vorwiegend in der Nähe der Viale XX Settembre in nächtlichen Aktionen angeklebt wurden.

Seit dem Morgen verfügte man angeblich über sichere Hinweise, daß die Gruppen trotz des Verbots anreisen würden. Die Leiter der Sicherheitskräfte hatten sich wie an jedem der letzten Montage zusammengefunden, um zu diskutieren, wie man sie empfangen sollte. Der Chef der Sondereinheit der Polizia di Stato informierte die Kollegen darüber, daß auch Bewegung ins extreme linke Lager gekommen sei. Allgemein hoffte man darauf, daß die Bora nera die Sache auf ihre Weise regeln würde.

Als Laurenti kurz nach halb elf ins Büro kam, wartete im Zimmer seiner Assistentin ein älterer Mann, der sogleich von seinem Stuhl aufsprang und auf ihn zuging, bevor Mariella auch nur ein Wort sagen konnte. Laurenti sah lediglich ihren Blick und verstand, daß es ihr nicht gelungen war, ihn loszuwerden.

»Ich bin der Vater von Manlio Gubian! Wer hat ihn umgebracht? Meinen Sohn, Elisabetta und die Kleinen!?« Seine Gesichtszüge waren wie versteinert. Er maß gut einen Meter achtzig, war überaus kräftig, hatte sehr große, gerötete Hände und war einfach, aber sorgfältig gekleidet. Seine rechte Hand wirbelte vor Laurentis Gesicht. »Wenn Sie das Schwein nicht finden, kriege ich ihn. Es ist besser für ihn, wenn Sie schneller sind! Ich bring ihn um. Haben Sie eine Spur? Wissen Sie schon etwas?«

Er hörte überhaupt nicht mehr auf zu reden. Sein Gesicht rötete sich vor Zorn und seine Stimme wurde immer lauter. Laurenti traute ihm trotz des Alters zu, seine Drohung in die Tat umzusetzen.

»Basta!« Laurenti schrie ihn an, um seinen Redefluß zu bremsen. »Setzen Sie sich erst einmal, damit wir in Ruhe miteinander sprechen können. Marietta, bring uns bitte Kaffee!«

Laurenti war froh, daß der Mann von sich aus gekommen war und sie ihn nicht endlos suchen mußten. Er war gestern gleich nach dem Anruf des Pfarrers mit seinem bejahrten japanischen Kleinwagen von Pola nach Triest gefahren.

»Signor Gubian«, er rückte das Papier auf dem Tisch zurecht. »Es ist gut, daß Sie gleich gekommen sind. Sie müssen mir viel erzählen. Aber zuerst benötige ich Ihre Personalien.«

Antonio Gubian war 1922 geboren und lebte in Pola. Er hatte Istrien außer für Tagesreisen nie verlassen, auch nicht nach 1945, als Tito versuchte, schnellstmöglich alle Italiener aus Istrien und Dalmatien loszuwerden und über 300000 Menschen vom Exodus, wie ihre Emigration in Italien genannt wurde, betroffen waren. Antonio Gubian war von Beruf Fischer und seit drei Jahren verwitwet.

»Seit wann lebte Ihr Sohn in Triest?«

»Seit 1967. Seine Mutter schickte ihn zur Tante, als er neun Jahre alt war.« Die Stimme des Alten bebte. Er hatte die Ellbogen auf dem Tisch aufgestützt und rieb sich die geröteten Hände.

»Standen Sie in regelmäßigem Kontakt mit Ihrem Sohn?«

»Natürlich. Manlio verbrachte alle Ferien bei uns. Wir waren sehr stolz auf ihn. Er lernte gut. Er war tüchtig und ehrgeizig.«

»Wo lebt die Tante?«

»Sie lebt nicht mehr.«

»Der Onkel?«

»Sie war nie verheiratet.«

»Ist Manlio in Contovello aufgewachsen?«

»Nein, unten in Triest.«

»Das Geschäft hat er schon lange?«

»Den Laden gibt es schon lang, er hat ihn gekauft. Vor sieben Jahren. Damals war er fünfunddreißig.«

»Abbezahlt?«

»Ja.«

»Hatte Manlio Schulden?«

»Auf dem Haus liegt eine Hypothek. Sie haben es erst 1997 gebaut.«

»Sonst nichts?«

»Nein, das Geschäft geht gut. Er hat mir regelmäßig Geld geschickt. Die Rente in Kroatien ist klein.«

»Wem hat Manlio etwas angetan, um eine solche Tat zu begründen?«

»Manlio? Mein Sohn? Niemand!« Der alte Gubian sprang auf. »Manlio ist ein guter Junge!«

»Signor Gubian, alle sagen, daß Manlio und seine Frau sehr beliebt waren. Aber wer hat sie dann umgebracht?« Laurenti blieb reglos auf seinem Stuhl sitzen, hob nicht einmal die Stimme. »Setzen Sie sich wieder!«

»Sie sollen das herausfinden. Die Polizei! Wenn nicht, werde ich …« Gubian war zu aufgeregt, um den Satz zu vollenden.

»Wir werden es herausfinden. Aber wir brauchen Hilfe. Also, wer hatte einen Grund? Es war kein blinder Anschlag, Gubian! Auch keine Verwechslung. Was hat Manlio getan, mit wem hatte er Streit? Wem schuldete er etwas? Wen hat er betrogen, belogen, bestohlen, verletzt, gedemütigt, wem etwas weggeschnappt? Nehmen Sie, was Sie wollen, Gubian. Niemand ist ausschließlich gut und beliebt. Niemand! Auch kein Sohn!«

Antonio Gubian brauchte einige Zeit, bis er diese bittere Wahrheit geschluckt hatte. Seine Schultern hingen kraftlos herab, er blickte auf die Finger seiner gefalteten Hände.

»Nein, Commissario! Es gibt niemanden, der einen Grund hat, sich an meinem Sohn zu rächen. Fragen Sie, wen Sie wollen. Ich hoffte, Sie würden mir helfen . . .«

In der Tat hatten sie bei den Befragungen im Pfarrhaus ausschließlich Gutes über Manlio Gubian und seine Frau Elisabetta gehört. Die Familie war beliebt, keiner wollte ein böses Wort über sie sagen, und selbst das Haus, das sie an den Abhang vor dem Kirchplatz in Contovello gebaut hatten, war bescheiden ausgefallen.

»Wir werden den Täter finden, Signor Gubian. Wie lange bleiben Sie in Triest?«

»Bis zur Beerdigung. Wann werden die Leichen freigegeben?«

»Ich hoffe bald, Signor. Wie kann man Sie erreichen?«

»Ich wohne in der Pension ›Blaue Krone‹.«

Laurenti runzelte die Stirn. Die Absteige mit dem deutschen Namen in der Via XXX Ottobre hatten sie erst vor einem halben Jahr als illegales Puff ausgeräumt, aber Gubian schien es nichts auszumachen, er war nicht verwöhnt und die Zimmerpreise waren niedrig.

»Warum sind Sie damals in Pola geblieben?«

»Warum sollte ich weg? Wir waren eine gemischte Familie. Mein Vater war Italiener, meine Mutter Kroatin. Es ging uns gut. Besser als unter den Faschisten und unter den Nazis. So schlecht war der Kommunismus nicht, wie die Leute heute alle sagen. Erst recht nicht in Jugoslawien und schon gar nicht in Istrien.«

»Und Sie haben Ihr ganzes Leben lang als Fischer gearbeitet?«

»Bis heute. Dank Manlios Hilfe konnte ich mir vor einigen Jahren einen großen Kutter kaufen. Ich fahre hinaus bis zum letzten meiner Tage. Aber ich hoffe, der kommt nicht, bevor der Mörder meines Sohnes büßt. Finden Sie ihn, Commissario!«

Gubian stand auf. Den Kaffee hatte er nicht angerührt.

*

Der Aufmacher auf der Titelseite der Tageszeitung ›Il Piccolo‹ hielt mit Spekulationen nicht zurück. Neben einem sommerlichen Foto, das das idyllische, unversehrte Contovello von der Stadt aus zeigte, prangte die Headline des Tages. »Una-Bomber in Contovello?« Im Innenteil ging es entsprechend weiter, mit Fotos von den Trümmern, den Opfern und der Messe. Allein die Tatsache, daß es bisher keine Hinweise auf den Täter gab, genügte offensichtlich, Parallelen zu einem Anschlag im Hochsommer am Badestrand von Lignano Sabbiadoro zu ziehen, bei dem ein Badegast, ausgerechnet ein pensionierter Carabiniere, einen verdächtigen Gegenstand aus dem Wasser zog, der noch in seiner Hand detonierte. Später gab es einen zweiten Fall, weiter nördlich in den Weinbergen des Collio, dem zwei Menschen zum Opfer fielen. Erste Vermutungen deuteten auf einen Wahnsinnigen, der seit sechs Jahren sein Unwesen im Friaul trieb und in diesem Sommer die beiden größten Attraktionen der Region angriff: das Meer und den Wein. Dann kamen weitere Anschläge hinzu. In Lebensmittelpackungen versteckte Sprengsätze, darunter ein mit Sprengstoff gefülltes Ei und eine Tube Tomatenmark, die in Supermärkten deponiert waren. Das explosive Tomatenmark riß einer Frau zu Hause in der Küche die halbe Hand ab. Inzwischen versuchte man, dem Täter (nach dem amerikanischen Bombenleger wurde er bereits allgemein »Una-Bomber« genannt) mit Hilfe der DNA auf die Spur zu kommen.

Aber Contovello? Der Una-Bomber? Das ging selbst dem ›Piccolo‹ zu weit. Ein langer Artikel lobte das Dörfchen, dessen Schönheit sich nicht hinter der der Amalfi-

Küste verstecken mußte, daß es schon zu Zeiten des römischen Imperiums eine wichtige Festung bildete, von der außer ein paar alten Fundamenten allerdings nichts mehr zu sehen war; daß von hier vielleicht der sagenhafte Vino del Puccino kam, den die Gemahlin des Kaisers Augustus angeblich so liebte, oder daß Contovello im Mittelalter vermutlich ein Piratennest war, dessen Einwohner die Schiffe im Golf von Triest plünderten, oder auch daß 1444 per kaiserliches Dekret die Slaven hier offiziell angesiedelt wurden. Aber nichts deutete darauf hin, daß Contovello im Zentrum irgendeines Interesses lag, das einen solchen Anschlag als die Tat des Una-Bombers aus dem Friaul erklären würde. Nach Contovello kam man von außerhalb nur während zweier Monate im Jahr, im Juli und August, wenn man unter der schattenspendenden Pergola der Osmiza, unter der man zu saurem Weißwein oder fast schwarzem Terrano wunderbare Pancetta, Salami und Schinken aß, einen unvergleichlich schönen Ausblick auf die Stadt und den Golf hatte. Doch der ›Piccolo‹ spekulierte weiter: War Contovello nicht überwiegend von der sogenannten slowenischen Minderheit bewohnt, war der Täter deshalb vielleicht im faschistischen Umfeld zu suchen? Und hatte diese Tat etwas mit dem Neonazi-Treffen zu tun?

Laurenti legte das Blatt zur Seite, als Sgubin eintrat.

»Gubian war politisch nicht aktiv.« Laurenti zeigte mit dem Finger auf den Artikel. »Warum also er? Das ist doch an den Haaren herbeigezogen.«

»Dachte ich auch.« Sgubin hielt eine Akte unter dem Arm. »Der Pfarrer hätte ein Motiv!«

»Was redest du da?«

»Jetzt hat man von der Kirche aus wieder einen freien Blick.«

»Hör auf! Solche Scherze macht man nicht, Sgubin!«

»Und ein solches Grundstück gibt es nur ein einziges Mal in der ganzen Umgebung. Das ist doch sonst nur Politikern und Filmstars vorbehalten. Ich habe ins Kataster geschaut: Gubian hat nur wenig mehr als den üblichen Quadratmeterpreis bezahlt.«

»Wir haben hier keine Film- oder Fußballstars, die richtig reichen Triestiner wohnen unverständlicherweise auf dem Karst, als scheuten sie den Blick aufs offene Meer, und Gubians Haus war unauffällig. Da hat er gespart.«

»Was im Kataster steht, ist höchstens ein Teil des Preises. Es würde mich interessieren, wieviel schwarz geflossen ist. Das macht doch jeder, um Steuern zu sparen.«

»Und?« Laurenti zuckte mit den Schultern. Auch Laura und er hatten damals beim Kauf ihrer Wohnung ein Drittel des vereinbarten Betrags dem Verkäufer in die Hand bezahlt.

»Vielleicht ist er den schwarzen Anteil schuldig geblieben, und der Verkäufer hat sich nach vielen Jahren gerächt. Die andere Sache ist, daß man sich ganz gewiß Neider schafft mit einem solchen Platz.«

»Unsinn! Die beißen einem höchstens die Nase ab. Deswegen sprengt man niemanden in die Luft. Außerdem stehen in der Nähe noch andere Häuser.«

»Zumindest haben wir die Bauart der Bombe.« Sgubin wedelte mit dem Aktendeckel.

»Und das hältst du so lange zurück?« Laurenti riß ihm das Papier aus der Hand. »Gib schon her!«

Die Expertise der Spezialisten in Parma, wohin man die Teile zur Analyse geschickt hatte, sprach von einem einfachen, aber effizienten Sprengsatz, der von jedem technisch begabten Bastler anhand nur weniger elektronischer Bauteile, die es im Fachgeschäft zu kaufen gab, zusammengesetzt werden konnte. Nur die Beschaffung des Sprengstoffs stellte für Laien ein Problem dar. Es waren zwei Zünder, einer sollte hochgehen, wenn man das Paket zu öffnen versuchte, der andere war auf Uhrzeit gestellt. Der Täter hatte eine mögliche Panne von vornherein vermieden. Hätte zufällig jemand das Päckchen gefunden und zu öffnen versucht, dann wäre das Ding lediglich vor der Zeit hochgegangen. Punkt 16 Uhr 30 aber hieß, daß der Zeitzünder zum Zug gekommen war, genauso wie es der anonyme Anrufer angekündigt und geplant hatte.

Solche Bomben waren schon öfter eingesetzt worden: bei einem Anschlag auf ein Auto in der Nähe der amerikanischen Airbase von Aviano während des Kosovo-Kriegs, ein anderes Mal in Mailand gegen das Parteibüro der Rifondazione Comunista. Vor drei Jahren in Rom gegen ein Lokal der Faschisten, bei dem vier Menschen starben, ein anderes Mal flog in Udine ein Elektrogeschäft in die Luft, dessen Besitzer angab, kein Schutzgeld bezahlt zu haben. Der Anschlag war also nicht einmal politisch zuzuordnen. Allerdings, aber auch das erstaunte nicht besonders, stammte der Zünder aus tschechischer Produktion.

»Vergiß den Mist«, knurrte Laurenti. »Du kannst jetzt nur zwei Leute damit beauftragen, alle Läden in der Stadt und Umgebung abzuklappern und zu fragen, wer in der letzten Zeit solche Bauteile gekauft hat.«

»Hab ich schon veranlaßt, aber heute ist Montag und die meisten Geschäfte sind zu.«

»Und jetzt?« Laurenti ließ sich auf seinen Schreibtischstuhl fallen, legte die Beine auf den Tisch und verschränkte die Arme hinter dem Kopf. »Wie sieht es in Contovello aus? Tragen sie die Dinge zusammen, die sie aus den Trümmern ziehen?«

»Ja, wir haben eine leere Lagerhalle auf dem Carabinieri-Gelände bei Opicina bekommen, da wird jetzt lastwagenweise alles hingefahren. Ein ganzes Haus. Stell dir das mal vor.«

»Laß uns am späten Nachmittag zusammen hochfahren, wenn die weiter sind.« Laurenti griff zum Telefon. »Ich muß Galvano fragen, wann er die Leichen freigibt. Der Vater will das wissen.«

»Ich fahre schon früher hoch, bin ab Mittag im Mobilen Kommissariat und muß mit den Dörflern sprechen.«

»Dann komme ich später vorbei.« Er winkte Sgubin zu, als der Gerichtsmediziner im Nichtruhestand sich meldete. »Galvano? Hier Laurenti.«

»Ah, Proteo Laurenti, der Herr der Unterwelt ...« Er machte eine bedeutungsvolle Pause, die Laurenti nicht zu unterbrechen wagte. »Glaubst du eigentlich, mir ist langweilig?« schimpfte der Alte.

»Weshalb?« Er war schon lange daran gewöhnt, daß Galvano ihn duzte. Vermutlich duzte er jeden, der jünger war als er selbst, auch den Staatspräsidenten, vielleicht sogar den Papst, sollte er je die Gelegenheit dazu haben. Nur vor Gericht wahrte der alte Kauz die Form. Ansonsten konnte er nie genug davon bekommen, sich das Maul zu zerreißen.

»Puzzlespielen habe ich nicht einmal als Kind gemocht, Laurenti. Und ich bin immerhin in Amerika aufgewachsen. Da gab es sogar den Grand Canyon oder die ganze Skyline von New York als Puzzle in 10000 Teilen. Mir war das aber immer zu langweilig. Und jetzt bringst du mir gleich drei dieser dummen Spiele, und ich soll sie wieder zusammensetzen. So langweilig kann einem gar nicht sein. Und dann noch das Kind im siebten ...«

»Hören Sie auf, Galvano! Das will ich gar nicht wissen!«

»Was willst du dann wissen?«

»Die Angehörigen fragen, wann die Leichen freigegeben werden.«

»Sag ihnen, sie können gleich vorbeikommen, wenn wir alle drei in einen Sarg packen dürfen. Das wird auch auf dem Friedhof billiger. Bestehen sie aber darauf, daß jeder in eine eigene Kiste soll, wohl kaum vor morgen. Denn dann müssen wir sortieren. Sonst noch was?«

»Ja, ich wollte ein paar Dinge von Ihnen wissen, eher privat.«

»Dann laß uns zusammen Mittag essen. Holst du mich ab? Ich bin zu alt, um bei diesem Dreckwetter allein auf die Straße zu gehen.«

»Nehmen Sie doch ein Taxi, dann muß ich wenigstens nicht zweimal durch die ganze Stadt fahren. Was halten Sie vom Chinesen in der Via Brunner?«

»Auch recht, Laurenti. Um eins.« Galvano hängte ein, ohne eine Antwort abzuwarten.

Laurenti hatte oft gerätselt, ob das Verhalten des Alten eine Konsequenz des Berufs war oder umgekehrt der Beruf eine Konsequenz des Sarkasmus. Welcher normale Mensch schnitt gerne an Toten herum, die manchmal schon verwest waren, setzte aus dem Darminhalt das letzte Menü zusammen oder stellte fest, welcher Art der letzte Geschlechtsverkehr eines Opfers war? Aber Laurenti schätzte die unerwarteten Deutungen und Sichtweisen des Alten, und manchmal hörte er sogar etwas wie freundliche Fürsorge als leise Zwischentöne aus dem Gepolter Galvanos heraus.

Die Bora nera tobte noch immer, aber im Vergleich zum Vortag hatte sie deutlich an Kraft verloren. Dafür war der Schneefall gleichmäßig dick. Laurenti stand am Fenster und überlegte, wie lange er zum Chinesen brauchen würde.

*

»Wir fahren heute, Nicoletta. Sag Gubian Bescheid.«

»Du bist ein Schatz, Papà! Ich wußte es. Danke.«

»Wir brauchen heute nur halb soviel Eis. Laß es wie üblich vorbeibringen.«

»Ja.«

Länger sprachen sie nicht miteinander. Auch sonst kaum. Nach dem Gespräch mit seiner Tochter griff Ugo Marasi noch einmal zum Telefon und wählte die Nummer Giulianos.

»Wir fahren heute.«

»Hab ich mir gedacht«, antwortete der andere Fischer. »Es wird schon gehen. Der Schnee stört nicht, und wahrscheinlich legt sich die Bora bis heute abend noch etwas.«

»Ruf die anderen an, Giuliano!«

»Mach ich. Um fünf?«

»Wann sonst? Später hat keinen Sinn.«

Marasi legte auf und goß sich das erste Glas Merlot an diesem Tag ein. Es war noch nicht elf, und er würde bis sechzehn Uhr schlafen können. Die kommende Nacht über sicher nicht. Wenn das Meer ruhiger war, konnten sie sich abwechseln, während der Kutter das Schleppnetz zog und bevor sie es einholten, aber heute war die See rauh und schwer zu befahren. Marasi trank ein zweites Glas, schlurfte dann in sein Schlafzimmer, zog die Vorhänge zu und legte sich ins Bett. Er schlief schnell ein.

*

Zehn Minuten lang schlitterte Laurenti über die Bürgersteige, bis er sich endlich den Schnee von der Jacke klopfen und die Tür zum Restaurant öffnen konnte. Galvano saß mit einem Bierglas in der Hand an einem Tisch vor dem zweiten Aquarium, in dem kleine bunte Fische mit langen, schleierartigen Flossen herumschwammen.

»Lange nicht gesehen, Laurenti.« Galvano, wie immer im grauen Anzug mit Weste, weißem Hemd und Krawatte, schien noch dünner geworden zu sein. Der große Schädel auf diesem langen, mageren Körper wirkte übermächtig.

»Bleiben Sie sitzen, Doc! Wie geht's?«

»Was soll ich mich beklagen? Die Treppen bin ich früher schneller hochgekommen. Aber was muß ich alter Esel mit fast achtzig Jahren auch in der Costiera wohnen und jeden Tag hundert Stufen steigen?«

Die Laurentis hatten ihn vor vielen Jahren einmal in seinem Paradies besucht. Den Blick über den Golf bis Pirano und Punta Salvore zur Linken, Grado und Lignano zur Rechten, bezahlte man in der Tat mit Atemlosigkeit und weichen Knien. Dafür lebte der Alte dort völlig ungestört unter Bäumen, die mindestens so alt waren wie er selbst. Zu Anfang hatte er noch darunter gelitten, daß die vier räudigen Hunde seiner verwahrlosten Nachbarin ununterbrochen kläfften. Doch irgendwann erwähnte er sie nicht mehr, und Laurenti war davon überzeugt, daß Galvano sie vergiftet hatte.

»Heute früh bin ich hingefallen, Laurenti. Gott sei Dank nichts gebrochen. Aber der Schnee auf den Stufen ... Hätte mir vor Jahren ja einen Aufzug bauen lassen können. Du weißt, so ein Sessel auf einer Schiene, der dann im Schneckentempo rauf- und runterfährt und den ganzen Garten ruiniert. Diese Dinger sind leider ebenso deprimierend wie Inkontinenz-Windeln. Sie erinnern einen allein durch ihre Präsenz daran, daß man gebrechlich zu sein hat. Also, was gibt's?«

Es war schon immer seine Art, abrupt das Thema zu wechseln. Dank dieser Überraschungsangriffe hatte er sich nie wirklich beliebt gemacht, was ihn ohnehin nicht zu interessieren schien. Er stammte aus Boston und war 1945 mit den Alliierten nach Triest gekommen und hängengeblieben. Er heiratete eine dieser typischen blonden Triestinerinnen, die von der Sonne nicht genug bekommen konnten und die erst mit ihm nach Amerika gehen wollte, wenn die Kinder das Abitur gemacht hatten. Dann allerdings blieben die Eltern hier und die Kinder gingen rüber.

»Probleme, nur Probleme.« Laurenti wußte nicht, wie er anfangen sollte, und war glücklich, als die Kellnerin ihm Aufschub gab. Galvano bestellte Ente, Laurenti Rindfleisch mit Pilzen.

»Weißt du, warum ich beim Chinesen immer nur Ente

bestelle?« fragte Galvano, nachdem die Kellnerin verschwunden war.

»Nein.«

»Ganz einfach: das ist das einzige Fleisch, bei dem du sicher sein kannst, daß keine Verwandten drin sind.«

»Warum?«

»Hast du vielleicht schon einmal eine chinesische Beerdigung gesehen? Schau dir mal die Statistik an. Geburten gibt es genug. Aber im letzten Jahr wurde nur ein einziger Todesfall registriert. Dafür hat ein chinesisches Restaurant nach dem anderen aufgemacht. Also, sag mir, wohin verschwinden die?«

»Ich bitte Sie, Galvano! Alte Chinesen kommen nicht nach Europa. Schauen Sie die doch an. Die sind alle unter vierzig.«

»Glaub du, was du willst, Laurenti. Ich glaub was anderes! Mit den Pässen schaffen sie doch nur andere ins Land. Unsere Grenzer können sie ja nicht auseinanderhalten. Aber was hast du eigentlich für Probleme, daß du einen alten Mann bei diesem Sauwetter auf die Straße zwingst?«

Laurenti überlegte kurz, ob er umbestellen sollte, der Appetit war ihm gründlich vergangen. Er ballte die Hände zu Fäusten. »Es ist so«, er räusperte sich, »ich hatte seit einiger Zeit das Gefühl, daß . . .«

»Aha! Deine Frau will dich nicht mehr. Stimmt's?«

»Ich weiß nicht so genau . . .«

»Was heißt, du weißt nicht so genau? Wenn du dir über das Gegenteil nicht sicher bist, dann ist es so.«

Laurenti bereute, daß er versucht hatte, Galvano ins Vertrauen zu ziehen. Diese graustufenlose Hartherzigkeit konnte er nicht gebrauchen. Er wollte jammern dürfen und getröstet werden, Zuversicht hören und guten Rat. Aber Galvano war dafür der falsche.

»Wann hat sie es dir gesagt?«

»Samstag abend. Ich mußte ihr jedes Wort aus der Nase ziehen. Von sich aus hätte sie so weiter gemacht und ...« Laurenti schluckte trocken.

»Und du konntest die Ungewißheit nicht ertragen, Laurenti. Stimmt's? Hast nachgebohrt wie ein Irrer und ihr eine Szene nach der anderen gemacht, so wie ich dich kenne. Trotzig bis zum Weltuntergang. Und warum?«

»Sie sagte, sie wisse nicht, ob sie in ihn verliebt sei. Er aber in sie. Und das scheint ihr zu gefallen. Ich meine, das kann sie doch nicht machen! Immerhin hat sie noch nicht mit ihm geschlafen.«

»Wer sagt das?«

»Sie! Sie hat es mir gesagt. Sie ist jetzt zu ihrer Mutter gefahren.«

»Glaub das doch nicht, Laurenti. Natürlich sagt sie das. Um dich nicht zu verletzen. Deshalb.«

»Aber sie ist dort. Mein Sohn hat sie dort angerufen.«

»Daß sie nicht mit ihm gevögelt hat, meinte ich. Warum sollte sie es dir sagen? Außerdem, was würde das schon verändern? Und du willst jetzt wissen, was du tun sollst. Stimmt's?«

Das Essen kam, Galvano langte kräftig zu, während Laurenti lustlos mit den Stäbchen in der Schale herumstocherte.

»Ich überlege die ganze Zeit, ob ich sie anrufen soll oder nicht. Außerdem will ich wissen, ob sie mit dem Kerl in Sorrent war. Sie war dort vor ein paar Wochen, bei Freunden. Und ich will wissen ...«

»Also hast du sie fortgejagt mit deiner andauernden Fragerei. Sie muß selbst merken, ob du ihr fehlst und wie sehr. Laß die arme Frau in Ruhe! Iß was, Laurenti.«

»Ich hab keinen Hunger mehr. Ich hätte doch besser Ente bestellen sollen.«

»Hab ich dir doch gesagt!« Der Alte grinste zufrieden. »Der beste Chinese Triests und der schlechteste der ganzen Welt. Das war dein Vorschlag.« Galvano schenkte Bier nach. »Dann trink!«

»Bald ist Weihnachten. Ich hab mir folgendes überlegt ...«

»Ah, Geschenke! Vergiß die Strategien, Laurenti. Die helfen dir in deinem Beruf, aber nicht bei Gefühlen. Hast du denn nie eine Affäre gehabt? Erzähl mir nicht, daß du immer treu warst! Du hast bestimmt genug Geschichten gehabt und bist am Ende bei ihr geblieben. Laß sie das selber spüren. Schau dich doch um, Laurenti, das ist doch alles ganz normal! Dieses ganze Bürgertum vögelt außerhalb und hält zum Schein die Ehe aufrecht. Vor allem in euerm Alter. Ich kann dir auf Anhieb mindestens zehn Fälle nennen. Und die ganze Stadt weiß davon. Das ist doch kein Grund, nervös zu werden. Irgendwann beruhigt sich das wieder. Das sage ich dir aus eigener Erfahrung.«

»Laura ist in allem, was sie tut, absolut. Wenn das mit Pietro etwas wird, dann hab ich sie gesehen. Das ist die Sache. Ich will, daß sie mir eine Chance gibt.«

»Du hast deine Chance jahrzehntelang gehabt. Aber jede Ehe wird nach so vielen Jahren langweilig. Ohne Ausnahme. Und Leute mit Charakter gehen immer fremd! Ich glaube nicht an sogenannte gute Menschen! Schau, die Kinder sind aus dem Haus, die Frau sucht neue Herausforderungen. Laß sie, Laurenti. Mach dich rar. Du hast sie noch nicht verloren.«

Wäre Galvano nicht am Tisch gewesen, dann hätte Proteo sofort Laura angerufen, sie angefleht, zurückzukommen und einen Neuanfang mit ihm zu machen. Die Worte des Gerichtsmediziners peitschten ihn auf.

»Wenn Sie meinen ...«, sagte er leise.

»Schau, wir Männer werden immer langweiliger, je älter wir werden, und die Frauen immer neugieriger. Geh ein bißchen spazieren. Schau dich um, wen es sonst noch gibt!«

Laurenti schüttelte entschieden den Kopf

»Du brauchst eine Geliebte«, wiederholte Galvano. »Wie lange hast du nicht mehr mit einer Frau geschlafen? Zu lange, fürchte ich. Hör zu, ein Kerl wie du braucht einfach eine Geliebte. Sonst gehst du nur der Familie auf den Geist. Und es ist besser, als ein solches Gesicht zu machen. Laß deine Frau einfach mal ein bißchen in Ruhe. Wie läuft es in Contovello?«

Laurenti war froh über den abrupten Themawechsel.

»Mühsam. Alle beschwören, daß die Familie sehr beliebt war und keine Feinde hatte. Außerdem ist aus den Leuten da oben nicht viel rauszubekommen, obwohl alle etwas zu sagen haben. Wir ertrinken in unnützen Informationen.« Laurenti schob sein Essen zur Seite.

»Wundert dich das? Die leben so eng zusammen wie die Schafe im Pferch. Da lernt man, nichts unbedacht über die Nachbarn zu sagen.«

»Bisher haben wir noch nicht einmal jemanden gefunden, der in den letzten Wochen irgendeinen Verdächtigen sah. Dabei fällt dort oben jeder Fremde auf. Nichts.«

»Hast du niemanden, der Slowenisch spricht?«

»Warum denn? Die sprechen Italienisch wie Sie und ich!«

»Das öffnet die Herzen, Laurenti! Menschen an den Grenzen sind manchmal seltsam. Je näher die Grenze ist, desto mehr grenzen sie sich ab. Eine Stunde weiter entfernt denkt man nicht mehr halb soviel darüber nach. Aber hier haben wir soviel unverdaute Geschichte, das kann noch lange dauern. Das wirst nicht einmal mehr du erleben. Wir Italiener haben die nicht gerade gut behandelt, und für die nächsten Wahlen fürchte ich das Schlimmste.«

»Das ist ein anderer Punkt, über den ich mit Ihnen sprechen wollte. Alle reden nur gut von Manlio Gubian. Er war weder politisch engagiert, noch war er in irgendeiner anderen Weise auffällig. Er baute in Contovello sein Haus, und sein Geschäft läuft so gut, daß er seinem Vater, einem Fischer in Pola, einen größeren Kutter kaufen konnte. Außer einer Hypothek auf dem Haus hat er angeblich keine anderen Schulden. Wir überprüfen das zwar noch, aber es besteht eigentlich kein Grund zum Zweifel. Wer also hätte ein Motiv gehabt, diesen Mann mitsamt seiner Familie auszulöschen?«

»Das finanziert er alles mit dem Laden? Beachtlich! Ein Fischkutter kostet doch fast nochmal soviel wie ein Haus. Oder nicht?«

»Der Laden läuft gut, und bei den Preisen, die man dort bezahlt, kommt schon etwas zusammen. Er verstand sein Geschäft. Haben Sie dort schon einmal eingekauft? Feine Sachen. An keinem anderen Ort in der Stadt finden Sie weiße Trüffel aus dem Piemont. Ich meine echte.«

»Gab's eine Gehaltserhöhung, Laurenti? Noch eine Beförderung? Hab ich was nicht mitbekommen?«

Die Kellnerin hatte Galvanos leeren und Proteos fast unberührten Teller abgetragen und zwei Gläser Pflaumenwein gebracht.

»Die üblichen offenen Rechnungen werden anders beglichen. Entweder wurde ein Exempel statuiert oder es handelt sich um eine Verwechslung«, sagte Galvano und zündete sich eine Menthol-Dunhill an.

»Das schließe ich grundsätzlich aus.« Laurenti schielte nach der grüngoldenen Zigarettenschachtel. »Ich tausche meinen Schnaps gegen eine Zigarette, Galvano.« Er schob das Glas zu seinem Gesprächspartner.

»Nimm ruhig, aber fang das Rauchen nicht wieder an!«

»Die Tat war sorgfältig und vermutlich schon seit langem geplant. Die sicherste Methode war, einen Tag abzuwarten, an dem die Bora nera tobte. Der Mörder hatte viel Geduld, wußte genau, was er wollte, und verwechselte schon deshalb nichts. Außerdem kündigte er die Tat kurz vorher an. Telefonisch, bei mir zu Hause. Also bleibt nur die Möglichkeit eines Exempels. Aber was für eines?« Er steckte sich die Mentholzigarette an und mußte sofort husten.

»Warum stehst du eigentlich im Telefonbuch?«

»Warum wohl? Die Kinder!«

»Was ist mit Schutzgeld?«

»Nicht in Triest, Doktor. Davor sind wir bisher so gut wie verschont geblieben. Hier läuft doch jeder gleich zur Polizei.« Er drückte die Zigarette angewidert aus.

»Schmeckt wie Papiertaschentücher, nicht wahr?« Galvano grinste. »Also, was sonst?«

»Ich weiß es eben nicht. Die Spurensicherung untersucht jetzt die Trümmer. Vielleicht findet sich was. Drohbriefe oder ähnliches. Die Kollegen von der Guardia di Finanza durchsuchen den Laden und die Buchhaltung. Vielleicht liegt dort der Schlüssel. Und die Faschisten? Können Sie sich vorstellen, daß die hier wieder so weit gehen?«

Es war das erste Mal in diesem Gespräch, daß Galvano sich Zeit mit seiner Antwort ließ und schließlich die Schultern zuckte. »Vorstellen schon. Aber weshalb?«

»In Zusammenhang mit dem Treffen in Triest. Aufmerksamkeit? Die meisten Einwohner Contovellos gehören zur slowenischen Minderheit.«

»Ich kann es mir aus zwei Gründen nicht vorstellen: erstens würden sie sich eine Institution suchen, ein Kulturzentrum, eine Schule, wie im Juli 1920 der Anschlag auf das Hotel Balkan und den Narodni Dom ...«

Laurenti hob fragend die Augenbrauen.

»Das war am 22. Juli 1920. Das will heute kein Italiener mehr hören. Eine wildgewordene Meute Faschisten zog damals zuerst vor den Narodni Dom Balkan, das slowenische Kulturhaus mit angeschlossenem Hotel, und brannte es nieder. Es gab zwei Tote. Dann legten sie Feuer in einem Gasthaus, in Anwaltskanzleien, slowenischen Geschäften und drei Banken. Weitere zwölf Verletzte. Die Polizei hielt sich im Abseits.«

»Ja, davon hab ich gehört.«

»Die Sache breitete sich rasend schnell aus. Ende Juli 1920 brannte der Narodni Dom in Pola, aber auch in Triest ging es weiter. Diese bescheuerte Suche nach einer nationalen Identität zerstörte die ganze Stärke dieser Stadt, unter den Faschisten hat sie alles verloren, auch wenn das viele bis heute nicht wahrhaben wollen. Und gegenüber den Slawen nahm die Gewalt üble Ausmaße an. Ich erzähl's dir irgendwann ausführlicher, wenn es dich interessiert. Nur, daß die Faschisten hinter dem Mord in Contovello stehen, das glaube ich nicht. Das wagen die nicht, wenn sie sich in diesen Tagen gleichzeitig hier zusammenrotten wollen. Außerdem wärst du den Fall schon längst los, wenn es dafür Anzeichen gäbe.«

»Allerdings. Ich habe heute früh mit den Kollegen der anderen Abteilungen gesprochen. Die Spezialeinheiten winkten alle ab.«

Galvano rief nach der Kellnerin und verlangte die Rechnung. »Sei auf der Hut! Du mußt dennoch damit rechnen, daß die genau hinschauen, ob du rasch vorankommst oder nicht.« Er legte dreißigtausend Lire auf den Tisch und hob abwehrend die Hand. »Diesmal zahle ich, das nächste Mal du, aber woanders.«

*

Proteo Laurenti ging nicht direkt in sein Büro. Er bog in den Viale XX Settembre ein und steuerte, ohne selbst klar sagen zu können weshalb, die Bar »Bellavia« an. Er hatte bisher noch nie direkt mit den Neofaschisten zu tun gehabt und würde deshalb auch nicht als Polizist identifiziert werden. In der Bar wollte er ein Tramezzino oder einen Toast essen, um seinen brennenden Hunger zu stillen. Und er war neugierig.

An der Mauer neben der Kneipe war ein Plakat angeschlagen: »Entzündet im Dunkel der Politik das Licht der ›Fiamma Tricolori‹! Gegen die Zweisprachigkeit in der Region Friaul Julisch-Venetien. Erheben wir uns endlich, um die slawisch-nationale Attacke zurückzuwerfen. Triest unterwirft sich nicht! Fackelzug der ›Fiamme Tricolori‹ am 30. November!«

Sauber, murmelte er vor sich hin.

Der berühmte Barmann war nicht zu sehen. An seiner Stelle stand hinter der Bar eine junge Frau mit rotblondem Haar, gepiercter Zunge und einem großen Tattoo dort, wo das knappe Hemdchen eine Stelle auf ihrem Rücken über dem sehr tiefsitzenden Gürtel freiließ. Sie war vermutlich im Alter seiner ältesten Tochter und grüßte freundlich, als er eintrat. Offensichtlich gehörte es zum Charakter der jungen Triestiner Duce-Anhänger, sich von solchen netten Leuten bedienen zu lassen.

Viel los war nicht bei diesem Wetter. Am Tresen standen drei Zwanzigjährige mit schwarz-weiß-roten Abzeichen am Ärmel, die wie Zielscheiben mit einem dicken schwarzen Fadenkreuz aussahen. Vor ihnen Bier. Das Motto der Bar stand auf einem Schild: Zahl vier, trink fünf! $1\,^{1}/_{2}$ Liter Bier im Krug 9000 Lire. In der anderen Ecke übte sich ein junges Pärchen im Marathonknutschen. Der junge Mann saß auf einem Hocker, das Mädchen stand davor und beugte sich leicht über ihn. Er wärmte seine Hände unter ihrem Pullover. Weiter vorne zwei Typen in schwarzen Lederjacken, noch keine dreißig. Einer wedelte großmäulig mit einem Dienstausweis der Carabinieri. Laurenti sah auf den ersten Blick, daß es eine billige Fälschung war.

Die junge Frau hinter dem Tresen mußte ihn zweimal fragen, was er trinken wollte. Laurenti bestellte einen Toast und einen Caffelatte. Trotz Piercing und Tattoo fand er sie hübsch und sympathisch. Er lächelte schief, heftete dann aber seinen Blick wieder auf den Angeber. Einschreiten? Ihm den falschen Ausweis abnehmen? Er wischte den Gedanken vom Tisch. Dann konnte er den Laden gleich wieder verlassen.

»Gibt's was Neues?« fragte er die Kellnerin. Vielleicht klappte es ja.

»Es hört zu schneien auf«, sie lächelte wieder.

»Und sonst nichts? Kommen sie?«

»Wer?«

»Die Deutschen und die aus Wien?«

»Keine Ahnung. He, Dario!« Sie rief laut nach einem der Jungs vor dem Bierkrug. »Der will wissen, ob die Deutschen kommen!«

Die Typen unterbrachen ihr Gespräch und drehten sich zu ihm um. Laurenti erschrak. So viel Lärm wollte er nicht machen.

»Natürlich kommen sie«, rief besagter Dario. »Alle kommen!«

Die anderen lachten, und einer von ihnen reckte die rechte Hand zum römischen Gruß und schrie so laut er konnte: »Fascismo e libertà! Italia patria!«

»Italia patria!« fielen die anderen ein.

»Und wann?« traute sich Laurenti zu fragen.

»Morgen oder nächste Woche!« Sie brachen in grölendes Gelächter aus und schenkten ihm keine weitere Beachtung.

Er drehte sich wieder zum Tresen. Der Toast stand dampfend vor ihm, und der heiße Käse quoll an den Seiten heraus. Er biß kräftig hinein und schaute auf die Flaschenbatterie an der Wand. Wie viele Liköre es gab!

Als Laurenti bezahlen wollte, hörte er plötzlich eine Stimme, die ihn zusammenzucken ließ. Keinen Meter neben ihm stand sein Sohn Marco in Begleitung zweier Mädchen und bestellte Coca-Cola.

»Marco!«

Der Junge fuhr herum. »Papà? Was machst du denn hier?«

»Das sollte ich dich fragen!«

»Ich trinke eine Cola.«

»Willst du mir deine Freundinnen nicht vorstellen?«

Der Junge war verlegen.

»Carla«, er trat einen Schritt zurück. Sie war ungefähr in Marcos Alter, vielleicht erst sechzehn, spindeldürr, trug eckige, silberfarbene Stiefel mit Plateausohlen und hautenge Jeans. »Das ist mein Vater.«

Sie gab ihm die Hand. Das andere Mädchen, Luciana, errötete leicht, als sie Proteo grüßte. Sie war wesentlich hübscher als Carla, hochgeschossen, ihr Gesicht versprach interessant zu werden, und sie hatte eine sehr ansehnliche Figur.

»Deine Freundin?«

Marco errötete. Die Kellnerin löste seine Verlegenheit. »Marco, hier die Colas.«

»Bist du öfter hier?« fragte Proteo.

»Nein, weshalb?« Marco machte ein unschuldiges Gesicht.

Laurenti schaute auf seine Uhr. Er beschloß, es erst einmal dabei zu belassen. »Wieviel macht das alles zusammen?« Er zeigte auf die Getränke der Jugendlichen. »Komm nicht so spät nach Hause!«

Die beiden Mädchen bedankten sich artig für die Einladung. Laurenti gab ihnen die Hand und ging.

Er fluchte laut vor sich hin. Die Frau an einen Versicherungsvertreter verloren, der Sohn verkehrte in einer Faschistenkneipe. Was würde denn noch alles passieren? Er konnte derzeit wirklich nicht behaupten, sich in einer glücklichen Lebensphase zu befinden.

Marasi fährt

An der Pescheria lag der Schnee immer noch zehn Zentimeter hoch, und selbst von den unzähligen Katzen, die tagein tagaus den Molo Venezia hinter dem alten Fischmarkt belagerten, war keine zu sehen. Das Blechkonzert der Stege und Wanten, Haken und Ösen der Segelboote aus dem Freizeithafen klingelte leise herüber, und der Verkehr auf der Uferstraße lief wieder flüssig, der nasse Schnee war längst zu Matsch zerfahren. Nacheinander trafen vier Männer auf der »San Francesco« ein. Marasi startete den Diesel und ließ ihn im Standgas warmlaufen. Sie richteten das große Schleppnetz her, kehrten den Schnee vom Deck und füllten von dem Kühlwagen, der vorgefahren war, nur halb soviel Eis wie üblich in die Stauräume. Das war der einzige Vorteil, wenn man bei solcher Witterung auslief. Dennoch war die Nacht auf dem Meer nie so eisig wie an Land. Die Wassertemperatur lag acht Grad über dem Gefrierpunkt.

Der Jüngste unter ihnen, Mario, war 59 Jahre alt. Sie fuhren seit 1962 zusammen, als sie alle aus dem Istrien Titos nach Triest geflüchtet waren. In diesen fast vierzig Jahren hatten sie wohl kaum ein Fünftel von dem miteinander geredet, was andere, ihrer Meinung nach, an Worten verschwendeten. Sie verstanden sich auch so. Früher waren sie zu sechst, zwei lebten nicht mehr. Nur den Kutter hatten sie dreimal gewechselt, die Besatzung nie. Der jetzige war größer als seine Vorgänger und hielt auch schweren Stürmen stand. Je älter sie wurden, desto besser wurde ihre Ausrüstung. Die »San Francesco« war der einzige Kutter an dieser Mole, der zur Fischerei außerhalb des Golfes taugte. Vergleichbare Schiffe lagen sonst ein paar Kilometer von Triest entfernt bei Monfalcone und in Grado.

Keiner der Männer wunderte sich, daß sie heute ausliefen. Sie hatten wie immer zu Hause auf den Anruf gewartet, wußten, daß sie fahren würden, als die Bora nera etwas abklang. Es war schon genug, den ganzen Sonntag zu Hause mit der Familie herumzusitzen, gelangweilt und schweigend dem Geschwätz der anderen zuzuhören. Groß würde der Fang bei dieser Witterung nicht ausfallen, aber es war besser, draußen zu sein.

Ugo Marasi, 74, war es, der das Sagen hatte, und sie waren seit vielen Jahren damit einverstanden. Der fünfundsechzigjährige Giuliano stand ihm am nächsten. Er vermittelte zwischen Ugo und den zwei anderen, wenn es zu Spannungen kam. »Lieber Schiff und Besatzung als den Fang verlieren«, pflegte Marasi dann zu sagen und sich abzuwenden, nach einem verachtungsvollen Blick auf den, der gewagt hatte, ihn zu kritisieren. »Er meint es nicht so«, vermittelte Giuliano. »Er steht für jeden von uns gerade, das wißt ihr. Regt euch nicht auf, Ugo weiß genau, was er tut!« Vor ein paar Wochen sprachen Luca, 68, und Mario, 59, darüber, daß der Alte immer seltsamer wurde und es vielleicht doch Zeit sei, ans Aufhören zu denken. Ugo war ihnen schroff übers Maul gefahren. »Wer nicht mehr mitzieht, geht sofort!« Als Giuliano dazu nickte, setzten sie wortlos ihre Arbeit fort. Aber ihre Blicke blieben finster. Sie wußten, daß sie zu alt waren, um auf einem der anderen Kutter anzuheuern, zu verschlossen und als »Besatzung von Sturschädeln« verrufen. Ugo sprach tagelang kein Wort mehr mit ihnen.

Alle, die im Hafen zu tun hatten, wußten, daß Marasi und seine Männer sich noch nie vom Wetter hatten abhalten lassen. Punkt neunzehn Uhr machten sie los. Ugo manövrierte den Kutter aus der Sacchetta hinaus und lenkte mit der Hand den Strahl des Suchscheinwerfers auf das schwarze Wasser vor dem Schiff. Die Positionslichter der Lanterna und der Diga Vecchia drangen durch den leichten Schneefall zu ihnen herüber, und auch das Leuchtfeuer vom Faro della Vittoria war wieder als matter, weißer Lichtblitz zu erkennen.

Marasi meldete sich über Funk bei der Capitaneria ab. Der diensthabende Beamte hatte ihn schon auf dem Radar gesehen.

»Sie sind wahnsinnig«, lautete die Antwort aus dem Lautsprecher. »Bleiben Sie hier! Wir haben keine Lust, Sie bei diesem Wetter rauszuholen, wenn etwas passiert.«

»Es passiert nichts. Bis morgen«, war seine knappe Antwort. »Ende.«

Das schwere Ölzeug hatten sie unter Deck verstaut. Sie brauchten es erst, wenn sie in der Nähe des 45. Breitengrades die Winde in Gang setzten. Bis dahin standen sie gemeinsam im windgeschützten Steuerhaus, der Glühwein aus den Thermoskannen und die dicken Pullover reichten aus, um sie zu wärmen. Bis die Temperatur im Steuerhaus nach einer halben Stunde angestiegen war, beschlug ihr Atem die Scheiben. Sie wischten die Sicht mit einem Lappen frei. Von der Steuerkonsole vor ihnen schimmerte der grünliche Schein der Instrumente, von Funkgerät, Kompaß, Radar und GPS, Log, Windmesser und Echolot.

Der Kutter stampfte trotz des Seegangs stabil in die Dunkelheit hinaus und rollte gleichmäßig in den Wellen. Manchmal, wenn eine Bö über sie hinwegfegte, legte er sich ruckartig ein Stück zur Seite und die Maschine drehte etwas höher. Die Männer im Steuerhaus hielten sich mit einer Hand an der Metallstange fest, die über die ganze Breite der Konsole vor ihnen lief. Bis sie auf der Höhe der Punta Salvore den Kurs nach Süden einschlagen konnten, die See ruhiger würde, kämpften sie sich mit nur zehn Knoten voran. Nach einer weiteren Stunde würden sie das große Schleppnetz auslegen und dann irgendwann auch den anderen Kutter treffen.

Südlich 45 Grad 30 Minuten nördlicher Breite waren sie in internationale Gewässer gefahren. Erst auf Höhe der Nordwestspitze Istriens, bei der slowenisch-kroatischen Grenze, dehnte sich die Adria über die beiden Zwölf-Meilen-Zonen aus. Man erinnerte sich noch an die Zeit aus dem jugoslawischen Krieg, als die kroatische Marine mit Maschinengewehren einen italienischen Fischkutter beschoß, der in die Nähe des kroatischen Hoheitsgebiets geraten war, die Grenze aber noch nicht einmal berührt hatte. Mit dicken Einschußlöchern wurde er nach langem diplomatischem Gezerre endlich wieder freigegeben. Einer der Fischer bezahlte mit dem Leben. Die Situation war längst entschärft, zu solchen Übergriffen würde es nicht mehr kommen – hatten alle gedacht. Der Diktator war tot, die demokratische Regierung bemühte sich um Verständigung, schielte nach Aufnahme in die Europäische Union und war dafür sogar in Grenzen bereit, über die Verbrechen der Vergangenheit zu sprechen. Doch erst vor kurzem hatte es einen neuen Zwischenfall gegeben. Ein Fischer aus Grado fuhr angeblich in kroatische Gewässer und wurde wieder beschossen. Unverletzt, aber mit dreizehn Einschußlöchern in der Bordwand und im Steuerhaus, kehrte er zurück. Mysteriöse anonyme Anrufe folgten, die Behörden in Zagreb sprachen von Schmuggel: Fische, Drogen, Menschen. Die Beweise blieben sie schuldig, und beide Regierungen wollten keinen »Fall« daraus machen, der die weiteren Schritte einer längst überfälligen Annäherung gefährden konnte.

Ugo Marasi nahm Kurs nach Süden. Die Bora wurde durch die Hügel im istrischen Hinterland umgeleitet und verfügte in diesem Teil des Meeres nur noch über die Hälfte ihrer Kraft. Erst im Quarnero, bei Fiume und Abbazia, konnte sie wieder ungehindert wüten. Sie hatten das Schleppnetz ausgelegt und fuhren mit konstant niedriger Fahrt. Die Ausbeute nach der zweiten Stunde blieb dem Seegang entsprechend gering. Ein paar Mormore, drei große Scarpene, die üblichen Doraden und Branzini sowie einige Seezungen. Insgesamt nicht einmal ein Doppelzentner Fisch. Das Netz würden sie erst auf dem Rückweg wieder auslegen. Es war fast Mitternacht, sie mußten bald auf den anderen Kutter treffen.

Der letzte Schneefall hatte sich schon weiter nördlich gelegt, vereinzelt drang das Funkeln der Sterne durch die allmählich größer werdenden Risse in der Wolkenschicht.

»Die Rückfahrt wird leichter«, knurrte Marasi. Es war abzusehen, daß der rapide Wetterwechsel sich diesmal zum Guten wendete. Die Bora kam und verschwand wie sie wollte.

Die Nacht war pechschwarz, die Positionslichter des anderen Bootes waren gut zu erkennen. Wer lief sonst noch aus in einer solchen Nacht? Marasi drehte den Bordscheinwerfer aufs Meer, lenkte den auf der Wasseroberfläche immer länger werdenden Lichtstrahl in die Richtung des anderen. Dann leuchtete auch dort ein Scheinwerfer auf. In langsamer Fahrt näherten sie sich einander. Sie mußten vorsichtig sein, der Seegang war nach wie vor stark, und es würde ein schwieriges Manöver werden, selbst dann, wenn sie schließlich die beiden Schiffe stabil aneinander vertäut hätten. Marasi drehte bei. Die Tür zum Steuerhaus stand offen. Luca im schweren Ölzeug rief Marasi knappe Anweisungen zu, die dieser mit der einen Hand am Steuer, mit der anderen am Gashebel umzusetzen versuchte. Der andere Kutter war noch zwölf Meter entfernt. Auch dort lehnten Männer an der Bordwand und hielten Taue in den Händen, so wie Luca, Mario und Giuliano. Die Kutter wurden von den Wellen immer wieder schnell aufeinander zugetrieben, oder schienen plötzlich wieder drei, vier Meter weiter voneinander entfernt als zuvor. Die Gischt überrollte wiederholt das Deck und floß dann langsam nach hinten ab. Immer wieder warfen sie die Taue, die die anderen nicht fangen konnten. Die Schiffsführer wiederholten ihre Manöver. Endlich fingen die Männer das erste Tau. Es mußte schnell gehen, das zweite flog hinüber, die alten Autoreifen an den Bordwänden mußten Schäden verhindern. Luca belegte den Poller immer wieder neu, zog mit aller Kraft an dem Tau. Mit einem heftigen Aufprall knallten die Schiffe von einer großen Welle getrieben gegeneinander und rissen sogleich wieder in der Gegenrichtung an der Vertäuung. Die Männer hatten Mühe, sich auf den Beinen zu halten, doch wußten sie, daß nur wenig Zeit für die Verladung blieb. Die See war zu stürmisch, das Manöver viel zu waghalsig.

Sie hatten sich schon oft an dieser Stelle getroffen, Marasi und Gubian. Der eine kaufte den Fisch vom anderen, bezahlte ohne Quittung in bar und deklarierte ihn in Triest als eigenen Fang. Ein gutes Geschäft für beide, denn Gubian erhielt vom Kollegen aus dem Norden einen höheren Preis als er in Kroatien erzielen konnte. Sie waren nicht die einzigen, die so arbeiteten. Man konnte es nicht einmal als Schmuggel bezeichnen, was in internationalen Gewässern geschah. Und neben dem Fisch brachte Marasi einige Kisten nach Triest, deren Inhalt den Behörden nicht bekannt werden durfte.

Marasi und Gubian waren alte Feinde, die seit Jahren zusammenarbeiteten. Ihre Rechnung war seit 1943 offen. Gubian war in Marasis Hand, der sich irgendwann noch ganz anders rächen wollte. Er wollte Gubian noch immer umbringen, als er ihn nach fünfundzwanzig Jahren zum ersten Mal und rein zufällig wieder traf. Es war wie ein Gelübde, von dem er nicht mehr wußte, ob er es wirklich abgelegt hatte, und sich deshalb erst recht daran hielt. Es wurde immer stärker, je älter er wurde. Doch dann kam der Tag, an dem er wußte, daß er Gubian benutzen konnte. Als wichtiges Glied in einer Kette, in der er selbst das nächste und seine Tochter Nicoletta das übernächste war, auch wenn sie die Dinge koordinierte. Alles Weitere hatte Aufschub, solange nur Nicoletta davon profitierte.

»Wo ist Gubian?« rief Marasi hinüber, als er erkannte, daß ein anderer Mann im Steuerhaus stand als sonst.

»Er ist nicht da!« rief einer herüber. »Aber wir haben alles dabei.«

»Wo ist er?«

»Weiß ich nicht. Er kommt wieder!«

»Ist er in Triest?«

Alle wußten von dem Bombenattentat in Contovello. Die Medien, auch die jenseits der Grenze, hatten es groß gebracht. Warum also sollte er nicht danach fragen?

»Wo sollte er sonst sein? Wozu willst du das wissen?«

Marasi dachte grimmig daran, daß nun endlich auch Gubian wußte, wie es ist, wenn jemand aus der eigenen Familie umgebracht wird, von Tätern, die man nicht kennt, und wie es ist, wenn man nur einen unbeweisbaren Verdacht hat, der um so heftiger wird, je weniger er Bestätigung findet. Wie damals, als Violetta, seine Schwester, von den Kommunisten ermordet wurde.

»Wie viele Kisten habt ihr?« rief er.

»Fünf, wie bestellt. Aber nur wenig Fisch!«

»Gebt rüber!«

»Hoffen wir, daß es klappt bei dem Seegang!«

»Es muß! Los, macht schon!«

Die Männer des anderen Bootes holten voluminöse weiße Styroporkisten aus dem Laderaum. Langsam hievten sie die erste auf die Bordkante. Sie mußten sich von beiden Seiten weit hinausbeugen, damit keine der Kisten zwischen den Kuttern im Meer landete. Die Bordwände preßten die alten Reifen beinahe platt, wenn die See sie aufeinander zutrieb, und ruckartig öffnete sich kurz darauf wieder der schwarze Abgrund zwischen ihnen. Wenn starke Wellen abrupt auf den ersten Kutter trafen und ihn gegen den anderen krachen ließen, konnten sich die Männer kaum auf den Beinen halten.

Die Verladung dauerte länger als sonst. Marasi hatte am Steuer alle Hände voll zu tun. Er beobachtete den Seegang, steuerte gegen, half mit der Schraube nach und versuchte das Schiff in die See zu stellen – genau so, wie es sein Kollege auf dem anderen Kutter tat. Immer wieder zwang das Meer sie zu einer Pause, in der die Männer das Rollen der Wellen beobachteten. Immer wieder trafen sie starke Querseen aus Nordosten. Der Wind und vor allem die Strömungsverhältnisse waren nur schwer berechenbar.

Als Gubians Männer die letzte Kiste auf die Bordwand gehoben hatten, traf sie eine große, harte Welle, die sich schon als schäumender, weißer Kamm auf einige Entfernung in der Meeresschwärze angedeutet hatte. Sie war in einem spitzen Winkel auf sie zugerast und schnitt sich mit der konstant einlaufenden See genau an der Position der beiden Kutter. Marasis hastiges Zeichen an den Kroaten kam zu spät. Die Woge krachte gegen die Bordwand und schickte die Gischt hoch über das Steuerhaus. Der Kutter richtete sich nach dem Schlag wieder blitzartig auf. Marasi krachte mit der Schulter zuerst auf das Steuer und dann gegen den Türpfosten des Steuerhauses.

Die Männer an Deck der »San Francesco« wurden durch die Wucht des Schlags überrascht. Marasi konnte sie nicht mehr warnen. Die letzte Kiste wurde auf die »San Francesco« geschleudert und riß Luca zu Boden. Giuliano, der an der Bordwand stand, wollte sie abfangen und strauchelte. Er griff nach dem langen Ende des Taus, mit dem die Kutter vertäut waren, und das als einziger Halt in

Reichweite war. Giuliano stolperte und stürzte nach vorne, schlug mit dem Bauch auf den Poller, der sich wie ein Faustschlag in seine Magengrube bohrte. Er stieß vor Schmerz einen kurzen Schrei aus, ruderte mit den Armen und suchte krampfhaft nach Halt, doch seine Hände griffen ins Leere. Dann kam der Rückschlag. Die beiden Schiffskörper schossen wieder auseinander. Und wieder richtete sich die »San Francesco« auf, während der Kroate in die Gegenrichtung krängte. Ein schwarzer Abgrund öffnete sich zwischen den Schiffen. Giulianos Beine folgten seinem weit hinausgebeugten Oberkörper. Er griff nach einem losen Tau, das ihm keinen Halt gab. Die See warf die Kutter wieder gegeneinander, die Bordwände krachten zusammen. Giuliano verschwand in der hoffnungslosen Schwärze, die sich über ihm schloß. Marasi stürmte aus dem Führerstand zur Bordwand, riß das Tau, an dem Giuliano vergeblich Halt gesucht hatte, mit aller Kraft zurück und fiel aufs Deck.

»Giulianoooooooo!« Sein Schrei durchschnitt den Sturm wie ein Messer und wiederholte sich wie ein Echo in den Köpfen der anderen. »Macht los! Macht schon los!« Er brüllte sich die Kehle aus dem Leib und riß die Taue von den Pollern. Irgend jemand warf eine leere weiße Styroporkiste hinaus, die auf den Wellenkämmen mit der Strömung rasch davonritt und in der Dunkelheit verschwand. An Bord waren weder Schwimmwesten noch Rettungsringe. Die alten Fischer waren bislang ohne sie ausgekommen, und die Vorschriften hatten sie noch nie interessiert.

Beide Schiffe drehten in die Dunkelheit und suchten mit den Scheinwerfern im aufgewühlten Meer. Doch wie hätten sie einen Kopf und winkende Arme oder gar einen in den Wellentälern treibenden Körper erkennen können? Nicht nur das fehlende Licht machte es unmöglich. Die

Proportionen von Mensch und Elementen waren wiederhergestellt. Immer wieder zog Marasi das Steuer herum und beschleunigte die Maschine, bis er sich dort wähnte, wohin die Strömung Giuliano getrieben haben mußte. Die weiße Kiste diente als einziger Anhaltspunkt. Marasi drosselte die Maschinen, während der Kroate ihn in einem weiten Kreis umfuhr. Aber sie fanden Giuliano nicht, nicht einmal ein Gebet konnte helfen.

Nach einer Stunde gaben die Kroaten die Suche auf. Sie drehten ab, ohne sich noch einmal zu verständigen. Gubians Männer fuhren zurück nach Pola, in drei Stunden wären sie zu Hause. Die Männer aus Triest kreuzten noch eine Stunde an der Position, die Lampen auf die See gerichtet, bis Marasi irgendwann wortlos den Diesel beschleunigte und Kurs nach Norden nahm.

Ugo, Mario und Luca standen wortlos im Steuerhaus und glichen die Bewegungen des stetig vor sich hinstampfenden Kutters mit federnden Beinen aus. Jeder einzelne ihrer Knochen schmerzte. Keiner schaute den anderen an. Sie hatten die Kisten noch gemeinsam unter Deck gebracht, schweigend. Sie wurden wie üblich unter dem Fisch verstaut. Es war kaum mit einer Kontrolle der Ladung durch die Guardia di Finanza oder die Capitaneria zu rechnen. Marasi würde vor dem Einlaufen die Behörde per Funk über Giulianos Unglück verständigen, die Beamten sie dann an Land erwarten. Doch die Ware der alten Sturköpfe wurde kaum mehr kontrolliert. Sie hatten beinahe Narrenfreiheit. Die Ladung würde unter der Aufsicht Nicolettas gelöscht werden, käme von der Waage in die beiden bereitstehenden Kühltransporter. Die Beamten der Capitaneria würden nur das Schiff und die Ausrüstung inspizieren, der Fang interessierte sie nicht. Sie wußten, wie Fische aussahen. Später würden sie die Männer in dem modern renovierten Terminal des ehemaligen Wasserflughafens an der Piazza Duca degli Abbruzzi verhören. Sie würden die Aussagen der alten Fischer protokollieren und sie am Nachmittag und in den Tagen darauf mit weiteren Fragen belästigen. Marasi und seine Männer kannten den Ablauf, der sich über Jahrzehnte kaum verändert hatte. Wenn die alten Fischer wortkarg blieben, war für die Beamten nichts zu holen.

Nach einer Stunde Fahrt sagte Mario: »Du hast ihn umgebracht, Ugo! Es war Wahnsinn!«

Marasi reagierte nicht.

»Ich sagte, du hast ihn umgebracht, Ugo! Wir hätten nicht fahren dürfen.«

»Es war die Entscheidung von uns allen.« Marasi schaute ihn mit kaltem Blick an. »Ich habe niemandem befohlen, daß er mitfährt.«

»Heute hätten wir nicht fahren dürfen«, sagte nun auch Luca.

Dann schwiegen sie wieder. Irgendwann ging Mario hinaus aufs Deck und setzte sich auf die Netze. Er zog eine Flasche mit Rotwein aus einer Tasche und ließ den Verschluß aufschnappen. Mit einem Zug trank er die halbe Flasche aus. Hemmungslos liefen ihm die Tränen über die Wangen. Er setzte die Flasche noch einmal an. Dann ging er zurück ins Steuerhaus. Die See war noch rauher geworden, sie liefen in den stürmischeren Teil des Golfes und waren bald zu Hause.

»Es ist beim Einholen des Netzes passiert«, sagte Marasi. »Ein Ruck und ein Schlag der querlaufenden See. Mehr haben wir nicht zu sagen. Die Position geben wir an.«

»Und die Ware?« fragte Luca.

»Wird verladen wie sonst. Nicoletta erwartet uns.«

Sie fuhren zurück in italienische Gewässer.

Marasi griff zum Funkgerät und meldete sich bei der Capitaneria an. »San Francesco. TS 47819, Torino Salerno quattro sette otto uno nove. Kommen aus internationalen Gewässern, Kurs Triest.«

»Guten Morgen, Marasi! Haben Sie genug? Erklären Sie Besatzung und Ware!«

»Fisch! Vier Doppelzentner. Drei Mann Besatzung. Eine Vermißtmeldung. Mann über Bord in internationalen Gewässern, auf 13 Grad 10 Minuten östlicher Länge und 45 Grad 41 Minuten nördlicher Breite.«

Auf der anderen Seite herrschte kurzes Schweigen.

»Nennen Sie die Personalien!«

»Scropetti, Giuliano, 65 Jahre, Via della Madonnina 15, Triest.«

»Wir erwarten Sie an der Mole. Verändern Sie nichts an Bord. Ende.«

Die Bora wehte nur noch mit fünfzehn Knoten über dem Golf von Triest. Sie hatte den Himmel von den schweren Wolken befreit, sie weit nach Westen Richtung Venedig getrieben. Der Himmel war klar, die Sterne strahlten hell, und der Mond, der über Aquiléia unterging, warf sein letztes weißes Licht über das Meer. Im Osten deutete sich der Tag an, als sie kurz vor sieben Uhr in den Hafen einliefen. Auf der Mole warteten zwei Fahrzeuge der Capitaneria del Porto und zwei Kühlwagen sowie der Fiat Panda von Nicoletta. Sieben Personen beobachteten mit finsteren Mienen das Einlaufen des Kutters.

Brunas freier Tag

Bruna wunderte sich, weil an diesem Morgen seine Schritte nicht zu hören waren. Es war ihr freier Tag als Ausgleich für die Arbeit am vergangenen Samstag. Heute wenigstens würde sie ihm nicht auf der Treppe begegnen. Sie hatte sich oft gefragt, ob er es absichtlich so einrichtete, daß er genau dann zurückkam, wenn sie aus dem Haus mußte. Nur damit er mit finsterem Blick grußlos an ihr vorbeigehen konnte, die Nase hochziehend, geräuschvoll rotzend. Keine Bewegung in dem geröteten Gesicht. Die Schultern hochgezogen und die Hände tief in den Hosentaschen vergraben. Noch bevor sie die Haustür öffnete, hörte sie, wie seine Wohnungstür laut ins Schloß schlug. War sie einmal später dran, dann hörte sie nur den Knall seiner Wohnungstür einen Stock höher, danach seine schweren Schritte in dem kleinen Flur, und dann die leiseren, in der Küche. Er hatte die Stiefel aus- und die Pantoffeln angezogen, wie er es früher zu Hause tat. Sie hörte ihn in der Küche hantieren. Während sie ihre Kaffeetasse abwusch, goß er sich Rotwein ein. Während sie ihren Katzen einen guten Tag wünschte und ihren Mantel anzog, hörte sie ihn in sein Wohnzimmer schlurfen und kurz darauf einen weiteren Krach. Die Tür seines Schlafzimmers. Sie schloß ihre Wohnungstür immer leise.

An diesem Tag mußte Bruna Saglietti nicht hinaus und hörte ihn erst gegen Mittag. Dem Zuschlagen der Wohnungstür folgte das Geräusch in der Küche. Er blieb diesmal länger dort als sonst. Sie hörte, wie er einen Stuhl über die Steinfliesen zog. Sie hatte ihr Dampfbügeleisen abgesetzt und lauschte. Zwei der Katzen strichen um ihre Beine und schnurrten. Die anderen beiden saßen am Fenster und blinzelten durch die kleine Spalte in dem geschlossenen Rolladen, den sie seit Jahren nicht mehr öffnete. Bruna zuckte zusammen, als sie von oben plötzlich ein fremdartiges Geräusch hörte. Es war, als hätte er etwas gegen die Wand geworfen. Sie hörte Glas klirren, dann einen lauten Schrei. Dann Stille. Wie erstarrt stand sie am Bügelbrett und lauschte, während das Bügeleisen leise vor sich hin fauchte. Endlich hörte sie, wie er mit einem Besen die Scherben zusammenkehrte, dann seine Schritte zum Schlafzimmer und schließlich die Erschütterung der Wände, als er die Tür zuschlug. Wenig später erzitterte die Zimmerdecke. Marasi hatte sich hingelegt.

Bruna Saglietti nutzte den freien Tag für ein paar Hausarbeiten und die üblichen Dinge, für die sie sonst keine Zeit hatte. Sie arbeitete in der Haushaltswaren-Abteilung des Kaufhauses auf dem Viale XX Settembre. Zuerst als Verkäuferin, seit einigen Jahren als stellvertretende Abteilungsleiterin. Sie war stets zuverlässig und legte Wert darauf, immer adrett gekleidet und frisiert zu sein. Es war nicht weit von ihrer Wohnung in der Via Stuparich zur Arbeitsstelle. Unter ihren Kolleginnen war sie beliebt, blieb bescheiden und fleißig und immer freundlich, doch Freunde hatte sie schon lange nicht mehr. Sie redete höchstens mit ihren Katzen. Einmal waren es sieben, jetzt vier. Oft dachte sie darüber nach, ob sie noch eine neue aufnehmen sollte, oder zwei, aber der Platz in der Wohnung wurde immer enger.

Ihre Tochter war schon lange aus dem Haus, der Mann 1975 einfach in die Wohnung einen Stock höher gezogen, als er davon hörte, daß sie frei wurde. Warum ist er nur im selben Haus geblieben, fragte sie sich oft. Es wäre so leicht gewesen, eine andere Wohnung in einem anderen Haus zu finden. Weg von ihr, wenn er schon wegging von ihr, warum dann nicht richtig?

Er hatte es nicht angekündigt. Am besagten Tag hatte er

einfach seine Kleider zusammengesucht, sie über den Arm geworfen, hatte sein Kopfkissen, die Decke und ein Laken auf den Arm gepackt und war aus der Tür gegangen. Sie war hinter ihm auf den Flur getreten, hatte mit stummem Entsetzen beobachtet, wie er die Treppe zum zweiten Stock hinaufgegangen war, wo er den Schlüssel im Schloß drehte. Er kam gleich darauf zurück, nahm in der Küche einen Teller und ein Glas, eine Gabel, ein Messer und einen Löffel, eine Tasse und einen Topf, holte danach im Bad Handtuch und Waschzeug. War er verrückt geworden? Diesmal zog er die Tür hinter sich ins Schloß, und wenig später hörte sie seine Schritte wieder in der oberen Wohnung.

Er kam nicht mehr zurück. Als sie ihn am Nachmittag die Treppe herunterkommen hörte, öffnete sie die Tür und fragte, was das zu bedeuten habe. Er zögerte nur den Bruchteil einer Sekunde und ging dann, ohne ihren Blick zu erwidern, schweigend an ihr vorbei. Es war die Uhrzeit, zu der er nachmittags seit Jahren das Haus verließ. Seither sprach er kein Wort mehr mit ihr. Nur durch ihre Tochter erfuhr sie damals, daß er sich für immer von seiner Frau getrennt habe und nur wegen ihr, der Kleinen, im selben Haus bleibe.

Danach ging Bruna erst nach fünf Wochen wieder zur Arbeit. Sie hatte stark abgenommen, alle Zuversicht war aus ihren Augen gewichen. Trotz der Tabletten, die ihr der Arzt verschrieben hatte, fühlte sie sich noch immer schwach. Nach der Arbeit ging sie stets direkt nach Hause und traf sich selbst an schönen Sommerabenden nicht mehr mit den Kolleginnen oder Freundinnen. Niemand wußte, was sie tat, und bald fragte man sie auch nicht mehr danach. Sie war eine andere geworden. Dabei war sie damals erst einunddreißig und die Tochter acht, Ugo war fast fünfzig. Bruna schämte sich wegen ihrer Hilflosigkeit. Sie konnte mit niemandem darüber sprechen, daß ihr Mann sie verlassen hatte und sie keine Ahnung hatte, weshalb. Fast alle Fischer waren geschieden, weil die Frauen sie verlassen hatten. Nach einigen Jahren hatten die meisten Frauen die Nase voll und suchten das Weite, solange sie noch jung waren.

Bruna war nur ein paarmal mit Ermano ausgegangen, zum Abendessen oder ins Kino und einmal, an einem Sommerabend, zum Konzert, vor dem mit farbigen Lichtern angestrahlten Schloß Miramare. Dort hatte man sie gesehen. Ugo wußte es schon am nächsten Tag. Er sagte nur, daß er keine Lust habe, den Gehörnten zu spielen. Das war alles. Kein Wort, keine verzeihende Geste, nichts. Nur das Kind behandelte er wie einen Menschen. Aber wann sah er sie schon? Morgens, wenn er zurückkam, war sie bereits in der Schule, nur am Nachmittag, bevor er zum Hafen ging, verbrachten sie eine Stunde zusammen. Nicoletta war stolz auf die Liebe ihres Vaters und ließ dies ihre Mutter spüren. Und dann kam der Tag, als Ugo einen Stock höher zog.

Bruna Saglietti war inzwischen sechsundfünfzig. Zu ihrer Tochter hatte sie ein distanziert-freundliches Verhältnis. Am Sonntag fuhren sie manchmal nach Muggia zum Mittagessen oder auf den Karst, in den Collio oder über die Grenze nach Istrien. Aber stets hatte Bruna das unangenehme Gefühl, daß diese Ausflüge aus Mitleid gemacht wurden. Seit Ugos Auszug gab es keine Herzlichkeit mehr.

Inzwischen schaute Bruna meist täglich im Fischladen Nicolettas vorbei, der im dottergelb gestrichenen niedrigen Trakt der alten Kaserne der Via XXX Ottobre lag. Sie nahm eine Tüte Sardinen mit und wunderte sich über Nicoletta, die immer wortkarger wurde und verschlossener und keine Miene mehr verzog. Nicoletta kam sehr nach ihrem Vater.

Bruna öffnete zwei Thunfischdosen und füllte sie in den Futternapf der Katzen, die sich ohne Hast darüber hermachten. Einen kleinen Rest gab Bruna auf einen Plastikteller. Die leeren Dosen stellte sie auf den Boden. Sie riß ein Päckchen Grissini auf und aß drei dieser Brotstangen dazu. Dann stellte sie den Plastikteller auf die anderen in einer Ecke der Küche. Der Stapel wurde höher und höher. Die leergeleckten Dosen stellte sie wie jeden Tag in einen Winkel ihres Wohnzimmers.

Zwei Stunden später hörte sie oben wieder die Schritte ihres Mannes. Sie wunderte sich, denn es war viel zu früh. Noch nie hatte sie ihn vor sechzehn Uhr aufstehen hören. Kurz darauf fiel seine Wohnungstür laut ins Schloß. Bruna setzte sich in den Sessel und rätselte, wohin er ging.

*

Laurenti erwachte an diesem Dienstag früher als sonst. Draußen schien zu seiner Überraschung die grelle Morgensonne von einem wolkenlosen Himmel. Von der Bora nera war nichts mehr zu spüren, nur die Schneereste, die in den nächsten Stunden wegschmelzen würden, erinnerten an das Unwetter. Proteo spürte einen hämmernden Kopfschmerz und versuchte, auf der Klobrille sitzend, den Kopf in beide Hände gestützt, zu rekapitulieren, was alles passiert war in der Nacht.

Natürlich hatte er die falschen Dinge getrunken. Wie oft hatte er sich schon vorgenommen, die Hochprozenter, Grappa und erst recht irgendwelche Cocktails stehen zu lassen? Aber Vorsätze sind dazu da, gebrochen zu werden. Er hätte beim Wein bleiben sollen, wie immer. Hatte er sich schlecht benommen? Wahrscheinlich war er ausfällig geworden. Wahrscheinlich hatte er alle Welt beleidigt. Wahrscheinlich sprach keiner mehr mit ihm oder er mußte sich auf einen Berg an Vorwürfen gefaßt machen. Verdammt, natürlich wäre das nicht passiert, wenn Laura noch da wäre. Alles wegen ihr. Und selbst sein Stuhlgang funktionierte nicht ordnungsgemäß, wenn sie weg war.

Er war am Nachmittag nach Contovello hinaufgefahren, wo er mit Sgubin drei Stunden im Mobilen Kommissariat ergebnislose Gespräche mit den Dörflern führte. Lediglich den alten Gubian sah er finster von Haus zu Haus gehen, an den Türen klingeln oder klopfen, eintreten und nach kurzer Zeit wieder herauskommen, auf dem Weg zum nächsten Haus.

Als Laurenti spürte, daß keiner im Dorf etwas Neues über die Gubians mitzuteilen hatte, überließ er die Befragungen Sgubin und fuhr ein paar Kilometer weiter zu der Kaserne bei Opicina. Fast einen Kilometer zog sich die gelbe, stacheldrahtbesetzte Mauer die Straße entlang. Die Wachtürme schienen ihm unnötig, so abstoßend war das Gelände von außen, und die Schilder, mit denen das Betreten des militärischen Geländes untersagt wurde, ebenfalls. Am Tor mußte er seinen Dienstausweis zeigen, der ihm erst nach geraumer Zeit zurückgegeben wurde. Das Verhältnis zwischen Carabinieri und Polizia di Stato hatte sich in den letzten Jahren zwar deutlich verbessert, doch die Rivalität zwischen diesen voneinander unabhängigen Ordnungskräften blieb bestehen. Die Carabinieri, die dem Verteidigungsministerium unterstanden, fühlten sich oft als etwas Besseres: Sie schützten das Vaterland, während sie die Staatspolizei als Organ der wechselnden Regierungen ansahen. Aber man behandelte sich höflich und behielt seine Gedanken für sich. Laurenti war froh, daß der neue Colonnello wenigstens einen komischen Nachnamen trug: Colonnello Valpolicella. Der Anklang an einen billigen Rotwein war aber immer noch besser als, wie bei Proteo, der Gedanke an einen Grottenolm in den Tiefen des

Karsts. Suspekt blieben sie sich dennoch, das war Politik und natürliche Konkurrenz.

Laurenti hatte die Halle schnell gefunden. Sie war spärlich beheizt. Die Leute von der Spurensicherung sortierten, was von der Familie Gubian übrig war. Emelda Beano, die Vorgesetzte der Gruppe, gab ihm mit finsterem Blick die Hand. Sie war eine immer streng blickende, magere Frau Anfang Dreißig, der er gerne eine neue Brille gekauft hätte, die besser zu ihrem markanten Gesicht paßte.

»Wie sieht's aus?« fragte Laurenti.

»Wir versuchen, die Dinge zu ordnen. Soweit möglich nach Zimmern und darin nach logischen Zusammenhängen. Wenn wir fertig sind, kennen wir die Familie in- und auswendig.«

»Habt ihr schon etwas gefunden?«

Sie zuckte die Achseln und machte eine hilflose Handbewegung. »Die dort hinten lesen die Papiere, Unterlagen, Briefe. Dabei kommt vielleicht am ehesten etwas heraus. Aber das braucht seine Zeit. Ich kann Ihnen genau sagen, was die Familie seit Freitag abend gegessen hat, weil seither der Müll nicht entsorgt wurde. Sonntag aßen sie viel Fisch zu Mittag – und Datteri.«

»Datteri? Die sind doch verboten.« Diese Muschelart wuchs im Stein der Küste, bohrte sich regelrecht hinein und brauchte zwölf Jahre, bis sie ausgewachsen war. Sie hatte Form und Farbe einer reifen, kandierten Dattel. Steindatteln wurden geerntet, indem Taucher mit kleinen Elektrohämmern die Felsen aufschlugen, um die Tiere herauszuholen. Dadurch wurden Fauna und Flora ganzer Küstenstreifen zerstört. Das Gesetz sah nicht nur in Italien harte Strafen vor für jeden, der mit den Datteri in Berührung kam: Fischer, Wirt, Koch und Feinschmecker.

»Deshalb sage ich es ja: es ist nicht einfach, sie zu beschaffen, und teuer sind sie obendrein auch noch.«

»Ich hab sie erst einmal gegessen und verstehe den ganzen Aufwand nicht.«

»Ich auch nicht«, sagte die Beano. »Wahrscheinlich liegt es am Reiz des Verbotenen.«

»Der Mann hatte ein Feinkostgeschäft. Der weiß natürlich, wie man sie bekommt. Aber weiter hilft uns dies wohl kaum.«

»Daß das Zeug zentnerweise hereingeschmuggelt wird, weiß man schon lange.«

»Was sonst?«

»Schauen Sie sich um, Laurenti. Alles und nichts.«

Er ging durch die Gänge, die zwischen den »Zimmern« freigelassen waren, und blieb immer wieder stehen. Eine tiefe Traurigkeit überkam ihn. Es glich Leichenfledderei, was sie hier taten, auch wenn es einen guten Grund dafür gab. Er sah Stapel von zerbrochenem Geschirr, ein paar Bücher, CDs, Videokassetten, Wäsche. Stühle, Kommoden, zwei geborstene Fernsehgeräte. Auf einer Tischdecke am Boden waren Essensreste und Gedecke zusammengestellt. Der zertrümmerte Tisch und vier Stühle in Einzelteilen dahinter. Sie hatten wohl genau so gesessen, als man ihr Leben auslöschte.

»Das ganze Leben einer Familie auf einem Platz. Das wäre etwas für ein Museum. Schrecklich.« Laurenti ging hinüber zu der Ecke, wo die drei Leute über den Papieren brüteten. Er griff nach einem Stapel Briefe und Karten, die zur Geburt des ersten Kindes geschrieben waren, und legte sie, nachdem er sie flüchtig durchgeblättert hatte, zurück, ohne ihre Ordnung zu verändern.

»Wenn ihr die Schriftstücke der letzten Monate beisammen habt, würde ich sie gerne sehen«, sagte Laurenti und ging zurück zu Emelda Beano. Er verabschiedete sich knapp. Als er endlich wieder die kalte Abendluft des Karsts einatmete, verspürte er so etwas wie Erleichterung.

Es war neunzehn Uhr, und er hatte Hunger. Da Marco im Judo-Training war und es folglich kein gemeinsames Abendessen gab, fuhr Laurenti zurück nach Contovello und von dort die Strada del Friuli hinunter zum Leuchtturm. Montagabend und bei diesem Wetter würde er in der »Trattoria al Faro«, dem Restaurant seines alten Freundes Franco, auch ohne Vorbestellung einen Platz bekommen. Vom Auto aus rief er Rossana Di Matteo im Büro des ›Piccolo‹ an und lud sie zum Abendessen ein. Sie zögerte. Sie hatte noch zu tun, doch wurde sie neugierig, als er sagte: »Ich habe viel mit dir zu besprechen. Also, sag schon ja!«

»Etwas später, Proteo. Gegen neun. Vorher schaffe ich es nicht.«

Franco begrüßte ihn fröhlich. »Lange nicht gesehen! Wie geht's?«

»Elend. Danke der Nachfrage!« Proteo hängte seine Jacke an die Garderobe, ging in die Küche und begrüßte die gutgelaunte Nadia, die Köchin, und die füllige serbische Küchenhilfe mit dem kreisrunden Gesicht über ihrer grünen Kittelschürze.

»Sonst niemand da?«

Franco öffnete die Schiebetür in den kleinen Flur, in dem der Kühlschrank für die Weißweine stand. Proteo trank lieber Rotwein, aber ein erstes Glas Weißer würde nicht schaden. »Wähl du!« sagte Franco.

Proteo entschied sich für eine Flasche 98er Chardonnay der Brüder Klinec, ehrgeizige junge Winzer aus Medana im slowenischen Teil des Collio. Sie schmeckten und süffelten und waren sich einig, daß dies ein großer Wein war. Jetzt konnten sie reden und trinken.

»Ich habe die zwei Wochen, die ich den Laden Anfang November geschlossen hatte, genutzt, um ein paar Dinge zu verändern«, sagte Franco. Der zweite Koch, das wußte Laurenti natürlich, war vor einigen Monaten mit einer kleinen Dosis Kokain in der Hosentasche erwischt worden und stand unter Hausarrest, weil sich einige »Freunde« gegenseitig angeschwärzt hatten. Eine ziemlich dumme Geschichte, die stark verzerrt durch den ›Piccolo‹ ging. Eine Gruppe Freunde hatte in einer Diskothek ein hübsches Mädchen angemacht und sie zu einer Party nach Hause eingeladen. »Sex- und Drogenorgie« hatte die Zeitung das genannt. Die junge Frau kam gerne mit. Pech, daß sie von der Polizei war. Der Koch saß dreizehn Tage im Coroneo, zu sechst in einer Viererzelle, als einziger Italiener zusammen mit Serben, Kroaten und einem Albaner. Danach Hausarrest und die Kündigung in der Trattoria, weil schon zu viele Leute darüber sprachen. In Triest machten solche Dinge schnell die Runde, und die Gefahr, daß etwas aufs Lokal zurückfallen konnte, war erheblich. Laurenti hatte leider nichts für den Koch tun können, der ein guter Kerl war und ihn meistens bevorzugt bekocht hatte.

»Du wirst sehen«, sagte Franco, »morgen fängt ein sehr talentierter Junge an, und du wirst in Zukunft noch besser essen. Außerdem hat im Grunde sowieso Nadia die ganze Arbeit gemacht. Aber da ist noch eine Geschichte.« Auch Maria, die langjährige Bedienung, war raus, weil, wie Franco es diplomatisch bezeichnete, »der tiefe Graben an Disharmonie unüberwindbar wurde«.

»Es gibt Veränderungen, die werden einem leider von anderen aufgezwungen«, sagte Franco. »Aber am Ende, nach aller Desillusionierung, muß man dankbar sein. Ich habe viel gelernt. Nicht alle können mit zuviel Vertrauen gut umgehen. Viele sind damit überfordert. Eine verdammte Enttäuschung. Schmerzlich, aber heilsam.« Er mußte seine kleine Lebensphilosophie abrupt unterbrechen. Trotz des Wetters waren doch noch Gäste gekommen, die Franco begrüßte, an einen Tisch führte und deren Bestellung er aufnahm. Laurenti goß sich von dem schweren Weißwein nach und angelte sich eine MS aus Francos halbvoller Packung. Das Rauchen fiel ihm schon viel leichter als gestern.

Als Rossana Di Matteo um Viertel vor neun hereinkam, war er schon lange nicht mehr nüchtern, aber fröhlicher, als er es sich am Morgen noch hatte vorstellen können. Nur den Hunger hatte er sich fast komplett weggetrunken, so daß er von der wunderbaren Fischsuppe, in der es an nichts fehlte, nur wenig mehr als die Hälfte schaffte. Mit den panierten Sardinen ging es besser.

Rossana, die einem halben Hummer das Fleisch aus der Schere zog, spöttelte über seinen Hauptgang. »Kinderessen, Proteo. Der frustrierte Mann tut sich was Gutes. Schade, daß es keine Fischstäbchen mit Mayonnaise gibt.«

Sie bestellten die zweite Flasche Rotwein. Die »Quela« der Klinec-Brüder war ein Hit und der beste Rotwein, den Franco zu bieten hatte.

Proteo hatte ihr sein Leid geklagt. Sie, als verantwortliche Redakteurin für den Lokalteil des ›Piccolo‹, hatte natürlich gehofft, er würde ihr die neuesten Erkenntnisse vom Mord in Contovello berichten, doch ging es Proteo um wichtigere Angelegenheiten. Sie hörte ihm schweigend zu, bedauerte ihn und versprach, bald mit Laura zu telefonieren.

»Manchmal«, sagte Proteo, »denke ich daran, daß wir damals ruhig hätten etwas weiter gehen können, Rossana.« Vor Jahren hatten die beiden einmal miteinander geflirtet, aber es war nichts draus geworden. Die Freundschaft blieb gottlob erhalten.

Rossana lachte hell auf. »Du warst verheiratet, Laurenti! Ich war verheiratet! Laura erwartete ihr zweites Kind! Horror!«

»Und jetzt?«

Rossana beugte sich herüber und küßte ihn auf die Wange. »Keine gute Idee, Proteo. Überhaupt nicht«, sagte Rossana.

Franco hatte, nachdem die anderen Gäste gegangen waren, vorgeschlagen, den Laden dicht zu machen und in einer Bar einen letzten Drink zu nehmen. Sie landeten um Mitternacht in einer Bar, in den eng verschlungenen Winkeln des ältesten Stadtteils von Triest, unterhalb des Kastells von San Giusto. Und dort begann Laurentis Desaster. Am Faro konnte er noch nein zur Grappa sagen, hier mußte er nach einem zwanzig Jahre alten Whisky idiotischerweise noch eine Caipiriña nach der anderen trinken. Er machte sich an Rossana heran und schwafelte davon, sie sollten doch nachholen, was sie damals nicht getan hatten. Hatte Galvano nicht gesagt, er solle sich eine Geliebte suchen? Doch Rossana amüsierte sich nur über seine Komplimente und wich ihm geschickt aus. Gegen zwei Uhr ließ sie ihn einfach stehen. Auch Franco wollte plötzlich gehen. Verflucht, wie hatte der Kerl es nur angestellt, Rossana abzuschleppen? Proteo hatte sie doch keine Sekunde aus den Augen gelassen. Das Rätseln über dieser Frage dauerte bis vier Uhr früh, dann fuhr Commissario Proteo Laurenti sturzbetrunken nach Hause.

Er zog die Spülung und ging ins Bad. Eine lange, heiße Dusche spülte auch große Teile des schlechten Gefühls weg. Dann wollte er Kaffee machen. Die Küche sah katastrophal aus. Müll von drei Tagen und unabgewaschenes Geschirr.

Marco hatte gestern abend nach dem Training offensichtlich schon wieder Pizza bestellt und sie mit Freunden zusammen verputzt. Der große Tisch in der Küche stand voller Reste, Kartons und leerer Gläser. Wenigstens nur drei Bierflaschen, dachte Laurenti beruhigt, wenigstens haben sie sich nicht betrunken. Er sammelte die Pizza-Kartons zusammen und legte sie auf die vom Abend zuvor neben den vollen Mülleimer an der Spüle. Er trug die Gläser vom Tisch und stellte sie ins Spülbecken zu den anderen. Auch die leeren Bierflaschen stellte er neben den vollen Mülleimer, kippte schließlich den Kaffeesatz aus der Espressomaschine ins Spülbecken und füllte sie. Er nahm sich fest vor, heute abend sauberzumachen.

*

Das Verhör begann, nachdem der Kutter von den Beamten der Capitaneria inspiziert worden war. Sie waren gleich an Bord gegangen, nachdem die »San Francesco« vertäut war.

»Für das Wetter habt ihr einen relativ guten Fang«, sagte einer von ihnen, als er die Kisten sah. Die oberen waren geöffnet, die Fische glänzten silbern in der Morgensonne. »Aber der Preis war zu hoch.«

»Können wir verladen?« fragte Marasi ungerührt. »Die Transporter warten.«

Da der Tenente nicht antwortete, gab Marasi ein Handzeichen. Luca und Mario hoben die Kisten über die Bordwand.

Nur Marasi sprach mit den Inspekteuren. Er führte sie zum Ausleger, an dem das Schleppnetz hing, und gab seine Erklärungen ab. Mario und Luca arbeiteten schweigend und mit finsterer Miene, Nicoletta stand auf der Mole und gab Anweisungen. Sie erkannte die Ware aus Kroatien an einem roten Punkt auf dem Styropor. Nach zwanzig Minuten fuhren die beiden Kühlwagen von der Mole an der Pescheria vorbei auf die Riva Nazario Sauro und verschwanden im erwachenden Berufsverkehr. Nicoletta wartete vor dem Kutter.

Die Dienstwagen der Guardia Costiera hatten für Aufmerksamkeit gesorgt. Ein Rentnerehepaar, im Alter Marasis und mit stark nach Naphtalin riechenden Wintermänteln, stand mit seinem kleinen Hund etwas abseits und schaute neugierig herüber. Drei Fischer waren zu Nicoletta getreten und fragten, was passiert sei. Sie hatte nur »Giuliano« gesagt, das genügte. Sie sahen Luca und Mario beieinander stehen und auf Marasis Erklärungen achten. Der Tenente der Küstenwache hörte mit steinernem Gesicht zu. Seine Beamten hatten die Instrumente abgelesen, sich in Steuerhaus und Stauraum umgesehen, das Deck inspiziert, Netze und Taue oberflächlich begutachtet. Es gab nicht viel zu sehen. Nichts Ungewöhnliches auf wenig Raum. Als auch Marasi nichts mehr zu seinen knappen Erklärungen hinzufügte, erklärte der Tenente die Inspektion für abgeschlossen.

»Sie kommen mit uns«, sagte er zu Marasi. »Sie und Ihre Männer. Wir nehmen das Protokoll in der Capitaneria auf. Sie müssen mit einer Anzeige wegen fahrlässiger Tötung rechnen. Der Kutter wird bis zum Abschluß der Untersuchung versiegelt. Sie dürfen ihn nicht benutzen und nicht betreten.«

»Wir müssen noch das Netz auf die Mole bringen. Es hat Schäden. Wir müssen es später reparieren.«

»Machen Sie das, Marasi. Aber schnell. Schließen Sie dann ab und geben Sie mir die Schlüssel. Dann fahren wir.«

Sie faßten zu dritt an. Das Netz war schwer. Die Männer der Capitaneria standen daneben und schauten zu. Nicoletta wartete noch immer auf der Mole. Breitbeinig stand sie da und packte zu, als sie das Netz hinüberhievten. Sie wartete, bis ihr Vater den Kutter abschloß, an Land ging und die Schlüssel übergab.

»Ruf mich an, wenn du fertig bist. Ich hole dich ab und fahr dich dann nach Hause.«

»Laß nur, Nicoletta«, Ugo Marasi schüttelte den Kopf. »Ich komme danach bei dir vorbei. Fahr jetzt zu Giuliano nach Hause und bring es ihnen bei. Sag, ich käme später zu ihnen.« Dann folgten die drei Männer den Beamten zu den Dienstwagen.

In der Capitaneria mußten sie ihre Papiere abgeben. Marasis Lizenz wurde eingezogen. Man verhörte sie einzeln. Das Protokoll war kurz. Wortkarg waren sie ohnehin, aber gegenüber den Behörden waren sie verschlossen. Was konnte der Staat schon Gutes bringen? Genehmigungen, Kontrollen, Strafen, Krieg, Vertreibung. »Das, was du hast, hast du, sonst nichts. Gib es nicht preis«, hatte Luca einmal an einem Morgen in der Bar gesagt, nachdem sie eine mühselige Routinekontrolle hinter sich hatten, bei der die Ausrüstung kleinlichst überprüft wurde. Die Maschenweite der Netze wurde beanstandet. Sie zogen damit zu kleine und zu junge Fische aus dem Meer, wie das fast alle ihrer Kollegen zu jener Zeit taten. Die Strafe war gesalzen: fünf Millionen Lire und Lizenzentzug für drei Monate. Gerade zu der Zeit, als der Golf von Triest vor Makrelen wimmelte. Sie hatten nicht mit den Beamten diskutiert, nicht versucht, sich herauszureden. Schweigend hatten sie sich auch damals die Vorwürfe angehört, die Fragen nicht beantwortet. Sie waren ein eingespieltes Team, das nicht einmal unter Folter viel geredet hätte. Reden war einfach nicht ihre Sache.

Die Aussagen der beiden anderen lasen sich ähnlich. Sie unterschieden sich nur in einem Punkt: Wer von ihnen die leere weiße Styroporkiste über Bord geworfen hatte, auch wenn es sinnlos war. Sonst war auch aus ihnen nichts herauszubekommen. Man hatte einen nach dem anderen entlassen. Marasi war der letzte, den sie vernahmen. Er wartete bewegungslos auf einer Bank im Flur. Als Mario herauskam, schauten sie sich wortlos an.

»Ciao!« sagte er mit grimmigem Blick und ging den Flur hinab zum Ausgang.

»Ciao«, murmelte Marasi leise, die Augen starr auf die gegenüberliegende Wand gerichtet.

Luca sah er nicht mehr. Als er hereingerufen wurde, hatte man ihn bereits durch eine andere Tür entlassen.

Den Personalien folgten in der Niederschrift des Protokolls wenige Sätze.

»Weshalb sind Sie bei diesem Wetter hinausgefahren?«

»Warum nicht?« hatte Mario angegeben. »Weil wir immer fahren«, sagte Luca.

»Wir fahren bei jedem Wetter«, war Marasis Antwort.

»Sie wußten, daß es gefährlich war.«

»Ja.«

»Und Sie sind dennoch gefahren?«

»Die Adria ist kein Meer, sie ist ein See!«

»Sie tragen die Verantwortung für Ihre Männer!«

»Ja.«

»Warum also sind Sie gefahren?«

»Da unten ist das Meer ruhiger.«

»Wir haben Sie gewarnt. Hier das Protokoll des Funkspruchs.«

»Ich weiß.«

»Wie ist es passiert?«

»Giuliano ging über Bord.«

»Wie?«

»Etwas stimmte nicht. Er ging nach hinten, um nachzusehen.«

»Was stimmte nicht?«

»Irgend etwas mit dem Netz. Es hakte.«

»Und?«

»Er hat nachgesehen.«

»Und?«

»Und dann ist er über Bord gegangen.«

»Haben Sie nicht versucht, ihm zu helfen?«

»Ich konnte ihm nicht helfen.«

»Was haben Sie gemacht?«

»Den Kutter gewendet. Das Meer mit dem Scheinwerfer abgesucht.«

»Haben Sie keine Schwimmwesten getragen?«

»Nein. Mario warf eine Kiste aus Styropor raus.«

»Wie lange haben Sie gesucht?«

»Drei Stunden.«

»Haben Sie Hilfe angefordert?«

»Da war niemand, der hätte helfen können.«

»Woher wissen Sie das?«

»Bei dem Wetter fährt niemand.«

»Aber Sie sind gefahren!«

»Ja.«

»Sie sind verpflichtet, einen solchen Vorfall sofort zu melden.«

»Habe ich getan.«

»Laut Funkprotokoll erst um sechs Uhr zehn.«

»Ja. Wir waren vorher in internationalen Gewässern.«

»Warum haben Sie es nicht früher gemeldet?«

»Wir haben gesucht.«

»Sie haben weder Rettungswesten an Bord noch eine Rettungsinsel. Das ist gegen das Gesetz.«

»Wir brauchen das Zeug nicht.«

»Es ist gegen das Gesetz.«

»Ich bin vierundsiebzig Jahre alt und fahre seit achtunddreißig Jahren. Wenn mir was passiert, dann soll es so sein. Giuliano war dreiundsechzig und sah das genauso.«

»Wie lange war er bei Ihnen an Bord?«

»Seit achtunddreißig Jahren.«

»Wozu brauchten Sie die Fender?«

»Alte Reifen, keine Fender.«

»Wozu brauchten Sie die?«

»Für den Notfall, bei Seegang im Hafen.«

»Die anderen haben keine.«

»Die fahren auch nicht, wenn es ein bißchen stürmt.«

Um Viertel nach zehn betrat Ugo Marasi das Fischgeschäft seiner Tochter. Der Fang lag ordentlich hergerichtet auf dem Eis der Auslage. Der Laden war voller Menschen. Nicoletta nahm gerade eine große Dorade aus. Sie hatte sie aufgeschnitten, die Eingeweide mit blutverschmierten Fingern herausgezogen und in einen Eimer geworfen. Dann schuppte sie den Fisch. Als sie Marasi sah, gab sie ihm mit einer Kopfbewegung zu verstehen, daß er nach hinten in ihr Büro gehen solle. Sie kam wenig später nach.

»Seine Frau hat mich geohrfeigt!« sagte Nicoletta. Sie war gleich zu Giuliano nach Hause gefahren. Die Frau hatte bereits von einem der Fischer auf der Mole gehört, daß ihr Mann nicht zurückkommen würde. Die Frau hatte ihr nach dieser abrupten, scharfen Ohrfeige den Rücken zugekehrt und gesagt, es sei die Schuld ihres Vaters und sie solle umgehend das Haus verlassen.

Marasi zuckte die Achseln. »Ich geh später hin«, sagte er und öffnete die Bürotür. »Das war meine letzte Fahrt, Nicoletta.«

»Was heißt das?«

»Ich fahre nicht mehr«, sagte Ugo Marasi. »Ich verkaufe den Kutter.« Dann trat er hinaus in den grellen Sonnenschein und ging nach Hause.

Als Bruna Saglietti ihren Ehemann um vierzehn Uhr aufstehen hörte, zog er seinen einzigen Anzug an und machte sich auf den Weg zu Giulianos Familie. Er hatte nicht geschlafen, sah immer wieder das Bild vor sich, wie Giuliano zwischen den aufeinanderprallenden Bordwänden verschwand. Er mußte gleich tot gewesen sein, zumindest ohnmächtig und dann ertrunken. Er konnte nichts mehr gespürt haben. Und Marasi hörte immer wieder seinen eigenen, markerschütternden Schrei, als er seinen einzigen Freund verlor. »Giulianooooooo!!!«

*

Der alte Gubian stand seit Stunden hinter einem Auto und wartete. Bruna Saglietti hatte ihn gesehen, als sie sich auf den Weg machte, die Gebühren für die Müllabfuhr zu bezahlen. Die Zahlstelle war nur ein paar Häuser weiter. Vor einigen Tagen hatte sie die Mahnung im Briefkasten gefunden. Die Strafgebühr war saftig, dabei konnte nun niemand behaupten, daß sie viel wegwarf. Sie stapelte doch alles in ihrer Wohnung. Selbst die leeren Thunfischdosen konnten ja noch einmal zu etwas nütze sein.

Sie sah Gubian auf der anderen Straßenseite, diesen kräftigen Mann in Ugos Alter, der mit unbewegtem Blick auf die Haustür starrte, aus der sie heraustrat. Sie hatte die Klingel in der Wohnung über ihrer läuten gehört, nachdem Ugo zu dieser ungewöhnlichen Zeit ausgegangen war. Der alte Mann stand noch immer da, als sie von ihren Besorgungen zurückkam. Sie bemerkte, wie er sie beobachtete, und sah, wie er über die Straße kam.

»Signora Marasi?« fragte er.

»Ja. Was wünschen Sie?« Das fragte sie auch immer die Kunden im Kaufhaus.

»Ich suche Ugo!«

»Ich weiß nicht, wo er ist.« Bei der Arbeit sagte sie im gleichen Tonfall: »Tut mir leid, das führen wir nicht.«

»Wann kommt er zurück?«

»Ich weiß es nicht.«

»Aber Sie müssen es doch wissen. Sie sind seine Frau.«

»Um was geht es?« Wie sollte sie dem eigentümlichen Fremden mit dem bitteren Blick erklären, was sie selbst nicht begriff? Daß sie Ugos Frau war, aber eigentlich schon lange nicht mehr, daß er zwar im Haus wohnte, aber eine Etage höher? Daß er sie vor vielen Jahren verlassen hatte, aber dennoch nicht richtig weggegangen war? Wer würde das verstehen? Oder glauben? Und was ging das diesen Mann an?

»Wo war er am Sonntag?«

»Zu Hause!« Sie wußte es, denn sie hatte ihn in seiner Wohnung gehört. Ugo war nur am Morgen kurz hinausgegangen und nach zehn Minuten mit der Zeitung zurückgekehrt.

»Den ganzen Tag?«

»Ja. Aber was wollen Sie? Was geht Sie das an?«

»Ich will ihn sprechen. Richten Sie ihm das aus. Ich komme wieder.«

»Und wer sind Sie?«

»Ich bin Gubian.«

Den Namen hatte sie gestern in der Zeitung gelesen. Und jetzt erinnerte sie sich, wie Ugo, als sie jung waren, ihr irgendwann die Geschichte erzählt hatte. Wie er bebte vor Zorn und Drohungen ausstieß. Und wie sie ihn einmal zufällig sahen und Ugo sagte: »Das ist er!«, während Gubian machte, daß er weiterkam.

»Sagen Sie ihm, ich bringe ihn um!« Gubian ließ sie stehen und ging wieder hinüber auf die andere Straßenseite. Bewegungslos beobachtete er, wie sie die Tür aufschloß.

Es war im September 1943, nach dem Sturz Mussolinis und bevor die Deutschen kamen. Der jugoslawische Widerstand rechnete gnadenlos mit den italienischen Faschisten ab. Sie hatten die kroatische und die slowenische Bevölkerung nicht gerade sanft behandelt. Die Achsenmächte, Deutschland und Italien, sowie das »neue« Ungarn hatten Jugoslawien untereinander aufgeteilt. Mussolini rief die Provinz Ljubljana aus, Istrien war schon 1920 mit dem Vertrag von Rapallo Italien zugeschlagen worden. Slowenisch und Kroatisch zu sprechen wurde von den Faschisten verboten, die slawischen Schulen, Banken und Unternehmen aufgelöst. Mit unerbittlicher Härte wurden alle slawischen Namen italianisiert und der Gottesdienst in Slowenisch verboten, nachdem der Vatikan zuvor die slawischen Bischöfe durch Italiener ersetzt hatte. Jeder Gebrauch des Slowenischen oder Kroatischen in der Öffentlichkeit stand unter Strafe, sogar private Unterhaltungen mußten in Italienisch geführt werden.

Die Italiener stellten zwar die Mehrheit entlang der Küste und in den Städten, doch unter der slawischen Landbevölkerung faßte die Widerstandsbewegung schnell Fuß, ob monarchistisch, katholisch-nationalistisch oder kommunistisch. Der richtige Moment, sich für das erlittene Unrecht zu rächen, kam näher.

Nach dem Zusammenbruch des Regimes fanden Erschießungen statt. Es traf nicht nur die politischen Repräsentanten. Auch private Rache, Neid und Mißgunst spielten eine Rolle. Es wurde denunziert, gefoltert, vergewaltigt und gemordet. Und verschwiegen. Niemand wußte etwas Genaues. Die Meldungen über die entdeckten Greueltaten waren erschütternd. 1943 waren es nur ein paar Wochen gewesen, bis die Deutschen »die Ordnung« wiederherstellten. Die zweite Welle erfolgte ab April 1945 und war schlimmer. Das einzige, was bis heute daran erinnerte, war Polemik und von Zeit zu Zeit die schreckliche Entdeckung einer bisher unbekannten Foiba, in die die Opfer tot oder lebendig hinuntergeworfen worden waren, dann Handgranaten hinterher und oft genug ein schwarzer Hund, der das Böse verkörpern sollte. Nur wenige hatten die Massaker überlebt. Über dreißig Foibe in Istrien und auf dem Triestiner Karst waren bis jetzt registiert. Die Angaben über die Anzahl der Toten reichten von fünfhundert bis zwanzigtausend. Nicht nur Italiener, auch Slowenen und Kroaten fanden dort den Tod. Und Marasis Schwester. Marasi hatte Bruna davon erzählt. Er war sich sicher, daß Gubian sie auf dem Gewissen hatte. Violetta, die schöne Tochter des Großbauern, die Gubian einst schnöde abblitzen ließ. Im September '43 denunzierte er die dreiundzwanzigjährige Studentin. Die Deutschen zogen ihre Leiche nach Wochen aus einem Abgrund. Gefoltert, verstümmelt und vergewaltigt. Ihre Mörder wurden nie gefaßt. So hatte es Ugo erzählt. Er war davon überzeugt, daß Gubian daran beteiligt, wenn nicht sogar ihr Mörder war.

Doch weshalb hatte Gubian gesagt, er wolle jetzt auch noch Marasi umbringen? Dachte er etwa, Ugo steckte hinter dem Anschlag in Contovello? Sie mußte Ugo warnen. Und sie könnte endlich wieder mit ihm reden. Endlich. Er mußte ihr zuhören.

Sie wartete in ihrem Sessel darauf, daß er nach Hause kam. Dann würde sie bei ihm klingeln. Zum ersten Mal seit fünfundzwanzig Jahren.

*

Proteo Laurenti kam viel zu spät ins Büro und sein Sohn Marco eine Stunde zu spät zur Schule. Wie fast jeden Morgen mußte sein Vater ihn viermal rufen, bis er aufstand. Dafür brauchte er im Bad nicht einmal fünf Minuten und raste dann an der Küche vorbei zur Wohnungstür.

»Marco!« rief Proteo und stellte die Kaffeemaschine auf den Herd.

»Ciao, Papà. Muß mich beeilen, bin schon zu spät.«

»Marco, ich möchte mit dir reden.«

Widerwillig kam sein Sohn zurück und wartete, nervös in der Küchentür stehend, darauf, was sein Vater zu sagen hatte.

»Was machst du in der Bar ›Bellavia‹?«

»Wie, was mache ich da?«

»Du bist öfter dort. Sie kennen dich mit Namen.«

»Unsinn.«

»Ich hab's gehört. Als die Kellnerin die Getränke brachte.«

»Ach so?«

»Was hast du mit den Rechten zu tun?«

»Nichts, Papà. Ich meine, ich kenne ein paar von denen, Freunde von Freunden.«

»Mir gefällt das nicht, daß du mit denen zusammen bist!«

»Warum? Ich habe nichts mit ihnen zu tun.«

»Aber du gehst dort ein und aus. Die sind gefährlich, Marco.«

»Die doch nicht! Die sind überhaupt nicht gefährlich. Die besaufen sich doch nur und gröhlen herum. Wenn wir auf dem Viale sind, gehen wir auch mal da hinein und nicht nur Eis essen bei Zampolli. Da sind nicht nur Faschos. Ich muß jetzt los, Papà.« Er trat nervös auf der Stelle.

»Dann laß die erste Stunde sausen. Ich habe dich gestern abend nicht gesehen, vorgestern auch nicht. Und ich will, daß du mir jetzt erzählst, was du die ganze Zeit treibst.«

»Das lag nicht an mir. Du warst nicht da. Ich schon!«

»Aber jetzt bin ich hier. Und ich will, daß wir reden.« Laurenti wußte, daß sein Sohn recht hatte. Aber er war verkatert, schlecht gelaunt und gereizt und immerhin Marcos Vater.

»Also gut.« Marco zog die Jacke aus und warf sie über einen Stuhl. Dann ging er zum Kühlschrank und nahm sich ein Glas Milch. Und schwieg.

»Marco. Am Samstag abend haben sie in der ›Bellavia‹ jemanden umgebracht. Und ich will nicht, daß mein Sohn solchen Umgang hat.«

»Ich weiß. Ich hab's gesehen.«

»Was?« Proteo konnte sich nicht mehr beherrschen und zitterte vor Wut. »Sag das noch einmal.«

»Ich sagte, daß ich es weiß, weil ich es gesehen habe. Von weitem.«

»Du warst dort?« rief Proteo

»Ja.«

»Und das erzählst du mir nicht? Warum bist du nicht auf der Zeugenliste?«

»Weil ich mich gleich verdrückt habe.«

»Du bist noch keine achtzehn! Es reicht jetzt. Ich wünsche nicht, daß du weiterhin betrunken durch die Nacht ziehst und nach Hause kommst, wann es dir paßt. Ab heute bist du um Mitternacht zu Hause. Dann werden vielleicht auch deine Noten besser.«

»Die sind gut.« Je mehr sein Vater sich aufregte, desto ruhiger wurde Marco. Fast gleichgültig. Das hatte er eindeutig von Laura, fuhr es Proteo durch den Kopf.

»Aber sie könnten besser sein. Und den Umgang mit den Faschisten verbiete ich dir! Weißt du überhaupt, was die wollen?«

»Das weiß doch jeder! Aber ich habe nichts mit ihnen zu tun. Die interessieren mich nicht das Schwarze unterm Fingernagel.«

»Sollten sie aber!«

»Zuerst sagst du, du willst das nicht, dann sollen sie mich plötzlich doch interessieren. Die ganze Politik interessiert mich nicht. Das ist was für euch Alte.«

»Und wer war das Mädchen?«

»Welche?«

»Die, die ...« Laurenti fiel ihr Name nicht mehr ein. »Die hübsche.«

»Luciana oder Carla?«

»Beide.«

»Freundinnen, Papà. Hast du etwas dagegen?«

»Du benutzt hoffentlich Präservative?«

»Spinnst du eigentlich? Was hat das denn damit zu tun?«

»Das ist wichtig!«

»Das weiß ich selbst!«

»Also, ich möchte endlich einmal wissen, mit wem du ausgehst. Und wer war gestern hier, und vorgestern? Außerdem könntest du wenigstens die Küche aufräumen, wenn deine Mutter schon meint, sie müßte sich aus dem Staub machen. Heute abend räumen wir zusammen auf. Um halb acht. Klar?«

»Ja.« Marco zog seine Jacke an. »Ich muß jetzt gehen. Wir schreiben eine Arbeit.«

»In was?«

»Geschichte.«

»Hoffentlich bist du vorbereitet! Wir reden heute abend weiter.«

»Hoffentlich kommt Mamma bald zurück«, stöhnte Marco und ging grußlos hinaus.

Laurenti goß sich Kaffee nach. Dann beschloß er, seine Mutter in Salerno anzurufen. Die alte Dame war sowieso immer früh auf den Beinen. Eine halbe Stunde lang klagte er ihr sein Leid. Sie empfahl ihm, Laura nicht anzurufen. Zumindest nicht vor Samstag. Eine Woche solle er ihr mindestens Zeit lassen. Sie müsse schmoren. Sie müsse sich von sich aus melden. Dann fragte sie, ob sie nach Triest kommen solle, wegen des Haushalts. Doch Laurenti lehnte ab und sagte, bisher würden sie das alleine schaffen.

Die beiden nächsten Anrufe galten seinen Töchtern. Zuerst Livia, die bei der Wahl zur Miss Triest im vergangenen Jahr den vierten Platz belegt hatte. Ungerechterweise, wie er danach überall lautstark verkündete – sie sei viel, viel schöner gewesen als alle anderen, doch Objektivität zählte eben nicht. Er sei doch von Anfang an nur wegen dieser abgekarteten Schiebereien der Jury dagegen gewesen.

Livia war mit dem neuen Semester nach Berlin gewechselt. Das Angebot eines Bettengeschäfts in Triest, als Modell zu arbeiten, hatte sie auch ohne den Druck, den ihr Vater ganz bestimmt gemacht hätte, abgelehnt. In Berlin, hatte sie behauptet, könnte sie sich endlich aus den Fängen der Familie befreien. Sie rief einmal in der Woche an, aber Laurenti wollte ihr zuvorkommen, die schlechte

Nachricht über den zerstörten Haussegen selbst überbringen. Er hörte Livia, die er offensichtlich geweckt hatte, eintausendzweihundert Kilometer entfernt gähnen. Sie wußte schon alles, Laura hatte bereits angerufen. Mehr war nicht aus ihr herauszubekommen, die Frauen in seiner Familie hielten wie üblich zusammen. Seine Lieblingstochter Patrizia Isabella erreichte er nicht. Eigenartig, dachte er, um diese Zeit müßte sie doch zu Hause sein. Patrizia Isabella, die sein ganzer Stolz war und die sich an der Universität Neapel eingeschrieben hatte. Sie war sicher schon zur Vorlesung gegangen!

Als Proteo Laurenti endlich ins Büro kam, erntete er einen mißtrauischen Blick seiner Assistentin. Marietta kannte ihn in- und auswendig. Heute konnte Proteo Laurenti nichts mehr vor ihr verbergen. Sie folgte ihm in sein Büro, schloß die Tür hinter sich und setzte sich ihm gegenüber.

»Also erzähl schon«, sagte sie.

Sie wurden nur von einem Anruf gestört. Doktor Galvano teilte ihm mit, daß er die Leichen freigegeben habe, nachdem der alte Gubian bei ihm gewesen war. Die Beerdigung war schon für Mittwoch morgen auf dem Friedhof von Contovello festgesetzt.

Marietta hörte lange zu, versuchte Proteo zu trösten und gab am Ende auch keinen anderen Ratschlag als Galvano und seine Mutter: »Laß sie einfach eine Zeitlang in Ruhe! Und wenn du Hilfe brauchst, kannst du immer auf mich zählen. Egal wofür, Proteo.«

»Von wegen«, dachte er.

Und jetzt mußte er Rossana anrufen, weil er neugierig war.

Sie kicherte kurz, als sie seine Stimme hörte. »Ausgeschlafen?« fragte sie.

»Ich fühle mich, wie wenn mich ein Lastwagen samt

Anhänger überfahren hätte. Du warst so plötzlich verschwunden, Rossana!«

»Es war Zeit, ich habe heute einen harten Tag. Ich kann auch gar nicht lange sprechen.«

»Und Franco? Wie war die Nacht? Ist er gut?«

Sie kicherte wieder. »Hör mal, Proteo. Wie denkst du von mir?«

»Eigentlich wollte ich dich abschleppen, falls du das nicht gemerkt haben solltest.«

»Hab ich gemerkt, aber glaub mir, es war besser, daß ich allein nach Hause ging.«

»Allein? Erzähl mir nichts!«

»Vergiß es!«

»Ich krieg's schon noch raus!«

Sie wechselte schnell das Thema. »Stimmt es, daß morgen die Beerdigung der Familie ist?«

»Ja, um zehn Uhr. Weshalb?«

»Macht euch auf was gefaßt. Es kommt ziemlich viel Presse, auch Fernsehen. Gibt es ein Statement der Polizei zum Stand der Ermittlungen?«

»Nur daß wir arbeiten wie die Irren, aber eine heiße Spur noch fehlt. Die Befragung der Dorfbevölkerung ist fast abgeschlossen. Wir suchen nach der Herkunft der Bauteile der Bombe. Die Beschreibung bekommt ihr noch heute vormittag in die Redaktion. Wäre gut, wenn ihr sie abdrucken könntet. Vielleicht meldet sich jemand. Wir klappern alle Geschäfte in der Stadt und der Umgebung ab. Aber ich halte das für aussichtslos, der Täter hat sich das Zeug vermutlich schon seit langem besorgt. Außerdem kannst du gerne reinschreiben, daß die Familie am Sonntag Datteri gegessen hat. Für einen Lebensmittelhändler ist es wohl kein Problem, sich welche zu beschaffen. Und die Familie lebte offensichtlich in einigem Wohlstand.«

»Macht ihr eine Pressekonferenz?«

»Noch nicht, Rossana, das hat noch keinen Sinn.«

»Gehst du zur Beerdigung?«

»Klar. Auch wenn ich's hasse.«

»Dann sehen wir uns morgen.«

»Vielleicht erzählst du mir dann, was du mit Franco gemacht hast.«

Und wieder lachte Rossana. »Ich werde mich hüten. Bis morgen.«

»Bis morgen.« Er legte auf und wählte Francos Nummer. In der »Trattoria al Faro« meldete sich dessen dreiundsiebzigjährige Mutter, die jeden Mittag die köstlichen Desserts zubereitete. Sie sagte ihm, daß ihr Sohn heute nicht ins Lokal komme. Franco sei krank.

»Nicht zu fassen«, fluchte Proteo Laurenti. »Sie hat ihn krank geliebt.«

*

Als er als letzter das Sitzungszimmer betrat, bemerkte er, daß alle Augen auf die Neue gerichtet waren – nicht nur die der männlichen Kollegen, die natürlich in der Überzahl waren. Es war anders als sonst, wenn ein neues Gesicht im Kollegenkreis vorgestellt wurde. Erstens wurde dies im voraus immer bekanntgegeben, und zweitens waren all die Neuen bisher nicht ein Viertel so attraktiv gewesen wie diese Dame.

Die Sitzordnung am langen Tisch war wie immer streng hierarchisch, und weil der amtierende Vize-Questore, den Laurenti einmal beerben würde, noch immer krank war, hatte der Polizeipräsident, der am Kopfende saß, sie auf dessen freien Stuhl gesetzt. Direkt neben Laurenti, den sie neugierig anschaute, als sie ihn auf sich zukommen sah. Er grüßte sie mit einem freundlichen Kopfnicken und setzte sich, schaute dann in die Runde und sah, daß die Kollegen der anderen Kommissariate erwartungsvoll auf ihn blickten. Ihm gegenüber saß der hagere Leitende Staatsanwalt mit seinem wie üblich grauen Gesicht und den mit Unmengen von Pomade streng zurückfrisierten schwarzen Haaren. Der hatte eigentlich nichts auf den Sitzungen der leitenden Beamten zu suchen.

»Signori«, begann der Questore, »wir haben Sie sehr kurzfristig zu dieser Sitzung einberufen. Der Leitende Staatsanwalt hat heute hohen Besuch, den er Ihnen selbst vorstellen wird.«

Der Pomadenkopf räusperte sich zweimal mit vorgehaltener bleicher Hand. An den Manschetten seines Hemdes glänzten goldene Knöpfe. »Europa wächst«, hob er mit zittriger Stimme an. »Die Probleme, die uns heute beschäftigen, haben immer mehr mit den Grenzen zu tun. Und die Grenzen Europas verändern sich. Seit kurzem sind zum ersten Mal italienisch-slowenische Grenzpatrouillen im Einsatz. Slowenien wird bald in die EU aufgenommen werden. Das sind große Fortschritte. Auch unser anderer Nachbar, Kroatien, rückt näher. Dadurch kommen Möglichkeiten auf uns zu, die uns bisher fehlten – aber auch neue Probleme. Ich spreche nicht nur von der illegalen Einwanderung, die sich, wie Sie alle wissen, an unserem Grenzabschnitt gegenüber dem Vorjahr verzwölffacht hat. Die Schleuserbanden bringen weitere Konflikte mit sich: Erpressung, Drogen, Prostitution, Waffen, Geldwäsche und so weiter. Rechnen Sie damit, daß allein die dreißigtausend Illegalen, die wir in diesem Jahr aufgegriffen haben, gut und gern 786 Milliarden Lire eingebracht haben. Dieses Geld will nicht ruhen, es wird in Umlauf gebracht für andere Geschäfte. Aber das wissen Sie ja.

Die Zusammenarbeit zwischen Kroatien und Italien lief in der Vergangenheit nicht immer reibungsfrei. Das wird sich aber bald ändern, in Kroatien ist seit dem Tod Tudjmans ein gewaltiger politischer Ruck zu spüren.«

Laurenti drehte den Kopf zu seiner Nachbarin, deren Augen kurz zu ihm herüberschwenkten, dann aber zu dem

Redner zurückkehrten. »Wann kommt er endlich zur Sache?« murmelte Laurenti.

»Istrien ist politisch dreigeteilt. Den daraus entstehenden Problemen kann man nur durch eine intensive Zusammenarbeit der Behörden begegnen, wie es jetzt auch von kroatischer Seite befürwortet wird«, fuhr der Leitende Staatsanwalt fort. »Bei uns am Tisch sitzt heute Dottoressa Živa Ravno, Staatsanwältin in Pula«, er sagte tatsächlich Pula, nicht Pola, wie es auf italienisch hieß. »Dottoressa Ravno ist die Leiterin der Ermittlungsbehörden Istriens, entschuldigen Sie bitte, natürlich des kroatischen Teils Istriens, von Pola, Abbazia bis hoch zur Grenze bei Pirano.« Jetzt hatte er die Städte bei ihren italienischen Namen genannt. Proteo Laurenti mußte grinsen und schielte wieder zu seiner Nachbarin.

»Signori, das ist bereits ein Zeichen für einen großen Fortschritt. Kroatien hat erkannt, daß es für diesen Teil des Landes eine eigene Regelung braucht, um der Probleme Herr zu werden. Dottoressa Ravno hat an dieser Maßnahme erheblichen Anteil, und sie wird, zu meiner ganz speziellen Freude«, der Pomadenkopf bedachte seine deutlich jüngere Kollegin mit einem schmierigen Lächeln, »auch die vereinbarte Zusammenarbeit zwischen ihrem Land und Italien leiten. Wir werden also zukünftig viel Kontakt haben und Sie, Signori, sollen wissen, daß es der ausgesprochene Wunsch auch der Regierung ist, daß dieser intensiv und effizient stattfinden soll. Ich hatte den Questore deshalb darum gebeten«, jetzt warf er diesem einen Blick zu, als wollte er einen schmutzigen Witz erzählen, »daß Signora Živa, Verzeihung, Dottoressa Ravno Sie kennenlernt. Signora, neben Ihnen sitzt der Leiter der Kriminalpolizei, Commissario Laurenti, zu seiner Rechten Commissario Lucenti von der Polizia Stradale, dann Commissario ...« Er stellte jeden einzelnen mit Namen vor, und jeder blickte die kroatische Staatsanwältin mehr oder weniger offen an. Auch Laurenti nutzte die Gelegenheit. Ihr Parfum hatte er schon gerochen – viel zu fein für eine Staatsanwältin, dachte er. Sie war jung, eigentlich zu jung für eine solche Position, außerdem war sie verflucht attraktiv: besonders ihr langer, über den ganzen Rücken reichender, dicker schwarzer Zopf und dieser enganliegende Pullover aus feinem Garn, der ihre Rundungen auch noch betonte. Nichts war so, wie es für eine Staatsanwältin nach Proteos Erfahrung hätte sein dürfen. Laurenti riß sich schnell zusammen und setzte sich wieder ordentlich hin.

»Ich erwarte von Ihnen, Signori«, hörte Laurenti den Leitenden Staatsanwalt resümieren, »daß Sie die Zusammenarbeit intensiv und unbürokratisch unterstützen werden, damit wir dem internationalen Verbrechen zuvorkommen und die bisherigen Lücken schließen. Die Kollegin wird in den nächsten Tagen mit einigen von Ihnen sprechen und sich informieren wollen. Bitte nehmen Sie sich die nötige Zeit für sie. Dottoressa Ravno, ich hoffe, Sie sind mit meinen Worten einverstanden. Wollen Sie ein paar Worte an die Anwesenden richten?«

»Danke, sehr freundlich.« Jetzt hörte Proteo Laurenti auch noch ihre Stimme und erschauderte. Sie war hell, nicht hoch, und klar wie der Glockenschlag von Santa Croce. Eigentlich sprach sie wie Laura. »Wie mein Kollege schon sagte, ist dies der Beginn einer neuen Ära.« Die Ravno sprach fast akzentfrei. »Auch wir Kroaten haben begriffen, daß es nur einen Weg gibt: den nach Europa. Der Tod Tudjmans und die neue Regierung haben viel in Gang gesetzt. Dazu gehört auch die Eindämmung der Kriminalität, die uns noch in einer ganz anderen Form als die EU-Länder betrifft. Kroatien ist ein Durchgangsland für alle möglichen dunklen Geschäfte und damit auch Aufenthaltsland derer, die diese organisieren und die alten Strukturen, die zum Teil noch hervorragend funktionieren, gut zu nutzen wissen. Wir leiden auch darunter, daß viele intelligente, junge Menschen weggegangen sind ins Ausland, um ihr Talent nicht zu vergeuden. Die kommen nur zurück, wenn das Land anders wird. Ich selbst habe mein Studium in Zagreb abgebrochen und in München fortgesetzt. Mit dem Fall des Tudjman-Regimes ging ich zurück. Meine Familie lebte in Novigrad oder Cittanova, wie die Stadt auf italienisch heißt. Dort bin ich geboren, und dort lebt noch heute meine Großmutter. Sie werden also verstehen, daß es mir deshalb auch ein persönliches Anliegen ist, daß die Zusammenarbeit zwischen unseren Ländern gut funktioniert. Außerdem habe ich die Hoffnung, daß die alten Ressentiments für die Jüngeren keine Rolle mehr spielen und sich Grenzen schon bald ganz erledigt haben, wenn die Staatsgebiete offen sind. Ich hoffe sehr, daß wir zusammen schnelle Fortschritte machen. Vor allem die kurzen Wege sind wichtig: Jetzt, da wir uns kennengelernt haben, sollte ein Anruf beizeiten kein Problem sein.«

Normalerweise zeigten die versammelten Polizisten bei offiziellen Reden keine emotionalen Reaktionen, aber diesmal trommelten sie enthusiastisch Beifall. Als der Questore die Sitzung aufgelöst hatte, wollte jeder der Staatsanwältin die Hand schütteln. Nur Laurenti mußte sich das Gequassel des Questore anhören, der nach dem gestrigen Schnee bereits von Skiferien träumte. »Skifahren?« dachte Laurenti. »Um Himmels willen!« Schwimmen im Meer, im Sommer, das wäre ihm lieber. Mit einer Frau wie dieser – er wandte sich um und sah Živa Ravno an der Seite des Leitenden Staatsanwalts den Raum verlassen. »Mit Laura natürlich«, korrigierte er seine Gedanken.

*

Sie saßen sich schweigend gegenüber. Eliana, Giulianos Frau, wollte ihn zuerst nicht einlassen. Sie hatte die Tür gleich wieder geschlossen, als sie den finsteren Ugo Marasi vor sich stehen sah. Er klingelte nochmals. Wieder und wieder, bis sie endlich aufmachte.

»Was willst du noch, Ugo?«

»Mit dir reden, Eliana!«

Sie spürte, daß er keine Ruhe geben würde. Er folgte ihr durch den Flur ins Wohnzimmer, in dem ein Fotoalbum aufgeschlagen auf dem Tischchen lag. Schwarzweiß-Bilder. Bilder von Giuliano und ihr, als sie jung waren. Sie setzte sich aufs Sofa und schlug es zu. Sie schaute Ugo an, forderte ihn weder auf, Platz zu nehmen, noch sagte sie etwas. Sie schaute ihn lediglich mit haßerfülltem Blick an. Ugo blieb stehen.

»Er war mein Freund«, sagte er.

Eliana schwieg. Diesmal nahm niemand Ugo das Reden ab.

»Ich konnte ihm nicht helfen. Es war zu stürmisch. Ich habe das Tau erwischt, an dem er sich festhielt. Aber er war zwischen die Bordwände geraten. Als ich es zurückriß, war es leer. Leer, verstehst du, Eliana, leer! Ich habe drei Stunden gesucht.« Endlich setzte sich Ugo auf den Sessel ihr gegenüber.

Eliana wich seinem Blick aus und starrte zum Fenster. »Es war deine Schuld. Ich will keinen mehr von euch sehen. Ihr lügt alle!«

Marasi war überrascht. »War Luca hier? Und Mario?«

»Geh, Marasi! Laß mich allein!«

Marasi hatte Mühe, eine Antwort zu finden. Schließlich griff er in die Tasche seines Jacketts und zog einen Umschlag heraus, den er langsam zwischen den Finger drehte. »Ich fahre nicht mehr. Ich werde den Kutter verkaufen.«

Eliana antwortete nicht. Sie schaute ihn nur an.

»Ich werde den Kutter verkaufen. Hier sind dreißig Millionen. Für den Moment, Eliana. Mehr hatte ich nicht. Der Kutter ist über fünfhundert wert. Wenn ich ihn los bin, bekommst du den Rest. Giulianos Anteil.«

»Ich will dein Geld nicht! Geh jetzt.«

»Es ist Giulianos Geld.«

»Nimm es und geh!«

Ugo stand auf, rührte den Umschlag nicht an.

»Bis bald, Eliana. Wann ist die Trauerfeier?«

»Ich will nicht, daß du kommst. Verschwinde jetzt und nimm das verdammte Geld mit. Mörder!« schrie sie ihn an.

Marasi ging zögernd durch den Flur zur Wohnungstür.

»Ich habe gesagt, du sollst das verdammte Geld mitnehmen«, rief sie und warf den Umschlag hinter ihm her. Marasi ließ ihn auf dem durchgetretenen Läufer liegen, dann schlug er die Wohnungstür mit aller Kraft zu.

Als er auf die Straße trat, wurde er von der grellen Sonne geblendet. Schnell ging er in die nächste Bar, erwiderte den Gruß des freundlichen Mannes hinterm Tresen nicht, sondern knurrte nur drei Wörter, um das Glas Rotwein zu bestellen, das er jetzt brauchte. Eliana hatte ihn schlecht behandelt. Das verdiente er nicht, schließlich brachte er ihr Geld. Geld als Ersatz für Giuliano. Alles, was er flüssig auf der Bank hatte, brachte er ihr. Und sie warf ihn raus. Das war nicht gerecht. Er trank das Glas in einem Zug leer und sah plötzlich Luca und Mario am anderen Ende des Tresens stehen, halb verdeckt durch ein paar andere Gäste.

Er bestellte noch ein Glas und drängte sich durch die Gäste zu den beiden anderen hinüber.

»Salve«, Marasi zog die Nase hoch.

»Es ist Ugo.« Luca zog Mario, der mit dem Rücken zu ihm stand, am Ärmel.

»Salve, Ugo«, sagte Mario. »Warst du bei ihr?«

»Ja. Und ihr?«

»Auch. Sie hat uns rausgeworfen.«

»Was wollten sie auf der Capitaneria wissen?«

»Alles und nichts. Nichts Besonderes«, sagte Luca.

»Was habt ihr gesagt?«

»Nichts.« Mario zuckte die Achseln und Luca nickte.

»Dann ist es gut.«

»Nichts ist gut! Gar nichts, Ugo.« Mario schaute ihn böse an, er war etwas größer als Marasi und stand ganz dicht vor ihm. »Giuliano ist tot. Es ist deine Schuld.«

»Jetzt mach aber mal einen Punkt! Ich habe keinen von euch gezwungen.«

Luca schob den wütenden Mario ein Stück zur Seite. »Du weißt ganz genau, daß Giuliano alles getan hat, was du wolltest. Er hätte dir nie widersprochen. So einfach kommst du nicht davon, Ugo. Es war deine Schuld, deine, ganz allein deine.«

Zwei Gäste, die neben ihnen am Tresen standen, drehten sich neugierig um. Marasi bemerkte sie, gab ein Zeichen mit den Augen und schwieg. Er stellte das leere Glas auf den Tresen und gab dem Kellner mit einer schroffen Kopfbewegung das Zeichen zum Nachschenken.

»Ich fahre nicht mehr«, sagte er. »Ich verkaufe.«

»Ach so?« Mario schaute wieder auf ihn herab. »Was heißt das?«

»Bist du schwerhörig?«

»Du verkaufst also, wie? Der Kutter gehört uns allen! Das entscheidest nicht du alleine, Ugo.«

»Mir ist egal, was du denkst, Mario!« Marasi hatte sich noch von niemandem in seinem Leben einschüchtern lassen, nicht einmal von den Maschinengewehren der jugoslawischen Armee, als er im Juni 1954 mit zwei anderen jungen Kerlen in einem Ruderboot über die stürmische See nach Italien geflüchtet war. Man hatte ihn als Faschisten bezeichnet, weil er nicht in die Partei eintreten wollte, sagte, »wer nicht für uns ist, ist gegen uns«, und drohte, ihn ins Gefängnis zu werfen. Der Scirocco half ihnen, schnell von der Punta Salvore wegzukommen, und das Licht des Leuchtturms drang wegen des peitschenden Regens nicht weit aufs Meer hinaus. Die Jugoslawen, das erfuhr er nach Monaten, feierten später lautstark und mit reichlich Schnäpsen ihren Untergang, denn sie waren sicher, daß die drei es bei der schweren See auf keinen Fall geschafft haben konnten. Und da sollte er, Ugo Marasi, sich noch von irgend jemand Vorschriften machen oder gar drohen lassen?

»Wart's ab, Ugo. Du wirst schon sehen.« Mario drehte ihm den Rücken zu.

»Nichts werde ich sehen. Eliana braucht Geld. Ich habe ihr alles gegeben, was ich flüssig hatte. Dreißig Millionen. Giulianos Anteil ist viel mehr wert. Wir können es ihr nur geben, wenn wir verkaufen.« Er trank sein Glas aus und warf ein paar Geldscheine auf die Theke.

»Also meinst du wirklich, damit sei es getan.« Luca stellte sich ihm in den Weg.

»Was ist sonst zu tun? Ich verkaufe.«

»Wir reden heute abend drüber«, sagte Luca. »Komm um acht zu mir. Und jetzt geh.«

Ugo war kurz davor, zu explodieren. »Ich geh, wann ich will, Luca, nicht wann du es mir sagst!« fauchte er böse. »Und jetzt laßt mich in Ruhe!«

Bruna hörte ihn im Treppenhaus. Sie sprang vom Sessel auf, die Katzen wichen erschrocken zurück. Bruna eilte hinaus, sah Ugos Beine und Stiefel auf den letzten Stufen vor dem Treppenabsatz.

»Ugo!« rief sie. »Warte! Bleib doch stehen!«

Eine Hand auf dem Geländer, das linke Bein eine Stufe unter dem rechten, drehte er nur unmerklich den Kopf.

»Ugo, Gubian war da! Ich soll dir ausrichten, daß er wiederkommt.«

Er ging langsam einen Schritt weiter.

»Gubian hat gesagt, er will dich umbringen. Ugo, was ist los mit dir? Laß uns reden!«

»Laß mich in Ruhe!« Er ging schnell die letzten Stufen hinauf.

»Ugo, was hast du? Sprich mit mir! Bitte!«

Die Wohnungstür flog krachend hinter ihm ins Schloß.

Bruna blieb unbeweglich auf der Treppe stehen. Tränen rannen ihr übers Gesicht. Erst als der Grieche aus dem letzten Stock mit einer starken Alkoholfahne neben ihr stehenblieb, wandte sie sich um.

»Nichts«, sagte sie. »Es ist gar nichts.« Sie ging zurück in ihre Wohnung und setzte sich in ihren abgewetzten Sessel.

Nach einer Stunde hörte sie wieder Ugos Schritte und den obligaten Knall der Tür ein Stockwerk höher. Doch an diesem Abend hörte sie ihn nicht mehr zurückkommen. Wo mochte er sein? Bruna machte sich Sorgen. Die Katzen strichen um ihre Beine.

Totenmittwoch

In Triest saßen die Leute zum Kaffeetrinken wieder auf den sonnigen, windgeschützten Plätzen. Der Schnee war schon gestern weggeschmolzen und die böse Überraschung, die die Bora nera gebracht hatte, vergessen. Auf dem Karst hingegen hielt sich die weiße Decke über den Feldern, und nachts gab es da oben Frost.

Die Strada del Friuli war vollgeparkt, die kleine Straße zum Dorf hinauf ebenfalls, und auch die Zufahrt aus Richtung Prosecco war versperrt. Laurenti und Sgubin fuhren mit dem Dienstwagen bis zum Kirchplatz hinauf und parkten das Auto hinter der rotweißen Absperrung, die die Polizei um die Trümmer von Gubians Haus gezogen hatte. Laurenti war um acht Uhr schon beim Questore gewesen, wo auch der Stellvertretende Staatsanwalt saß. Sie hatten ganz offensichtlich über ihn gesprochen, denn der Empfang war äußerst kühl. Der Polizeipräsident fragte ihn nach dem Stand der Ermittlungen. Als Laurenti einräumte, daß sie noch immer im dunkeln tappten, plusterte sich der Stellvertretende Staatsanwalt auf und warf ihm vor, den Fall nicht größer aufgehängt zu haben. Es stimmte, es gab keine Kommission von fünfzig Polizisten, die sich in Konferenzen wichtig machten. Und es standen auch keine Uniformierten in Panzerwesten und mit MP im Anschlag an jeder Ecke, wie damals nach den Anschlägen auf die Ermittler in Sizilien. Aber es handelte sich in Contovello auch nicht um hohe Beamte, die Mafia-Killern zum Opfer gefallen waren. Außerdem arbeiteten sechsundzwanzig Beamte der Polizia di Stato an dem Fall, von der Spurensicherung bis zur Befragung der Einwohner und Ladeninhaber, und die Bombe war, wenn auch ohne nennenswerte Erkenntnisse, von den Spezialisten in Parma untersucht worden.

»Es bringt niemandem etwas, wenn wir von Fortschritten sprechen, die es nicht gibt.« Laurenti wich vor dem Stellvertretenden Staatsanwalt nicht – und in Gegenwart des Questore erst recht nicht – von seinem Standpunkt ab. »Wir wissen nichts, und wir kommen nur weiter, wenn wir das zugeben. Wir brauchen mehr Unterstützung aus der Bevölkerung. Bisher ersticken wir unter einem unendlichen Wust an unnützem Geschwätz.«

»Dann verkaufen Sie das wenigstens besser, Laurenti!« entgegnete der Staatsanwalt. »Ich möchte nicht, daß uns vorgeworfen wird, wir würden zu wenig tun.«

Dieser Morgen war der Moment dafür. Drei Fernsehanstalten hatten Teams geschickt, und auch die Reporter der anderen Medien waren unübersehbar. Trauernde und Schaulustige standen dicht aneinandergedrängt in der kleinen Kirche, auf den Stufen des Eingangs und auf dem Platz davor, obgleich die Messe erst in einer Stunde begann. Vor den Trümmern des Hauses der Familie Gubian lagen unzählige Blumensträuße aufgehäuft. Uniformierte Beamte der Dienststelle in Opicina hatten sich unter die Trauernden verteilt. Irgendwo erkannte Laurenti den roten Haarschopf Rossana Di Matteos, die sich durch die Menschen drängte und auf ihn zusteuerte. Sie begrüßten sich an diesem Morgen ohne den üblichen Wangenkuß.

Gleich nach Rossana hatten sich auch andere Journalisten bei ihm eingefunden und ihn sofort in wildem Durcheinander mit Fragen bombardiert. Er kannte das: Versuchte er sich auch nur auf eine einzige zu konzentrieren, dann machte er eine schlechte Figur. Es war nicht einmal darauf zu hoffen, daß die Journalisten endlich schwiegen. Das war nicht ihre Aufgabe. Also mußte Laurenti etwas sagen. Er richtete dabei seinen Blick an allen vorbei.

»Die Bauart des Sprengsatzes ist uns gut bekannt. Die Ermittlungen konzentrieren sich derzeit darauf. Fast dreißig Beamte sind in die Untersuchung involviert. Wir haben die Bürger von Contovello befragt: aber es findet sich kein Motiv. Wir brauchen mehr Unterstützung durch die Bevölkerung. Auch der kleinste, noch so unwichtig erscheinende Hinweis ist wichtig. Das Bild der Familie ist makellos. Wer bringt eine solche Familie um? Es muß jemanden geben, der uns das sagen kann. Ich fordere ihn im Namen der Toten, der Angehörigen und im Namen der Gerechtigkeit auf, ich flehe ihn geradezu an, sich bei uns zu melden, damit wir den Täter schnell finden.«

Nach fünf Minuten brach das Fragenbombardement schlagartig ab, die Limousine des Bürgermeisters war vorgefahren. Die Journalisten stürzten sich auf ihn.

Als die Kirchturmglocken zu läuten begannen, sahen sie den Pfarrer und den alten Gubian, die sich durch die Menge einen Weg zur Kirche bahnten.

Laurenti und Sgubin waren während der Messe auf dem Kirchplatz geblieben. Sie schauten sich um, studierten die Gesichter der Menschen, suchten nach irgend etwas Auffälligem. Aber es gab nichts, was nur den kleinsten Hinweis barg.

»Scheußlicher Fall.«

Laurenti zuckte zusammen und drehte sich um. Hinter ihm stand die kroatische Staatsanwältin, an deren Namen er sich schon nicht mehr erinnerte.

»Was machen Sie denn hier?« Er wunderte sich wirklich.

»Reine Neugier«, antwortete sie leise. »Wegen dieser Beerdigung habe ich heute früh keine Termine.«

»Ja, viele der Kollegen sitzen jetzt wahrscheinlich vor dem Fernseher. Eine schreckliche Geschichte.« Sie war fast so groß wie Laurenti. Er blickte direkt in ihre dezent geschminkten, leuchtenden Augen.

»Wissen Sie schon etwas?«

»Nichts, absolut nichts. Wir haben noch nicht einmal den Hauch eines Motivs.«

Sie hörten, wie in der Kirche die Orgel aussetzte.

»Ich glaube, diese Leute kamen einmal aus dem gleichen Ort wie meine Familie.«

»Ach ja?« Laurenti wurde hellhörig. »Sie sagten, Sie stammen aus Cittanova?«

»Aber ich erinnere mich nicht an sie. Meine Eltern zogen weg, als ich zwei Jahre alt war.«

»Der Alte kommt aus Pola! Von Cittanova hat er nichts gesagt.«

»Vielleicht sind es ja auch andere Leute.«

»Ich gehe hoch zum Friedhof«, sagte Laurenti, als er hörte, daß die Messe dem Ende zuging.

»Wenn Sie nichts dagegen haben, begleite ich Sie. Sagen Sie mir noch mal Ihren Namen?«

»Laurenti. Proteo Laurenti«, sagte er und sah, wie sie lächelte. Aber sie erwähnte das kleine weiße Tierchen tief unten im Karst mit keinem Wort. »Und Sie?«

»Živa Ravno«, antwortete sie.

Unter den Blicken von Antonio Sgubin und Rossana Di Matteo gingen sie langsam die enge Straße empor. Sgubin folgte ihnen in gehörigem Abstand.

*

Sie war nicht weiter aufgefallen und hatte sich auch nicht im geringsten versteckt. Den Kragen ihrer schwarzen Jacke hochgeschlagen, schwarze Hosen und einen schwarzen Hut auf dem Kopf mit dem kurzen schwarzen Haar, unterschied sie sich nicht von der Mehrzahl der männlichen Trauergäste. Nicoletta Marasi blieb während der ganzen Zeremonie allein und wechselte mit niemandem einen Blick oder ein Wort. Sie hatte das Polizeiaufgebot ohne Aufregung gemustert, den Kommissar kannte sie aus dem Fernsehen. Sie stand keine zwei Schritte von ihm entfernt und hörte sogar, über was er sich mit dieser schönen jungen Frau mit dem deutschklingenden Akzent unterhielt. Sie hatte am Abend vorher beschlossen, zur Beerdigung zu gehen, als sie die Meldung darüber im Fernsehen, am Ende der Lokalnachrichten, hörte. Sie wollte dieses Kapitel ihres Lebens abschließen, indem sie mit ansah, wie der Sarg Manlio Gubians in die Grube hinabgelassen und allmählich mit Erde bedeckt wurde. Sie hielt einen Strauß weißer Chrysanthemen in der Hand, den sie als letzte am Grab niederlegen würde. Manlio Gubian war endlich tot. Sie hatte es sich schon viel früher gewünscht.

Sie lernten sich kennen, als sie 22 Jahre alt war. Zufällig. Auf der »Sagra« in Aurisina, wo sie mit ein paar Freundinnen hingefahren war. Die Weinfeste der Karstgemeinden begannen im Juni und dauerten bis in den Herbst. Auf dem Hochplateau über dem Meer war es kühler und die Sommerhitze erträglicher. Unter alten Bäumen auf dem Dorfplatz waren Bänke und Tische aufgestellt, eine große Tanzfläche und das Podest für die Kapelle aufgebaut. An den Buden, die den Platz säumten, wurden Karstweine ausgeschenkt und preiswerte Ćevapčići, Koteletts oder fritiertes Huhn und Käse angeboten. Die Weinfeste zogen seit je die Menschen aus der ganzen Umgebung an und brachten willkommene Abwechslung in das Leben im Dorf. Essen, Trinken, Tanzen. Und tanzen konnten hier oben alle Menschen. Die Musik wechselte von der Samba zum langsamen Walzer, vom Rock'n'Roll zum Tango, von der Rumba zur Polka. Es gab keine Altersgrenzen, doch die Siebzigjährigen tanzten besser als ihre Enkel. Man sprach vorwiegend slowenisch, die Angebote an Speisen und Getränken standen zweisprachig angeschrieben, und so wurde auch die Ansprache des Bürgermeisters stets zweimal gehalten und langweilte doppelt.

Sie saßen zufällig am selben Tisch. Er saß ihr schräg gegenüber und unterhielt sich lebhaft mit seinen Freunden. Manlio war einige Jahre älter als sie und beachtete sie nicht, aber sie hatte ihn gleich bemerkt. Nicoletta war keine Schönheit. Sie war groß, hatte breite Schultern, kleine Brüste und auffallend kräftige Hände, aber funkelnde Augen und glänzende schwarze Haare und ein fröhliches, helles Lachen.

Die jungen Männer rissen lautstark Witze und schlugen vor Lachen mit den Fäusten auf den Tisch. Mit einer wilden Armbewegung stieß Manlio die Rotweinflasche um. Nicolettas weißes Kleid war ruiniert. Sie sprang auf, schaute bestürzt an sich herunter, und als sie das ganze Ausmaß dieser kleinen Katastrophe begriff, war ihr zum Heulen zumute. Obgleich der junge Mann eilig mit einem Stapel Papierservietten die Weinpfütze auf dem Tisch zu stoppen suchte und verlegen stammelte, wie leid es ihm täte, gab sie ihm eine schallende Ohrfeige. Nicoletta wurde schützend von ihren Freundinnen umringt, während Manlio sich die Wange rieb und nicht wußte, wie er reagieren sollte. Nicolettas Freundinnen schimpften mit Manlio und forderten ihn auf, seine Adresse aufzuschreiben, denn das Kleid müsse er bezahlen. Dann zogen sie ab.

Als Nicoletta ihn eine Woche später anrief, verabredeten sie sich auf ein Eis am Viale XX Settembre, wo sie ihm die Rechnung präsentieren wollte. Nicoletta trug ein neues, makellos weißes Kleid. Er war rührend um sie bemüht, entschuldigte sich mehrfach und bezahlte selbstverständlich ihr Eis. Sie verabredeten sich erneut, damit er ihr das Geld geben konnte, für ihn fast ein halber Monatslohn. Dafür hatte sie ihn dann ins Kino eingeladen. Und nachdem sie sich vier-, fünfmal in der Stadt gesehen hatten, wagte er, Nicoletta auf den Karst einzuladen, zur nächsten Sagra. Zwei Jahre lang hielt sie vor Vater und Mutter geheim, daß sie ihren ersten Freund hatte. Manlios Vater lebte in Istrien, und sein Sohn sah ihn nur in den Ferien. Auch er ahnte nichts.

Im Herbst 1991 war man auch in Triest sehr besorgt, als die Kämpfe im ehemaligen Jugoslawien ausbrachen. Slowenien und Kroatien hatten ihre Unabhängigkeit erklärt, und es kam zu ersten Scharmützeln mit der jugoslawischen Armee. Ab dieser Zeit veränderte sich in Triest der Strom illegaler Güter über die Grenzen. Waffenlieferungen, oft genug aus der Schweiz gesteuert, mußten in die andere Richtung auf den Balkan gebracht werden. Meist waren es Kleintransporte mit Lieferwagen und Autos, die anfangs noch fast ungehindert über Land- und Seeweg in die Nachbarländer fuhren, bis die italienischen Behörden die Situation in den Griff bekamen und bei der Ausfuhr ein Auge auf das hatten, was bei der Einfuhr auf der anderen Seite gern übersehen wurde. Dann kam der Tag, an dem Manlio, der seit einiger Zeit über mehr Geld als zuvor verfügte, Nicoletta bat, mit ihrem Vater sprechen zu dürfen. Er redete lange auf sie ein, erzählte von seinem Vater und seiner Angst, daß der Krieg auf Istrien übergriffe, wenn die kroatische Armee bei Dubrovnik, in der Kraijna und in Slawonien unterläge, und daß man dann auch in Triest nicht mehr sicher sein könnte. Er erzählte Nicoletta mit großem Ernst, daß er deshalb für die Organisation arbeitete, die die Transporte vor Ort organisierte. Ihren Vater aber wollte er dafür gewinnen, die Lieferungen zu übernehmen und sie in internationale Gewässer zu transportieren. Manlios Vater sollte die Waffen auf See übernehmen und nach Kroatien bringen.

Das Treffen wurde zu einer Katastrophe, von der Nicoletta sich nie wieder erholte. Sie verlor ihre Fröhlichkeit und das Vertrauen in andere. Ugo Marasi hatte Manlio freundlicher begrüßt, als sie erhofft hatte. Sie hatte ihrem Vater gebeichtet, daß sie seit zwei Jahren mit Manlio zusammen sei. Anfangs hörte Ugo sich die Worte des jungen Mannes an und verstand seine Sorge um Istrien. Er war schon fast soweit, zuzustimmen, als er Manlio nach seinem Familiennamen fragte.

»Gubian. Manlio Gubian«, antwortete er bereitwillig.

Ugo Marasis Blick verfinsterte sich.

»Wie heißt dein Vater?« Seine Stimme hatte sich schlagartig verändert und hatte einen Tonfall angenommen, der auch Nicoletta fremd war.

»Antonio.«

»Verschwinde!« Marasis Blick sprühte plötzlich Haß und seine Hände zitterten. »Verschwinde, habe ich gesagt. Sofort! Wage dich nie wieder unter meine Augen und laß meine Tochter in Frieden. Und du«, herrschte er seine Tochter an »du bleibst hier! Ich habe mit dir zu reden, Flittchen!«

Manlio zögerte.

»Hau ab!« schrie Ugo nochmals.

»Papà!« Nicoletta versuchte zu protestieren. Schneller als sie denken konnte, wurde sie durch die unerwartete Wucht seiner Ohrfeige zu Boden geschleudert. Niemals zuvor hatte Marasi seine Tochter geschlagen.

Nicoletta wagte nicht, aufzustehen und einfach wegzugehen. Sie schwieg wie ihr Vater und wartete nervös.

»Du hast das Schlimmste getan, was du tun konntest«, sagte der Vater schließlich mit leiser, stockender Stimme. »Du hast mir den Sohn eines Mörders ins Haus gebracht. Den Sohn des Mörders meiner Schwester, deiner Tante.«

Sie zitterte am ganzen Leib, als er mit seiner Erzählung zu Ende war. Aus ihrer Liebe war Haß geworden. Ein unbändiger Haß. Sie war sich sicher, daß Manlio sie nur benutzt hatte.

Vor zwei Jahren, als Nicoletta wie so oft in den letzten Jahren in Lipizza, zehn Kilometer hinter der Grenze, im Casino am Black-Jack-Tisch spielte, lernte sie den Mann aus

Bergamo kennen, den sie schon öfter hier gesehen hatte, obgleich seine Stadt fast fünfhundert Kilometer entfernt lag. An jenem Abend im April spürte sie eine Pechsträhne und beschloß, eine Pause zu machen, an die Bar zu gehen und einen Espresso zu trinken. Der feingliedrige Mann neben ihr sprach sie an, und Nicoletta ging an jenem Abend nicht mehr an den Spieltisch zurück. Sie wußte nicht, woher er sie kannte.

Ein paar Tage später trafen sie sich wieder, weitere Verabredungen folgten, und nach einer Welle fühlte sich Nicoletta mehr und mehr von ihm angezogen. Er war der erste Mann, der nach Jahren einen Platz in ihrem Leben fand. Sie dachte an ihn auch während der Arbeit und hoffte, daß es niemand bemerkte. Eines Tages erzählte er ihr auch von Geschäftlichem und forderte sie auf, einzusteigen. Der Gewinn, den er versprach, war höher als der Zeitvertreib am Spieltisch und das Risiko gering. Nicoletta rechnete kühl. Nur fünf Jahre mußte sie die Sache machen, dann könnte sie den Laden schließen. In fünf Jahren, rechnete Nicoletta, würde sich ihr Leben verändern. Sie wollte weg von hier und endlich aus dem verdammten Käfig ausbrechen. Sie war zweiunddreißig und konnte sich Besseres vorstellen, als sich Abend für Abend nach der Arbeit lange zu duschen, um den Fischgeruch loszuwerden. Es gab auch Besseres, als die nächsten fünfzig Jahre in Triest zu verbringen. Der Mann aus Bergamo gab ihr Hoffnung.

Als sie ihren Vater darum bat, die illegalen Transporte ihr zuliebe zu übernehmen, protestierte er nur kurz. Am Ende ihrer Überzeugungsarbeit entwarfen sie zusammen den Plan. Ihre gemeinsame Rache bestand darin, daß sie den Vater von Manlio Gubian dazu brachten, das fehlende Glied der Kette in Kroatien zu spielen. Er sollte die Ware in internationalen Gewässern an Marasi weitergeben. Ugo gefiel die Idee schon deshalb, weil er davon überzeugt war, daß Gubian jedesmal, wenn er in der Nacht seinen Kutter an der »San Francesco« festmachte, befürchten mußte, daß Marasi ihn umbringen würde, so wie er es vor vielen Jahren geschworen hatte. Und Manlio, seinen Sohn, hatten sie in der Hand. Mit dem Wissen Nicolettas würde er alles verlieren. Um so mehr, als Manlio seit einigen Jahren ein angesehener Geschäftsmann geworden war.

In Nicolettas Kopf sausten diese Bilder wie in einem Zeitraffer vorbei. Ihre bitteren Gedanken an Manlio Gubian dauerten nicht länger als der Polizist mit der schönen Begleiterin brauchte, um die ersten Schritte in die Hauptgasse zu tun, die vom Kirchplatz hinauf zum Friedhof führte. Nicoletta wartete noch, bis die Menschen aus der Kirche kamen, sich allmählich hinter den Sargträgern formierten und mit langsamen Schritten losgingen.

Der Trauerzug nahm die Gasse, die Contovello hügelwärts durchschnitt. Als er näher kam, suchte sich Laurenti einen Platz abseits, von dem er den kleinen Friedhof überschaute. Dort, zwischen den alten Grabmalen an der anderen Seite, würde er die Trauergemeinde kaum stören. Man hatte einen schönen Ausblick auf den Golf von Triest von dieser Stelle. Ein Grab mit Blick aufs Meer, dachte er, das wär's.

Es war enorm, wie viele Menschen von der Familie Gubian Abschied nehmen wollten. Langsam füllte sich der Friedhof, von Überblick war keine Rede mehr. Wo war eigentlich Živa Ravno geblieben? Noch bevor der ganze Trauerzug auf den kleinen Totenacker gefunden hatte, begann der Pfarrer mit der Grabrede. Neben ihm der alte Gubian, ein Bild des Jammers. Zwischen den Köpfen der Trauernden ragten die Fernsehkameras wie Fremdkörper hervor. Was gab es eigentlich zu zeigen, außer trauernden Menschen? In dem Moment, als man endlich die Särge hinabließ, als alle schwiegen und nicht einmal mehr ein Vogelstimmchen sich über die schneebedeckten Gräber unter der blauen Sonne erhob, klingelte Laurentis Mobiltelefon. Schrill, unangemessen, lächerlich. Und komischerweise schienen alle zu wissen, in welcher Tasche sich das Ding befand. Natürlich der Polizist. Laurenti antwortete mit einem tiefen Knurren.

»Proteo, du mußt sofort nach Opicina!« hörte er Mariettas morgendliche Stimme.

»Weshalb?«

»Kundschaft. Ein mysteriöser Toter an der Foiba von Monrupino.«

Es gab keine freie Stelle zwischen den Gräbern, über die er, ohne die Zeremonie zu stören, verschwinden konnte. Überall standen die dunkelgekleideten Menschen. Er wandte sich um, doch hinter ihm kam nach wenigen Metern die Friedhofsmauer. Die Art und Weise, wie sich Laurenti schließlich den Weg zum Ausgang bahnte, glich einer billigen Komödie: zertretene Gräber, tausend geflüsterte Entschuldigungen, empörte Gesichter. Aber mit Höflichkeit und Brutalität hatte er es schließlich geschafft. Er ging die paar Schritte zum Dorf hinunter und rief Sgubin an.

»Wir müssen weg! Ein Toter in Opicina.«

»Ich komme«, sagte Sgubin leise.

»Wo bist du?«

»Auf dem Friedhof.«

»Na dann, viel Glück!« Laurenti kramte, während er auf dem Dorfplatz wartete, eine halbzerknüllte Packung MS aus seiner Jackentasche. Die Zigarette war zerknickt, doch drei Züge vor dem Filter gab sie wohl noch her. Als Sgubin endlich kam, hatte er sie schon ausgetreten.

In der Kälte von Opicina

Ein verrostetes gelbes Schild mit schwarzer, teilweise abgesplitterter Schrift wies den Weg: »Foiba di Monrupino N° 149, Monumento d'interesse nazionale – 0,45 km«. Sgubin bremste stark und der Fiat holperte an einem Gesperrtschild vorbei auf den Schotterweg.

»Langsam, Sgubin«, stöhnte Laurenti. »Es läuft uns niemand weg.«

Sgubin stellte den Motor ab und schaute seinen Chef fragend an.

»Warst du schon einmal an einer Foiba?«

Sgubin schüttelte den Kopf. »Kein Interesse. Das ist doch längst vorbei«, sagte er. »Über die Foibe weiß sowieso niemand etwas Genaues.«

»Lassen wir den Wagen hier stehen und gehen zu Fuß.«

»Einen halben Kilometer?« Der Waldweg war naß und schmutzig, der Schnee auf der Hochebene im Schatten zwischen den Bäumen noch fest. Lediglich in den Fahrspuren der Autos kehrte sich der Untergrund braun an die Oberfläche. »Ich habe keine Lust auf einen Spaziergang.« Sgubin hielt sich wie ein trotziges Kind mit beiden Händen am Lenkrad fest.

»Mach, was du willst.« Laurenti war schon ausgestiegen. »Wir sehen uns dann dort.«

Die Reifen spritzten Splitt und Matsch an Laurentis Hosenbeine und hinterließen graubraune Flecken auf dem Stoff. Laurenti bemerkte es nicht, er sog die kalte Luft ein und ging langsam los. Nachdem der Fiat verschwunden war, vernahm er die Stimmen der Beamten. Von weiter her drang der Lärm der Fahrzeuge auf der großen Straße, die zum Grenzübergang Fernetti führte. Die Steineichen mit ihren grauen Stämmen standen dicht und blattlos in dem Wäldchen neben dem Weg. Die Kalksteine des Karsts schimmerten an manchen Stellen wie Schatten durch die Schneedecke. Nach zweihundert Metern kam er zum Gebäude einer Wasserstation. Ein Generator summte monoton. Schon hier, kaum abseits der Straße, befand man sich in völliger Einsamkeit. Es gab keine Spuren im Schnee entlang des Weges, nicht einmal Fuchs und Hase schienen sich hier wohl zu fühlen.

Der Ort war ideal für ein Verbrechen. Laurenti stellte sich vor, wie Lastwagen mit Menschen auf der Pritsche über den ausgefahrenen Weg schaukelten. Eine Fahrt an den Platz, wo nur noch die Peiniger ihre Schreie hörten. Nach den Faschisten und den Deutschen waren es die Tito-Truppen, die ab Mai 1945 die Stadt für vierzig Tage besetzt hielten und versuchten, sie für Jugoslawien zu annektieren, wie das ganze Gebiet bis zum Tagliamento, das sie als geographische Einheit ansahen. Triest, Gorizia, Udine, das halbe Friaul. Schnellgerichte, Folterungen und Erschießungen waren an der Tagesordnung. Die Foibe dienten zur schnellen, spurlosen Beseitigung derer, die sich gegen den Plan gestellt hatten.

»Vielleicht hat Sgubin recht«, dachte Laurenti, »vielleicht sollte man wirklich die Finger davon lassen. Man kann keinem trauen, wenn man nach diesen Dingen fragt.« Er stapfte durch den Schnee an den Autos vorbei. Ein niedriges Mäuerchen aus Naturstein mit einer Öffnung, in der eine dicke schwarze Kette aus Schmiedeeisen zu Boden hing, umgrenzte die Gedenkstätte. Vor einem leeren grüngestrichenen Fahnenmast stand in Stein graviert: »Foiba No. 149«. Zwanzig, dreißig Meter fiel der Weg leicht ab zu einer gewaltigen Platte aus schwarzem Stein, in deren Mitte ein großes Kreuz geformt war. Mit diesem Deckel hatte man die Foiba erst viele Jahre nach Kriegsende verschlossen, nachdem die Leichen geborgen waren. An der Vorderseite der Steinplatte lehnte ein großer Lorbeerkranz mit einer grünweißroten Plastikschleife und goldener Aufschrift, die Laurenti nur halb entziffern konnte: »... lla Cavalleria Brunner-Darchi-Alba Trieste – ai Caduti delle Foibe«. Der Kranz verdeckte an einer Stelle die eisernen Buchstaben an der Steinplatte. »ONORE E CRISTIANA PIETÀ A COLORO CHE QUI SONO CADUTI – IL LORO SACRIFICIO RICORDI DELLA GIUSTIZIA E DELL' AMORE SULLE QUALE FIORISCE LA VERA PA E«. Dem Frieden fehlte wieder einmal ein Buchstabe.

Laurenti wurde von Doktor Galvano erwartet, der stumm und angewidert auf das Objekt zeigte, dessentwegen sie hier waren: Ein Eisengestell, auf das ein alter, kräftiger Mann, nackt bis auf die Unterwäsche, geflochten war. Ein Kreuz aus Stahlträgern, die Arme des Alten waren darüber gezerrt, mit Draht festgebunden, seine Beine reichten fast bis zum Boden. In seinem Herz steckte der Pfeil einer Harpune. Ein brauner Jutesack war über den Kopf des Toten gestülpt und reichte bis über das Schlüsselbein. Am Hals war der Sack mit einem Stück Draht zusammengezogen, das im Nacken mit dem Stahlkreuz verbunden war.

»Da staunst du aber«, hörte Laurenti plötzlich den Gerichtsmediziner sagen.

»Porcamiseria!« Laurenti konnte seinen Blick kaum lösen.

»Ich hab ihn extra hängen lassen, bis du ihn gesehen hast.«

»Verflucht! Das ist grauenhaft. Wer ist er?«

»Das wissen wir noch nicht. Er ist Anfang, Mitte Siebzig, sehr muskulös, nur die Hände sind eigenartig. Groß und abgearbeitet, echte Arbeitshände.«

»Todesursache?«

»Du machst mir Spaß, Laurenti! Das, was in seinem Herz steckt, ist eine Harpune, abgeschossen aus geringer Entfernung. Sie hat den Körper komplett durchschlagen, schaut hinten raus. Hier«, Galvano schob Laurenti ein Stück zur Seite.

Laurenti warf einen flüchtigen Blick auf die Pfeilspitze.

Galvano schnitt den Draht mit einer Zange durch und steckte ihn in eine Plastiktüte, die er rasch verschloß und in den Schnee fallen ließ.

»Stranguliert?« fragte Laurenti.

»Nein, nein. Das hat ihn nicht umgebracht. Es sollte ihn nur daran hindern, sich zu bewegen.« Er hob den Sack ein Stück über den Hals. »Schau, der Draht hat nicht tief in die Haut eingeschnitten.« Dann zog er den Sack ganz hoch und befreite den Kopf des Toten. Weiße Bartstoppeln bedeckten die eingefallenen grauen Wangen und das Kinn.

»Gestern morgen hat er sich noch rasiert«, sagte Galvano und strich fast zärtlich mit dem Finger über die Wange des Toten. Die Augen starrten sie weit geöffnet an.

»Augenfarbe blau«, stellte der Gerichtsmediziner fest, als mache er einen Witz.

»Wie alt?«

»Hab ich dir schon gesagt! Etwas jünger als ich, schätze Mitte Siebzig.« Galvano hielt den Jutesack noch immer in einer Hand. »Schauen wir uns den Sack mal genauer an. Laurenti! Halt den anderen Zipfel.«

»Café do Brasil – Trieste – Italy« stand in großen schwarzen Lettern aufgestempelt.

»Das hilft uns nichts«, sagte Galvano und stopfte den Jutesack in einen anderen aus Plastik. »Sieht nach einer Hinrichtung aus. Bis auf die Harpune ist alles typisch.«

»Typisch für was?« fragte Laurenti.

»Typische Foltermethode der Slawen. 1943 und 1945. Ich habe viele von denen gesehen. Man hat sie auf das Gestell gebunden und hängen lassen. Wenn man sie nach ein paar Stunden wieder abgenommen hat, waren ihre Arme für Wochen gelähmt. Wenn man sie überhaupt wieder abnahm.«

»Das war vor über einem halben Jahrhundert«, sagte Laurenti. »Wie lange ist er tot?«

»Etwa zwölf Stunden. Ich schätze, daß es zwischen zweiundzwanzig Uhr und zwei Uhr letzte Nacht geschah. Die Totenstarre setzt nach etwa fünf, sechs Stunden ein, zuerst im Herzmuskel und im Zwerchfell, danach von den Kopfmuskeln nach unten.« Galvano gab zur Illustration dem nackten linken Bein des Toten einen Stoß. Es wippte steif. Laurenti versuchte, nicht hinzuschauen. »Sie verschwindet frühestens nach vierundzwanzig Stunden wieder, oft viel später. Der hier ist noch weit davon weg.«

»Gibt es Spuren?«

»Reifenspuren da vorne. Ein Kleinwagen, nach der Spurbreite zu schließen. Fiat Punto oder etwas Ähnliches. Fußabdrücke im Schnee von zwei Personen. Von ihm hier und einem anderen. Genau das irritiert mich. Einer allein hat den hier kaum aufs Gestell gebracht. Der hätte auch dich noch k.o. geschlagen, Laurenti. Das ist ein richtiger Bulle. Über Siebzig, aber Muskeln wie ein junger Stier.«

»Und der Sack überm Kopf? Wie hätte er sich wehren können, ohne etwas zu sehen?«

»Mag sein. Aber ich glaub's nicht. Einer allein hätte damit viel zu tun gehabt. Zuerst das Gestell aufbauen. Gut, das haben sie vielleicht mitgebracht. Dann den Alten hinaufhieven? Wie soll das gehen?«

Laurenti schaute sich um. »Zum Beispiel mit einem Stein oder einer Kiste, auf die er steigen mußte.«

»Und wo ist die Kiste jetzt?«

»Mitgenommen, Galvano! Die Kleider sind ja auch nicht mehr da.«

»Trotzdem, Laurenti. Das war mehr als einer.«

»Aber Sie sagten doch selbst, daß nur von zwei Leuten Spuren da sind.«

Galvano schüttelte stur den Kopf. »Das ist es eben ... Aber dennoch ...«

»Und wenn man ihn vorher erledigt und dann hierher getragen hat?«

»Dann wären genau hier keine Blutspuren unter ihm im Schnee. Und eine andere Verletzung hat er nicht. Nur einer allein, ich kann mir das nicht vorstellen.«

»Warum ist er halb nackt?«

»Das hab ich dir doch schon gesagt, sie haben es immer so gemacht. Sie haben ihnen alles abgenommen. Niemand sollte identifiziert werden können. Das gehörte zur Taktik. Man verhinderte damit, daß der Verbleib der Opfer bekannt wurde, verhinderte Racheakte, Ansprüche, Aufklärung etc. Außerdem brauchte man die Kleidung der Toten, es war Kriegsende, da nahm man, was man bekam, übrigens normalerweise auch die Unterhosen, egal wie lange sie einer schon anhatte und wie verschissen sie waren.«

Laurenti seufzte. »Ihren Zynismus kann ich nicht immer gleich gut ertragen, Galvano.«

»Es war so, Laurenti! Ich kann dir nichts anderes erzählen. Ihr Jüngeren könnt euch das gar nicht mehr vorstellen.«

»Die Harpune? Wer erschießt eigentlich jemanden auf dem Karst mit einer Harpune? Das ist doch absurd!«

»Das ist die erste intelligente Frage, die du stellst! Aber das mußt du selbst herausfinden. Dafür wirst du bezahlt.«

»Erinnern Sie sich an einen Fall mit einer Harpune, Doc? Ich nicht.«

Galvano schüttelte den Kopf. »Willst du ihn noch eine Weile ansehen, oder kann ich ihn abhängen lassen?«

Laurenti drehte sich um. Er hatte gesehen, was er nicht sehen wollte. Er wußte, daß der Gerichtsmediziner gut daran getan hatte, ihm den Anblick zu präsentieren. Von einem solch sonderbaren Mord hatte er noch nie gehört. Nur hier am Ort konnte man die Brutalität verstehen. An diesem Ort, wo einst unzählige Opfer den Tod fanden. Aneinander gebunden und mit der MG-Salve nur auf die ersten drei geschossen, die weitere zehn Menschen mit sich in die Tiefe rissen. Oder ein Schuß ins Herz der Brust an Rücken Gefesselten, um Munition zu sparen. Aber eine Harpune auf dem Karst? Was hatte das zu bedeuten?

Laurenti hörte die Anweisungen Galvanos und sah endlich Sgubin, der sich bei den anderen Beamten aufhielt und leise mit Umberto Marrone, dem Dienststellenleiter aus Opicina, sprach.

»Wir werden uns nun doch um die Foiba-Geschichte kümmern müssen, Sgubin. Galvano hat alles fotografiert. Ich will die Fotos sehen, bevor irgend etwas davon an die Presse geht. Und du kümmerst dich darum, schnellstmöglich herauszufinden, wer der Alte ist! Wer hat ihn überhaupt gefunden?«

»Ein Spaziergänger. Sie haben ihn schon nach Hause geschickt. Er hat ihn von hier aus gesehen und uns gleich verständigt.«

»Hast du seine Personalien, Sgubin?«

Der uniformierte Kollege blätterte in seinem Notizbuch. »Er heißt Perikles Ritsos, Via Stuparich.«

»Was?« Der Ausruf kam wie aus einem Mund.

»Perikles Rits . . .« Der Mann aus Opicina wollte seine Angaben wiederholen, doch Laurenti unterbrach ihn schroff.

»Warum haben Sie ihn weggeschickt?«

»Er sagte, er hätte einen dringenden Termin. Es gab keinen Grund, ihn länger festzuhalten.«

»Der Grieche von Sonntag!« Laurenti schüttelte den Kopf. »Was hat der hier oben zu suchen?«

Sgubin nickte. »Ich hasse Zufälle.«

»Er hat doch gesagt, daß er bei Fincantieri arbeitet. Und heute ist ein ganz normaler Arbeitstag. Du mußt nochmals mit ihm reden! Quetsch ihn aus. Am besten gleich. Ich fahr mit dem Doktor zurück.«

Umwege

Laurenti mußte warten, bis der Arzt sich endlich die Gummihandschuhe abstreifte und seinen weißen Kittel ablegte. Galvano beobachtete aufmerksam, wie zwei Männer den Toten unter großen Anstrengungen vom Eisengerüst abnahmen, und machte sich Notizen. Sie hatten Mühe, den alten Mann mit den steifen ausgestreckten Armen in die Zinkkiste zu bringen. Laurenti wandte sich ab und trat auf der Stelle, um sich warmzuhalten. Er fragte Umberto Marrone, wie oft die Beamten aus Opicina an der Foiba zu tun hatten, und hörte aus dessen gleichgültigem Kommentar, daß der Ort zu unbedeutend sei und mit Basovizza nicht zu vergleichen.

»Also, Laurenti, wenn du willst, können wir gehen«, sagte Galvano schließlich. »Sie bringen ihn jetzt zu uns. Dann kann ich den Rest erledigen und dir am Nachmittag schon sagen, was er zu Abend aß.« Galvano zog seine Menthol-Dunhill aus der Jackentasche und bot sie an. Marrone und Sgubin lehnten ab, Laurenti nicht.

»Eigenartige Geschichte«, sagte Galvano. »Mein Wagen steht dort.« Er gab Marrone die Hand und klopfte Sgubin auf die Schulter. Laurenti folgte ihm zu dem roten Peugeot. Bevor er einstieg, warf er die angerauchte Dunhill in den Schnee.

Der alte Arzt wendete und steuerte langsam um die Schlaglöcher im Schotterweg. Auch auf der Landstraße beschleunigte er kaum und fuhr beharrlich in der Straßenmitte.

»Weißt du, Laurenti«, sagte er schließlich, »ich habe das Gefühl, daß der Fall sofort klar ist, wenn wir wissen, wer er ist.«

»Warum?«

»Weil er alt genug ist, um mit der Foiba zu tun zu haben. Es gibt zwei Möglichkeiten: entweder es ist ein Racheakt, das heißt, jemand hat ihn genau so umgebracht, wie er das damals tat. Dann ist der Täter auf der Opferseite zu suchen und höchstwahrscheinlich Italiener. Oder, die zweite Möglichkeit: er hat das Schweigegelübde gebrochen, das damals abgelegt wurde und an das sich die Kommunisten bis heute so gut wie alle halten. Du weißt, die Partei stand über allem, auch über dem Leben eines einzelnen. Von denen hat fast nie jemand geredet. Und in diesem Fall wäre der Mörder auf der damaligen Täterseite zu suchen. Das wird dann wesentlich schwieriger für dich. Mich würde zuerst interessieren, ob er Italiener oder Slawe ist, dann, ob Faschist oder Kommunist. Und dann würde ich unter seinen Bekannten suchen.«

»Ich brauche sein Foto für die Zeitung«, sagte Laurenti. »Wenn er aus der Gegend ist, sind wir ziemlich bald um einiges schlauer. Nur, was ist, wenn das jemand so inszeniert hat, um eine falsche Fährte zu legen?«

»Dann hast du's einfacher! Dann ist es ein Fall wie jeder andere. Aber das ist absolut unwahrscheinlich!« Galvano steckte sich eine neue Zigarette an, Laurenti lehnte ab.

»Warum?«

»Weil ich wetten würde, daß keine zehn jüngeren Leute in der Stadt wissen, wie die das damals gemacht haben. Das war einmal eine ganz klassische Foltermethode, die Jungen interessieren sich nicht mehr für die Geschichte.«

»Und die Alten?«

»Vergiß sie. Alte Leute sind zu schwach dafür. Das waren jüngere, zwei oder drei. Alte hätten weder das Gestell aufrichten noch den Mann draufbinden können.«

Sie bogen auf die Via Nazionale und kamen nach Opicina, wo kurz vor Mittag viele Autos in der zweiten Reihe vor den Lebensmittelgeschäften parkten. Sie kamen nur im Schritttempo voran.

»Hast du eigentlich was von deiner Frau gehört?«

Verdammt. Laurenti spürte einen Stich im Herzen. Warum mußte Galvano jetzt damit anfangen? Den ganzen Morgen hatte er keine Zeit gehabt, sich zu grämen. Und jetzt fuhren sie durch Opicina, hatten den Ortskern gerade hinter sich, fuhren parallel zur Straßenbahnlinie und genau in der nächsten Seitenstraße wohnte das Schwein Pietro.

»Doktor, biegen Sie doch kurz rechts ab. In die Via Carsia.«

»Warum denn das?« Galvano schaute ihn neugierig an.

»Ich muß dort etwas nachsehen. Fahren Sie langsam.«

Galvano fuhr in die Via Carsia, wie Laurenti es wollte. Hier standen die Villen vieler wohlhabender Leute, wenige schöne Häuser, viele moderne Bungalows mit perfekt gepflegten, langweiligen Vorgärten, von Pinien durchsetzt, und der Rasen wie mit der Nagelschere gemäht.

»Was suchst du hier in dieser Spießerstraße?« fragte Galvano.

»Halten Sie doch bitte dort vorne an der Nummer 43. Ich komme gleich wieder.«

Galvano sah Laurenti ein Stück weitergehen und durch das schmiedeeiserne Einfahrtstor eines Grundstücks schauen. Dann sah er, wie Laurenti Briefe aus dem Briefkasten zog, sie durchblätterte und wieder hineinstopfte. Er kam schnell zurück.

»Danke! Das war's schon.«

»Und was hast du gesehen?«

»Nichts.«

»Also, sag schon!«

»Nichts, Doktor, wirklich nichts Wichtiges.«

»Hast du einen Kunden hier oben? Irgend jemand, der etwas ausgefressen hat?«

»Nein. Ich wollte sehen, ob zufällig Lauras Wagen da ist.«

»Aha?«

»Er war nicht da.«

»Und warum sollte er da stehen?«

»Weil Pietro dort wohnt.«

»Und bist du jetzt zufrieden?«

»Nein. Da steckt die Post seit Montag im Kasten. Das heißt, auch Pietro ist nicht da.«

»Ach, und jetzt tobst du, Laurenti? Denkst, der Kerl ist bei deiner Frau, nicht wahr?«

»Davon gehe ich aus. Geben Sie mir eine Zigarette?«

Galvano hielt ihm die Packung hin. »Du kannst nichts machen! Das macht einen Mann wie dich natürlich fertig. Du mußt das aushalten, es bleibt dir nichts anderes übrig.«

Laurenti hörte nicht auf ihn, nahm sein Mobiltelefon und wählte die Nummer seiner Schwiegermutter in San Daniele. Er ließ es lange läuten, niemand nahm den Hörer ab.

»Und?« fragte Galvano, als sie am Obelisken ankamen und der Blick auf die Stadt unten frei war, deren vom abtauenden Schnee nasse Dächer in der Sonne funkelten.

»Nichts«, antwortete Proteo und starrte zum Seitenfenster hinaus.

»Such dir ein bißchen Abwechslung, Laurenti! Du mußt deine Energie verteilen und dich nicht verrückt machen lassen!«

Laurenti schaute zum Fenster hinaus, auf Triest hinunter.

»Die Wagenspuren, Galvano, an der Foiba: von welchem Fahrzeugtyp stammen die?«

»Die Spurensicherung wird's ganz schnell wissen. Bald schon. Am Nachmittag müßten die soweit sein.«

»Kleinwagen, sagten Sie?«

»Ja, Fiat, Volkswagen oder so was Japanisches. Hast du

Lust auf ein Mittagessen, Laurenti? Vielleicht wieder gutes chinesisches Rindfleisch?«

Aber Laurenti winkte nur müde ab.

*

Die Handwerker, die damit beschäftigt waren, die größten Schäden an den Nachbarhäusern zu reparieren, machten gerade Pause, als die Trauergäste vom Friedhof wieder ins Dorf hinabströmten. Sie packten rasch die Brote und Getränke zusammen und suchten sich einen anderen Ort. Am Rande des Platzes hätten sie auch kein gutes Bild abgegeben, zwischen den bedrückten und verweinten Gesichtern, die sich nach und nach voneinander verabschiedeten. Auch die Polizisten standen in einer Gruppe zusammen, in der Sonne am Rand des Kirchplatzes. Sie warteten darauf, daß sie abziehen konnten. Gubian stand mit dem Priester vor dem Pfarrhaus, viele gaben dem Alten nochmals die Hand und boten ihre Hilfe an. Der Pfarrer lud ihn zum Mittagessen ein, doch Gubian lehnte ab.

»Was werden Sie jetzt tun?« fragte der Priester.

Gubian schaute ihn lange an. »Ich weiß es noch nicht.«

»Fahren Sie zurück?«

»Wahrscheinlich. Aber ich habe auch hier noch etwas zu tun.«

»Manlios Geschäft? Die Dokumente?«

»Das ist schon erledigt.«

»So schnell?«

»Ein Nachbar wird den Laden übernehmen. Er hat ein vernünftiges Angebot gemacht. Wir waren beim Notar und haben einen Vorvertrag aufgesetzt. Jetzt braucht das seine Zeit, bis die Dokumente fertig sind und er das Geld aufgetrieben hat. Dann komme ich wieder zum Unterschreiben.«

»Fahren Sie heute?«

Gubians Gesichtszüge wurden starr wie Fels. »Ich werde sie rächen, Padre! Auge um Auge, Zahn um Zahn.«

Der Priester erschrak über die eisige Kälte in Gubians Stimme. »Überlassen Sie das der Polizei, Gubian! Laden Sie keine Schuld auf sich! Wir Menschen haben dazu kein Recht.«

»Ich muß es tun! Es ist das einzige, was mir geblieben ist.«

»Rächt euch nicht selbst, sondern gebt Raum dem Zorn Gottes; denn es steht geschrieben: ›Die Rache ist mein; ich will vergelten, spricht der Herr.‹ Laß dich nicht vom Bösen überwinden, sondern überwinde das Böse mit Gutem, mein Sohn. Römer 12.«

Gubian schaute lange schweigend über den Platz, dann hinab auf den Golf und die Stadt in der Sonne.

»Sie wissen nicht, was es bedeutet, seinen einzigen Sohn zu verlieren, Padre. Ich fahre heute zurück nach Pola, aber ich komme wieder. Ich danke Ihnen für alles. Ich möchte, daß die Sachen meiner Familie, die noch brauchbar sind, den Bedürftigen hier zugute kommen. Aber ich weiß nicht, wann die Polizei sie freigibt. Würden Sie sich um die Verteilung kümmern?«

»Sie sind ein guter Mensch, Gubian. Die Leute werden es Ihnen danken!«

»Auf Wiedersehen, Padre. Danke!«

Der Priester hielt Gubians Hand in der seinen und schaute ihm in die Augen. Dann gab er ihm den Segen.

Der Alte ging noch einmal an den Rand des Kirchplatzes und stand lange allein vor den Resten des Hauses seines Sohnes. Die Handwerker sahen, daß sich seine Lippen bewegten und die Fäuste ballten. Dann wandte er sich ab. Er stieg in seinen kleinen weißen Mitsubishi und fuhr langsam davon.

*

Bevor Laurenti ins Büro ging, machte er einen Abstecher in die »Bar X« am Largo Piave und ließ sich zwei Tramezzini einpacken. Sein Vorzimmer war leer, Marietta war sicher beim Mittagessen, eine Beschäftigung, wie sie es nannte, die ihr wichtig war, denn im Gespräch mit den Kollegen aus anderen Abteilungen hörte sie Dinge, die Proteo auf den offiziellen Zusammenkünften kaum oder ganz anders erfuhr. Immer wieder, und nicht nur, wenn er sie spöttisch damit aufzog, eine »Gesellschaftsdame« zu sein, sagte Marietta, auch ihm würde ein Mittagessen unter Kollegen mehr nützen, als er glaubte. Doch Laurenti verabredete sich nur selten mit anderen Beamten. Er sprach grundsätzlich ungern über die Arbeit, die so schon genug Zeit beanspruchte. Ein langes Abendessen mit der Familie oder unter Freunden war ihm lieber. Er setzte sich an seinen Schreibtisch und wickelte das Tramezzino mit Thunfisch und Ei aus und verschlang es gierig. Dann legte er die Füße auf den Tisch, starrte zum Fenster hinaus und wickelte das zweite Tramezzino aus der Plastikfolie: Gamberi in salsa rosa, einer Art Mayonnaise, schön fett, das mußte bis zum Abend vorhalten. Laura konnte seine Vorliebe für dieses Zeug nicht verstehen und erinnerte ihn gerne an seinen Cholesterinspiegel.

Laura! Wann hatte diese ganze Misere begonnen? Laurenti hielt das Tramezzino in der linken Hand und dachte nach. Der Sommer! Diesen Sommer hatten sie so viel weniger zusammen unternommen als in all den Jahren zuvor. Er war eine Woche mit Freunden durch die Koronaten gesegelt, und Laura war in San Daniele bei ihrer Mutter gewesen, um vor der Hitze zu flüchten, die sich im August windstill über Triest legte. In diesem Jahr waren sie nicht einmal zusammen ans Meer gegangen. Laura packte morgens ihre Badetasche, während Proteo sich auf den Weg zur Arbeit machte, und war abends schon zu Hause, wenn er aus dem

Büro kam. Da er auf sein tägliches Bad aber nicht verzichten wollte, ging er dann an seinen Lieblingsplatz schwimmen und las noch ein wenig auf den sonnenwarmen Felsen. Laura ging abends häufig ins Freilichtkino oder suchte andere Veranstaltungen unter freiem Himmel auf. Meistens kam sie viel später nach Hause, kroch ins Ehebett, als er längst schlief. Laura konnte es sich erlauben. Sie war selbständig, und im Sommer hatte das Versteigerungshaus, an dem sie beteiligt war und sich um die Abteilung Kunst und Bücher kümmerte, ohnehin keine Veranstaltungen. Die Töchter kamen aus Berlin und Neapel nur für zwei Wochen nach Triest, und Sohn Marco war ohnehin ständig mit der Clique unterwegs und ließ sich während seiner Schulferien kaum blicken. Er hatte einen Ferienjob gefunden und arbeitete halbtags an der Tankstelle am Campo Marzio. So trödelte jedes Mitglied der Familie Laurenti für sich durch den Sommer. Nur Proteo ging morgens ins Büro und schlug die Zeit mit alten Fällen tot. Der Sommer war, abgesehen von der rasant zunehmenden illegalen Einwanderung, gottlob ruhig geblieben.

Der Questore hatte ihm im Juli mitgeteilt, daß es in absehbarer Zeit Veränderungen geben würde und die Stelle seines Stellvertreters bald neu besetzt würde. Endlich käme Laurenti an die Reihe und sollte im nächsten Frühjahr Vize-Questore werden. Bisher war er lediglich der Stellvertreter des Stellvertreters, obgleich er seinem Rang nach diese Position anderswo längst hätte haben können. Er hätte sich in eine andere Stadt berufen lassen können, aber ein Abschied vom ruhigen Triest mit dem hohen Freizeitwert war unvorstellbar. Der Blick aufs Meer erzeugte in ihm kein Fernweh, wie es andere von sich behaupteten. Das Meer gab ihm Ruhe und den Wunsch dazubleiben, immer nur aufs Wasser zu blicken. Und selbst wenn er einen Ortswechsel vorgeschlagen hätte, wäre der Protest der Familie unüberwindbar gewesen.

Er erinnerte sich, daß Laura, als er ihr die gute Nachricht mitgeteilt und vorgeschlagen hatte, schön essen zu gehen, lieber ins Kino gehen wollte. »›Das große Fressen‹, mit dem unwiderstehlichen Michel Piccoli«, hatte sie gesagt. Also hatte Proteo Laurenti an diesem Abend allein gefeiert. Da hatte es begonnen! Er war bitter enttäuscht, und als Laura in der Nacht nach Hause kam, stritten sie heftig.

»Unsere Leben laufen auseinander, Laura!« sagte er beleidigt.

»Wie meinst du das?« fragte sie wenig freundlich.

»Ich meine, daß ich heute abend allein feiern mußte, weil meine Frau es vorzog, ins Kino zu gehen und auch sonst sich ständig mit anderen vergnügt, nur nicht mit mir.«

»Ich werde doch auch mal mit jemand anderem ausgehen dürfen, ohne mich dafür rechtfertigen zu müssen.«

»Darum dreht es sich nicht. Du bist einfach nie da.«

»Aber ich bin doch da. Hier! Hier neben dir im Bett.«

»Du weißt genau, was ich meine!« Er setzte sich mit einem Ruck auf. »Red nicht mit mir, als wäre ich ein kleines Kind, und halt mich nicht zum Narren. Diesen Sommer haben wir nichts zusammen unternommen. Wir waren noch nicht einmal gemeinsam am Meer!«

»Oh, mein Gott, Proteo!« Sie hatten sich die Rücken halb zugedreht und beide sprachen mehr zur Wand als zum anderen. »Ein Vierteljahrhundert haben wir das gemacht. Da darf man doch wohl auch einmal was anderes tun. Was ist daran schlimm?«

»Ich rackere den ganzen Tag für die Familie, und wenn ich nach Hause komme, ist niemand da. Das ist nicht in Ordnung, Laura! Ein bißchen Zuneigung darf man von seiner Frau wohl erwarten!«

»Erwarten?« Sie fauchte ihn an. »Zuneigung kann man nicht erwarten, die kommt oder kommt nicht! Und für die

Familie arbeite ich genauso wie du! Vaffanculo, Laurenti!« Sie schnappte ihr Bettzeug und stand auf.

»Wo gehst du hin?«

»Ich schlafe nicht neben einem beleidigten, kindischen Idioten.« Sie ging in Patrizias Zimmer, ließ aber die Schlafzimmertür offenstehen.

Laurenti schäumte vor Wut. Er rannte hinter ihr her ins Zimmer seiner Tochter. »An diesem Punkt haust du wieder einmal ab, Laura! Es ist immer das gleiche! Warum zum Teufel können wir das nicht besprechen?«

Sie hatte ihm den Rücken zugedreht und schwieg.

»Ich habe dich etwas gefragt, Laura!« Er war weiß vor Wut.

Laura atmete tief. »Wir sprechen morgen drüber, Proteo. Ich muß jetzt schlafen«, sagte sie mit leiser Stimme.

Er schlug die Tür hinter sich zu, daß die Wände bebten, und ging in die Küche. Er schenkte sich ein Glas Rotwein ein, dann ein zweites und entspannte sich nur langsam. Auch am Morgen danach herrschte dicke Luft, er war beleidigt, sprach kaum mit seiner Frau, die wie immer freundlich war, aber verschlossener als sonst. Dann ging er wieder ins Büro, und Laura ging wieder ans Meer.

Ja, dachte Proteo Laurenti, damals muß das begonnen haben. Sie schwiegen den ganzen Sommer darüber, Proteo blieb einsilbig und eingeschnappt. Laura hätte sich zumindest bei ihm entschuldigen können.

Er sah das Tramezzino in seiner linken Hand, die Finger hatten sich tief ins labbrige Weißbrot-Dreieck gegraben. Mit dem zweiten Bissen mußte er das von der Soße aufgeweichte Weißbrot mit beiden Händen festhalten, die Gamberi in salsa rosa quollen zwischen seinen Fingern heraus und fielen auf seine Hose. Wütend knallte er das Tramezzino auf den Schreibtisch, wo es auseinanderfiel und dicke Fettflecken auf einem Aktendeckel hinterließ.

Er fand kein Papiertaschentuch in seiner Tasche, raste durch das Vorzimmer hinaus in Richtung Toilette. In diesem Moment kam Marietta vom Mittagessen zurück und erkannte auf den ersten Blick, daß mit ihrem Chef etwas nicht stimmte.

»Proteo, was hast du? Du bist ganz weiß im Gesicht!« sagte sie besorgt.

»Geh weg!« Er schob sie grob zur Seite und raste auf den Flur hinaus. Auf der Toilette versuchte er seine Hose mit Papierhandtüchern und warmem Wasser zu reinigen. Ein großer dunkler Wasserfleck machte sich auf dem beigefarbenen Stoff breit, als hätte er in die Hose gepißt. Laurenti fluchte unablässig, und mit jedem Fluch, den er ausstieß, nahm endlich auch seine Wut ab.

Bevor er wieder auf den Flur hinaustrat, vergewisserte er sich, daß ihm niemand entgegenkam. Er rannte hinüber in sein Büro.

»War nicht so gemeint, Marietta«, sagte er, als er zurückkam.

»Und was ist das?« fragte sie und deutete auf den dunklen Fleck auf seiner Hose.

»Kann jedem mal passieren!«

»In deinem Alter, Proteo?« rief sie hinter ihm her und meinte, sie könnte ihn damit aufheitern.

Er kam mit dem Aktendeckel zurück, auf dem die Reste des Tramezzinos lagen.

»Hast du ein Papiertaschentuch?«

»Ach, gekotzt hast du auch?« Marietta sah die Bescherung und kramte in ihrer Handtasche. »Ich habe dir immer gesagt, du sollst zum Mittagessen kommen. Da passiert dir so was nicht.«

»Und Laura sagt mir immer, Mayonnaise sei nicht gut für den Cholesterinspiegel. Ich finde das toll, wie immer alle wissen, was ich tun soll. Vielen Dank!«

In dem Moment, als Marietta die Augenbrauen hob und ihren mahnenden mütterlichen Blick aufsetzen wollte, um ihrem Chef zu sagen, daß er wieder einmal übertreibe, brach draußen ein Höllenlärm los. Stimmengewirr, Geschrei, begleitet von einem heftigen Knall, dem keine Stille folgte.

Laurenti stürzte zur Tür und sah am Ende des langen Flurs vor dem Betrugsdezernat eine Gruppe von fünf, sechs stummen und regungslosen Chinesen, umringt von Polizisten, einige aufgeregt schreiende Italiener und eine Menge uniformierter Beamter in einem wilden Durcheinander. Das Glas der Flurtür war geborsten, die Splitter knirschten auf dem Steinboden. Die Beamten versuchten Ordnung herzustellen, drückten die jungen Leute an die Wand, Laurenti sah Handschellen blitzen. Das Geschrei brach dennoch nicht ab. Laurenti blieb vor seiner Bürotür stehen und versuchte aus den Wortfetzen zu begreifen, was vor sich ging. Alle Kollegen dieser Etage standen inzwischen neugierig im langen neonbeleuchteten Flur der dritten Etage der Kriminalpolizei.

»Rassisten!« brüllte einer aus der Gruppe. »Das ist Faschismus!« ein anderer. »Wir lassen uns nicht die Diskriminierung der ganzen chinesischen Gemeinde gefallen!« kreischte eine junge Frau. Laurenti mußte sie schon einmal gesehen haben. War sie nicht eine der beiden Freundinnen seines Sohnes? »Italien ist kein Polizeistaat!«

Die Chinesen selbst blieben stumm und ausdruckslos in ihrer Ecke stehen, halb verdeckt durch die breiten Rücken von acht uniformierten Beamten. Der junge Kollege des Betrugsdezernats stand vor der Gruppe und herrschte die kreischenden jungen Italiener an, sie sollten endlich still sein. Je lauter er brüllte, je mehr er drohte, desto stärker wurde deren Geschrei.

»Basta! Ruhe!« brüllte Laurenti aus Leibeskräften und trat mit aller Kraft gegen die Tür eines Metallschranks, der krachend umfiel und eine Menge Papier in heillosem Durcheinander aus den Fächern spuckte. Er hatte Erfolg. Auf einen Schlag herrschte Stille.

»Was glaubt ihr eigentlich, wo ihr hier seid?« Laurenti ging langsam auf die Gruppe zu. »Ist das ein Bordell oder ein Gebäude der Polizia di Stato? In einem Polizeistaat wärt ihr längst im Knast! Und jetzt will ich keinen Mucks mehr hören!«

Die Beamten rückten auseinander, gaben den Blick frei auf die Chinesen auf der linken Seite des Flurs und die jungen Italiener rechts.

»Also, was ist hier los?« fragte Laurenti.

»Wir haben noch ein Restaurant durchsucht in der Via Brunner. Verdacht auf verbotenes Glücksspiel. Aber die Jugendlichen haben sich eingemischt. Also haben wir alle hergebracht«, berichtete Rosso, der Betrugskollege, gehorsam.

»Leiser war das wohl nicht möglich?«

Aus der Gruppe der jungen Italiener drang ein Kichern, das kurz darauf zum lauten Lachen wurde. »Der hat sich vollgepißt!« hörte er plötzlich. »Der Polizist hat sich in die Hose gemacht!«

Er schaute an sich hinunter und sah den großen dunklen Fleck auf seiner Hose

»Na und?« schnauzte er. »Hat irgend jemand etwas dagegen einzuwenden? Du dahinten, versteck dich nicht hinter den anderen.«

Einer der Schüler versuchte sich zwischen den Beinen der anderen davonzumachen, und es wäre ihm auch beinahe gelungen, hätte Laurenti ihn nicht entdeckt.

»Steh auf!« schrie Laurenti ihn an.

Er erstarrte, als er das bange Gesicht seines Sohnes zwischen den anderen auftauchen sah. Laurenti wich das Blut aus den Wangen.

»Tun Sie Ihre Arbeit«, sagte er schließlich mit leiser

Stimme zu seinem Kollegen und stürmte mit zornesweißem Gesicht unter neugierigen Blicken den Flur hinunter, stieg über den Blechschrank und die über den Boden verstreuten Akten und ging zurück in sein Büro. Die Tür fiel mit einem lauten Knall hinter ihm ins Schloß.

Laurenti trommelte nervös mit den Fingern auf den Schreibtisch. Dann griff er zum Telefon und wählte wütend und entschlossen die verdammte Telefonnummer in San Daniele. Seine Schwiegermutter sagte, Laura sei zum Einkaufen ins Städtchen gefahren. Nein, antwortete Laurenti, er hätte nichts auszurichten, legte auf und wählte ihre Handynummer. Laura meldete sich nach dem sechsten Klingeln.

»Wie geht's, Proteo?«

»Mäßig, und dir?«

»Es geht so.«

»Wann kommst du zurück?«

»Ich weiß es nicht, Proteo. Laß mir Zeit.«

»Dein Sohn ist verhaftet worden. Es geht hier drunter und drüber, zu Hause ersticken wir im Müll, ich schaff das nicht allein.«

»Marco verhaftet? Weshalb? Was ist los?«

»Keine Ahnung. Ich weiß es noch nicht. Irgend etwas mit den Chinesen.«

»Chinesen? Was für Chinesen?«

»Die Chinesen in der Stadt! Betrug, Schwarzarbeit, Menschenhandel, was weiß denn ich. Ich habe es soeben erfahren, Laura! Der Junge braucht dich ... und ich auch!«

»Wann weißt du, was los ist?«

»Hoffentlich bald.«

»Ruf mich sofort an, Proteo! Versprich mir das.«

»Wann kommst du zurück?«

»Ich weiß es nicht. Ich sag's dir später. Ich muß jetzt

Schluß machen. Die Batterie ist am Ende. Ruf mich gleich an, wenn du was weißt!«

»Bist du allein?«

»Proteo, was soll das? Laß uns später darüber reden!«

»Laura, ich liebe dich! Komm zurück! Ich bitte dich!«

»Bis später, Proteo. Ich kann jetzt nicht reden. Ich bin in einem Geschäft in San Daniele.«

»Bis später.« Er legte unzufrieden auf, nahm den Hörer aber gleich wieder ab und wählte die Nummer von Rosso.

»Mein Sohn ist bei Ihnen, Rosso. Was liegt gegen ihn vor?«

»Ihr Sohn?« Rosso klang aufrichtig erstaunt. »Das wußte ich nicht. Wir sind noch dabei, die Personalien aufzunehmen.«

»Kommen Sie doch bitte einen Augenblick rüber und erzählen Sie mir, was los ist.«

»Ich bringe ihn gleich mit.«

»Nein, Rosso! Ich möchte zuerst mit Ihnen allein sprechen.«

Laurenti war zwar Rossos Vorgesetzter, aber es war nicht seine Art, die Leute zu sich zu rufen. Doch in dieser Sache wollte er nicht noch einmal in die Untersuchung platzen. Und sein Sohn sollte zumindest am Anfang keine Sonderbehandlung erhalten. Wenn es sein mußte, konnte er später immer noch versuchen, ihn rauszuhauen.

»Marietta«, rief er ins Vorzimmer hinüber. »Marietta, ich möchte, daß du für siebzehn Uhr eine Besprechung einberufst. Auch Marrone aus Opicina soll kommen, die Beano von der Spurensicherung und der alte Galvano.«

Dann trat er ans Fenster und ließ sich Lauras Antworten durch den Kopf gehen. Sie hatte so ausweichend geantwortet auf seine Frage, ob sie allein war. Aber ihre Stimme war nicht abweisend gewesen. Laura klang ernsthaft besorgt. Vielleicht würde sie endlich zurückkommen. Es machte ihn rasend. Er konnte nicht mit ihr sprechen.

Aber es mußte doch zu klären sein. Sie mußte doch einsehen, daß ...

Ein Räuspern und ein vorsichtiges »Permesso« löste ihn aus seinen trüben Gedanken. Er drehte sich um und sah Rosso in der Tür stehen.

»Also, was war da genau los?«

»Wir erhielten einen Hinweis, daß nach dem Mittagessen im ›Tse Yang‹ in der Via Brunner gezockt würde. Wir haben den Laden durchsucht, und in der Tat wurde dort gespielt, aber es waren nicht nur Chinesen dort. Diese italienischen Jugendlichen saßen mit am Tisch. Als wir sie festnahmen, war noch alles ruhig. Es ging erst hier los.«

»Und mein Sohn?«

»Ja, äh, der war wohl mit dabei.«

»Was liegt gegen ihn vor?«

»Wir ermitteln noch. Ich weiß es noch nicht. Ich fürchte, es wird dauern. Wenn Sie wollen, laß ich ihn herbringen.«

»Nein, lassen Sie. Behandeln Sie ihn wie jeden anderen. Aber informieren Sie mich bitte sofort, wenn Sie etwas wissen.«

»Widerstand gegen die Staatsgewalt droht ihm auf jeden Fall«, sagte Rosso zögernd.

»Wem sagen Sie das? Das kenn ich seit seiner Geburt.« Laurenti zuckte unwillig mit den Schultern. »Wie alt sind die anderen Kids?«

»Siebzehn, achtzehn.«

»Und die Chinesen?«

»Zwei sind im Alter Ihres Sohns. Dann noch der Wirt, der Koch und die beiden Bedienungen, die sind alle älter.«

»Und sonst niemand?«

»Nein.«

»Vom wem kam die Anzeige?«

»Anonym. Ich nehme an, aus der Nachbarschaft.«

»Mhm.« Laurenti kratzte sich lange und ausgiebig am

Hinterkopf, bevor er weitersprach. »Und glauben Sie wirklich, daß die dort gezockt haben?«

»Es wäre nicht das erste Mal«, sagte Rosso. »Hinweise hatten wir schon öfter. Und Karten lagen auch auf dem Tisch. Warum?«

»Ist schon gut! Keine Sorge. Ich frage mich nur, ob die nicht ganz einfach zu jung sind. Und bei meinem Sohn wundere ich mich erst recht. Der hat bisher keine Leidenschaft für Kartenspiele gezeigt.«

»Was sollen wir tun?«

»Vernehmen Sie sie, Rosso. Wir machen um siebzehn Uhr eine Sitzung mit allen. Berichten Sie dort.«

Rosso schaute auf seine Armbanduhr. »Ich hoffe, wir schaffen das bis dahin. Es sind dreizehn Personen.«

Auch Laurenti schaute auf die Uhr und dachte einen Augenblick nach. »Nein, das schaffen Sie nicht. Tun Sie mir einen Gefallen, Rosso: setzen Sie Marco bitte in mein Büro, wenn Sie fertig sind. Er soll dort auf mich warten, falls die Sitzung länger dauert.«

»In Ordnung. Brauchen Sie mich noch?«

»Nein, machen Sie weiter.«

Rosso war schon auf dem Flur, als Laurenti noch einmal nach ihm rief.

»Noch was: bitte vorerst keine Information an die Presse, Rosso! Nicht bevor wir noch einmal miteinander gesprochen haben.«

»Wie Sie meinen, Chef.«

»Und noch etwas, unter uns. Es wäre sehr nett, wenn Sie, sobald Sie den Eindruck haben, daß er einen Anwalt nötig hätte, eine Pause machen könnten und es mir sagten.«

*

Sie machte sich auf den Weg zum Fischgeschäft ihrer Tochter. Bruna Saglietti mußte mit jemandem reden. Sie hatte mehrmals gewagt, ihn anzurufen, doch das Telefon läutete, bis das Besetztzeichen kam. Plötzlich war sie sich sicher.

Um 16 Uhr meldete sie sich krank, zog hastig ihre Karte durch die Zeiterfassung und trippelte die Steintreppe hinunter. Sie hatte es eilig.

Als sie Ugo auch am Morgen nicht hörte, rief sie im Kaufhaus an und entschuldigte sich, daß ihr nicht wohl sei und sie erst eine oder zwei Stunden später zur Arbeit kommen könne. Sie blieb mit zwei Katzen auf dem Schoß in ihrem Sessel sitzen und starrte auf die hohen Stapel alter Zeitungen, leerer Thunfischdosen, Plastiktüten, Kartons, Flaschen und Wäsche, die den Blick auf die Wand verstellten. Sie war froh darüber, daß sie nichts davon weggeworfen hatte. Nur verderbliche Lebensmittelreste trug sie stets in die Mülltonne hinunter. Sie würde die Dinge vielleicht irgendwann brauchen können. Sie oder Ugo oder Nicoletta. Ugo war gestern nicht zur üblichen Zeit aus dem Haus gegangen, erst gegen neunzehn Uhr hörte sie seine Schritte oben und kurz darauf die Tür. Das hieß, er fuhr nicht hinaus, trotz des guten Wetters und der Aussichten auf einen ordentlichen Fang. Zum ersten Mal seit unzähligen, langen Jahren. Bruna wußte, daß etwas anders war. Irgend etwas stimmte nicht. Und Ugo kam nicht zurück in der Nacht. Bruna blieb so lange wach, bis im Fernsehen die Wiederholungen begannen. Und am Morgen sah sie in den Nachrichten die Bilder von der Beerdigung in Contovello. Bruna hörte den Namen der Familie. Die Trauerrede des Bürgermeisters kannte sie schon fast auswendig, nachdem sie die Nachrichten auch auf den anderen Kanälen gesehen hatte. Bei der Naheinstellung des schmerzverzerrten Gesichts des alten Gubian vor dem Grab zuckte sie jedesmal zusammen und erinnerte sich daran, was er gestern vor dem Haus zu ihr gesagt hatte.

»Sagen Sie ihm, daß ich ihn umbringe!«

Gubian war so alt wie Ugo und genauso kräftig. Zwei sture, bullige alte Männer. Als sie Ugos Schritte auch am Morgen nicht vernahm, wußte sie: Gubian hatte aus seiner Drohung Ernst gemacht.

Bruna rief Nicoletta um acht Uhr auf dem Mobiltelefon an und teilte ihr die Sorgen mit. Nicoletta war noch am Molo und überwachte wie jeden Morgen die Verladung des Fischs, zeichnete die Wägelisten ab und handelte die Preise aus. Sie war wie immer mißtrauisch und achtete auf jedes Gramm, das die Waage anzeigte. Nicoletta nahm die Worte Brunas nicht sehr ernst und beendete das Gespräch schnell. »Mach dir keine Sorgen, Mamma«, sagte sie. »Ich hab jetzt keine Zeit. Wir sprechen uns später.«

Um halb zehn, als Nicoletta in ihrem Büro saß, rief Bruna wieder an. »Er ist noch immer nicht zurück«, meldete sie ihrer Tochter.

»Bist du nicht bei der Arbeit?« wunderte sich Nicoletta.

»Ich habe gesagt, daß ich später komme. Ich bin sehr, sehr besorgt, Nicoletta!«

»Mamma, laß ihn doch machen, was er will. Nachdem das passiert ist, braucht Papà wahrscheinlich ein bißchen Luft. Er kommt bestimmt bald wieder zurück. Außerdem kannst du sowieso nichts tun.«

»Aber da war doch der alte Gubian aus Pola, Nicoletta. Er hat gesagt, daß er Ugo umbringen will.«

»Ich weiß, das hast du mir gestern schon erzählt. Aber ich glaube nicht daran. So etwas sagt man schnell einmal daher und meint es nicht wirklich. Außerdem ist er alt. Wie will er das machen?«

»Auch Ugo ist alt.«

»Trotzdem! Er wird schon wiederkommen. Laß ihn in Ruhe. Wenn er bis heute abend nicht zurück ist, überlegen wir, was wir tun können. Ciao!«

Den ganzen Tag war Bruna von Unruhe gehetzt. Sie verstand die Fragen der Kunden nicht oder brach mitten im Satz ab, sie schien abwesend und unkonzentriert. Nachdem der Abteilungsleiter ihr zweimal teilnahmsvoll sagte, sie möge nach Hause gehen oder zum Arzt, faßte sie sich schließlich ein Herz und eilte zu ihrer Tochter.

Hastig trippelte sie die Via Battisti hinunter. Sie drehte nicht einmal den Kopf, als sie die stark befahrene Via Carducci bei Rot überquerte und nur durch ein Wunder nicht unter die Räder kam. Bruna sah nichts, außer den Sorgen, über die sie sich mit ihrer Tochter beraten wollte. Ein paar Minuten später kam sie an Sant' Antonio vorbei und bog bei dem Haushaltswarengeschäft in die Via XXX Ottobre ein. Es waren nur noch wenige Schritte zur ehemaligen österreichischen Kaserne, in deren Vorderflügel Nicolettas Laden war.

Bruna lief direkt in ihn hinein und stieß sich das Bein an dem dunkelbraunen, schäbigen Koffer, den er in der Hand trug. Erst als sie sich bei ihm entschuldigen wollte, erkannte sie Gubian. Sie wich erschrocken einen Schritt zurück. Auch Gubian schaute sie unsicher an. Er hatte die Sachen aus der Pension »Blaue Krone« geholt und war auf dem Weg zu seinem Wagen.

»Sie haben ihn umgebracht!« kreischte Bruna. »Sie sind ein Mörder!«

Ein paar Passanten blieben neugierig stehen. Gubian sagte nichts, nahm seinen Koffer wieder auf und versuchte, an Bruna vorbei zu kommen.

»Er ist ein Mörder«, schrie sie. »Halten Sie ihn fest!«

Gubian schaute sie hilflos an und zögerte, er durfte jetzt nicht einfach davonrennen. Diese Frau versuchte, ihn festzuhalten, und jede seiner Bewegungen wäre verdächtig gewesen. Aus dem Dienstgebäude der Guardia di Finanza waren zwei uniformierte Beamte herausgekommen und wollten gerade in ihren Wagen steigen. Als sie Bruna hörten, schlossen sie die Autotüren wieder und kamen herüber.

»Der da! Der da!« rief Bruna und riß Gubian am Mantel.

Die beiden Beamten stellten sich ihnen in den Weg.

»Ihre Papiere!«

»Nehmen Sie ihn doch fest!« Bruna bebte am ganzen Leib. »Er hat meinen Mann umgebracht!«

»Lassen Sie mich in Ruhe!« fluchte Gubian. »Ich habe heute früh meine Familie begraben.«

»Ihre Papiere!« wiederholten die Beamten. Gubian stellte den Koffer wieder ab, zog seine Brieftasche aus dem Jackett und gab ihnen seinen kroatischen Paß. Bruna hatte keine Dokumente dabei. Sie hatte sie bisher nur gebraucht, wenn sie einmal einen der seltenen Sonntagsausflüge mit Nicoletta über die Grenze nach Istrien machte. In der Stadt noch nie.

»Ich habe keinen Ausweis! Aber dort arbeitet meine Tochter!« Bruna zeigte auf den Fischladen, der keine hundert Meter von der Guardia di Finanza entfernt lag. »Rufen Sie Nicoletta! Sie wird bestätigen, was ich gesagt habe. Das ist ein Mörder!«

»Wie ist Ihr Name?«

»Saglietti, Bruna. Meine Tochter arbeitet dort. Nehmen Sie ihn doch ...«

»Seien Sie endlich still!«

Immer mehr Neugierige standen inzwischen um sie herum. Auch die Ladeninhaber schauten aus den Geschäftseingängen und versuchten mitzubekommen, was sich da abspielte.

»Signor Gubian, Sie haben gehört, was diese Frau behauptet. Wie kommt sie dazu?« fragte der zweite Beamte, nachdem auch er den Paß des alten Mannes angeschaut hatte. Jeder in der Stadt hatte in diesen Tagen den Namen gehört.

»Das müssen Sie sie selbst fragen. Ich habe heute früh meine Familie begraben. Ich habe genug durchgemacht. Kann ich endlich gehen? Ich will nach Hause.«

Mit einem Blick auf Bruna, die am ganzen Körper bebte, änderte der Beamte seine Meinung und gab Gubian den Ausweis zurück. »Entschuldigen Sie bitte die Belästigung.«

Gubian nahm wortlos seinen Koffer und ging schnell und ohne sich noch einmal umzuwenden Richtung Rive, wo er seinen kleinen weißen Mitsubishi abgestellt hatte.

»Aber er hat doch meinen Mann ...« protestierte Bruna und wollte hinter ihm herrennen.

»Sie bleiben hier«, herrschte sie der Finanzpolizist an und hielt sie am Arm fest. Bruna kämpfte mit den Tränen. Sie merkte, daß alle hier sie für verrückt hielten. »Gehen wir zu Ihrer Tochter, Signora!« Sie nahmen Bruna in die Mitte, das Spektakel war vorüber, auch die Schaulustigen gingen wieder ihrer Wege.

Nicoletta hörte den Beamten kopfschüttelnd zu und bestätigte die Identität ihrer Mutter.

»Sie macht sich Sorgen, Sie müssen sie verstehen!« sagte sie schließlich. »Ich bringe dich nach Hause, Mamma!«

»Geben Sie auf sich acht, Signora! Gehen Sie zum Arzt und lassen Sie sich etwas zur Beruhigung geben.« Die beiden Beamten verabschiedeten sich. Bruna erwiderte ihren Gruß nicht. Trotzig und unbeweglich blieb sie stehen. Sie wußte, daß sie nicht verrückt war.

*

Die Sitzung begann mit Verspätung. Um siebzehn Uhr waren alle anwesend bis auf den Kollegen der Guardia di Finanza, der die Bücher und Konten des Feinkostgeschäfts des toten Manlio Gubian überprüfte. Tozzi kam eine Viertelstunde zu spät. Er hatte sich telefonisch bei Marietta entschuldigt, wegen eines dummen Zwischenfalls, wie er es nannte.

Laurenti hatte die Kollegen zusammengerufen, weil sie sich an einem kritischen Punkt befanden und nicht weiterkamen. Sie stocherten wegen des Anschlags in Contovello noch immer im trüben, und heute früh kam auch noch der unbekannte Tote an der Foiba von Monrupino hinzu.

»Gleich zu Anfang«, eröffnete Laurenti die Sitzung, »eine Mitteilung in eigener Sache. Mein siebzehnjähriger Sohn Marco ist heute im Kommissariat. Man hat ihn mit ein paar Chinesen zusammen verhaftet, gegen die man wegen verbotenen Glücksspiels ermittelt. Er wird noch von Rosso vernommen. Ich weiß nicht, was an der Sache dran ist, aber mir ist es lieber, daß Sie es von mir und nicht von anderen hören. Ich hoffe natürlich, daß sich die Sache als Mißverständnis aufklärt und Rosso mir bald sagt, um was es sich dreht. Soviel dazu.

Signori, es ist Zeit, daß wir zusammentragen, was wir haben. Ich wurde von der Beerdigung heute früh an die Foiba von Monrupino gerufen. Wir haben einen weiteren Toten. Ein Harpunierter auf einem Eisengestell. Ein alter Mann. Er befindet sich bei Doktor Galvano in guten Händen, er kann froh sein, daß er tot ist. Wissen Sie inzwischen etwas mehr über ihn, Doc?«

»Danke für das Kompliment, Laurenti. Ich wäre ein angesehener Arzt geworden, wenn ich nicht aus Mitleid mit der Triestiner Polizei hier geblieben und verschimmelt wäre, vergiß das nicht! Noch kennen wir die Identität des Toten nicht. Seine Fingerabdrücke haben wir weitergegeben, sie waren aber nirgends registriert. Ein Meter dreiundachtzig groß, von auffällig kräftiger, muskulöser Statur. Ich gehe davon aus, daß er regelmäßig körperliche Arbeit verrichtete. Sein Magen war annähernd leer. Er hat gestern abend nichts gegessen. Es gab keine Spuren eines Kampfes, nichts unter den Fingernägeln et cetera. Er wurde hingerichtet, auf das Stahlgestell geflochten, so wie die Tito-Partisanen das einst gemacht haben. Aber dann wurde er erschossen, witzigerweise mit einer Harpune. Außerdem hatte er einen Kaffeesack über dem Kopf. Ich denke die ganze Zeit darüber nach, ob dies Zeichen, Nachrichten an uns sind, die wir lesen lernen müssen. So eine Art Bilderrätsel.« Galvano reichte Fotografien herum. »Hier, schaut selbst. Das können Mitteilungen sein, die uns der oder die Mörder gegeben haben. Aber es kann auch gar nichts bedeuten.«

»Der Alte wurde von einem Griechen gefunden, mit dem wir am Sonntag als Zeugen zu tun hatten. Sgubin«, fragte Laurenti, »warst du bei ihm?«

»Ja, er war zu Hause. Er sagte, daß ihm nicht wohl war und er deshalb nicht zur Arbeit gegangen war. Um sich zu erholen, sei er spazierengegangen.«

»Kannte er den Toten?«

»Nein. Der hatte doch einen Sack über dem Kopf, er hat das Gesicht gar nicht gesehen. Sagte nur, er hätte auf der Stelle die Polizei verständigt. Doktor, wir brauchen sein Foto in der Zeitung!«

»Es ist schon unterwegs.«

»Was fährt der Grieche für ein Auto?« fragte Laurenti.

»Einen Ford Fiesta. Aber er hatte ihn vorne an der Straße geparkt.«

»Nach den Reifenspuren im Schnee war es ein Kleinwagen, der vor der Foiba hielt«, sagte Galvano.

»Ja«, sagte Emelda Beano, die Leiterin der Spurensicherung. »Die Spur ist zwar nicht allzu deutlich. Ich habe sie angeschaut, bevor ich herkam. Ein Fiesta war das nicht, es handelt sich vermutlich um einen Japaner älteren Baujahrs. Für alles andere stimmen Radstand und Bereifung nicht, und auch die meisten anderen Fabrikate müssen wir ausschließen. Ich tippe auf einen Mitsubishi Baujahr Mitte achtzig. Das rechte Vorderrad läuft nicht in der Spur, und die Bereifung ist auf beiden Achsen verschieden. Ein Profil ist tiefer, hinten rechts. Ich nehme an, daß vor kurzem erst das Ersatzrad montiert wurde.«

»Wenn Sie bitte noch die Farbe und das Kennzeichen nennen könnten, Emelda«, sagte Laurenti.

Sie lachte auf. »Und auch noch, wer am Steuer gesessen hat, wie? Nein, leider nicht. Spurenlesen ist nicht das gleiche wie Hellsehen.« Wenn sie lacht, dachte Laurenti plötzlich, ist die Brille gar nicht so schlimm. Und so knochig, wie er sie in Erinnerung hatte, war ihre Figur nun beileibe nicht.

»Das heißt, wir müssen warten, bis sich irgend jemand auf das Bild in der Zeitung meldet oder es heute abend in den Nachrichten sieht.« Umberto Marrone, der Mann vom Karst, runzelte die Stirn. »Dann steht das Telefon wieder einmal für drei Tage nicht still.«

»Ich weiß, Marrone, aber dann kommen wir endlich voran!« Laurenti wandte sich an den Kollegen von der Guardia di Finanza. »Tozzi, haben Sie bei der Prüfung der Bücher in Gubians Laden etwas herausgefunden?«

»Nach dem ersten Überblick scheint alles in Ordnung zu sein. Aber wir prüfen ja erst den dritten Tag. Nur, so wie diese Bücher geführt sind, so ordentlich und akkurat, rechne ich kaum mit etwas. Auch die Bankkonten weisen keine extremen Bewegungen aus. Der Laden brummte, Gubian verstand sein Geschäft und verdiente sehr gut. Ich glaube nicht, daß es viele solcher Läden in Triest gibt.«

»Ist daraus ein Motiv abzuleiten?«

»Kaum, nach der derzeitigen Erkenntnis. Schutzgeldprobleme haben wir hier nicht, außerdem sah man es dem Geschäft ja nicht an, daß es so rentabel ist. Aufkäufe in dieser Gegend gibt es auch nicht, also nichts, weshalb man ihn hätte unter Druck setzen sollen. Auch die Kredite sind alle ordnungsgemäß über die Banken gelaufen. Es gibt kein

Loch, das nicht erklärt werden kann. Und auch im Lager fand sich nichts, was dort nicht hingehörte. Wenn er schmutzige Geschäfte größeren Ausmaßes machte, dann ganz gewiß nicht über den Laden. Außer es taucht in den nächsten Tagen doch noch eine Überraschung auf.«

»Wir sollten noch etwas in die Zeitung setzen.« Laurenti legte die Zeigefinger an die Nase. »Wir müssen herausbekommen, ob irgend jemand Manlio Gubian irgendwo regelmäßig gesehen hat, außerhalb seines Ladens und seines Hauses. Sorgt dafür, daß das morgen ebenfalls in der Presse steht. Samt Foto.«

»Dann brauchen wir mehr Leute, die am Telefon vorfiltern!« Marrone runzelte die Stirn. »Einige zusätzliche Telefonleitungen auch. Das kann heiter werden. Haben Sie die Beerdigung gesehen? Von den Anwesenden kam höchstens die Hälfte aus Contovello, alle anderen waren Schaulustige.«

»Wer war eigentlich bis zum Ende dort?« fragte Laurenti.

»Ich.« Es war wieder die Beano.

»Sie?« fragte Marrone gedehnt. Er wunderte sich, daß sich die Spurensicherung auf den Friedhof begab, wo es für sie ja nichts mehr zu tun gab.

»Ja, ich war neugierig und wollte wissen, mit wem ich es da zu tun hatte.«

»Und?« fragte Laurenti.

»Nichts Besonderes. Ich war bis zum Schluß dort. Es dauerte ewig, bis sie nach Hause gingen. Am Schluß blieben nur der Vater und der Pfarrer zurück. Gubian stieg dann in seinen ...« Sie stockte kurz. »Verdammt, ja, er stieg in einen weißen Mitsubishi mit kroatischer Nummer. Ich bin mir ganz sicher.«

»Ein bißchen viel Zufall auf einmal, würde ich sagen.« Die knochige Hand Galvanos wirbelte unruhig in der Luft, als verscheuchte er Mücken.

»Ich weiß nicht recht«, mischte sich Tozzi ein. »Irgendwie ist alles zu einfach, denn auch ich habe eben noch Gubian gesehen. Ich kam deshalb zu spät, weil eine Frau auf der Straße eine Szene machte. Sie beschuldigte einen alten Mann als Mörder. Der Mann war Gubian. Er hatte einen Koffer dabei und sagte, er wolle zurückfahren nach Pola. Er wehrte sich kaum, aber die Situation war ihm, wie man sich unschwer vorstellen kann, äußerst unangenehm.«

»Und?« rief Laurenti. »Was haben Sie gemacht?«

»Naja ... wir haben ihn laufenlassen. Die Frau war offensichtlich schwer gestört. Die Stadt ist voller Verrückter und jeder weiß doch, daß er seine Familie heute früh zu Grabe getragen hat. Der und ein Mörder?«

»Verflucht, Tozzi! Sagen Sie das noch einmal: Sie haben ihn einfach laufenlassen?« Laurenti raufte sich die Haare. »Wie kann man nur!«

Alle schauten ihn erstaunt an. Jeder von ihnen hätte Gubian laufenlassen. Was lag denn vor gegen den armen alten Mann, der seine ganze Familie verloren hatte?

»Wissen Sie eigentlich, wieviel Mitsubishis es gibt, Laurenti? An jeder zweiten Ecke steht doch einer. Außerdem war mir nicht bekannt, daß Sie überhaupt so ein Auto suchen.«

»Da sagt eine arme kleine Frau, daß ein Mann, den sie erkannt hat, ein Mörder sei, und Sie lassen ihn laufen und halten sie für verrückt!«

»Jetzt machen Sie aber mal einen Punkt, Laurenti!« Tozzi wurde böse.

»Gubian kam sogar zu uns ins Büro und drohte, den Mörder vor uns zu finden und ihn zu erledigen. Der Mann war entschlossen. Was zum Teufel weiß Gubian, was wir nicht herausgefunden haben? Verdammt, da muß man doch handeln, Tozzi!«

Tozzi schwieg.

»Wenn er es wirklich war, dann ist das eine verdammt alte Geschichte zwischen ihm und dem Mörder«, sagte Sgubin. »Dann müssen wir in der Vergangenheit stochern.«

»Kehre zurück zu den Anfängen«, sagte der alte Galvano. »Als ich hier anfing, das war 1945, hat man mir die Toten aus den Löchern im Karst aufgehalst. Und heute, fünfundfünfzig Jahre später, wo ich die Arbeit an den Nagel hängen und mir endlich ein eigenes Loch schaufeln sollte, kommt die ganze alte Geschichte wieder hoch! Eigenartige Koinzidenzen, Laurenti! Wenn der alte Gubian was damit zu tun hat, dann mußt du in die Archive. Das kann dauern. Stell fest, wer er war zu jener Zeit. War er bei den Faschisten oder bei den Partisanen oder ein Parteifunktionär? Dann weißt du, wer seine Feinde waren. Und noch etwas«, er sprach langsam und leise, machte eine kurze Pause, drehte seinen Kugelschreiber in der Hand und schüttelte den Kopf. »Es kann sich auch um eine späte Rache handeln.«

»Ich verstehe nicht, Doktor!«

»Kannst du auch nicht. Ihr Jungen wißt zu wenig, dabei ist es ganz einfach: Du bringst meine Familie um, ich bringe dafür deine um. Kapiert?«

»Nach so langer Zeit? Das glaub ich nicht, Doc!«

»Die Zeit spielt keine Rolle!«

»Aber wer ist dann dieser verfluchte Alte mit der Harpune in der Brust?«

»Find's raus!« Galvano blieb trocken.

»Ach, Tozzi – hätten Sie Gubian nicht einfach laufenlassen, dann könnte er uns alles haarklein erzählen. Wie kann man nur . . .« bohrte Laurenti weiter.

»Nochmals, Laurenti, zum Mitschreiben! Die Frau war offensichtlich gestört! Sie hatte keinen Ausweis dabei und redete wirr daher. Wir haben ihre Identität überprüft, ihre Tochter arbeitete in der Nähe. Sie hat sich um die Frau gekümmert. Und es war nichts davon bekannt, daß Sie

Gubian verdächtigen. Und wen soll er eigentlich umgebracht haben?«

»Na den, den wir gefunden haben!«

»Und wie heißt der Mann?«

»Wie heißt die Frau?«

»Saglietti, die Frau. Marasi, die Tochter.«

»Marasi?« Das Wort platzte wie ein Schuß aus Mariettas Mund. Bisher saß sie still am Tisch und führte Protokoll, schaute Laurenti an und kaute auf ihrem Bleistift. »Heute früh gab es eine Fahndungsmeldung der Capitaneria. Die Guardia Costiera sucht einen Marasi. Es war irgend etwas mit einem vermißten Fischer, der Montag nacht über Bord des Kutters von diesem Marasi ging. Dieser Mann sollte noch einmal vernommen werden und erschien nicht zum Verhör. Mehr stand nicht drin.«

»Na also, Tozzi! Gubian ist auch Fischer. Ich fresse einen Besen, wenn das nicht Marasi ist, den wir auf dem Karst gefunden haben.«

Galvano schüttelte den Kopf und murmelte vor sich hin. »Ich glaube das nicht, ich glaube das nicht.«

»Bringt mir diese Frau hierher! Heute noch! Wenn Tozzi der Sache schon nicht nachgegangen ist, werden wir das tun. Wie kann man nur?« Laurenti war wütend. Es war ungerecht von ihm, und er wollte die Blicke Mariettas nicht sehen, mit denen sie ihn zu beschwichtigen versuchte. In diesem Augenblick mochte ihn niemand. Auch Galvano blickte nur noch stumm zur Zimmerdecke. Sgubin stand auf, ging zum Telefon und rief die Daten Bruna Sagliettis und dieses Marasi ab. Er schüttelte den Kopf, schrieb mit und kam mürrisch zurück an den Tisch. Laurenti studierte die Notiz und hieb plötzlich mit der flachen Hand auf den Tisch.

»Das darf nicht wahr sein! Die wohnen alle im gleichen Haus. Der Grieche, dieser Marasi, die Saglietti. Alle! In der Via Stuparich! Und der Grieche hat den Toten gefunden und nicht wiedererkannt. Sind wir hier eigentlich komplett verrückt?«

»Halt, Laurenti!« Marrone richtete sich auf. »Niemand hat bisher gesagt, daß der Tote dieser Marasi ist!«

»Außerdem sind die Herrschaften verheiratet, wie Sgubin berichtet«, sagte Galvano. »Es dürfte auch dir nicht entgangen sein, daß Eheleute meist zusammen wohnen.«

Laurenti funkelte ihn böse an.

»Zufall, Laurenti, nichts als Zufälle! Geh dem nach, was ich dir gesagt habe. Vertrau einfach einmal einem alten Fuchs.«

»Wir werden sehen«, antwortete er lahm. »Nur, Gubian ist längst in Pola, wir können ihn nicht vernehmen, und wenn er es doch war, liefern die Kroaten ihn nicht aus. Außerdem bleibt noch immer die Frage nach dem Motiv. Doktor, Sie versuchen bitte schnellstmöglich zu überprüfen, ob der Tote dieser Marasi ist. Marrone, fahren Sie mit dem Bild nach Contovello und fragen Sie, ob ihn irgend jemand wiedererkennt. Ich spreche mit der Capitaneria und frage, was dort mit diesem Marasi war. Sgubin, wir fahren gleich nachher zu dieser Frau und zeigen ihr das Foto. Marietta, stell bitte die Personalien zusammen, Anschriften und so weiter von allen, die mit diesem Marasi zu tun hatten. Wenn er es war, müssen wir alle um ihn herum vernehmen! Und Gubian ... mal sehen, wie wir an ihn herankommen. Notfalls muß jemand hinfahren.«

»Wenn Sie jemanden in Pola brauchen«, sagte Tozzi, »dann kann ich Ihnen helfen. Ich habe dort eine alte Freundin bei der Kriminalpolizei.«

»Ist gut, Tozzi. Ich komme darauf zurück. Vielen Dank.« Damit war der Friede schon fast wiederhergestellt. Laurenti dachte daran, daß auch er inzwischen jemanden in Pola kannte.

*

Marco war es stinklangweilig. Seit einer Dreiviertelstunde wartete er im Büro seines Vaters, in das Rosso ihn gebracht hatte. Er hatte sich auf Proteos Stuhl gesetzt, die Füße auf den Schreibtisch gelegt, wie sein Vater, und zuerst gelangweilt in den Schreibtischschubladen geschnüffelt, aber nichts Interessantes gefunden, außer einem Päckchen Marlboro, in dem nur zwei Zigaretten fehlten, und einem roten Feuerzeug. Er zündete sich eine Zigarette an, griff dann zum Telefon und quatschte mit seinen Freunden. Es gab schließlich viel zu berichten.

Das Büro war verqualmt, als Laurenti von der Sitzung zurückkam, er wunderte sich schon im Vorzimmer über den Zigarettengestank. Marco riß die Füße vom Tisch, verabschiedete sich eilig von seinem Gesprächspartner und legte den Hörer auf

»Und? Was gibt's?« Laurenti riß das Fenster auf.

»Mensch, das hat vielleicht gedauert. Seid ihr immer so langsam?«

»Marco, ich habe dich gefragt, was du ausgefressen hast?«

»Nichts, verdammt noch mal. Das war so: Wir saßen wie schon oft nach dem Mittagessen im ›Tse Yang‹. Huan ist unser Freund und der Sohn des Wirts. Du kennst ihn auch, Papà! Er war schon bei uns zu Hause. Wir gehen zusammen zur Schule.«

»Und? Weshalb haben sie euch dann eingelocht?«

»Weil sie spinnen. Da ruft wahrscheinlich irgend so ein gelangweiltes, frustriertes altes Mütterlein bei euch an und faselt von verbotenem Glücksspiel. Es ist zum Lachen! Nur, daß ihr anscheinend nichts Besseres zu tun habt, als Unschuldige zu jagen. Auf einmal sind alle Chinesen Verbrecher. Das kann man sich doch nicht gefallen lassen! Diese saudummen Polizisten führen sich auf, als hätten sie die Roten Brigaden aufgestöbert. Die nahmen uns einfach fest, ohne die Ausweise zu überprüfen. Nichts! Ab in den Transporter und aufs Kommissariat! Und dann die Schikanen: Warten bis zum Dummwerden. Vier Stunden habe ich gewartet. Am Ende hatten sie endlich begriffen, daß sie sich geirrt haben. Aber auch erst, als der Anwalt der Chu-Lis auf den Tisch gehauen hat. Der macht jetzt eine knallharte Geschichte draus.« Marco nestelte eine weitere Zigarette aus der Packung seines Vaters.

»Was heißt hier Geschichte? Und übrigens sind das meine Zigaretten«, Laurenti steckte die Schachtel ein. »Gib das Feuerzeug her!«

Marco kramte es unwillig aus der Hosentasche. »Ich wußte gar nicht, daß du rauchst, Papà.«

»Ich rauche auch nicht. Also sag schon, was für eine Geschichte will der Anwalt da draus machen?«

»Och, der bringt sie in den ›Piccolo‹, hat er gesagt.«

»Auch das noch! Und da schreiben sie dann wieder alle Namen rein, inklusive Marco Laurenti. Das darf doch nicht wahr sein.« Proteo stürzte zum Telefon und wählte hastig die Nummer Rossana di Matteos. Er ließ es lange klingeln, irgendwann meldete sich die Zentrale und sagte, die Chefin sei bereits aus dem Haus. Er suchte ihre Mobilnummer, doch auch dort war nur der Anrufbeantworter eingeschaltet. In knappen Worten sagte er, um was es sich drehte, und bat sie um Beistand.

»Und wer war das mit der Türverglasung? Wer hat die auf dem Gewissen?«

Marco starrte angestrengt aufs Fenster. »Keine Ahnung. Ich hab's nicht gesehen. Aber sag selbst, hätten wir uns das einfach so gefallen lassen sollen?«

»Das ist Widerstand gegen die Staatsgewalt, Marco! Glaub bloß nicht, daß wir hier bescheuert sind! Nur, daß das ganz automatisch an den Staatsanwalt weitergeht und ich es kaum werde aufhalten können.«

»Ihr übertreibt! Und wer ist hier eigentlich der Boß? Du doch, Papà, oder nicht?«

»Marco«, sagte Laurenti, während er sich eine Zigarette anzündete und das Fenster schloß. »Marco, so geht das nicht mehr weiter. Du hängst überall drin, womit ich derzeit zu kämpfen habe. Zuerst bei den Faschisten, und jetzt spielst du dich als Beschützer der armen Chinesen auf. Morgen warte ich darauf, daß sie dich bei den Anarchisten festnehmen. Kannst du nicht ein ganz normaler Junge von siebzehn Jahren sein, so wie alle anderen?«

»Achtzehn, Papà. Am zwölften Dezember werde ich achtzehn.«

Proteo schoß durch den Kopf, daß er sich um ein Geschenk kümmern mußte. Drei Wochen noch, dann spätestens wäre wohl auch Laura wieder da, zumindest vorübergehend. Die Geburtstage ihrer Kinder hatte sie immer zum Fest gemacht. Hoffentlich kam sie früher zurück. Er mußte sie anrufen. Er hatte es ihr versprochen. Sie wartete bestimmt ungeduldig auf seine Nachricht.

»Aber du kannst schon recht haben«, sagte Marco. »Für Samstag ist eine Demonstration gegen Fremdenfeindlichkeit und für die Chinesen angesagt.«

»Du gehst da nicht hin! Marco!« Laurenti schwirrte der Kopf.

»Warum denn nicht?«

»Weil ich das nicht möchte, ganz einfach!«

»Du spinnst doch, Papà! Außerdem: Chinesen gab es schon vor hundert Jahren in Triest.«

»Wer hat dir denn den Blödsinn erzählt?«

»Es ist wahr! In San Giacomo. Sie wuschen die Wäsche der Schiffe des Triestiner Lloyd! Das waren nicht mal wenige, aber damals blieben sie in ihrem Viertel, und heute raunt jeder von der gelben Gefahr, wenn man sie sieht. Das ist Rassismus, Papà. Verstehst du jetzt endlich, um was es geht?«

In diesem Moment betrat Sgubin das Büro, um Laurenti abzuholen. Bruna Saglietti stand noch auf dem Programm.

Sie mußten heute abend noch mit ihr reden. Sgubin grinste über den Streit der beiden.

»Was willst du?« herrschte ihn Laurenti an.

»Die Saglietti wartet. Ich habe sie angerufen. Aber wenn du willst, gehe ich allein. Es ist schon nach neunzehn Uhr.«

»Nein, nein. Ich komme mit.« Laurenti schaute seinen Sohn sehr ernst an. »Marco, ich weiß nicht, wie lange das dauert. Bitte geh jetzt nach Hause und ruf gleich deine Mutter an. Sie ist sehr beunruhigt über deine Festnahme. Sag ihr, was los ist. Ich komme dann bald nach, und wir besprechen das ganze in aller Ruhe. O.k.?«

»Ist gut! Da ist übrigens noch etwas.«

»Ach? Es wäre auch zu komisch, wenn nicht. Also, was?«

Marco rutschte von der Schreibtischkante. »Du erinnerst dich doch sicher an Luciana.«

Laurenti runzelte die Stirn.

»Luciana, die mit mir im ›Bellavia‹ war.«

»Die hübsche? Was ist mit ihr?«

»Ich wollte dich fragen, ob du nichts für sie tun kannst. Sie hat eine Anzeige am Hals wegen der Tür.«

»Also weißt du doch, wer es war!«

»Nein, nein. Aber irgendeiner der Polizisten behauptet das. Könntest du vielleicht . . .?«

Laurenti schlug mit der Hand auf den Tisch. »Ich möchte noch den Tag erleben, an dem mal irgend jemand etwas für mich tut! Verflucht!« Er steckte sich eine Zigarette an. »Ist sie eigentlich deine Freundin?«

»Gibst du mir bitte auch eine, Papà?«

Sgubin beobachtete erstaunt, wie Laurenti Marco das Päckchen hinhielt.

»Seit wann rauchst du?« fragte Sgubin.

»Ich rauche nicht«, schnaubte Laurenti. »Also, gehen wir jetzt endlich? Und du, schau, daß du nach Hause kommst!«

Schmutziger Donnerstag

Am 23. November war der Tag aschgrau. Die Temperatur war über Nacht auf zwanzig Grad gestiegen, und die extreme Luftfeuchtigkeit trieb einem den Schweiß auf die Haut. Der übliche Triestiner Wetterumschwung, der in den letzten Jahren immer stärker wurde. Gaddhafi schickte mit dem leichten Scirocco Grüße aus Wüstensand über das Meer, die sich als gelb tränende Spuren auf den Karosserien der Autos niederließen. Nach der Bora nera zum Wochenanfang war dies eine üble Überraschung, die sich in allgemeiner Schlappheit und schlechter Laune niederschlug. Viel zu warm für die Jahreszeit, fluchten viele, die am Sonntag empört noch genau das Gegenteil behauptet hatten. Das Klima fuhr wieder einmal Karussell.

Luca Vidulini war früh aufgestanden. Er hatte sich vorgenommen, zu Nicoletta zu gehen, nachdem er am Abend zuvor mit Mario gestritten hatte und Marasi auch den ganzen Mittwoch nicht aufzufinden war. Marasi war Dienstag abend nicht wie verabredet zum Abendessen erschienen, bei dem sie mit ihm über den Kutter hatten sprechen wollen. Aber Mario hatte dies nicht weiter gekümmert. Zuerst war er über eine halbe Stunde zu spät gekommen, obwohl Marasi doch für zwanzig Uhr bestellt war. Lucas Frau hatte gezetert, denn der Lammbraten im Ofen konnte nicht mehr besser werden. Dann war Mario nach einer Dreiviertelstunde aufgestanden und hatte gesagt, es habe keinen Sinn, noch länger zu bleiben, Marasi käme nicht mehr, er habe Lunte gerochen – Marasi sei schließlich kein Idiot. Mario sagte, er habe keinen Hunger und sei müde.

Sie hatten mehrmals vergebens bei ihm angerufen. Marasi konnte nicht einfach verkaufen, wenn sie nicht zustimmten. Und doch war klar, daß sie mitziehen mußten, denn ohne Marasi konnten auch sie nichts machen. Irgendein Kompromiß war zu finden, der sie leben ließ, auch wenn Marasi ausstieg. Ihm gehörte der größte Anteil, fünfundvierzig Prozent des Kutters, während sie sich zu dritt den Rest teilten. Keiner von ihnen hatte genug Geld, um Marasi auszuzahlen. Sie brauchten Zeit, sich die Mittel zu beschaffen oder mit ihm zumindest zu verhandeln, wie sie seinen Anteil abstottern konnten. Jetzt waren sie nur noch zu zweit und mußten auch Giulianos Anteil aufbringen. Eliana hatte ein Recht darauf. Aber Marasis Ansprüche mußten sie herunterschrauben. Immerhin war es seine Schuld, daß Giuliano über Bord gegangen war. Und für Mittwoch waren sie zu einer neuerlichen Befragung in die Capitaneria bestellt. Damit konnten sie Druck machen. Ugo Marasi mußte nachgeben, darüber waren sie sich einig. Sie würden ihn mit allen Mitteln so weit bringen. Er konnte nicht riskieren, daß die Behörden erfuhren, welche Fracht sie in den unzähligen Nächten in internationalen Gewässern von Gubian übernommen hatten. Das würde nicht nur ihn, sondern auch Nicoletta in erhebliche Schwierigkeiten bringen.

Um so mehr war Luca darüber aufgebracht, daß es Mario auf einmal so gleichgültig war, wo Marasi blieb. Klar, er roch es schon an seinem Atem und sah es an seinen Augen, Mario hatte getrunken, und Luca wußte, daß ein angetrunkener Mario immer still war und kaum mehr das Nötigste über die Lippen brachte. Doch Luca hatte den ganzen Tag versucht, ein Schriftstück aufzusetzen, das sie Ugo an diesem Abend unterschreiben lassen wollten. Ein Vorvertrag, mit dem er seinen Anteil deutlich unter Wert an sie abtrat. Luca hatte mit der Bank verhandelt und vom Filialleiter die Zusage für den nötigen Kredit erhalten, wenn sie den Kutter beliehen und gut versicherten. Ohne Marasi würden sie auch rasch zwei, drei junge Fischer finden, die sie anstellen könnten. Aber der Kutter mußte ihm und Mario gehören. Das konnten sie erreichen an diesem Abend, und verdammt noch mal, dafür hätte Mario wenigstens pünktlich und nüchtern erscheinen können.

Am Mittwoch waren sie beim zweiten Verhör durch die Capitaneria wieder bei der alten, einsilbigen und wortkargen Version geblieben. Sie deckten Ugo weiter und reagierten nicht einmal auf die Fragen, wo er stecke. Keine Ahnung. Genauso unbeeindruckt blieben sie auch gegenüber den Einschüchterungsversuchen des Offiziers, der mit ihrer Verschwiegenheit nicht zurechtkam und sich vergeblich die Zähne an ihnen ausbiß. Sie würden nur reden, wenn Marasi nicht mitspielte.

Luca hatte den ganzen Mittwoch gewartet, doch heute mußte er Nicoletta aufsuchen. Er mochte sie nicht, und auch sie hatte nie einen Hehl aus ihrer Abneigung und dem Mißtrauen ihm gegenüber gemacht. Er war unabhängiger als die anderen und widersprach ihrem Vater häufig. Nicoletta sagte oft zu Ugo, er solle sich von Luca trennen, man könne ihm nicht wirklich vertrauen. Luca hingegen sah meist einfach über Nicoletta hinweg.

Er verabschiedete sich von seiner Frau, die wie jeden Morgen damit begonnen hatte, die Wohnung zu putzen. Er sagte, er käme zum Mittagessen zurück. Dann nahm er den Bus, setzte sich ans Fenster und blickte ins Grau über der Stadt. In der Via Carducci stieg er aus, steuerte zuerst den alten Kaffeeladen »La Colombiana« an und trank einen Macchiato am langen, silbern glänzenden Tresen. Dann ging er schnellen Schrittes die wenigen Straßen weiter in die Via XXX Ottobre. Es war kurz vor halb neun, als er den Fischladen betrat. Nicoletta im dicken marineblauen Pullover, den sie bei fast jeder Witterung trug, wachte darüber, wie ihre Angestellten die Fische auf das Eis der Verkaufstheke legten, und änderte noch schnell auf der Kreidetafel den Preis für die Rombi. Die Fische waren besonders schön, heute ließen sich dafür ein paar Lire mehr erzielen. Sie blickte erstaunt auf, als sie Luca erkannte.

»Ciao, Nicoletta!«

»Salve!« sagte sie knapp mit ihrer tiefen, knurrenden Männerstimme.

»Ich muß mit dir sprechen.«

»Warte!« Nicoletta gab im selben Tonfall ein paar barsche Anweisungen an den Mann hinter der Auslage. Rasch nahm er einige Fische und sortierte sie um. »Ich hab dir schon oft gesagt, daß du die großen Branzini nicht verstecken sollst! Wo außer bei mir kriegt man das Zeug in dieser Qualität?«

Luca blieb in gehörigem Abstand stehen und wartete, die Hände tief in den Taschen vergraben.

»Komm mit«, sagte Nicoletta schließlich. Sie gingen nach hinten, aber nicht in ihr Büro, sondern blieben im Innenhof stehen. »Was gibt's?«

»Wo ist Ugo?«

Nicoletta schaute ihn mißtrauisch an. »Weshalb?«

»Wir waren Dienstag abend verabredet. Er kam nicht. Gestern auch nicht. Auch nicht zum Verhör. Wir müssen reden wegen dem Kutter.«

»Darüber kannst du mit mir reden.«

»Nein, nur mit Ugo.«

»Es bleibt dir nichts anderes übrig. Papà ist tot.«

Luca verschlug es die Sprache. Er wurde blaß.

»Was hast du gesagt?«

»Ich biete dir und Mario 150 Millionen für euren Anteil. Zusammen!« In Nicolettas Gesicht regte sich kein einziger Muskel.

»Was heißt das: Ugo ist tot?« Vor Staunen entging Luca, daß ihr Angebot nur die Hälfte des realen Wertes ausmachte.

»Was ich gesagt habe. Ich übernehme den Kutter. Ihr

könnt es euch bis nächste Woche überlegen. Keine Lira mehr!«

»Nicoletta«, flehte Luca, »was ist passiert?« Er schien wie erstarrt vor Schrecken und war weit davon entfernt, jetzt mit ihr über den Preis zu verhandeln.

»Was ich dir gesagt habe. Tu nicht so, als wüßtest du nichts. Du bist gekommen, um über den Kutter zu sprechen. Ich habe dir gesagt, was ich zu sagen habe. Gebt mir bis Montag Bescheid. Sonst wird es weniger.«

»Aber . . . wie . . .« Luca versuchte einen klaren Satz zu finden. Doch Nicoletta schaute an ihm vorbei und schob ihn grob zur Seite.

»Was wünschen Sie?«

Der Angestellte hatte den Mann, der im Laden nach Nicoletta fragte, nach hinten geschickt.

»Ich komme wegen Ugo Marasi.«

»Und was wollen Sie von ihm?«

»Ich möchte mit seiner Tochter sprechen!«

»Weshalb?« fragte Nicoletta aggressiv.

»Es ist persönlich, Signore!«

»Reden Sie!« Zuerst hielt Luca sie von der Arbeit ab, und dann kam dieser Fremde, der sie für einen Mann hielt. Wie viele, viele Male war ihr das schon passiert, nur weil sie so sehr ihrem Vater glich und ihre Stimme männlich klang.

»Wo finde ich Nicoletta Marasi?«

»Das bin ich. Also, was wollen Sie?«

»Commissario Laurenti, Polizia di Stato. Entschuldigen Sie, ich dachte . . .« Er verbiß sich den Rest. »Wo kann ich ungestört mit Ihnen sprechen?« Er schaute auf Luca.

»Hier«, antwortete Nicoletta. »Luca, geh jetzt! Du weißt, was ich dir gesagt habe.«

Luca setzte seine dunkelblaue Kappe wieder auf und schaute sie unschlüssig an. »Ja, also . . . Wir sehen uns.« Luca drückte sich an ihnen vorbei und Laurenti wartete, bis er ihn durch die Hintertür im Laden verschwinden sah.

»Also?« fragte Nicoletta.

»Wann haben Sie ihren Vater zuletzt gesehen?«

»Am Dienstag morgen.«

»Haben Sie danach von ihm gehört?«

»Nein.«

»Ich möchte, daß Sie mit mir kommen. Man muß ihn identifizieren. Ihre Mutter hat ihn zwar schon auf dem Foto erkannt. Aber es führt nichts an einer persönlichen Identifikation vorbei. Wir konnten das Ihrer Mutter in ihrem Zustand gestern abend nicht zumuten.«

»Wann?«

»Jetzt, wenn es Ihnen möglich ist.«

»Warten Sie draußen auf mich.« Nicoletta drehte sich um, zog einen mächtigen Schlüsselbund aus der Hosentasche und schritt energisch hinüber zu ihrem Büro auf der anderen Seite des Hofs.

Laurenti ließ den Blick über das Gebäude schweifen, in dem die anderen Etagen offensichtlich leer standen, und ging zurück in den Laden. Er betrachtete die Fische, überlegte kurz, einen großen Rombo zu kaufen, den sie am Abend im Backofen zubereiten könnten, in Weißwein, mit Kartoffeln und ein paar kleinen Tomaten. So wie früher, wenn er auf seinen Wegen durch die Stadt ein verlockendes Angebot sah, Laura übers Mobiltelefon anrief und fragte, ob er etwas fürs Abendessen mitbringen solle. Aber das war Schnee von gestern. Sie waren nur zu zweit, und die Küche war noch immer nicht aufgeräumt und sah von Tag zu Tag schlimmer aus. Gestern abend war er zu müde und zerschlagen nach der unergiebigen Befragung Bruna Sagliettis nach Hause gekommen, um noch irgend etwas anderes tun zu können, als mit seinem Sohn ins Restaurant zu gehen.

Bruna Saglietti hatte sie in die Bar im Erdgeschoß des Hauses in der Via Stuparich bestellt, weil sie niemand in ihre Wohnung lassen wollte. Bruna war zusammengebrochen und mit einem Weinkrampf auf die Straße gestürzt, als sie Ugo auf dem Foto erkannte. Es war die Bestätigung für ihre Vermutungen, für dieses dumpfe Ahnen, das sie seit Dienstag abend verfolgte. Laurenti konnte mit Mühe verhindern, daß sie in ein Auto lief. Dann riefen sie über Funk den Notarzt aus dem nahegelegenen Ospedale Maggiore und überließen Bruna seiner Obhut.

Nicoletta riß ihn aus seinen Gedanken und seinen Blick weg von dem prächtigen Rombo, dem er die ganze Zeit in die toten Augen und aufs offene Maul starrte.

»Ich bin bald zurück«, sagte sie giftig zum Fischverkäufer. »Ich hoffe, ihr könnt das auch einmal eine Stunde ohne mich und ohne den Laden zu ruinieren!« Der arme Mann schaute sie eingeschüchtert an und antwortete verhalten: »Si, Signora!«

Nicoletta riß die Tür auf und ging voraus.

»Wo ist es?« fragte sie auf der Straße.

»Im Ospedale Maggiore, bei der Gerichtsmedizin.« Laurenti hatte seinen Wagen auf den reservierten Parkplatz der Guardia di Finanza gestellt und zeigte auf ihn. »Ich bringe Sie nachher zurück.«

»Das ist nicht nötig«, antwortete Nicoletta. »Ich gehe danach bei meiner Mutter vorbei. Sie ist krank.«

»Ich weiß, ich habe gestern abend den Notarzt für sie gerufen. Sie war in einem sehr labilen Zustand, nachdem sie Ihren Vater auf dem Foto erkannte.«

»Wundert Sie das?«

»Natürlich nicht. Sie hat ihn vermutlich sehr geliebt.«

»Liebe?« Der verächtliche Tonfall war nicht zu überhören. »Gibt es das auf dieser Welt?« Nicoletta saß auf dem Beifahrersitz, beide Hände tief in den Taschen der wattierten blauen Seemannsjacke vergraben, und starrte geradeaus. »Warum nehmen Sie nicht die Via Milano? Das geht schneller.«

»Da war vorhin alles verstopft.« Laurenti wollte die Fahrt verlängern. Ein paar Minuten nur, um mit dieser unfreundlichen, groben und verschlossenen Frau mit der Männerstimme länger sprechen zu können. Er spürte, daß dies die einzige Chance war, außerhalb des Büros oder ihres Ladens, wo sie von all den toten Fischaugen bewacht wurde.

»Jetzt nicht mehr. Wir wären längst dort.«

»Haben Sie mit Ihrer Mutter gesprochen?«

»Sie hat mich vom Krankenhaus aus angerufen.«

»Ich wußte nicht, daß es so schlimm war. Das tut mir leid.«

»Das braucht es nicht. Ich glaube, sie ist nur dort, um näher bei ihm zu sein. Sie wird bald entlassen.«

Laurenti bog auf den Corso Italia ab, auf dem Autos sich auf drei Fahrspuren vor den Ampeln stauten. »Ich nehme an, Ihre Eltern waren glücklich verheiratet.«

»Glück? Schon wieder so ein Wort. Glück, Liebe? Wissen Sie, was das ist? Nein, sie waren es nicht.«

»Aber sie haben sich auch nicht getrennt? Also muß doch etwas da gewesen sein.«

»Ich habe Ihnen doch gesagt, Sie sollten die Via Milano nehmen. Hier brauchen wir eine Ewigkeit. Die Idioten können alle nicht Auto fahren.«

»Ihr Vater war Fischer, und Sie waren seine Kundin. Seit wann haben Sie den Laden?«

»Lange. Ich kaufe auch bei anderen und liefere bis in die Region. Nicolettas Fische sind die besten. Bei mir finden Sie keinen einzigen Fisch aus der Zucht. Alles erste Qualität. Bei mir finden Sie nichts von dem importierten Quatsch. Seezungen und Rombi aus Holland, Scampi aus Argentinien, Hummer aus Kanada, alles Schweinereien!«

»Sagen Sie, kennen Sie die Familie Gubian?«

»Die aus Contovello?«

»Ja.«

»Ja.«

»Was waren das für Leute?«

»Weiß ich nicht.«

»Der Laden lief gut, wenn ich mich nicht täusche.«

»Ja, sicher. Das hat er gut gemacht.«

»Wir suchen noch immer nach einem Motiv und treten absolut auf der Stelle.«

»Da kann ich Ihnen nicht helfen.«

»Aber Sie kannten die Gubians?«

»Nicht gut. So wie man sich unter Geschäftsleuten kennt.«

»Sagen Sie, eine Frage: die Obduktion hat ergeben, daß die Familie Datteri zu Mittag gegessen hat. Die sind doch verboten.«

»Ja.«

»Und wenn ich jetzt welche haben wollte, wo würde ich mir diese beschaffen?«

»Da brauchen Sie einen guten Kontakt, dann ist das kein Problem. Oder Sie fahren einfach über die Grenze. Nach Slowenien oder Kroatien. In Kroatien sind sie auch verboten. Aber Sie kriegen sie trotzdem.«

»Werden Sie auch manchmal danach gefragt?«

»Kaum.«

»Und dann?«

»Nichts.« Sie schaute ihn forschend an. »Ich mache so was nicht.«

»Warum nicht?«

»Wenn man erwischt wird, gibt es eine Menge Probleme. Die Strafen sind hoch. Das Risiko lohnt sich für mich nicht. Ich verdiene auch so genug.«

»Für viele andere ist das kein Argument.«

»Man sollte die Grundlage nicht zerstören. Alles Leben kommt aus dem Meer.«

Sie bogen in die Via Carducci ein, ein paar Meter noch, dann kämen sie durch die Seitenstraßen schneller voran.

»Und wo, glauben Sie, haben die Gubians die Muscheln gekauft? Ich meine, wo würden Sie suchen, wenn Sie an meiner Stelle wären?«

»Kaum in Triest.«

»Haben Sie schon einmal Datteri gegessen?«

»Klar. Aber ein Stück hausgemachte Salami ist mir lieber.«

»Wo?«

»Auf der anderen Seite der Grenze.«

Sie überquerten die Via della Ginnastica und standen wieder vor einer Ampel.

»Wenn Ihre Mutter aus dem Krankenhaus entlassen wird, dann würde ich mir gerne die Unterlagen Ihres Vaters anschauen. Vielleicht gibt es einen Hinweis auf ein Treffen oder etwas anderes.«

»Da machen Sie sich besser keine Hoffnungen. Mein Vater hatte kaum Schriftliches. Das wenige, was sein mußte, Versicherungen, Verträge und so weiter habe alles ich für ihn gemacht. Papà vertraute nur seinem Gedächtnis. Das war präzise wie bei niemand anderem. Die Arbeit mit den Unterlagen können Sie sich sparen.«

»Das würde ich gerne selbst entscheiden.«

»Wir werden sehen.«

»Auch Ihre Mutter sagte, er hätte alles für sich behalten. Ein hartes Holz, Ihr Vater?«

»Das würde ich nicht sagen. Er hatte ein gutes Herz, er war aufrichtig und klar. Natürlich war er verschlossen, aber das wundert nicht. Man hat ihm damals alles weggenommen in Istrien. Das hat er nie verwunden. Das war eine Demütigung. Die Familie war wohlhabend, und nachher, als sie rauskamen, hatten sie nur das, was sie auf dem Leib trugen, und ein bißchen Hausrat.«

Was ging bloß in ihr vor? Auf einmal kam diese wortkarge Person in Fahrt und erzählte, ohne Luft zu holen.

»Und als sie über die Grenze kamen«, fuhr Nicoletta

fort, »wurden sie wieder betrogen. Italien wollte sie nicht, man sagte, das würde das Verhältnis zum befreundeten Jugoslawien belasten, wenn man sie anerkenne. Keine Entschädigung, nichts. Und alle hielten die Istrier für Faschisten, nur weil sie von dort kamen, wo die Kommunisten sie loswerden wollten. Sie mußten alle wieder von vorne anfangen. Das schreit doch vor Unrecht. So schlecht war der Faschismus nun auch nicht, und außerdem zahlt Italien heute noch Renten an kommunistische Kriegsverbrecher! Und da reden die davon, man solle die Vergangenheit ruhen lassen und einen Neuanfang machen in einem vereinten Europa. Daß ich nicht lache.«

Laurenti fuhr langsam ums Ospedale Maggiore herum, tat, als suche er einen Parkplatz, dabei würde er später ganz einfach in den Hof fahren und den Wagen dort abstellen. Aber er wollte Nicoletta nicht unterbrechen.

»All diese feinen Regierungen, die wir hatten, sind doch nicht besser als diese Drecksslawen. Verstehen Sie: wir wollen das zurück, was uns gehört! Istrien ist italienisch! Die Familie meines Vaters hatte Land und Vieh und Weizen und Wein. Sein älterer Bruder gehörte zu den 250000 italienischen Soldaten, die den Deutschen gegen die Russen helfen sollten. Diese hilflose Truppe, mit der Mussolini diesem Hitler in den Arsch kriechen wollte. Er ist nie zurückgekehrt. Und seine Schwester haben sie umgebracht ...« Jetzt verstummte sie und biß sich auf die Lippen.

Laurenti mußte in die Einfahrt des Krankenhauses einbiegen.

»Das wußte ich nicht«, sagte er.

»Woher auch«, antwortete Nicoletta. »Sie kommen vermutlich aus dem Süden. Da hat man sich nie um uns gekümmert. Verstehen Sie jetzt endlich, daß man da nicht mehr an Dinge wie Glück oder Liebe glauben kann?«

»Wann wurden Sie geboren?«

»1966, warum?«

»Sie sind doch viel zu jung. Sie haben das nicht mitgemacht.«

»Was wissen Sie schon! Das Alter spielt dabei keine Rolle. Die Familie zählt und die Heimat.« Sie riß die Autotür auf und stieg aus. Die Tür flog hinter ihr ins Schloß, daß der Wagen bebte.

Laurenti war perplex. Es war das erste Mal, daß er solchen Sprüchen direkt ausgesetzt war. Natürlich wußte er, daß es diese Polemik gab. Manchmal kursierten Flugblätter oder Leserbriefe von einigen Unverbesserlichen, oder es gab die Sprüche der Faschisten und in der Zeitung die Berichte von den Jahrestreffen der »Istriani«, auf denen sie noch immer der verlorenen Heimat nachweinten. Aber auf diesen Ausbruch fiel ihm nichts mehr ein. Er hatte nicht einmal die Gelegenheit dazu, einen Einwand zu erheben, denn Nicoletta legte ein Sperrfeuer nach.

»Und dann will ich Ihnen noch etwas sagen: Sie haben Gubian laufenlassen! Meine Mutter hatte recht. Er ist ein Mörder.«

»So einfach geht das nicht«, antwortete Laurenti, doch sie ließ sich nicht unterbrechen.

»Und ob! Aber die Behörden kümmern sich, wie man sieht, noch immer nicht um die Wahrheit.«

»Es gibt keine Beweise, daß es Gubian war, der Ihren Vater umgebracht hat, nicht einmal ein Indiz! Der Mann hat alles verloren, seine Familie beerdigt ...«

Nicoletta baute sich vor ihm auf und stützte ihre Arme wie ein Schläger in die Hüften. Sie stand ganz dicht vor ihm und hatte einen Blick wie aus dem Eis, auf dem die Fische in ihrem Laden zum Verkauf lagen.

»Sie sollten zuhören, wenn man etwas sagt! Er hat nicht nur meinen Vater umgebracht, nein, vor siebenundvierzig Jahren auch dessen Schwester!«

Sie drehte sich um und stapfte los.

»Wer sagt das?« brüllte Laurenti.

»Ich! Und mein Vater hat es auch immer gesagt! Aber die Behörden hat das einen feuchten Dreck interessiert! Bis heute!«

»Warum haben Sie ihn nicht angezeigt?«

»Jetzt hören Sie mal genau zu, Sie dreck ...« Nicoletta verschluckte den Rest. Sie stand schon wieder wie ein Ringer vor ihm. »Gubian war Kommunist. Wissen Sie, was damals passiert ist? Woher auch, Sie sind ja ein Ignorant aus dem Süden. Niemand fragte je nach den Schuldigen! Man hat uns einfach verschwiegen! Sie fragen, warum wir Gubian nicht angezeigt haben! Daß ich nicht lache! Wissen Sie, was mit der Anzeige passiert wäre? Die Kommunisten hätten sie einfach in den Müll geworfen. Gubian war kommunistischer Partisan! Er hat Violetta denunziert wegen nichts. Sie hatte ihn abfahren lassen. Sie wurde von der ganzen Meute vergewaltigt und dann in eine Foiba geworfen. Man hat sie später gefunden! Deswegen weiß man das! Den Mördern ist natürlich nichts passiert. Aber Sie werden schon sehen!«

Laurenti war restlos bedient. »Was werde ich sehen? Was, Signora? Womit wollen Sie drohen? Ich weiß, daß Ihr Vater tot ist, umgebracht wurde, und daß Sie ihn identifizieren müssen. Das ist kein Vergnügen! Auf Ihre Beleidigungen kommt es deshalb nicht an. Aber hüten Sie sich, so zu reden, wenn jemand anderes dabei ist. Was war da mit der Schwester Ihres Vaters und Gubian? Haben Sie Beweise dafür, Unterlagen, Aussagen? Oder ist es nur das ›glänzende Gedächtnis‹ Ihres Vaters? War er dabei? Los, reden Sie!«

Sie standen noch immer auf dem Parkplatz und brüllten sich an. Ein paar Ärzte in weißen Kitteln gingen in einigem Abstand vorbei und schauten sie verwundert an. Nicoletta kümmerte dies nicht weiter.

»Lesen Sie's nach. Gehen Sie in die Archive, aber die sind ja zu. Vielleicht läßt man ja einen Polizisten ran. Oder lesen Sie die alten Ausgaben des ›Piccolo‹, wenn Sie lesen können.«

»Ihre Mutter hat Gubian auf der Straße als Mörder bezeichnet ...«

»Recht hatte sie ...«

»... glauben Sie allen Ernstes, daß dieser alte Mann Ihren Vater umgebracht hat? Allein, oben an der Foiba von Monrupino? Wie soll er das gemacht haben? Außerdem ist der Mann in Trauer! Warum also?«

»Natürlich war er es!«

»Und weshalb?«

»Weil ... weil er wohl glaubte, daß mein Vater seine Familie in die Luft gejagt hat, weshalb sonst?«

»Und hat er das?«

»Nein! Ganz bestimmt nicht. Aber er hätte es tun sollen. Schon viel früher!«

Nicoletta stapfte wieder los, auf den nächsten Eingang zu.

»Und Sie?« fragte Laurenti plötzlich. »Waren Sie es?«

Sie stockte, drehte sich um und haute ihm eine runter, daß er Sterne sah. »Das ist meine Antwort, Commissario!«

Laurenti wurde ganz ruhig. Seine Wange brannte, aber er sah ganz klar. »Sehen Sie sich vor, Signora Marasi, sonst drehe ich Ihnen schneller als Sie denken können den Hals um! Und jetzt kommen Sie.«

Er führte Nicoletta schweigend durch die Flure, hinab in die Verließe des alten Doktors. Der erwartete sie in der Tür, einen langen weißen Kittel über seinem grauen Anzug.

»Na, Laurenti, schon gefrühstückt?« fragte er.

»Lassen Sie das, Doktor«, antwortete Laurenti aggressiv. »Das ist Signora Marasi. Sie muß ihren Vater identifizieren.«

»Dann wohl eher Schnaps. Kommen Sie bitte mit, Signora.« Galvano ging voraus durch einen gekachelten Flur und stieß mit dem Fuß die Tür zu den Kühlkammern auf. »Hat sie dir eine gescheuert?« fragte er Laurenti, als er dessen stark gerötete Wange sah.

»Ja!«

Galvano lachte sein meckerndes Lachen. Dann wandte er sich an Nicoletta. »Er sieht gar nicht so schlimm aus«, plapperte Galvano weiter, während er Marasis Bahre ein Stück weit aus dem Fach zog. »Sie sollten mal sehen, was wir sonst so reinkriegen ...«

»Ist das Ihr Vater?« fragte Laurenti.

»Ja.« Nicoletta nickte. Laurenti sah, daß ihr das Blut aus dem Gesicht gewichen war, aber das war normal. Nicoletta hatte starke Nerven, das wußte er inzwischen. Sie ertrug den Anblick gefaßt. Dann sah sie, wie Galvano ihren Vater wieder in das Kühlfach zurückschob. Als die Tür sich schloß, taumelte sie.

Laurenti versuchte sie aufzufangen, doch Nicoletta fiel wie ein Fels. Er verlor das Gleichgewicht und kam unter ihr zu liegen. Sie roch gar nicht nach Fisch, dafür war sie viel schwerer, als man es ohnehin schon vermutete. Flehend schaute Laurenti den Doktor an, der meckernd Nicoletta an der Schulter zur Seite drehte.

»Laurenti, Laurenti«, sagte der Arzt. »Jetzt versteh ich deine Frau!«

Proteo löste sich aus der unfreiwilligen Umarmung und sprang gerade rechtzeitig auf, als Nicoletta wieder zu sich kam. Sie blickte verstört um sich und ließ sich von Galvano helfen. Sie machte ein Gesicht, als würde sie sich diese Schwäche nicht verzeihen können.

»Es geht schon wieder«, sagte sie, drehte sich um und ging zur Tür, stieß sie auf und stampfte davon.

»Ein harter Knochen, diese Frau«, sagte Galvano.

»Meinen Sie, die hat das gerade mitbekommen?«

»Und wenn? Aber keine Sorge, ich glaube nicht. Willst du einen Cognac?«

»Ja, bitte. Aber einen großen!«

»Was war los?«

Laurenti faßte den Vorfall in wenigen Sätzen zusammen.

Sie gingen in Galvanos Büro hinüber und setzten sich. Der Arzt nahm eine Flasche und zwei Gläser aus dem Schrank hinter seinem Schreibtisch und schenkte ein.

»Ja«, sagte Galvano schließlich. »Ich erinnere mich noch an die Berichte von damals. Das beschäftigte die Leute lange. Aber man hat nie herausgefunden, wer die Täter waren. Und es ist auch nicht klar, wieviel davon mit der Zeit zur Legende wurde und was wirklich geschah. Wie so oft.«

»Trauen Sie ihr zu, daß sie die Familie in Contovello in die Luft gejagt hat?«

Galvano zuckte die Achseln. »Ich hab schon so viel gesehen in meinem Leben, warum nicht? Aber warum hätte sie es tun sollen?«

»Wenn die Marasis wirklich davon überzeugt waren, daß der alte Gubian diese Violetta auf dem Gewissen hatte, wäre das vielleicht ein Grund. Sie selbst, Doktor, sagten: Familie gegen Familie, und daß die Zeit die Wunden nicht heile!«

Galvano hob die Flasche. Laurenti schob sein Glas hinüber.

»Geben Sie mir bitte eine Zigarette!« Er rieb sich wieder die Wange, die noch immer brannte.

»Nein«, warf Galvano schließlich in die Stille. »Ich glaube nicht, daß sie es war. Dann hätte sie jetzt nicht so reagiert. Einen Eifersuchtsmord traue ich der ohne weiteres zu, aber keine Hinrichtung. Wer so impulsiv ist, taugt dazu nicht.«

»Ich auch nicht, Doc. Die ist zwar eine harte Nummer oder tut wenigstens so. Aber vermutlich ist sie extrem verletzlich. Mal sehen, vielleicht lasse ich sie beobachten. Aber vorher müssen wir überprüfen, ob ihr Vater am Sonntag nachmittag in Triest war oder nicht. Ob er ein Alibi hat oder nicht.«

»Rühr nicht zu sehr in diesen alten Sachen rum, Laurenti! Da machst du dir nur unnötig das Leben schwer.«

»Mal sehen.« Er steckte die Menthol-Dunhill an, die ihm nicht schmeckte, ihn aber ein bißchen beruhigte. Er zog den Rauch tief ein und stieß ihn stumm wieder aus. Galvano lehnte sich in seinem Schreibtischsessel zurück.

»Sag mal, Laurenti, gestern abend, die Dame, die hat dir gut gefallen, nicht wahr?« fragte er nach einer Weile gemeinsamen Schweigens.

Laurenti errötete, er fühlte sich ertappt. »Sehr sympathisch, ja, und äußerst kompetent, wie mir scheint.«

»Haha, kompetent? Sicher, Laurenti, sicher.« Galvano meckerte sein spöttisches Lachen. »Sei auf der Hut! Die packt dich ein wie nichts! Und dann hast du wirklich ein Problem. Ich sagte zwar, du solltest dir eine Geliebte suchen, aber nicht, daß du dich verlieben sollst! Paß bloß auf!«

*

Als Laurenti am Mittwoch abend nach der Befragung Bruna Sagliettis nach Hause gekommen war, hatte er keine Lust mehr gehabt sauberzumachen und seinem Sohn vorgeschlagen, essen zu gehen. Die Küche konnten sie auch am nächsten Tag aufräumen oder am Wochenende, überhaupt die ganze Wohnung, den Saustall, den die beiden männlichen Vertreter der Familie in so kurzer Zeit verursacht hatten. Marco hatte wieder Freunde zu Besuch, die er wegschickte, als sein Vater nach Hause kam. Nur der Zigarettenqualm hing noch schwer in Flur und Wohnzimmer. Auch daran merkte man, daß Laura nicht da war. Sie konnte die Qualmerei in der Wohnung nicht ertragen und machte nur eine Ausnahme, wenn Gäste da waren. Dann rauchte sie nach dem Essen sogar selbst.

Proteo meinte, nach diesem verfluchten Tag hätten sie beide ein gutes Abendessen verdient, und Marco war damit einverstanden. Es war nicht weit von der Via Diaz zu den Rive, wo gegenüber dem alten Fischmarkt das »Nastro Azzurro« lag. Es waren wenig Gäste da, und der Wirt sagte, sie könnten sich einen Tisch aussuchen. Laurenti wählte den üblichen Vierertisch hinter der ersten Säule, doch gerade als er sich setzen wollte, sah er hinter der Ecke Doktor Galvano in Begleitung der kroatischen Staatsanwältin sitzen, die ihn schon gesehen hatte und winkte.

»Komm mit«, sagte er zu Marco. »Wir müssen mal eben guten Abend sagen.«

»Die Herren Laurenti, Vater und Sohn!« sagte Galvano, der sich erhob. »Darf ich Ihnen eine ganz besonders nette . . .«

»Wir kennen uns schon.« Živa Ravno gab ihm die Hand.

»Mein Sohn Marco«, sagte Laurenti. »Hat der alte Kauz Sie tatsächlich ins ›Nastro Azzurro‹ geführt? Seien Sie bei dem bloß auf der Hut! Aber ich wußte gar nicht, daß Sie auch miteinander zu tun haben.«

Die Ravno trug das Haar noch immer als Zopf, aber für den alten Galvano hatte sie ein enges schwarzes Kleid angezogen, hochgeschlossen, jedoch nicht gerade lang, wie Laurenti aus dem Augenwinkel feststellte.

»Wollt ihr euch nicht zu uns setzen?« fragte Galvano. »Sofern es Ihnen recht ist, Signora?« Die beiden Laurentis fragte er nicht.

»So, und du bist schon wieder auf freiem Fuß?« Es hatte sich also schon herumgesprochen. Galvano bot Marco, der neben ihm saß, eine Menthol-Dunhill an. Marco griff zögernd zu.

»Mein Sohn wurde heute verhaftet«, erklärte Laurenti

seiner Tischnachbarin. »Sie müssen wissen, er hat es sich offensichtlich zur Aufgabe gemacht, überall da aufzutauchen, wo ich gerade zu tun habe, und mir das Leben schwerzumachen.«

»Das ist gar nicht wahr«, protestierte Marco.

»Es endete dann heute nachmittag damit, daß er eine Anzeige wegen Widerstands gegen die Staatsgewalt an der Backe hat. Die hätte ich ihm die letzten siebzehn Jahre täglich verpassen können, aber er zog es vor, sie von einem Kollegen zu bekommen.«

»Das war ganz anders!«

»Also erzähl schon, mach es aber kurz.«

Während Marco berichtete, was vorgefallen war, bestellte Proteo ein Risotto mistomare für beide und suchte eine Ombrina aus, die, wie der Wirt sagte, besonders frisch sei. »Ja, vom Grill, bitte« bestätigte Laurenti. In diesem Moment hörte er das schallende Gelächter des Arztes und der Staatsanwältin und sah das feixende Gesicht seines Sohnes. Proteo hatte den Satz verpaßt, mit dem Marco verriet, wer die Glastür auf dem Gewissen hatte.

»Und was sagt deine Mutter dazu«, fragte Živa Ravno.

»Die ist zur Zeit nicht da«, sagte Marco.

Der Kellner brachte Wein und Wasser und schenkte ein. Es war der richtige Moment, das Thema zu wechseln.

»Was haben Sie mit dem nekrophilen Galvano zu tun?« fragte Proteo die Staatsanwältin.

»Das gehört zu den Dingen, die nachzuholen sind«, sagte sie. »Nachkriegsgeschichte. Doktor Galvano hat eine Menge Erfahrung. Er wollte mir davon erzählen, wie das damals war, als er hier anfing. Vieles wird verständlicher, wenn man es von jemandem hört, der wenigstens Teile davon gesehen hat und dazu noch ein Außenstehender war.«

»Sie meinen die Foibe?« Es konnte sich nur darum handeln.

»Ja, auch, aber nicht nur unter dem italienischen Aspekt.

Damals verschwanden auch unzählige Kroaten. Man weiß nicht, wie viele: ob Hunderte oder Tausende. Da ist es wie mit den Italienern. Die Gemeindebücher wurden systematisch vernichtet, und danach war schwer festzustellen, wer fehlte. Viele sind auch in den Westen geflüchtet oder wurden vorher von den Deutschen umgebracht. Seit Jahrzehnten liegen unbearbeitete Anzeigen vor, die bisher als unantastbar galten. Und jetzt ist es fast zu spät. Die Zeugen sind schon ziemlich alt.«

»Galvano ist da sicher eine gute Quelle. Vor allem hat er selbst mit der Sache nichts am Hut, er war ja als junger Soldat aus Amerika gekommen.«

»Nicht Soldat, Laurenti«, unterbrach ihn Galvano. »Ich war ein frischgebackener Arzt, und von denen gab es damals grundsätzlich zu wenig. Ich hatte in Boston studiert, Medizin, und wurde 1943 eingezogen, konnte allerdings das Studium in einem Eilverfahren noch abschließen. Ich kam am 12. Juni 45 mit den Truppen nach Triest. Am Rathaus hingen fünf Fahnen: Stars and Stripes, Union Jack, dann die rote, die jugoslawische und die italienische, in deren weißen Streifen allerdings ein roter Stern genäht war. Was heißt hier Triest: es hieß ›Territorio Libero Trieste‹, bis 1954 die Alliierten die Stadt wieder an Italien übergaben.

Ich erinnere mich gut daran, wie wir ankamen: es war ein sonniger, warmer Dienstag und die Menschen standen zu Hunderttausenden auf der Piazza Unità und an den Rive, um uns zu begrüßen. Die hatten ja Angst gehabt, daß Triest jugoslawisch würde, und um ein Haar wäre es auch passiert. An jenem Tag wurde auch die Vereinbarung der Amerikaner und Engländer mit den Jugoslawen bekanntgemacht. Die Tito-Truppen mußten sich zurückziehen, die provisorische Grenze entsprach etwa der heutigen. Außerdem mußten sie sich verpflichten, alle Menschen freizulassen, die auf dieser Seite der Grenze wohnten und die sie gefangenhielten oder deportiert hatten – außer jenen, die bis 1939 jugoslawische Staatsbürger waren. Haben sie natürlich nicht ganz genau befolgt. Die Bevölkerung wurde aufgefordert, Ruhe zu bewahren und die Jugoslawen ungestört abziehen zu lassen. An vielen Häusern der Stadt hing die Trikolore oder die englische oder amerikanische Fahne oder alle zusammen. An anderen die jugoslawische und die sowjetische. Darüber, welches der Tag der Befreiung war, streiten manche noch heute. War es der 1. Mai, als Tito die Stadt übernahm, der 2. Mai, als die Neuseeländer kamen und die letzten Deutschen in der Stadt sich ergaben, oder der 12. Juni, als die Jugoslawen abzogen? Auf jeden Fall, die Situation war äußerst angespannt. Es war alles vertreten, was man sich vorstellen konnte: Italienische Faschisten, die von ›ewiger Italianità und historischer Kontinuität‹ faselten, so wie sie es heute noch tun. Oder italienische Kommunisten, die sich bis zur Selbstverleugnung der Parteidisziplin unterwarfen. Da war dann auch dieser Vittorio Vidali im Rennen, von dem man bis heute nicht weiß, ob er nun der Drahtzieher des Trotzki-Mordes war oder nicht. Man munkelt ja auch, daß er Tina Modotti umgebracht hat, seine ehemalige Geliebte. Er kam von hier, aus Muggia, und sie aus Udine, aber das wißt ihr ja. Daneben liefen Monarchisten rum, Demokraten, Habsburganhänger und slowenische Nationalisten, die mit Tito nichts am Hut hatten, aber trotzdem ihren eigenen Staat wollten – inklusive Triest. Und dann waren da vor allem die jugoslawischen Kommunisten, sowie das IX. Slowenische Korps, ein paar letzte versprengte Deutsche, und wir: Engländer, Amerikaner, Neuseeländer. Auf jeden Fall war es die Devise Titos, alles aus dem Weg zu schaffen, was sich den Territorialabsichten Belgrads entgegenstellte. Täglich verschwanden Menschen. Nicht nur Faschisten, auch Partisanen, die keine Kommunisten waren. Und diese Überbleibsel, die man aus den Foibe zog, mußte ich mir dann vornehmen. Ich erinnere mich noch ziemlich genau an den Anfang: Abgesehen von unzähligen Italienern wurden natürlich Wehrmachtssoldaten rausgezogen, dann Ustascha-Anhänger und Domobranzen, die kroatischen und slowenischen Kollaborateure, aber auch zwölf Leichen neuseeländischer Militärs. Ich denke, das muß man nicht weiter kommentieren.

In der Stadt gab es Zusammenstöße zwischen jungen Internationalisten, Faschisten und Kollaborateuren. Dann streikten slowenisch-kommunistische Gewerkschafter gegen die Alliierte Militärregierung, oder es gab Proteste der italienischen Befreiungskomitees gegen das Abkommen mit den Jugoslawen. Es ging zu wie im Hühnerstall. Und als die Schuldigen galten immer wir, die Befreier. Man konnte es keinem recht machen, und dieses Minimum an Stabilität, das alle wollten, wurde durch einzelne aufwieglerische Gruppen immer wieder gefährdet. Ihr müßt euch vorstellen: entlang der Rive war die ganze Mole mit Stacheldraht abgesperrt und streng bewacht, und wer aus der Stadt wollte, brauchte in alle Richtungen einen Paß, auch nach Westen, nach Italien.

Außerdem gab es Spannungen mit den Engländern, die die Jugoslawen unterstützten und Italien noch als Kriegsgegner ansahen. Immerhin hatte Mussolini Hitler um die Ehre gebeten, ebenfalls London bombardieren zu dürfen, und die Adriaflotte versenkte ein englisches Kriegsschiff nach dem anderen. Vor dem 12. Juni sahen die Engländer und Neuseeländer nur zu und schritten nicht gegen die Jugoslawen ein. General Alexander, ein Engländer und der Kommandant der alliierten Mittelmeertruppen, hatte gute Beziehungen zu Tito, die von gegenseitiger Wertschätzung getragen waren. Als Churchill in Erwägung zog, Tito notfalls mit Gewalt aus der Venezia Giulia rauszuwerfen, widersprach Alexander in einem harten Telegramm, in dem er die moralische Berechtigung eines solchen Schritts in Frage stellte und schrieb, daß seine Soldaten eine tiefe Bewunderung für die Tito-Partisanen hegten und sich mit ihnen solidarisch fühlten. Man könne von ihnen nicht verlangen, einen Verbündeten anzugreifen. Ziemlich unverschämt!

Die Amerikaner hingegen waren natürlich auf der Seite Italiens, dafür gab es Gründe wie Sand am Meer. Also, ihr seht, was das damals für ein Wirrwarr war. Vollkommen undurchschaubar. Und hier noch schlimmer als an jedem anderen Ort.

Dennoch, den Triestinern ging es später dann deutlich besser als dem Rest Italiens. Allein aus dem Topf des Marshall-Plans gab es pro Kopf und Monat hier fast zehnmal soviel wie in anderen Städten. Ich erinnere mich nicht mehr genau an die Beträge. Aber für Triest waren es so um die sechzig und in Italien acht Dollar. Und aus Amerika kamen Lebensmittel von Verwandten. Es gibt da noch so eine Geschichte, Diego de Castro erzählt sie in seinen Memoiren. Ein Politiker, der sich für Italien um die Triest-Frage kümmern mußte. Er erzählt, daß die Verwandten aus Übersee Care-Pakete schickten. Mehl, Spaghetti, Konserven, Kaffee, Zucker und ein graues Pulver, das sie nicht kannten, und sie dachten, es sei ein Gewürz oder Vitamine. Sie mischten das Zeug in jedes Essen. Nach Monaten fand jemand in dem alten Karton, mit dem das Zeug gekommen war, einen Brief. Da stand drin, daß es sich um die Asche eines Onkels handelte, dessen letzter Wunsch es war, in der Heimat beigesetzt zu werden. Und die haben das gefressen.«

Galvano lachte Tränen, dann fing er sich irgendwann wieder. »Ich verstehe gar nicht, warum ihr das nicht komisch findet. Also gut: Man hat uns anfangs in den alten Kasernen und auch in Lagerhallen untergebracht, aber nach ein paar Tagen hatte ich das Glück, daß mir ein Zimmer im ›Hotel Colombia‹ zugewiesen wurde. Das war auch komisch. Das Hotel war von den Engländern konfisziert, und nur zwei Amerikaner waren drin, und der eine, ich, trug auch noch einen italienischen Namen. Mein Gott, wie oft mußte ich das damals erklären. Alle dachten, ich müßte mich auskennen. Dabei stammte meine Familie ursprünglich aus Sizilien, und von Triest hörten meine Eltern zum ersten Mal durch mich. Ich wohnte übrigens mehr als ein Jahr im ›Colombia‹. Alle anderen zogen ständig um, nur ich blieb dort und bekam nicht einmal ein größeres Zimmer. Aber das sah ich sowieso nur für die wenigen Stunden, in denen ich zum Schlafen kam. Außerdem hatte ich ja bereits meine spätere Frau kennengelernt ... «

Der Doktor machte kaum eine Pause, die anderen hörten kauend zu. Marco verschlang zum Nachtisch eine gigantische Portion Tiramisu und büchste dann aus, diese Gespräche über die Foibe waren ihm zu langweilig, und Proteo hatte nichts dagegen, daß er nach Hause ging. Der Doktor war kaum zu bremsen in seinen Erinnerungen, wie alle alten Männer, die den Krieg erlebt hatten. Erst als Galvano sah, daß Živa Ravno zum wiederholten Male gähnte, winkte er dem Kellner und verlangte die Rechnung. Galvano zahlte für alle.

»Ich sehe, Sie sind müde«, sagte er zur Ravno. »Ich fahre Sie ins Hotel.«

»Lassen Sie nur, Doktor«, antwortete sie. »Ich möchte noch ein paar Schritte gehen. Es ist ja nicht weit.«

»Wo wohnen Sie?«

»Auch im ›Colombia‹. Und Sie werden es kaum glauben: in meinem Badezimmer habe ich sogar einen Whirlpool.«

Laurenti kannte das Hotel, Laura brachte dort stets den Besuch der Familie oder die Gäste ihrer Firma unter. Zwar lag es nicht an der Piazza Unità, dafür war es netter und kostete weniger als das Grand Hotel.

»Ich begleite Sie ein Stück, wenn es Ihnen recht ist. Auch ich muß mir noch die Beine vertreten.« Er half der Staatsanwältin in den Mantel.

Sie verabschiedeten sich vom Doktor, der Laurenti gönnerhaft auf die Schultern klopfte, und wechselten die Straßenseite. Sie wählten den Weg entlang des Hafenbeckens. Die Wellen plätscherten sanft gegen die Mole, und die Lichter der Stadt spiegelten sich im Wasser.

»Nehmen wir noch einen Drink im ›Caffè Tommaseo‹?« fragte Laurenti.

»Warum nicht?« antwortete sie.

»Ich mag den Laden eigentlich nicht, aber er liegt auf dem Weg. Es ist das älteste noch erhaltene Kaffeehaus der Stadt. 1827 gegründet, und bis vor fünfzehn Jahren war es noch wundervoll. Dann durchlitt es zwei Pleiten hintereinander, blieb lange geschlossen, und als man es wieder eröffnete, fehlte das alte Mobiliar. Nur der üppige Stuck ist noch aus jener Zeit, das Publikum dafür allzusehr von heute. Aber es ist das einzige, das auf unserem Weg noch geöffnet hat.«

Er hielt ihr die Tür auf. Das Café war gut besucht, und nur im vorderen Teil waren noch einige freie Tische. Er half ihr aus dem Mantel. Sie zog die Blicke der Gäste magisch auf sich. Der Kellner war so schnell zur Stelle wie nie. Živa Ravno bestellte einen Gin Tonic und Proteo Laurenti schloß sich an. Dann sah er plötzlich, daß einige Tische weiter Lauras beste Freundin saß und neugierig zu ihnen herüberstarrte. Er winkte verlegen, und sie winkte verhalten zurück. Er war sich sicher, daß diese blondierte Zicke mit sonnengegerbtem Gesicht und Dekolleté alles über ihn und seine Frau wußte und gnadenlos Lauras Partei ergriffen hatte. Sonst hatte sie ihn immer überschwenglich gegrüßt. Und jetzt? Falsche Schlange! Es kam schon fast nicht mehr drauf an, denn ein paar Plätze weiter sah er plötzlich Rossana Di Matteo, die bereits aufgestanden war, ihre Gesellschaft allein ließ und zielstrebig auf ihn zusteuerte.

»Proteo«, sagte Rossana zuckersüß, »ich dachte immer, du magst das ›Tommaseo‹ nicht. Aber das hängt wohl mehr von der Begleitung ab.« Sie umarmte ihn beinahe so, wie er es sich am Montag abend so dringlich gewünscht hätte. »Stellst du mich nicht vor?«

»Živa Ravno, Staatsanwältin in Pola«, antwortete er gehorsam, obgleich er nicht die geringste Lust verspürte, daß Rossana nur eine Sekunde länger blieb. »Und das ist eine alte Freundin«, er wandte sich an die Ravno, »die beim ›Piccolo‹ den Lokalteil verantwortet.«

»Sehr erfreut.« Die Staatsanwältin reichte ihr die Hand.

»Das ist ja interessant. Gebt ihr den Kroaten jetzt Nachhilfeunterricht? Das mußt du mir unbedingt erzählen.« Rossana sparte nicht an Gift. Doch dann wechselte sie sofort den Tonfall, nachdem sie mit einem Blick überprüft hatte, daß die Ravno sie verstand. »Stell dir vor, Proteo, ich habe deine Nachricht Gott sei Dank noch rechtzeitig gehört und bin gleich noch mal in die Redaktion gefahren. Die Namen der Jungs sind nicht in dem Artikel. Du kannst dir gar nicht vorstellen, was für einen Druck der Anwalt der Chinesen gemacht hat. Aber mach dir keine Sorgen, es wird keinen Skandal geben. Ich konnte es gerade noch verhindern.«

»Für was hat man Freunde«, stöhnte Proteo. Die Situation behagte ihm nicht. Er und Rossana standen, die Ravno saß am Tisch und der Kellner, der sich an ihnen vorbeidrängte, hatte alle Mühe, die Drinks nicht zu verschütten.

»Du hättest mich wenigstens selbst über die andere Sache informieren können, Proteo. Ich meine den Toten an der Foiba von Monrupino. Statt dessen hat das wieder deine Dienststelle gemacht, und du warst nirgends zu kriegen. Manchmal habe ich den Eindruck, daß die Polizei nicht mit uns zusammenarbeiten will, sondern uns nur benutzt!«

»Mein Gott, Rossana«, rechtfertigte sich Proteo. »Wenn du wüßtest, was das für ein Tag war! Nur Hektik, keine Sekunde blieb für etwas anderes! Natürlich hätte ich dich noch angerufen . . .«

»Hast du was von deiner Frau gehört?« Jetzt kam also noch diese Nummer. »Kommt Laura bald zu dir zurück?«

Proteo Laurenti war verlegen und ärgerte sich über Rossana. »Was zum Teufel soll dieses Getue, du alte Schlange«, fluchte er. »Darüber will ich jetzt nicht reden.«

»Oh, verzeih! Ich wollte nicht stören! Wir können uns ja morgen auf einen Kaffee sehen, mein Lieber.« Und wieder umarmte sie ihn wie eine feurige Liebhaberin, während sie Živa Ravno ein kurzes, zweideutiges »Buona serata, Signorina!« zurief, als hätte sie eine Schülerin vor sich.

Was war bloß in Rossana gefahren, fragte er sich, als er sich setzte. »Rossana ist eine alte Freundin der Familie«, stammelte er.

»Lassen Sie nur«, sagte die Staatsanwältin mit einem Lächeln voller Wärme. »Gleich zwei Frauen, die auf Sie aufpassen wollen. Das spricht doch für Sie!«

Proteo Laurenti war blaß wie sein blinder Namensvetter aus den Tiefen des Karsts. Er fühlte sich wie ein Primaner, der unvorbereitet in eine Religions-Klassenarbeit geraten war und keine Glaubensfrage richtig beantworten konnte. Und das gegenüber dieser schönen Frau.

»Manchmal versteh ich Rossana einfach nicht! Da dreht sie völlig durch, wie gerade eben. Sie müssen doch weiß der Teufel was von mir denken.«

»Ach, Unsinn«, widersprach Živa Ravno. »Ich habe so lange in München gelebt. Die Stadt ist mindestens so überschaubar wie Triest. Da traf man sich auch immer in den gleichen Restaurants und Bars. Eine Umarmung oder ein Küßchen zuviel, schon wußte es die ganze Szene und machte sich unnötige Gedanken.« Sie hatte ihn kurz am Unterarm berührt, Proteo Laurenti zuckte zusammen.

Sie sprachen über München und über Galvano, über das Essen und die Polizei, über die Kunst zu leben und über den Sommer.

Proteo schielte kaum noch zu den beiden Feindestischen hinüber, von denen aus er erbarmungslos im Visier gehalten wurde. Er wußte nicht, wieviel Zeit vergangen war, als die beste Freundin seiner Ehefrau demonstrativ grußlos an seinem Tisch vorbeirauschte, und auch nicht, als Rossana mit ihrer Gesellschaft aufbrach und ihm mit frisch aufgelegtem Lippenstift zum Abschied einen unübersehbaren Kuß auf die Wange drückte.

Živa Ravno lachte. »Das hat sie bestimmt mit Absicht gemacht.«

»Was?«

Živa Ravno zog ein Taschentuch aus der Handtasche und wischte ihm über die Wange.

Proteo schrak auf. »Ist es schlimm?«

»Aber warum denn schlimm? Es geht gleich weg.«

»Na warte, Rossana«, fluchte er still. »Ich krieg dich noch!«

Der Klavierspieler, der den ganzen Abend das Café mit dem üblichen Repertoire an Barmusik berieselte, von ›As time goes by‹ bis ›Mrs. Robinson‹ und Wiener Walzer, hatte endlich aufgegeben. Die meisten Gäste waren gegangen, und die Kellner fingen im hinteren Teil des Lokals bereits damit an, die Stühle hochzustellen. Es war Zeit zu gehen.

»Ich bringe Sie zum Hotel«, sagte Laurenti.

»Das ist nicht nötig!« sagte Živa Ravno.

»Aber es sind nur ein paar Schritte. Schlagen Sie mir den Wunsch nicht ab.«

Sie hakte sich bei ihm ein. Sie sprachen nicht mehr viel,

als sie am Canal Grande entlanggingen, an dem die kleinen Fischerboote vertäut lagen und sich das Licht der Straßenlaternen im ruhigen Wasser spiegelte.

Vor dem »Colombia« küßte Živa Ravno ihn auf die Wangen. »Ich bin froh, in Triest jemanden wie Sie zu kennen, Commissario!« sagte sie.

War es ein Scherz, daß sie ihn mit seinem Titel ansprach, ein Zeichen für Distanz oder ein Angebot? Er wußte es nicht. »Sie sagten, Sie blieben bis Sonntag? Wollen wir nicht morgen abend essen gehen, oder sind Sie schon verabredet? Ich würde Ihnen gerne das Restaurant eines engen Freundes zeigen.«

»Ich rufe Sie morgen an, Proteo!«

Es war das erste Mal, daß sie ihn beim Vornamen nannte. Laurenti schritt zum ersten Mal seit Tagen wieder fröhlich gestimmt durch die milde Nachtluft. Es war der 22. November, und die wenigen Leute, die ihm auf dem Heimweg entgegen kamen, schauten ihn verwundert an.

*

Luca Vidulini war bis ins Mark erschüttert, als er Nicolettas Fischladen verließ. Marasi tot? Er konnte es nicht glauben, er mußte zu Mario. Luca überlegte, ob er den Bus nehmen sollte, doch zu Fuß wäre er genauso schnell, und aufgewühlt wie er war, hätte er kaum ruhig an einer Haltestelle warten können. Rasch durchquerte er das Stadtzentrum bis zum Corso Italia und stieg mit gleichmäßigem Schritt die steile, nicht enden wollende Scala dei Giganti Richtung San Giusto hinauf. Er sah nur Marasis Gesicht vor sich, Bilder aus all den Jahren, die sie zusammengearbeitet hatten. Und zuletzt die Auseinandersetzung in der Bar. Nicoletta hatte ihm nicht gesagt, wie Marasi gestorben war. Er hatte keine Möglichkeit, sie danach zu fragen, nachdem dieser Polizist aufgetaucht war. Aber sie hätte es auch so kaum gesagt. Sie wollte den Kutter. Einhundertfünfzig Millionen für die beiden Anteile zusammen, bis Montag, hatte sie ultimativ gesagt. Glaubte sie wirklich, ihn und Mario über den Tisch ziehen zu können? Marasi war in den vergangenen Jahren immer sturer und stiller geworden, hatte ohne zu diskutieren diktiert, was zu tun war. Wären da nicht über dreißig Jahre Vergangenheit, die sie teilten, und außerdem die Anteile am Kutter, alle hätten Marasi längst den Rücken gekehrt. Aber sie waren alt, und Nicoletta noch nicht einmal fünfunddreißig. Sie war jetzt schon schlimmer als ihr Vater, doch täuschte sie sich, wenn sie annahm, Mario und ihn so einfach ausbooten zu können. Sie mußten einen Plan machen, Eliana rasch Giulianos Anteil abkaufen, damit sie die Mehrheit behielten. Dann konnte Nicoletta fordern, was sie wollte.

Luca war die Via Capitolina hinter dem Colle di San Giusto entlanggegangen. Die Stadt lag ihm zu Füßen, doch er sah sie nicht. Er stand am Fuße der Scala Winckelmann und stieg noch ein paar Treppen empor. Dann klingelte er und wartete. Nach dem fünften Klingeln wurde im dritten Stock ein Fenster geöffnet und eine Frau begann zeternd und im breitesten Dialekt zu schimpfen. Es dauerte, bis Luca begriff, daß er gemeint war. Er schaute nach oben.

»Und wenn Sie noch so lange klingeln, der macht nicht auf! Hauen Sie ab, Sie stören das ganze Haus!«

»Ist Mario nicht zu Hause?«

»Cazzo, hat er etwa geöffnet?«

»Wissen Sie, wo er ist?«

»Wahrscheinlich ist er saufen gegangen. Wie immer! Probieren Sie's in der ›Bar Italia‹, aber hören Sie auf zu klingeln wie ein Irrer.«

»Bar Italia?«

»Piazza Vico, wo sonst!«

Das Fenster wurde mit lautem Klappern geschlossen.

Luca stieg die Scala Winckelmann wieder hinab, drängte sich zwischen zwei Taxen am Standplatz durch und stand vor dem Lokal. An den grünen Tischen in dem fünf Stufen tiefer liegenden Saal spielten die Leute von früh bis spät Karten, Zigarettenrauch schwebte in Schwaden unter den Neonlampen und stieg langsam den Aufgang zum Schankraum mit dem Tresen hinauf, an dessen Ende eine verspiegelte Wand aus den fünfziger Jahren den Raum optisch verdoppelte. In drei Metern Höhe flimmerten auf einem riesigen Fernsehschirm Werbespots für Waschmittel, Windeln, Hundefutter und Getränke. Mario saß an einem der kleinen Tische an der Wand, hatte eine Karaffe Rotwein vor sich, das Glas in der Hand und glotzte dumpf vor sich hin.

»Mario«, sagte Luca. »Marasi ist tot. Ich war bei ...«

»Ich weiß«, brummte er bräsig.

»Warst du auch bei ihr?«

»Nein, es stand in der Zeitung.«

»Was stand da?«

»Daß Marasi tot ist. Man hat ihn umgebracht. Oben an der Foiba.«

Luca ließ sich auf den zweiten Stuhl fallen. »Umgebracht? Wo?«

Mario schob ihm wortlos den ›Piccolo‹ hinüber und trank sein Glas in einem Zug leer. Er gab dem Kellner ein Zeichen.

»Bring noch eine Karaffe«, knurrte Mario, während er einschenkte.

Das Foto Marasis war in einem Kasten auf der Titelseite, darunter ein paar Zeilen und der Verweis auf den Innenteil. Luca schlug ihn hastig auf und las schweigend den Bericht.

»Jetzt auch Marasi ...«, sagte er leise und bekreuzigte sich.

»Jetzt auch Marasi«, brummte Mario.

»Deswegen ist er nicht gekommen.«

»Ja.«

»Wer war das?«

Mario hob die Augenbrauen. »Er hatte genug Feinde.«

Es war zwölf Uhr. Das Fernsehen brachte den Nachrichtenüberblick. Nach den Streiflichtern über die Politik kam die Meldung, daß noch immer ergebnislos nach einem Motiv für die Ermordung des toten Fischers gesucht wurde und die Polizei immer noch im dunkeln tappte. Es folgte ein kurzes Statement des Leiters der Kriminalpolizei von Triest, der die üblichen Floskeln verbreitete, wenn man nichts zu sagen hat oder nichts sagen will.

»Den kenn ich«, sagte Luca, aber Mario ging nicht weiter darauf ein. Dann kam der Wetterbericht.

»Eine Harpune?« fragte Luca.

»Haben sie gesagt.«

»Meinst du, daß das Eliana war oder die Kinder?«

»Warum?«

»Wegen Giuliano?«

»Warum nicht. Jetzt ist er weg. Ich erinnere mich noch an den ersten Tag auf dem ersten Kutter.« Mario nahm einen tiefen Schluck.

»Ich war bei Nicoletta. Sie will den Kutter.«

»Soll sie doch.«

»Was?«

»Sie kann ihn haben, von mir aus.«

»Aber gestern haben wir noch Pläne gemacht, wie wir ihn übernehmen könnten. Was sagst du da, Mario?«

»Da liegt ein Fluch drauf. Ich habe mit Salvatore gesprochen. Ich fahre ab nächster Woche mit ihm. Du kannst auch mit. Die Arbeit ist leichter, und er sucht Leute.« Salvatore war ein Kollege mit einem kleineren Schiff im Villaggio dei Pescatori bei Duino. Er war auf den Fang im Golf spezialisiert.

»Du willst verkaufen?« fragte Luca erstaunt.

»Wenn sie bezahlt, warum nicht. Wir sind alt. Ein Kapitel ist abgeschlossen.«

»Nicoletta faselte von einhundertfünfzig Millionen für uns beide. Sie will die Entscheidung bis Montag.«

Mario erwachte schlagartig aus seiner Lethargie und hieb mit der flachen Hand auf den Tisch, daß sein Glas umfiel. Der Rotwein lief über die Tischdecke aus Wachstuch. Mario stellte sein Glas wieder auf und wischte den Wein mit dem Handrücken vom Tuch. Dann schenkte er sich nach. »Puttana di merda! Troia maledetta! Die wird sich wundern!«

»Hör auf zu trinken, Mario! Um vierzehn Uhr ist das nächste Verhör.«

»Na und?«

»Wir müssen überlegen, wie wir vorgehen.«

»Was gibt es da schon zu überlegen? Es bleibt alles beim alten. Kein Wort an die Capitaneria. Dann haben wir Nicoletta in der Hand. Wenn sie nicht bezahlt, was wir wollen, reden wir. Dann hat sie ein Problem. Es ist ganz einfach.«

Luca war einverstanden. »Morgen ist die Trauerfeier für Giuliano.«

»Ja.«

»Gehen wir hin? Ich meine wegen Eliana.«

»Sie kann es uns nicht verbieten. Wir gehen wegen Giuliano, nicht wegen ihr.«

»Was meinst du, wer hat Marasi umgebracht?«

Mario zuckte die Achseln und hob sein Glas. »Auf Marasi«, sagte er und kippte den Rotwein in einem Zug hinunter.

*

Laurenti war zehn Minuten vor elf Uhr wieder im Präsidium und trug eine Cognac-Fahne vor sich her. Marietta öffnete ihre Handtasche und legte ihm wortlos ein Pfefferminzbonbon auf den Tisch. Er schaute sie zuerst verwundert an, wollte bereits ablehnen, doch dann verstand er. Seine Wange brannte noch immer. Nicoletta hatte wirklich einen herben Schlag.

»Die RAI kommt um elf Uhr. Ich konnte dich nirgends erreichen, und sie ließen sich nicht abwimmeln. Sie sagten, sie kämen auf gut Glück. Es ist für die Mittagsnachrichten.«

»Und auf dem Telefonino?« Laurenti tastete in seiner Jacke nach dem Mobiltelefon, zog es heraus und sah, daß die Batterie leer war. Das Ladegerät war natürlich zu Hause. »Naja. Ging wohl nicht. Was wollen sie?«

»Ein Statement wegen Marasi. Was ist mit deiner Wange? Das sieht ja übel aus!«

»Erzähl ich dir noch. Was soll ich ihnen sagen? Das Übliche, wenn wir nichts wissen? Hast du die Liste fertig mit den Angehörigen, Besatzung, Freunde, Kollegen?«

»Ja, Sgubin ist bereits unterwegs, wollte sich die Tochter vornehmen, hat sie aber nicht angetroffen. Er ist jetzt den ganzen Nachmittag in Contovello im Mobilen Kommissariat. Als nächstes wären zwei Männer aus der Besatzung dran. Ich habe versucht, sie vorzuladen.« Marietta zeigte auf die Liste. »Hier, bei diesem, Luca Vidulini, habe ich die Frau zu Hause erwischt und ausgerichtet, daß er für sechzehn Uhr vorgeladen ist. Den anderen, diesen Mario, habe ich nicht erreicht, aber es ist eine Streife unterwegs, die ihm die Ladung in den Briefkasten wirft.«

»Das ist gut. Ich fahre gleich zum Hafen, wenn das Fernsehen weg ist. Mal sehen, ob ich dort jemanden erwische.«

Es klopfte, und drei Personen vom Fernsehen traten ein, beladen mit Kamera, Mikrofon und einer Menge Kabeln. Einer stellte sich als zuständiger Reporter vor, während Kameramann und Techniker sich darüber verständigten, welches der beste Winkel sei.

Laurenti schaute auf die Uhr.

»Es dauert nicht lange, Commissario«, sagte der Reporter. »Geben Sie nur ein kurzes Statement zum Stand der Ermittlungen, dann sind wir schon wieder weg. Ich schlage vor, daß Sie sich vor die Karte an der Wand stellen, dann haben wir das Licht von vorne. Darf ich rauchen? Die Jungs sind gleich soweit ...« Der Mann tanzte unruhig vor Laurenti herum und wartete dessen Antwort nicht einmal ab, zog die Schachtel Zigaretten aus der Jackentasche und bot Laurenti eine an. Der wollte schon ablehnen, griff dann aber doch zu.

»Oh, das sieht ja schlimm aus«, sagte der Journalist auf einmal und betrachtete interessiert Laurentis Wange. »Das war wohl keine einfache Situation. Hat sich jemand gegen die Polizei gewehrt?«

»Zahnweh!« log Laurenti und brach das Thema mit einer schroffen Handbewegung ab. Er wünschte die Typen so schnell wie möglich hinaus.

»Wir sind soweit«, rief der Techniker dazwischen.

»Nehmt ihn von der anderen Seite auf, da sieht er besser aus!« sagte der Reporter.

Der Kameramann trat ein paar Schritte zur Seite und murmelte sein Okay. Dann flammte das Licht der Kamera auf.

»Im mysteriösen Mordfall auf dem Karst befragen wir den Leiter der Triestiner Kriminalpolizei, Commissario Proteo Laurenti, in seinem Büro. Laurenti ist von den Spuren der Ermittlungen in gleich zwei rätselhaften Fällen gezeichnet: Vor einigen Tagen wurde in Contovello kaltblütig die ganze Familie des Kaufmanns Manlio Gubian umgebracht, und gestern morgen fand man einen weiteren Toten auf dem Karst. Trotz heftiger Zahnschmerzen steht er uns dennoch Rede und Antwort. Commissario, gibt es mittlerweile neue Erkenntnisse?«

»Wir können die Bevölkerung inzwischen darüber informieren, daß es sich bei dem Toten um Ugo Marasi handelt. Ein Fischer von vierundsiebzig Jahren, wohnhaft in der Via Stuparich. Er wurde auf der Foiba von Monrupino gefunden.« Laurenti drehte sich zur Karte an der Wand und deutete mit der Hand auf die Gegend im Karst. Seine rote, dicke Wange drehte er damit genau so ins Bild, wie es der Reporter vermeiden wollte. Außerdem hielt er noch immer die qualmende Zigarette zwischen den Fingern. Die Asche war lang geworden und fiel durch die Handbewegung auf den Ärmel seines dunklen Jacketts. Sie hinterließ einen großen hellgrauen Fleck in den Falten der Armbeuge. Laurenti merkte es nicht.

»Der Mann war mit Draht auf ein Eisengestell geflochten, hatte einen Sack über dem Kopf und war fast nackt. Der Tod trat aber durch einen Harpunenschuß ein, direkt ins Herz. Über das Motiv haben wir noch keine Erkenntnisse, und auch ein Tatverdächtiger fehlt noch.«

»Gibt es einen Zusammenhang zur Mordtat in Contovello?«

»Wir schließen auch das nicht aus, doch bisher gibt es keinen konkreten Hinweis.«

Dann ging das Licht aus, Laurenti warf den Filter der Zigarette in den Papierkorb und wartete, bis die drei Männer aus der Tür waren.

»Das nächste Mal solltest du nicht rauchen, Proteo! Das macht einen schlechten Eindruck. Willst du mit dem Mist wirklich wieder anfangen?« Marietta legte ihm Papiere auf den Tisch und klopfte die Asche von seinem Ärmel. Noch eine Frau, die sich um ihn kümmerte, und wieder nicht die eigene.

Laurenti ließ es geschehen. »Ich rauche nicht. Was hast du da?«

»Die Personalien der Besatzung und der Angehörigen.«

»Und, was Besonderes?«

»Alle vier aus der Besatzung des Kutters kommen aus Istrien. Esuli . . .«

»Ach?« Esuli wurden die aus Istrien geflohenen Italiener genannt. »Das ist doch schon was. Galvano hat vielleicht doch recht damit, daß da eine alte Geschichte dahintersteckt. Ich geh runter zum Hafen. Mal sehen, ob von Marasis Kollegen etwas zu erfahren ist. Weißt du zufällig, wo ich meinen Wagen habe?«

»Ich? Keine Ahnung.«

»Irgendwo wird er schon sein. Wenn nicht hier, dann zu Hause. Den Schlüssel hab ich immerhin ... Übrigens, Marietta, ich möchte, daß die Tochter ab sofort überwacht wird. Stell einen Mann in Zivil vor den Laden, man darf sie nicht aus den Augen lassen. Bereite bitte auch einen Antrag auf Überwachung ihres Telefons für den Untersuchungsrichter vor.«

»Und weshalb? Welche Begründung schreibe ich da rein?«

»Sie hat gedroht, die Sache selbst in die Hand zu nehmen, was soviel bedeutet, daß sie vorhat, Gubian umzubringen. Genauso, wie dieser am Montag noch gedroht hat, selbst tätig zu werden, wenn wir nicht weiterkommen. Eine Welt voller Irrer! Nicoletta wird es wohl kaum selbst tun. Also, schreib was rein, was sich vernünftig anhört, und laß es absegnen. Heute noch, hörst du?«

Marietta verdrehte die Augen, als Laurenti ohne Pause weiterredete.

»Finde jemanden, der uns diese Sache in Istrien erzählen kann. Cittanova, Gubian und den ganzen Mist! Wäre gut, wenn es schnell ginge.«

»Ja, ja, mach ich!« maulte Marietta. »Sag mal, wer ist eigentlich diese Kroatin, von der alle ununterbrochen reden? Das muß ja ein ganz besonders scharfes Wesen sein! Gran figa?«

»Grandissima figa, Marietta, grandissima! Sympathisch und sehr kompetent. Übrigens, such sie bitte. Die kann uns in diesem Moment wirklich weiterhelfen. Sie wollte sich zwar selbst melden, aber sicher ist sicher. Ruf bitte die Kollegen durch und such sie für mich.«

»Und was soll ich sagen? Laurenti sucht die grandissima figa?« fragte Marietta schnippisch.

»Nein, es geht immer noch um den alten Gubian. Einerseits wegen der Drohung und dann ... Vielleicht ist ja doch was an dem Verdacht, den diese verstörte Bruna Saglietti hatte. Noch was: ich will den ganzen Schriftkram der Familie Gubian hier haben. Die Beano von der Spurensicherung soll ihn herschaffen lassen. Und zwar heute noch. Sag bitte Sgubin, er soll sich darüber hermachen. Ich bin um sechzehn Uhr zurück.«

In der Tür drehte er sich noch einmal um. »Marietta, schick eine Streife mit einer Vorladung zu Marasis Tochter. Ich will sie als erstes sehen, wenn ich zurückkomme.« Er schaute auf die Uhr. »Fünfzehn Uhr!«

Marietta seufzte. Wochenlang geht alles seinen gemächlichen Gang, aber dann plötzlich bricht ungewohnte Hektik aus. Selbst die Sache in Contovello waren sie bisher unaufgeregt angegangen. Aber wenn Laurenti einmal in Fahrt gekommen war, dann wollte er alles auf einmal. Ihr Mittagessen mit den Kolleginnen konnte sie heute vergessen.

*

Der Scirocco hatte an Stärke gewonnen und fegte warm über die Stadt. Am 23. November zeigte das Thermometer einundzwanzig Grad. Ununterbrochen grollte der Donner wie ein nicht lokalisierbares Dauerbombardement in nicht allzu großer Ferne. Es würde bald Regen geben.

Als Laurenti, nach seinem Wagen suchend, die Via del Coroneo vor seinem Büro entlangging, fiel ihm ein, daß er ihn bei Galvano auf dem Parkplatz des Ospedale Maggiore vergessen hatte. Er hatte ein seltsames Verhältnis zu seinem Wagen. Wenn er ihn brauchte, war er nicht da, wenn er ihn nicht brauchte, stand er ganz gewiß irgendwo im Halteverbot oder einer Einfahrt, von wo er ihn wegfahren mußte, weil bereits jemand wütend hupte – und dann erinnerte er sich meist nicht daran, wo er den Schlüssel gelassen hatte.

Er kam an der Synagoge vorbei, die seit der Ankündigung des Faschistentreffens ununterbrochen von einer Polizeistreife bewacht wurde. Er spürte ein flaues Gefühl im Magen. Der rettende Cognac bei Galvano, die Zigaretten und nichts im Bauch, kein Wunder. Er beschloß, für ein paar Minuten ins »Caffè San Marco« zu gehen, um eine Kleinigkeit zu essen. An normalen Tagen saß er fast jeden Mittag in diesem prachtvollen Raum, der ein besonderer Zeuge Triestiner Geschichte war. Laurenti erinnerte sich, daß er erst vor kurzem erfahren hatte, daß das San Marco einst, als es kurz vor Ausbruch des Ersten Weltkriegs eröffnet wurde, Treffpunkt der Irredentisten war. Die Anhänger Italiens fanden dort in Hinterzimmern die unter den Habsburgern verbotene italienische Presse und besprachen ihre hochfliegenden Pläne. Und es saßen, vermutlich jeder für sich, auch die Triestiner Intellektuellen drin, darunter Svevo, Slataper und Saba. Für James Joyce war es bereits zu spät. Am 22. Mai 1915 eskalierte die Situation. In Italien erfolgte die Mobilmachung, und die Habsburger verordneten, daß die Grenzen geschlossen wurden. Wenige Stunden später zogen pro-österreichische Horden durch die Stadt, legten Feuer im Gebäude des ›Piccolo‹ und verwüsteten das erst viereinhalb Monate alte »San Marco«. Joyce floh in die Schweiz und kam erst nach dem Krieg zurück, sein Bruder Stanislaus wurde in einem österreichischen Lager interniert. Im »San Marco« waren damals auch gefälschte Pässe zu haben, mit denen wehrpflichtige Männer versuchten, sich dem österreichischen Stellungsbefehl zu entziehen.

Laurenti bestellte einen Toast und eine Coca-Cola. Der Kellner fragte lächelnd, ob es ihm wieder besser gehe. Laurenti wunderte sich, daß der Mann sich offensichtlich noch an den letzten Sonntag erinnerte, und winkte beruhigend ab. Er überflog die Titelseite des ›Piccolo‹ und den Bericht über Marasi, blätterte dann rasch weiter bis zur Wettervorhersage und den Horoskopen, die er heute nicht lesen wollte. Widder und Zwilling, er und Laura, daran wollte er im Moment nicht denken. Der Lokalteil schien ganz ihm gewidmet. Drei Artikel, drei Fotos: das von Marasi klein eingeklinkt in eine belanglose Aufnahme von den Fischkuttern im Hafen, dann das Portrait des ermordeten Manlio Gubian mit der Bitte um Hinweise, wo dieser Mann in den letzten Monaten sonst noch gesehen wurde, sowie die Telefonnummern der Dienststelle in Opicina. Ganz wie von Laurenti in der Sitzung am Mittwoch nachmittag gewünscht. Marrone und seine Leute würden zu tun haben. Und als drittes sah er seinen Sohn und dessen Freunde mit dem chinesischen Personal von Polizeibeamten umringt, als sie aus dem »Tse Yang« abgeführt wurden. »Erneute Razzia gegen die Chinesen – Verdacht auf verbotenes Glücksspiel« lautete die Headline. Gott sei Dank war der Artikel darunter harmlos, es wurden keine Namen genannt, und auch Marco war nur zu erkennen, wenn man genau hinsah. Zwei Seiten später ein Bericht über die Neofaschisten. »Wir halten unverändert an dem Treffen der internationalen Faschisten in Triest fest«, erklärte der Sprecher von »Fascismo & Libertà«. »Im kommenden Januar wird die Versammlung wie geplant stattfinden. Wir lassen uns von der Linken und der Presse nicht kriminalisieren!«

Warum zum Teufel sagte man ihm nicht, daß die Idioten ihre Pläne geändert hatten? Laurenti schimpfte leise vor sich hin.

Eine halbe Stunde später stellte er den Fiat neben dem alten Fischmarkt am Molo Venezia ab. Die große Fischhalle sollte bald völlig ausgedient haben, wenn selbst die morgendlichen Verladungen und Versteigerungen in den neuen Hafen verlegt werden würden. Eine schöne Aufgabe für die Stadt, die Fischer vom Umzug zu überzeugen. Hier an der »Cattedrale del pesce« oder »Santa Maria del Guato«, wie der alte Fischmarkt im Volksmund wegen seiner Architektur und des zugehörigen Turms genannt wurde, hier war schon immer ihr Platz, und sie sahen keinen Grund, aus der Mitte des städtischen Lebens an dessen Rand zu ziehen. Nur um den Freizeitkapitänen mehr Platz zu machen? Nein, so konnte man mit den Fischern nicht umspringen. Und ihr Vorsitzender war schließlich ein hohes Tier der örtlichen Alleanza Nazionale.

Der Himmel hatte sich inzwischen dramatisch verfinstert, das Gewitter trieb schnell und unter lautem Getöse aus Süden auf die Stadt zu. Die Gischt spritzte an die Mole, und nur wenige Menschen schlenderten die Anleger entlang. Laurenti ging den Molo Venezia hinaus, an dem die Kutter lagen. Der Fischfang hatte ihn noch nie besonders interessiert, hier roch es immer nach stockigen Netzen und Fischabfällen. Und überall schlichen Horden arroganter räudiger Katzen herum und taten so, als seien sie die wahren Eigentümer dieses Ortes. Er kannte wesentlich schönere Plätze, um am alten Hafen spazierenzugehen. Auf der Rückseite der Stazione Marittima zum Beispiel, wo die alten rostroten Landungsbrücken, die einst auf Geleisen an die Schiffe gefahren wurden, den nostalgischen Anschein einer einst besseren Zeit gaben, als täglich große Schiffe hier anlegten. Dort waren nie so viele Menschen wie auf dem Molo Audace, und es roch besser als hier bei den Fischern.

Laurenti hatte bisher keine besonders guten Erfahrungen mit den Fischern gemacht, die in einer eigenen Welt zu leben schienen und, wie er fand, mit Verachtung und Mißtrauen auf die anderen herabschauten. Jedesmal, wenn er in den letzten fünfundzwanzig Jahren mit ihnen zu tun hatte, war er über ihre Maulfaulheit verärgert gewesen, während diese Männer scheinbar ruhig und schweigend vor ihm saßen. In Sachen Geduld waren sie sein genaues Gegenteil. Sie konnten warten. Allein schon dieses Wort stellte Laurenti die Nackenhaare auf. Er haßte es, wenn andere ihn warten ließen, und er haßte es, auf Dinge zu warten, die sich in seiner Vorstellung schon lange realisiert hatten. Warum warten? Es gab doch soviel Besseres zu tun!

Die wenigsten Fischer kamen aus alteingesessenen Triestiner Familien, der größte Teil stammte aus dem Süden, aus Immigrantenfamilien, die einst kamen, als die wirtschaftliche Lage dort katastrophal war und es für zu viele Leute zuwenig zu verdienen gab. Auswanderer aus Sizilien und Kampanien, einige von der Isola di Procida, der Insel im Nordwesten des Golfes von Neapel. Es war die erste Auswandererwelle. Viele gingen damals nach Argentinien oder nach Amerika, wie die Eltern des alten Galvano, andere versuchten ihr Glück in Norditalien oder reisten weiter nach Deutschland. Laurenti erkannte die Südländer auf den ersten Blick. Sie hatten die reiche Gestensprache ihrer Heimat beibehalten, die auch er in seiner Kindheit gelernt hatte, obwohl sie längst im breitesten Triestiner Dialekt und mit Verachtung von ihrer Arbeit sprachen. Er hatte einmal gehört, daß viele von ihnen die Nachfolgepartei der Faschisten wählten, doch angeblich vertrieben sie sich die Zeit mit jungen, ausländischen Geliebten, und auf den Kuttern sollte in großen Mengen Marihuana geraucht werden.

Laurenti ging an den Kuttern entlang und hatte noch keinen einzigen Fischer gesehen. Nahe dem Vereinshaus des Yachtclubs »San Giusto« auf der gegenüberliegenden Seite der Mole sah er schwarze Tücher, die über Steuerhaus und Bordwand eines größeren Schiffs gespannt waren. »San Francesco« las er am Bug. Und darüber hing ein weißes Transparent: »In memoria di Giuliano Scropetti« und ein zweites, kleineres mit der Aufschrift: »Ugo Marasi« und einem schwarzen Kreuz. Hatten diese Leute also doch so etwas wie eine Seele?

Hinter einem aufgetürmten Haufen von Netzen sah er schließlich zwei Männer sitzen, die ihn mißtrauisch aus den Augenwinkeln beobachteten. Sie zogen langsam mit ausholenden Bewegungen das Netz durch die Hände und knüpften rasch mit geübten Bewegungen und kurzem Garn schadhafte Stellen zusammen.

»Buongiorno«, Laurenti blieb einen Meter vor ihnen stehen.

Der Ältere schaute kurz zu ihm auf und grunzte unverständlich. Der andere arbeitete unbeeindruckt weiter und schwieg.

»Ist das der Kutter von Marasi?«

»Steht dran.«

»Ich bin Commissario Laurenti, Kriminalpolizei.« Der zweite, kleinere Mann stand auf und ging wortlos auf den Kutter, neben dem sie arbeiteten.

»Und?« fragte der Ältere.

»Kannten Sie Marasi?«

»Weshalb?«

»Gute Frage! Weshalb fragt die Polizei das wohl? Wann haben Sie ihn zuletzt gesehen?«

»Keine Ahnung. Das ist schon ein paar Tage her. Er durfte nicht mehr fahren. Wegen des Unfalls.«

»Welcher Unfall?«

»Giuliano Scropetti, Dienstag morgen. Fragen Sie die Capitaneria, wenn Sie's wissen wollen.«

Die ersten dicken Regentropfen klatschten auf die Mole. Der Fischer erhob sich und rief »Gino, wirf mir meine Jacke rüber!« Kurz darauf klatschte eine schwere Regenjacke auf den Asphalt. Der Fischer hob sie auf und zog sie an. Laurenti stand im Jackett vor ihm und erntete einen verächtlichen Blick.

»Hatte Marasi irgendwelche Feinde?«

»Gute Frage! Ja!«

»Und wen?«

»Alle! Wir sind alle Feinde!«

Der Regen verdichtete sich. Laurenti schlug den Kragen des Jacketts hoch und verfluchte den Himmel.

»Alle?«

»Wir fischen alle im gleichen Meer.«

»Ich meinte Feinde, nicht Konkurrenten.«

»Gino, die Mütze!« Sie segelte gleich darauf auf die Netze. Der Fischer hob sie auf. »Da gibt es keinen Unterschied.«

»Können Sie sich vorstellen, wer Grund hatte, Marasi zu töten?«

»Weiß ich nicht. Warum jemand von uns?«

»Wegen der Harpune.«

»Wir haben keine Harpunen. Wir fischen mit Netzen. Fragen Sie die Taucher. Taucher haben Harpunen.«

Es begann zu schütten. Der Fischer erhob sich und ging zu seinem Kutter. »Sonst noch was?«

Laurenti schüttelte den Kopf. Grußlos ging er so schnell er konnte zur Pescheria zurück. Als er die Wagentür öffnete, krachte der erste Donner, und es schüttete aus allen Rohren. Laurenti suchte im Handschuhfach nach Papiertaschentüchern, mit denen er sich das Gesicht trocknen konnte, fand aber nur eine einzige vertrocknete Camel, von der er nicht wußte, wie sie dahin gekommen war. Er steckte sie in den Mund. Der Tabak bröselte heraus, als er sie ansteckte. Er startete den Wagen und fuhr langsam die Rive entlang bis zur Capitaneria.

Er mußte warten. Ettore Orlando, sein Jugendfreund aus Salerno und Capitano der Guardia Costiera, befand sich in einer Besprechung, die, wie man Laurenti sagte, bald zu Ende sein müßte. Auch Orlando war vor einigen Jahren in Triest gelandet, allerdings viel später als Laurenti. Für beide war es ein glücklicher Zufall, denn trotz der langen unterschiedlichen Berufsentwicklungen hatte sich an ihrer Freundschaft nichts geändert. Das kam ihnen auch bei der Arbeit zugute. Sonst war der Umgang der Behörden untereinander nicht unbedingt freundschaftlich.

Laurenti setzte sich in Orlandos Büro auf dessen großen, weichen Schreibtischsessel, in dem er beinahe versank. Er genoß zuerst den Blick auf den Hafen und die Männer der Küstenwache am Kai, die gerade zwei ihrer großen Boote losmachten und begleitet vom rülpsenden Geblubber der Maschinen ablegten. Langsam fuhren sie aus der Hafenzone, wo sie hinter der Diga Vecchia, dem Deich, der die Hafenanlage zum Meer abschirmte, beschleunigten und bald nur noch als Punkt am Horizont zu erkennen waren. Laurenti legte die Füße auf Orlandos Schreibtisch und stöberte gelangweilt in den Schubladen. Er fand nichts, was ihn interessierte. Also griff er nach Orlandos Telefon und meldete sich bei Marietta. Er erfuhr, daß sie Živa Ravno schon erreicht hatte und diese am späten Nachmittag zu ihm ins Büro käme. Das war eine gute Nachricht! Laurenti freute sich. Er wählte die Nummer der »Trattoria al Faro«.

»Ciao, Franco! Bist du wieder gesund?«

»Ah, die Polizei! Gesund, weshalb?«

»Na, vorgestern war nur deine Mutter im Laden und sagte, daß man dich gerade noch vor der Notschlachtung bewahren konnte. Rossana hat dich wohl überfordert?«

»Ich weiß gar nicht, wovon du sprichst!«

»Franco, tu nicht so. Du hast mir Montag nacht meinen Flirt ausgespannt. Aber ich bin nicht kleinlich. Hast du für heute abend noch einen Tisch?«

»Für wie viele?«

»Für zwei.«

»Mit wem kommst du?«

»Wirst du schon sehen.«

»Mit Rossana?«

»Nein, die überlasse ich in dieser Woche dir.«

»Ist deine Frau zurück? Du hörst dich so fröhlich an.«

»Nein. Jemand anders. Und ich komme nur, wenn Rossana nicht da ist.«

»Wieso Rossana?«

»Es könnte ja sein, daß sie jetzt öfter zu dir kommt, nach eurer heißen Nacht.«

»Bist du eifersüchtig?«

»Hab ich Grund?« Laurenti nahm die Füße vom Schreibtisch. Er hörte Orlando im Vorzimmer.

»Nein, nein! Bis heute abend.«

Laurenti legte auf, als sich die Tür öffnete und die uniformierte vollbärtige Zweimeter-Masse seines Freundes das Büro betrat.

»Guter Stuhl, nicht wahr?« sagte Orlando zur Begrüßung. »Ein bißchen zu groß für dich.«

»Aber bequem. Haben sie ihn extra für dich anfertigen lassen?«

»Von wegen. Ich hab ihn von meinem eigenen bescheidenen Gehalt gekauft. Du weißt doch, der Staat empfindet es schon als Gnade, daß man für ihn arbeiten darf. Mehr kann man nicht erwarten. Ein neuer Schreibtischstuhl außerhalb der Standardmaße, in die ich nicht einmal eine halbe Arschbacke quetschen kann, würde einen unendlichen Papierkrieg erzeugen, wahrscheinlich hoch bis ins Verteidigungsministerium, und am Ende müßte ich vermutlich noch ein amtsärztliches Attest vorlegen, daß ich zwei Meter und zwei Zentimeter groß bin und hundertsiebzehn Kilo wiege. Bis dahin wäre mein Rücken tatsächlich im Eimer. Ganz schön teuer, diese Dinger. Bist du beruflich hier?«

»Ja.« Laurenti blieb sitzen und genoß es, Orlando dabei zuzuschauen, wie er sich zwischen die engen Armlehnen des Besucherstuhls quetschte. »Wir haben diesen Marasi auf dem Karst gefunden, du weißt es aus der Zeitung. Ihr habt auch mit ihm zu tun.«

»Der arme Maresciallo beißt sich die Zähne an denen aus. Ich mische mich erst ein, wenn er nicht weiterkommt. Die haben einen Mann verloren in der Nacht von Montag auf Dienstag. Sture Hunde, diese Fischer. Jedesmal, wenn was war, ist es das gleiche Spiel. Wortkarge Gesellen. Es wäre verflucht still auf der Welt, wenn alle so wenig reden würden wie die.«

»Gibt es einen konkreten Verdacht? Oder weshalb ermittelt ihr?«

»Noch gibt es nichts Konkretes. Sie sind heute wieder vorgeladen.«

»Wann?«

Orlando schaute auf die Uhr. »In einer Viertelstunde, soweit ich weiß. Warum?«

»Ich brauche sie auch. Einen haben wir allerdings noch nicht erreicht. Das trifft sich gut, dann kann ich es ihnen nachher sagen.«

»Viel Vergnügen! Aber wie mir scheint, hast du sowieso eine Pechsträhne. Contovello und dann noch diesen Marasi. Gibt's einen Zusammenhang?«

Laurenti hob beide Hände und ließ sie wieder fallen. »Ich weiß es nicht. Vielleicht. Und wenn, dann liegt das Jahrzehnte zurück, als die Kommunisten Istrien kassierten. Es riecht danach, als gäbe es eine alte Verbindung zwischen diesem Marasi und dem Vater des Mannes, der in Contovello in die Luft flog. Beides Fischer und beides Istriani. Marasis Tochter hat mir heute eine geknallt, nachdem ich sie deshalb ein bißchen provozierte. Sie hat einen Schlag wie ein Pferd.« Laurenti deutete auf seine Wange, die längst abgeschwollen war.

»Wie heißt sie?«

»Nicoletta Marasi.«

Orlando wühlte in seinen Unterlagen und zog dann ein Blatt heraus. »Hier, das ist, warum auch immer, bei mir gelandet. Sie hat die Lizenz für den Kutter ihres Vaters wieder beantragt. Auf ihren Namen. Er hätte sie vermutlich nicht mehr bekommen.«

»Wann?«

»Datum von heute.«

»Von heute? Da war er schon tot.«

»Dann will wohl sie den Kutter übernehmen. Sie hat diesen Fischladen. Ist doch logisch. Sie arbeitet für sich selbst, wie zuvor schon der Alte.«

»Ziemlich schnell, finde ich.«

»Nicht unbedingt, Proteo! Sie hat zwei Männer, die sich sonst was anderes suchen ...« Orlando griff zum Telefon und drückte die Taste seines Vorzimmers. »Bringen Sie mir bitte die Registrierung der ›San Francesco‹, TS 47819.« Er legte auf. »Jeder Tag, den ein solcher Kutter nicht fährt, ist teuer. Solange die beiden anderen noch keine neue Arbeit haben, muß sie nur noch zwei, drei weitere Leute anheuern. Eine ganze Besatzung zusammenzustellen ist viel schwieriger.«

»Sie hat nicht unbedingt den Eindruck auf mich gemacht, als ob sie viel von den Kollegen ihres Vaters hält. Als ich heute früh bei ihr vorbeiging, hat sie einem von ihnen eine scharfe Abfuhr erteilt.«

Nach einem kurzen Klopfen an der Tür brachte der uniformierte Sekretär Orlandos eine Akte herein.

»Danke.« Orlando schlug sie auf. »Interessant: Es gab vier Eigner. Marasi natürlich, dann der Mann, der seit Montag nacht vermißt wird, und die beiden anderen. Tja, diese Nicoletta Marasi steht natürlich noch nicht drin. Aber sie wird das Ding wohl erben, ihr Vater hatte fünfundvierzig Prozent und war der alleinige Lizenznehmer.

Die anderen, würde ich mal sagen, waren nicht viel mehr als beteiligte Angestellte.«

»Ich habe eine ganz andere Frage. Das einzig Negative, wenn man es überhaupt so nennen kann, an der Familie in Contovello war, daß sie Datteri gegessen haben.«

»Mhm! Lange her!« Orlando fuhr sich mit der Hand über den Bauch. »Und?«

»Schmuggeln die Fischer eigentlich?«

»Was weiß denn ich? Wir finden nie etwas. Frag die Guardia di Finanza, die kontrolliert sie auch. Aber Muscheln? Das glaub ich nicht. Davon wird man nicht reich. Wenn, dann schon Fische. Aber sie übernehmen diese üblicherweise in internationalen Gewässern. Damit ist das schon kein Schmuggel mehr. Ich habe noch nie einen Fisch gesehen, der sich an die Grenzen hält, und auch noch keinen mit einem Paß, in dem steht, woher er kommt. Das kannst du vergessen.«

»Und anderes? Menschen? Chinesen vielleicht?«

»Quatsch! Die kommen nicht mit Fischkuttern. Wenn sie übers Meer kommen, dann nicht zu dieser Jahreszeit und wenn, dann mit Schlauchboten oder an Bord von Freizeityachten, von denen der Golf im Sommer wimmelt. Das kann niemand kontrollieren. Nein, ich glaube, das ist eine falsche Fährte. Und was die Chinesen betrifft, sollte man in Triest etwas vorsichtiger sein. Immerhin ist der Triestiner Lloyd seit einigen Jahren in taiwanesischer Hand, und wir hoffen alle noch, daß die ›Evergreen‹-Reederei hier ihre Aktivitäten verstärkt.«

»Ist ja schon gut. Was sonst also: Drogen, Waffen?«

»Waffen gehen in die andere Richtung, und Drogen kommen zwar übers Meer, aber mit Container-Schiffen und Lkw-Fähren. Vergiß es!«

»Hast du gute Kontakte zu den kroatischen Hafenbehörden?«

»Soweit schon. Weshalb?«

»Kannst du rausbekommen, ob auch Gubian Montag nacht draußen war?«

»Kaum. Die Kroaten geben uns über ihre Landsleute keine Auskunft. Außerdem, entschuldige, war der Mann da nicht in Triest? Das Haus flog doch am Vorabend in die Luft. Man hat ihn doch gewiß gleich verständigt.«

»Verflucht, ja, er war sogar bei mir im Büro. Das war Montag. Daraus wird also nichts. Bleibt als einziges Motiv nur diese alte Geschichte. Ich sehne mich danach, daß es mal wieder einen ganz normalen, ganz einfachen Mord gibt. Von mir aus auch ein Doppelmord aus Eifersucht. Nur ein ganz normales Motiv, bitte.«

»Darauf kannst du in Triest lange warten«, sagte Orlando und zog sich ächzend zwischen den engen Stuhllehnen empor. »Wie geht's Laura und den Kindern?«

Laurenti winkte ab. »Laß uns bald mal essen gehen, dann erzähl ich dir alles. Laura hat einen Verehrer, aber ich will jetzt nicht darüber reden!«

»Was? Wer?« Der Stuhl brach nicht zusammen, obwohl Orlando sich mit einem Ruck aufrichtete.

»Ich werde mir wohl eine neue Versicherung suchen müssen.«

»Der? Dieses Arschloch? Den hast du mir damals auch empfohlen. Ich hab ihn erst gestern oder vorgestern anrufen wollen. Meine Frau bekommt ein neues Auto.«

»Wann?«

»In zwei Wochen.«

»Nein, wann genau hast du ihn angerufen?«

»Dienstag, warum?«

»Und, war er da?«

»Nein, man sagte mir, er sei eine Woche verreist.«

»Oh!«

Orlando schaute ihn fragend an.

»Ich nehme an, er ist bei ihr.« Laurenti ballte die Faust.

»Wo ist sie hingefahren?«

»Nach San Daniele zu ihrer Mutter.«

»Dann glaub ich nicht, daß sie ihn mitgenommen hat. Zu ihrer Mutter doch gewiß nicht, Proteo!«

»Es gibt dort oben auch Hotels.« Proteo Laurentis Hände zitterten.

»Wie lange geht das schon?«

Laurenti zuckte die Achseln.

»Ich weiß es nicht. Seit dem Sommer vielleicht.«

»Was findet sie eigentlich an dem? Der hat doch nur Probleme. Wenn ich mich nicht täusche, ist er komplett überschuldet und bekommt die Sache auch nicht mehr in den Griff. Nicht einmal der Volvo gehört ihm. Der ist auf seinen ältesten Bruder zugelassen. Wohnt er nicht sogar wieder bei seinen Eltern?«

»Man sollte überprüfen, wem das Haus eigentlich gehört. Er hat es sicher an jemanden in der Familie überschrieben, damit es nicht gepfändet wurde. Damit könnte man ihn vielleicht sogar hochgehen lassen. Aber ich weiß nicht so recht, ich bin kein Denunziant.«

»Also, was glaubst du, was sie an dem Kerl findet?«

»Keine Ahnung«, Laurenti machte eine hilflose Geste. »Reich ist er nicht, schön ist er nicht, intelligent auch nicht besonders. Und Charakter hat er sowieso nicht. Er lebt davon, daß er anderen Versicherungen verkauft, die sie nicht brauchen. Das ist alles. Und trotzdem hält Laura ihn für akzeptabel.«

»Eines verspreche ich dir: Wenn ich den erwische, haue ich ihm in die Fresse! Verlaß dich drauf!« Orlando hieb seine Faust in den Handteller.

»Laß nur! Das erledige ich beizeiten und mit großem Vergnügen selbst. Aber ich will jetzt wirklich nicht länger darüber reden. Laß uns nächste Woche mal essen gehen, Ettore.«

»Wie du meinst. Ich bring dich runter zum Maresciallo. Die haben sicher schon angefangen.«

Laurenti sprach nur kurz mit den beiden Fischern. Ihre Blicke waren finster. Zwei Behördengänge an einem Tag, das war mehr als zuviel.

»Sechzehn Uhr!« sagte Laurenti, dann sah er den Blick des Maresciallo, dem es ganz und gar nicht paßte, seine Zeit auf diese Weise von einem Polizisten eingeschränkt zu sehen. »Natürlich nur, wenn Sie bis dahin durch sind. Sonst später. Vielleicht könnten Sie mich freundlicherweise benachrichtigen, wenn die Herren gegangen sind.« Und zu den Fischern sagte er: »Wir können selbstverständlich auch zu Ihnen nach Hause kommen, um Sie zu befragen, Signori. Aber dann würden wir mit dem Streifenwagen vorfahren und aus Versehen die Sirene einschalten, damit auch ihre Nachbarn uns hören. Sie haben die Wahl.«

Orlando brachte ihn bis zur Tür. »Dann viel Spaß mit den Typen. Wir faxen dir das Protokoll. Und wenn du mit ihnen durch bist, wäre ich dir für einen Anruf dankbar, wie's gegangen ist. Vielleicht bekommst ja du etwas aus ihnen heraus.«

*

Der Regen hatte aufgehört. In einer halben Stunde sollte Nicoletta Marasi in seinem Büro auftauchen, sofern es Marietta geglückt war, sie davon zu überzeugen. Nach der Szene am Vormittag war ihr durchaus zuzutrauen, daß sie nicht kam. Laurenti entschied, den Wagen auf dem Parkplatz der Capitaneria stehenzulassen und zu Fuß zu gehen, dann könnte er auch noch Tozzi in der Guardia di Finanza besuchen. Es wäre ein kleines Zeichen, daß er einsah, ihn in der Sitzung schlecht behandelt zu haben.

Proteo Laurenti überquerte die Riva Tre Novembre und ging am Canal Grande entlang, an dem heute nur noch kleine Fischerboote lagen, die winzig genug waren, daß ihre Eigner auch bei Flut unter der niedrigen Ponte Verde ins Meer hinausfahren konnten, wenn sie sich flach ins Boot legten. Laurenti ging gerne hier entlang. Eine Seite des Canal Grande wurde von dem mächtigen Palazzo Carciotti dominiert, mit sechs ionischen Säulen und der Kupferkuppel über der Hauptfassade. Er hatte einmal gehört, daß der griechische Kaufmann Demetrio Carciotti, der ihn bauen ließ, um 1750 mit der Hälfte des ägyptischen Staatsschatzes nach Triest durchgebrannt war und das Geld eifrig in die Stadtentwicklung investierte. Viele kannten diese Geschichte, doch niemand konnte ihm eine Quelle nennen, aus der dies zuverlässig hervorging. Andere wiederum sagten, es sei nicht Carciotti, sondern der Baron Revoltella gewesen, der das Geld in den Bau des Suez-Kanals investierte. Aber die Geschichte leuchtet ein: Finanzverbrechen paßten viel besser zu einer Hafen- und Handelsstadt als diese eigenartigen und oft genug absurden Mordfälle, mit denen er sich immer wieder herumschlagen mußte.

Ein Stück weiter hatten Arbeiter bereits damit begonnen, Buden für den Weihnachtsmarkt aufzubauen, und vor Sant' Antonio sollte zum ersten Mal eine Kunsteisbahn errichtet werden. Die Stadtverwaltung hatte sich damit gebrüstet, daß dies eine außerordentliche Initiative für die Jugendlichen sei. Proteo Laurenti war noch nie in seinem Leben Schlittschuh gelaufen und fragte sich, wozu es gut sei, stundenlang auf demselben Fleck im Kreis zu fahren. Es wäre doch viel besser, wenn man das Geld investierte, um den oberen Teil des Kanals wieder zu öffnen, der in den dreißiger Jahren aus unerfindlichen Gründen zugeschüttet worden war.

Er warf vorsichtig einen Blick in die Via XXX Ottobre, wo ihm jederzeit Nicoletta über den Weg laufen konnte. Dann ging er eilig in den Palast der Guardia di Finanza, ließ sich anmelden und nahm bis in den zweiten Stock immer zwei Stufen auf einmal. Tozzi erwartete ihn bereits im Flur.

»Entschuldigen Sie, daß ich einfach so vorbeikomme. Ich war gerade in der Nähe und wollte Sie fragen, ob die Guardia di Finanza in der letzten Zeit mit den Fischern am Molo Venezia zu tun hatte.«

»Immer wieder. Warum?«

»Reine Neugier. Es geht um diesen Marasi und seine Leute.«

»Im großen und ganzen handelt es sich um die üblichen Routineüberprüfungen, um die Herrschaften zum Steuerzahlen anzuhalten. Sonst machen die nur noch schwarze Geschäfte. Wir überprüfen die Besatzungen regelmäßig und auch morgens die Versteigerungen des Fangs. Aber Außergewöhnliches gibt es zur Zeit leider nicht zu melden.«

»Diese Familie in Contovello ...«

»Gubian! Deren Vater ich in den Kerker werfen sollte, wenn es nach Ihnen gegangen wäre ...«

»Diese Leute haben Datteri gegessen. Der einzige Schatten auf ihrem Leben. Wie kommt das Zeug nach Italien? Ich frage mich, ob nicht die Fischer die Muscheln reinschmuggeln.«

»Kaum. Es gibt einen ausgeprägten Schmuggel, aber nach unseren Ermittlungen immer über den Landweg. Erst vor drei Tagen haben wir am Grenzübergang Muggia einen Kroaten hochgenommen, der im Kofferraum siebenunddreißig Kilo Jakobsmuscheln rüberbringen wollte. Oder eine Woche vorher am Übergang Rabuiese zwei Slowenen mit fünfzehn Kilo Mussoli. Das passiert ständig. Manchmal finden wir auch Datteri. Ich staune immer wieder über die Blödheit der Menschen. Oder ihre Dreistigkeit. Man öffnet den Kofferraum und riecht das Zeug auch schon. Manchmal schon früher. Übers Meer kommen Zigaretten, gefälschte Markenware, Drogen und Waffen, aber auch nur in den Lastzügen von den Fähren aus Griechenland oder der Türkei. Und dann haben wir natürlich stets auch den Containerhafen im Visier. Aber die Fischer . . .?«

»Wenn Sie die Muscheln im Auto finden, dann gibt es wahrscheinlich bei Ihren Beamten zu Hause überall das gleiche Abendessen!«

»Von wegen, Laurenti. Soll ich Ihnen sagen, was mit dem Zeug passiert? Es landet in der Müllverbrennung. Und warum? Weil man nicht weiß, woher es kommt und ob es den Gesundheitsbestimmungen entspricht. Muscheln sieht man nicht an, ob sie einen Virus haben oder gar aus der Kloake kommen.«

»Und was ist mit Nicoletta Marasi? Liegt gegen sie etwas vor oder gab es etwas in den letzten Jahren?«

»Nichts, soweit ich mich erinnere. Aber ich werde es gerne für Sie überprüfen. Reicht es, wenn ich Sie gegen Abend anrufe?«

Er hatte viel zu lange mit Tozzi geredet, aber es war nicht weit ins Kommissariat, und er hatte ohnehin keine Eile. Wenn Nicoletta überhaupt gekommen war, dann schadete es auch nicht, wenn sie ein bißchen schmorte. Die Zeit war nur dann ein guter Verbündeter, wenn man sie sicher auf seiner Seite wußte. Laurenti begriff nicht, weshalb er plötzlich so gute Laune hatte. Pfeifend überquerte er die Via Carducci, schaute auf die Armbanduhr und ging in die »Bar X«. Er bestellte einen Kaffee, trank ihn ohne Zucker mit ein paar Schlucken aus und überlegte, welche Fragen er Nicoletta stellen würde. Er warf eintausendfünfhundert Lire auf den Tresen und war kurz darauf im Dienstgebäude der Kriminalpolizei. Handwerker setzten eine neue Drahtverglasung in die Tür zum dritten Stock, und er mußte sich an ihnen vorbeidrücken, um in den Flur zu kommen.

»Du bist spät«, begrüßte ihn Marietta. »Signora Marasi

wartet schon.« Sie machte eine Kopfbewegung zu seinem Büro, dessen Tür wie üblich offenstand.

»Na und? War sonst noch was?« Er hatte nichts dagegen, daß Nicoletta ihn hörte.

»Deine Staatsanwältin, die slawische Sexbombe, wie meine Kollegin vom 3. Kommissariat sie nennt, kommt zwischen siebzehn und achtzehn Uhr vorbei, außerdem haben deine beiden Töchter angerufen. Du solltest einen Ersatzakku für dein Mobiltelefon besorgen.«

»Sag dieser Kollegin, sie möge sich vorsehen. Ich will das nicht noch mal hören!« Nicoletta räusperte sich, als wollte sie sich nebenan bemerkbar machen. »Was wollten meine Töchter?«

»Keine Ahnung. Ich habe gesagt, daß du zurückrufst. Ach ja, und deine Mutter erkundigte sich besorgt, ob du auch genug ißt. Ich glaube, es ist mir gelungen, sie zu beruhigen.«

»Um sechzehn Uhr kommen die beiden Männer Marasis. Ich habe sie zufällig bei der Guardia Costiera getroffen. Außerdem sagte mir Tozzi, daß die Guardia di Finanza Marasi seit langem im Visier hatte.« Er zwinkerte Marietta zu und sprach absichtlich laut. Er hatte keine Eile, Nicoletta sollte Zeit haben, über seine Lüge nachzudenken und unsicher werden. »Die Finanzieri sagten, sie hätten ihn ohnehin bald hochgehen lassen.«

»Was hat er gemacht?«

»Das errätst du nie! Ich sag's dir später.« Laurenti hatte nicht die geringste Idee, was er glaubhaft hätte erfinden können, und schnitt eine Grimasse. »Mal sehen, ob sie mir wieder eine runterhaut. Bringst du uns bitte Kaffee?«

Marietta verdrehte die Augen und wies auf ein Schreiben, das vor ihr lag. Laurenti las es. Der Untersuchungsrichter hatte die Überwachung von Nicolettas Telefon abgelehnt. Er hatte auch kaum damit gerechnet, daß es durchging. Zumindest hatten sie es versucht, aber die Begründung war zu schwach gewesen. Um einen Telefonanschluß anzuzapfen, mußten konkretere Verdachtsmomente vorliegen. Laurenti befand, daß er Nicoletta lange genug hatte warten lassen, und ging endlich in sein Büro hinüber. Es war fünf vor halb vier.

»Buongiorno, Signora! Entschuldigen Sie bitte, daß ich Sie warten ließ. Aber im Moment ist der Teufel los. Ich versinke in Arbeit und außerdem mußte ich noch beim Zahnarzt vorbei, und da muß man ja immer warten. Kennen Sie das?« Nicoletta schaute ihn mit einem Stirnrunzeln an, wie er sich die Wange rieb. »Aber machen Sie sich keine Sorgen, Signora! Er sagt, es sei nicht so schlimm, es dauere höchstens zehn Tage, bis das Zahnfleisch wieder verheilt ist. Bis dahin soll ich möglichst Suppen essen. Aber ich hasse Suppen! Na ja, es wird schon vorbeigehen. Das Stückchen Zahn hat er übrigens gleich ersetzt.«

Nicoletta Marasi schwieg. Marietta brachte auf einem kleinen Tablett Kaffee und Zucker.

»Vielen Dank, mein Engel«, sagte Laurenti in gespielter Fröhlichkeit und zog seinen Stuhl an den Tisch.

»Signora Marasi«, begann er förmlich. »Ich habe nicht damit gerechnet, daß Sie kommen.«

Nicoletta schwieg.

»Sie sind dazu nicht verpflichtet. Es handelt sich lediglich um eine Befragung.«

»Ich weiß. Aber es geht schließlich um meinen Vater.«

»Eben!« Laurenti war sich noch nicht sicher, ob sie kooperieren würde. »Sie haben heute morgen einen klaren Verdacht formuliert, wer Ihren Vater ermordet hat. Würden Sie ihn bitte wiederholen?«

»Und warum? Ich habe es schon heute früh gesagt.« Nicoletta rührte langsam den Kaffee um.

»Ach, nur so. Manchmal überlegt man es sich ja noch

mal. Sind Sie jetzt anderer Meinung? Also wen haben Sie im Verdacht?«

»Gubian!«

»Und weshalb?«

»Auch das habe ich schon gesagt. Er war ein Feind meines Vaters. Er hat damit gedroht, ihn umzubringen!«

»Woher wissen Sie das?«

»Er sagte es meiner Mutter.«

»Sie waren dabei, haben es gehört?«

»Nein.«

»Wann?«

»Dienstag nachmittag. Er wartete vor dem Haus auf sie.«

»Wie geht es Ihrer Mutter?«

»Besser. Sie wurde aus dem Krankenhaus entlassen und ist zu Hause. Sie ist krank geschrieben und nimmt Beruhigungsmittel.«

»Weshalb wollte Gubian Ihren Vater ermorden?«

Nicoletta warf den Löffel auf die Untertasse. »Ich habe es schon gesagt, aber wenn Sie darauf bestehen, dann wiederhole ich auch das. Gubian ist der Meinung, daß mein Vater seinen Sohn ermordet hat. Aus Rache.«

»Wo war Ihr Vater am Sonntag nachmittag?«

»Zu Hause.«

»Waren Sie bei ihm?«

»Nein. Aber wir haben telefoniert.«

»Wann, um welche Uhrzeit?«

»Nach fünfzehn Uhr.«

»Und wo waren Sie?«

»Ebenfalls zu Hause.«

»Worüber haben Sie gesprochen?«

Nicoletta schaute ihn erstaunt an.

»Nein, Sie müssen es mir nicht sagen, nur wenn Sie wollen.«

»Ich habe ihn gefragt, ob er rausfährt. Es lag eine große

Bestellung eines Kunden vor. Aber die Bora nera tobte. Es war unmöglich, zu fahren.«

»Er fuhr in der Nacht von Montag auf Dienstag. Als einziger. Er verlor einen Mann. Kannten Sie ihn?«

»Ja, natürlich.«

»Was war passiert?«

»Ein Unfall. Giuliano verlor das Gleichgewicht und ging über Bord. Sie haben ihn nicht mehr gefunden.«

»Halten Sie es für plausibel, daß ein alter, erfahrener Fischer einfach so über Bord geht?«

»Es wird so gewesen sein, wie es mein Vater und die anderen gesagt haben. Ein jeder hat seine Zeit, egal wie erfahren er ist.«

»Kennen Sie die anderen aus der Besatzung?«

»Ich kenne alle.«

»Glauben Sie, daß Ihr Vater etwas mit dem Sprengstoffanschlag in Contovello zu tun hat?«

»Nein. Ich kann es mir nicht vorstellen.«

»Würden Sie es ihm grundsätzlich zutrauen?«

»Das habe ich mich auch gefragt. Eindeutig nein. Wenn, dann hätte er direkt mit Gubian abgerechnet und wahrscheinlich schon viel früher. Vor allem mit dem Alten selbst. Mein Vater hat noch nie eine Auseinandersetzung gescheut. Dafür respektierte man ihn.«

»Der Kutter Ihres Vaters wurde nach dem Unfall vorübergehend beschlagnahmt und seine Lizenz eingezogen. Fehlt Ihnen da nicht die Ware für Ihr Geschäft?«

»Nein. Sie ist lediglich teurer. Fisch gibt es genug, aber ich muß jetzt alles ersteigern, wie die anderen auch. Zuvor betraf das nur einen Teil.«

»Wo war Ihre Mutter eigentlich am Sonntag nachmittag?«

»Zu Hause. Erinnern Sie sich nicht an das Wetter? Bora nera! Da ist doch niemand aus dem Haus gegangen, wenn er es vermeiden konnte.«

»Derjenige, der die Familie Gubian in die Luft jagte, schon. Aber dann kann Ihre Mutter ebenfalls bezeugen, daß auch Ihr Vater zu Hause war.«

Nicoletta rutschte unruhig auf dem Stuhl herum, veränderte ihre Position mehrfach, bis sie schließlich sagte: »Ja. Sie wird es wohl bezeugen können.«

»Ganz entschieden klingt das nicht, Signora Marasi! Haben Sie Zweifel, daß Ihr Vater doch damit zu tun haben könnte?«

»Ich sagte es bereits: nein! Aber was Sie von meiner Mutter wissen wollen, müssen Sie sie selbst fragen.«

»Möchten Sie dabeisein, wenn wir mit Ihrer Mutter sprechen?«

»Nein. Weshalb?«

»Ich hätte nichts dagegen. Sie scheint sehr angegriffen zu sein.«

»Machen Sie sich darüber keine Gedanken. Sie ist viel zäher, als man glaubt.«

»Kommen wir nochmals auf Gubian zurück. Wissen Sie, wo er wohnt?«

»In Pola.«

»Kennen Sie ihn?«

»Nein. Und ich hatte auch nie das Bedürfnis!«

»Hatte Ihr Vater Kontakt zu ihm?«

»Nein. Sie sind sich vor vielen Jahren zufällig begegnet. Das hatte Papà damals sehr mitgenommen – ich war noch sehr klein, aber erinnere mich trotzdem noch daran. Mein Vater ist nach 1954 nie mehr dorthin zurückgekehrt. Er hat hier ein neues Leben aufgebaut. Gubian lief ihm in Triest über den Weg, wenn ich mich richtig entsinne.«

»Was passiert jetzt mit dem Kutter?«

»Nach dem Gesetz sind meine Mutter und ich die Erben. Ich werde ihn übernehmen.«

»Wenn ich richtig informiert bin, gehörte er Ihrem Vater nicht allein.«

Nicoletta horchte auf und versuchte mit einem scharfen Blick zu taxieren, wieviel Laurenti von solchen Dingen verstand. »Mein Vater hatte den größten Anteil. Ich werde die anderen ausbezahlen.«

»Ich nehme an, das ist nicht gerade billig.«

»Wozu gibt es Banken?«

»Und warum wollen Sie die anderen draußen haben? Das ist doch ein eingespieltes Team.«

»Mein Vater wäre selbst nicht mehr gefahren, nach dem Tod Giulianos. Er sagte es mir gleich am Dienstag morgen. Ich verstand diese Entscheidung nicht, aber er wollte sie nicht diskutieren. Von vier Männern sind jetzt zwei übrig, die alt sind. Was soll ich mit denen? Es ist besser, eine neue Mannschaft aufzubauen und von vorne anzufangen. Die Leute habe ich. Wir könnten gleich anfangen, sobald die Bürokratie erledigt ist und ich mit den anderen einig bin.«

»Ist das wirklich lukrativ, Signora? Ich meine, bleibt da wirklich so viel hängen?«

»Und ob! Gehen Sie einmal an den Molo, wenn die anderen Eigner kommen. Die fahren Mercedes. Fast jeder hält sich eine Geliebte. Meinen Vater hat das nie interessiert. Er fuhr aus Leidenschaft, nicht wegen Geld. Und wenn Sie Ihr eigener Lieferant sind, dann rechnet sich das noch besser.«

Laurenti wunderte sich, denn auch Nicoletta schien sich aus Geld nicht viel zu machen. Er wußte, daß sie einen Fiat Panda fuhr, und daß sie keine Unsummen für Kleidung ausgab, war unschwer zu erkennen. Aber vielleicht führte sie ja ein Doppelleben. Er zuckte die Schultern und schaute auf seine Uhr. Luca und Mario mußten bereits draußen warten.

»Der Umgang unter den Fischern ist nicht gerade freundschaftlich. Die Konkurrenz scheint hart zu sein. Können Sie sich vorstellen, daß es einer von ihnen war?«

»Das weiß ich nicht. Es gab immer Streit zwischen ihnen.

Nicht nur mit meinem Vater. Alle gegen alle. Aber das ist normal. Sie müssen wissen, daß sie trotzdem eine eingeschworene Gemeinschaft sind. Mein Vater hat niemandem etwas weggenommen. Also, weshalb sollte ihn dann jemand umbringen?«

»Es gibt noch tausend andere Gründe als Geld. Ehre, Eifersucht, Konkurrenz ums Personal oder den Platz an der Mole und so weiter. Wir werden mit allen sprechen. Irgendwas wird sich ergeben.«

»Es war Gubian! Niemand sonst! Verhören Sie ihn. Alles andere können Sie vergessen.«

Laurenti hatte keine Lust, sich dieses alte Lied noch einmal anzuhören. Er hatte noch vom Vormittag genug. Instinktiv faßte er sich wieder an die Wange. »Das ist bereits veranlaßt. Wir werden mit Gubian sprechen. Das war's für heute, Signora. Danke, daß Sie sich die Zeit genommen haben. Wir werden aber später mit Sicherheit noch weitere Fragen haben.«

Nicoletta stand auf und reichte ihm die Hand. »Entschuldigen Sie bitte, daß ich heute früh die Nerven verloren habe. Es war nicht so gemeint.«

»Schon vergessen. Jeder hat seine eigene Art zu trauern.« Soviel Freundlichkeit von dieser eigenartigen Person überraschte Proteo Laurenti in der Tat.

Als er Nicoletta Marasi in den Flur führte, saßen die beiden alten Fischer schweigend nebeneinander auf den orangefarbenen Plastikstühlen an der Wand gegenüber. Sie schauten Nicoletta an, ohne daß sich etwas in ihren Gesichtern bewegte. Sie warf ihnen einen vernichtenden Blick zu. »Montag«, sagte sie. »Überlegt es euch gut.«

*

Die einzige Person, die Laurenti an diesem Nachmittag nicht warten ließ, war Živa Ravno. Dafür wartete er ab siebzehn Uhr ungeduldig darauf, daß sie endlich auftauchte. Die beiden Fischer hatte er so zügig befragt, daß sie sich immer wieder fragende Blicke zuwarfen, wenn er gar nicht erst ihre zögerlichen, verschwommenen Antworten abwartete. Sie hielten es für eine Falle. Laurenti hingegen war der Meinung, es lohnte nicht, Zeit mit ihnen zu verschwenden, weil ihre Antworten so sehr denen der anderen glichen, die diesen Beruf ausübten. Auch sie mußten fast eine halbe Stunde im Flur warten, denn zunächst wollte er mit seinen Töchtern sprechen. Livia klagte darüber, wie kalt und dunkel es in Berlin sei. Es war der erste Winter, den sie in dieser Stadt verbrachte.

»Um halb vier, Papà, ist es hier schon dunkel. Stell dir das vor.« Wenigstens machte ihr das Studium Spaß, wenngleich die Wege durch die Stadt ewig lang und die Gehwege voller Hundescheiße waren. Und irgendwann fragte sie ihn endlich, ob er sich vorstellen könnte, sich mit ihrer Mutter zu versöhnen.

»Was glaubst du denn?« Laurenti wunderte sich über diese Frage. Er hatte keine Nacht gut geschlafen, seit Laura weg war. Entweder ersäufte er seinen Kummer oder er wälzte sich von wirren Träumen geplagt im Bett und fiel erst gegen Morgen in einen bleischweren und wenig erholsamen Schlaf.

»Man weiß ja nie«, sagte Livia. »Manchmal läuft einem schneller als man denkt jemand anderes über den Weg.«

Auch Patrizia Isabella freute sich, die Stimme ihres Vaters zu hören.

»Stell dir vor, man hat mich in die Grabungsgruppe in Pompeji aufgenommen, die einen neuen Schnitt übernimmt, weil nämlich ein Supermarkt, der dort stand, abgerissen wird. Im Frühjahr geht's los. Außerdem habe ich eine Auszeichnung bekommen für ein Referat!«

»Toll! Was war das Thema?«

»Ein Vergleich der Rolle der Prostituierten im Römischen Reich und heute.«

Laurenti räusperte sich und rutschte unruhig auf seinem Stuhl hin und her. »Ein schönes Thema«, sagte er lau.

»Ganz schön spannend, Papà. Augustus war der Meinung, die Römer stürben mit der Zeit aus, weil zu viele Männer zu Prostituierten gingen oder Konkubinen hatten, anstatt sich zu verheiraten und Kinder zu zeugen. Um den Wert der Familie zu erhöhen, dachte er sich ein System von Belohnung und Strafe aus. Väter von drei Kindern zum Beispiel wurden schneller befördert.«

»Das gilt heute leider nicht mehr«, murmelte Proteo.

»Anderes leider auch nicht: zum Beispiel wurde ein altes Gesetz abgeschafft, das Männern erlaubte, ehebrecherische Ehefrauen umzubringen. Dafür erließ der Kaiser ein Gesetz, das Männer bestrafte, die sich nicht von ihren ehebrecherischen Gattinnen scheiden lassen wollten.«

»Guter Kaiser!« Er stöhnte gequält auf. Wenn das heute noch so wäre, würde man ihn degradieren, nur weil er zu Laura hielt. Patrizia Isabella wußte bestimmt nicht, was sie ihm mit ihrem neu erworbenen Wissen antat.

»Das bedeutete dann, daß mit der Zeit die Prostituierten immer mehr an Ansehen verloren, bis heute. Obgleich sie doch eine wichtige gesellschaftliche Funktion haben. Das Ansehen einer Prostituierten heute kann man doch nur noch mit einem Papiertaschentuch vergleichen. Einmal hineingerotzt und dann weggeworfen.«

»Patrizia!« Er fuhr auf. »Hoffentlich hört außer mir keiner mit!«

»Reg dich nicht auf! Ich nenne die Dinge nur beim Namen, so wie sie nun mal sind.«

»Und woher weißt du das alles?« fragte er nach einem kurzen Schweigen.

»Von der Situation heute weiß ich natürlich viel durch

dich, und der Rest ist eigene Forschung. Und Pompeji ist leicht zu erfassen, vor allem seit die Erotika im Archäologischen Nationalmuseum wieder zugänglich sind. Die solltest du sehen! Wundervoll!«

»Und was treibst du sonst noch neben der Prostitutionsforschung?«

»Ich gehe viel mit meinen Freunden aus. Es ist toll hier. Viel vitaler als in Triest. Und was macht ihr?«

»Ich habe verdammt viel zu tun, und Marco lernt chinesisch. Es ist hart ohne deine Mutter! Hast du was von ihr gehört?«

»Ja, ja.«

»Und was sagt sie? Geht es ihr gut?«

»Einigermaßen. Sie macht sich Sorgen.«

»Worüber?«

»Worüber wohl? Das ist keine einfache Situation für sie, wie du dir vorstellen kannst.«

»Ich mir? Stellt sich vielleicht auch irgendwann einmal jemand vor, wie es mir geht?! Ist sie allein?«

»Nein, natürlich nicht ...« Laurenti zuckte zusammen und schlug auf die Tischkante, daß ihm der Schmerz durch die Hand zuckte. »Sie ist doch bei Oma, was denkst denn du?«

»Na ja! Man macht sich eben so seine Gedanken.«

»Meinst du, du könntest dich mit Mamma versöhnen, wenn sie zurückkäme?«

»Weshalb denn nicht?« Diese Frage kannte er doch schon.

»Man weiß nie. Vielleicht hast du dir ja schon jemand anderes angelacht. Ich meine, ich könnte dich verstehen.«

Wenigstens seine Lieblingstochter hielt zu ihm.

»Ich wüßte nicht wen. Aber was hat sie denn gesagt?« Er war ganz aufgeregt.

»Nichts. Hör, Papa, ich muß auflegen, es hat geklingelt. Bis bald.«

»Patrizia, hat Laura denn etwas gesagt?«

Doch er hörte nur noch das Besetztzeichen.

Was hatte diese eigenartige Fragerei seiner Tochter zu bedeuten? Er schüttelte den Kopf, stand auf, trat ans Fenster und schaute lange auf die Straße. Erst Marietta riß ihn wieder aus seinen Gedanken.

»Willst du nicht endlich die beiden Fischer vernehmen, bevor sie davonlaufen?«

Er schrak auf. »Ja, ja. Ist ja gut. Ruf sie rein.«

Um siebzehn Uhr war Živa Ravno noch nicht da. Dafür kam Antonio Sgubin und berichtete von seiner Lektüre der Unterlagen der Familie Gubian.

»Vier Stunden saß ich über dem Kram. Wie kann man nur so viele Glückwunschkarten zu Weihnachten und Geburtstagen aufbewahren? Der Alte aus Pola hat nie geschrieben. Und andere Verwandte gab es nicht. Über den Geschäftsunterlagen sitzt Tozzi, er hat auch die Kaufverträge für das Haus und die Versicherungsunterlagen. Ich habe ihn wegen der Lebensversicherung gefragt. Die Eltern hatten sich gegenseitig als Bezugsberechtigte eingesetzt. Jetzt wird das Geld wohl der Alte erben. Ganz schön viel! Wenn er nicht so alt wäre, käme er durchaus als Verdächtiger in Frage. Aber was will er denn mit dem Geld. Sonst war nichts Nennenswertes dabei.«

»Vielleicht hat er ja eine junge Geliebte und geht heimlich ins Casino.«

»Der doch nicht!«

»Wer weiß, Sgubin. Jeder Mensch ist ein Abgrund.«

»Hast du eigentlich jemanden gefunden, der sich mit diesem ganzen Istrien-Komplex auskennt?« fragte er Marietta.

»Noch nicht. Ich habe beim ›Piccolo‹ angefragt, doch den Journalisten, den sie mir nannten, wollte ich nicht fragen. Der ist von der Alleanza Nazionale, und den Faschisten traue ich da nicht. Es gibt einen Historiker in der Stadt, aber er ist schon über achtzig.«

»Jemand jüngeren werden wir kaum finden! Ruf ihn an und frag, ob wir ihn sprechen können. Ich komme gerne bei ihm vorbei.«

»Das habe ich schon getan. Er hat eine Grippe und muß sich schonen. Nächste Woche. Aber ich habe dir ein paar Bücher zum Thema besorgt. Es dürften nicht die allerschlechtesten sein, wie mir die Buchhändlerin sagte. Ganz schön teuer übrigens. Ich glaube nicht, daß das als Spesen durchgeht.«

Laurenti nahm ihr die fünf Bücher ab und schaute sie an, er blätterte in den Inhaltsverzeichnissen, las die Autorenbiographien und gab ihr schließlich zwei zurück.

»Kannst du die zurückbringen? Die anderen drei bezahle ich. Wollte den Kram sowieso mal lesen.«

»Im Moment hast du ja nachts nichts anderes zu tun.«

Proteo Laurenti wollte gerade auffahren, als es hinter Marietta klopfte. Es war Živa Ravno. Sie trug den wallenden Mantel offen und darunter ein rostrotes Kleid aus Kaschmir. Ein Lächeln umspielte ihre Gesichtszüge, als Proteo Laurenti aufsprang, um sie zu begrüßen.

»Oh, Živa, welch eine Freude!«

Er half ihr aus dem feinen Mantel. Ihr dicker Zopf streifte ihn an der Wange. Sgubin saß mit halboffenem Mund wie angewurzelt auf dem Stuhl und starrte sie mit großen Augen an. Marietta stand in der Tür und schnitt eine Grimasse, die niemand sah.

»Kaffee? Marietta, Kaffee bitte!« rief Laurenti, doch hob er gleich die Hand. »Oder dürfen wir Ihnen was anderes anbieten, Živa?«

Marietta faßte sich an die Stirn und ging hinaus. »Oder dürfen wir Ihnen was anderes anbieten!« äffte sie ihn leise nach. »Žiiiiiiiva?« flötete sie. Als hätten sie etwas anderes anzubieten als Kaffee aus der Maschine, die Proteo und sie vor zwei Jahren zusammen gekauft hatten. Und sie, Marietta, ginge gewiß nicht in die Bar, um andere Getränke für diese Dame zu besorgen.

»Wir sind soweit fertig?« fragte Laurenti mit Blick auf Sgubin, der immer noch verklärt die Staatsanwältin anstarrte. »Bitte, Živa, nehmen Sie doch Platz.« Er zog einen Stuhl vom Tisch.

»Schon«, antwortete Sgubin zögernd. »Warum fragen wir nicht Galvano, ob er jemanden aus Istrien kennt?«

Živa Ravno horchte auf.

»Der hat uns gestern abend schon das halbe Ohr abgeschwatzt«, sagte Laurenti. »Nicht wahr, Živa?«

»Was brauchen Sie? Vielleicht kann ich ja helfen«, sagte sie.

»Es ist wegen des Toten von der Foiba, Ugo Marasi. Angeblich hat der alte Gubian 1943 die Schwester dieses Marasi umgebracht – oder war zumindest daran beteiligt, daß sie ihr Ende in einer Foiba fand. Wenn es wahr ist! Gubian hat vor ein paar Tagen auch damit gedroht, Marasi umzubringen. Gubian ist wieder in Pola. Doch bevor wir eine offizielle Anfrage schicken, müssen wir über die alte Sache ein bißchen mehr wissen als nur die Aussagen von Marasis Tochter und Ehefrau, die nur auf den Berichten des Alten basieren. Vielleicht ist das nur ein Hirngespinst, das den ganzen bürokratischen Aufwand nicht lohnt.«

»Warum lassen Sie mich nicht ein paar Telefonate führen, Proteo?« fragte Živa Ravno. »Sie sagten zwar, Gubian stamme aus Pola. Aber, wie ich schon auf der Beerdigung sagte, bin ich der Meinung, daß meine Großmutter in Cittanova eine gleichnamige Familie kannte. Sie ist zwar über achtzig, aber noch sehr wach.«

Marietta stellte den Kaffee auf den Tisch. »Dir hab ich keinen gemacht. Du hast heute schon genug von dem Zeug getrunken«, sagte sie barsch.

»Gute Idee«, sagte er zweideutig. »Bitte, Živa, setzen

Sie sich an meinen Platz. Das Amt bekommen Sie über die Null.«

Marietta und Sgubin standen neben der Tür und machten keine Anstalten, den Raum zu verlassen.

»Habt ihr nichts zu tun?« fragte Laurenti und schob seine beiden Assistenten hinaus. Dann schloß er die Tür zum Nebenzimmer, die für gewöhnlich offenstand.

»Habt ihr nichts zu tun? Oh, bitte setzen Sie sich auf meinen Stuhl, Žiiiiva. Er ist noch ganz warm von meinen Eiern«, äffte ihn Marietta nach, öffnete eine Schublade ihres Schreibtischs und zog eine Flasche Jack Daniels heraus. »Sgubin, es ist achtzehn Uhr durch. Zeit für einen Drink!«

»Bist du etwa eifersüchtig?« fragte Sgubin.

»Ich? Unsinn! Aber der Idiot vergnügt sich da mit dieser Schlampe, dabei steht uns die Arbeit bis zum Hals.«

»Meinst du wirklich, daß die etwas zusammen haben?«

»Sag mal, Antonio«, Marietta hob ihr Glas, »warum gehen eigentlich wir nicht einmal zusammen zu Abend essen?«

»Von mir aus gerne«, sagte Sgubin und setzte sich auf die Kante ihres Schreibtisches.

»Heute abend, zum Beispiel. Oder hast du etwa schon etwas vor?«

»Nein. Wenn du meinst. Ja, warum eigentlich nicht.«

Marietta goß noch einen Whisky ein und schenkte dem verlegenen Sgubin ein Lächeln. »Was hältst du von der ›Trattoria al Faro‹?« fragte sie. Marietta war sich absolut sicher, daß ihr Chef diese Dame dorthin führen würde. Diesen Abend würde sie ihm kräftig versalzen.

Živa Ravno sprach kroatisch. Eine Sprache, die Proteo Laurenti weder verstand noch mochte. Er saß ihr an seinem Schreibtisch auf dem Besucherstuhl gegenüber und beobachtete sie. Sie stellte ihm nur wenige Fragen zwischendurch, Vornamen und Alter von Gubian und Marasi, Geburtsdaten etc. Dann ging es auf kroatisch weiter. Sie machte sich Notizen auf seinem Notizblock. Ihre Handschrift gefiel ihm, schwungvoll mit großzügigem, aber bestimmtem Volumen, leicht nach vorne gerichtet und vor allem gleichmäßig rund. Laurenti begann zu träumen. Er stellte sich vor, wie sie täglich eng zusammen arbeiteten. Blind würden sie sich verstehen, und frei von Konkurrenzkämpfen würden sie alle Fälle in kurzer Zeit lösen, und dann bliebe genug Zeit für anderes. Er schreckte auf, als sie ihn fragte, ob sie noch mit ihrer Dienststelle in Pola telefonieren dürfe.

Eine halbe Stunde lang sprach sie konzentriert mit den verschiedensten Personen, bis sie schließlich auflegte, sich in seinen Schreibtischstuhl zurückfallen ließ und ihre Arme streckte. Laurenti war noch begeisterter, als sie ihn außerdem anlächelte.

»Konnten Sie etwas erfahren?«

»Wenn man bedenkt, daß meine Großmutter sechsundachtzig ist, sogar ziemlich viel. Sie hat sowohl Gubian als auch Marasi im Fernsehen erkannt. Sie schaut oft die italienischen Nachrichten. Außerdem habe ich meiner Dienststelle die Anweisung gegeben, nach den alten Akten zu forschen. Vielleicht treiben sie noch was auf.«

In diesem Moment platzte Antonio Sgubin herein. »Es gibt wieder Krach im ›Bellavia‹. Der Anruf kam gerade. Kommst du mit?«

»Das ist vielleicht interessant für Sie, Živa. Eine Bar, in der die Rechtsextremen sich aufs Maul hauen und Istrien zurückhaben wollen. Alle unter fünfundzwanzig. Gleich hier um die Ecke. Wollen wir es uns anschauen? Wir können ja danach weitermachen.«

»Ich glaube es ist besser, wenn ich Ihnen jetzt berichte, was meine Großmutter erzählte. Ich kann heute abend leider nicht mit Ihnen essen gehen, Proteo!«

»Geh allein, Sgubin!« Seine gute Laune erlitt einen Stich ins Herz. Marietta, die im Vorzimmer lauschte, suchte bereits nach einer Ausrede, mit der sie Sgubin wieder loswerden konnte.

»Es ist ein Abendessen mit dem Staatsanwalt, seiner Frau und noch ein paar sogenannten wichtigen Leuten. Ich habe es gerade erst erfahren.«

Laurenti war sprachlos.

»Es tut mir leid«, fügte sie hinzu. »Ich wäre viel lieber mit Ihnen ausgegangen.«

»Dauert es lange? Ich meine, vielleicht hätten Sie Lust, daß wir uns später sehen?«

»Keine Ahnung. Kann ich Sie anrufen, falls ich früh genug loskomme?«

Proteo Laurenti schrieb ihr die Telefonnummer auf. »Von mir aus die ganze Nacht.«

»Also, meine Großmutter erzählte, daß Gubian und Marasi sich von klein auf nicht leiden konnten und sich öfter geprügelt haben. Die Marasis waren einigermaßen wohlhabend, hatten offensichtlich ziemlich viel Land. Aber auch die Gubians waren keine armen Leute. Antonio Gubian, der, den Sie suchen, ging schon ganz früh zu den Kommunisten, mit sechzehn Jahren, und dann hieß es, daß er sich 1943 den Partisanen anschloß. Oma sagte allerdings, daß sie nicht glaubt, daß er in die Sache mit Violetta Marasi verstrickt war, und hält das alles für ein Hirngespinst der Familie. Aber es war eine große Geschichte, und es wurde viel geredet. Kein Mensch weiß genau, wer die Täter waren, weil man für diese schmutzigen Aufgaben natürlich Genossen aus anderen Orten einsetzte. Gubian verschwand 1946 aus Cittanova. Sie weiß nicht, wohin er gegangen ist, aber sie versprach, sich ein bißchen umzuhören.«

Stinkender Freitag

Sie hatten Nicoletta am alten Fischmarkt abgepaßt, als die Versteigerung des täglichen Fangs beendet war und ihre beladenen Kühlwagen sich in den fließenden Verkehr auf den Rive eingeordnet hatten. Sie wollte gerade in ihren Fiat Panda steigen, als Mario ihr den Weg verstellte. Luca stand hinter ihr.

»Guten Morgen, Nicoletta«, sagte Mario.

»Salve. Was wollt ihr?«

»Gehst du heute nachmittag zur Trauerfeier von Giuliano?«

»Was geht euch das an?«

»Nichts, aber deswegen sind wir auch nicht hier.«

»Was wollt ihr dann?«

»Es ist wegen der ›San Francesco‹.«

»Ich hätte nicht gedacht, daß ihr euch so schnell entscheidet.«

»Wir haben uns nicht entschieden.«

»Was habt ihr dann hier zu suchen?«

»Du kannst uns nicht zum Verkauf zwingen, Nicoletta. Schon gar nicht zu diesem Preis.«

»Der Preis ist angemessen, und ohne mich könnt ihr sowieso nichts machen. Ich habe fünfundvierzig Prozent, und mit Giulianos Anteil sind es dreiundsechzigeindrittel. Eliana wird an mich verkaufen. Wir sind bereits klar.«

Mario und Luca tauschten überraschte Blicke aus. Luca faßte Nicoletta an der Schulter und drehte sie zu sich.

»Jetzt paß mal auf, Nicoletta«, begann er.

»Nimm deine dreckigen Pfoten weg!«

»Sei still! Das Spiel bestimmen wir, nicht du! Verstanden? Wir werden dich hochgehen lassen, wenn du weiterhin versuchst, uns zu verarschen.«

Nicoletta lachte auf. »Und wie wollt ihr das tun?«

»Wenn wir auspacken, hast du ein großes Problem.«

»Und was wollt ihr sagen?«

»Halt uns nicht für blöde! Wir werden von Gubian erzählen und von den Kisten, die wir fast jede Woche von ihm übernommen haben. Glaubst du, wir wissen nicht, was da drin war? Hältst du uns wirklich für so blöde?«

»Und was war drin?«

»Rauschgift!« platzte Mario los.

Nicoletta lachte gehässig. »Was? Da waren lediglich Fische drin. Nichts anderes. Beweist es!«

»Das werden wir!«

»Und wie? Nichts könnt ihr beweisen, ihr Idioten! Nichts!«

»Wenn du schlau bist, dann läßt du es nicht drauf ankommen. Es ist besser, du hörst zu!«

»Macht schon, ich habe nicht viel Zeit.«

»Du kannst unsere beiden Anteile sowie den von Eliana für achthundertfünfzig Millionen haben, dann ist der Fall für uns erledigt.«

Nicoletta stieß Mario grob von der Autotür weg. »Ihr spinnt wohl! Jetzt seid ihr völlig durchgeknallt! Das ist der Kutter nicht wert, und jedem von euch gehören weniger als zwanzig Prozent. Ihr könnt ja nicht einmal rechnen.« Sie versuchte einzusteigen, doch diesmal lag Lucas Pranke mit eisernem Griff auf ihrer Schulter. Er drückte sie gegen den Wagen.

»Dafür schweigen wir, Nicoletta. Das ist doch einiges wert, meinst du nicht auch?«

»Wenn ihr redet, seid ihr mit dran. Außerdem könnt ihr nichts beweisen. Ihr seid lästig.« Sie versuchte sich dem Griff, der sich nicht gelockert hatte, zu entwinden.

Lucas Daumen drückte ihr schmerzhaft ins linke Schultergelenk.

»Und was ist das?« fragte Mario. Er zog einen kleinen Plastikbeutel mit einer festen weißen Masse aus der Jackentasche und hielt ihn ihr vor die Nase. »Wir wissen, daß das Zeug aus Albanien kommt und über Gubian und uns nach Triest.«

Nicoletta blitzte sie wütend an. »Woher hast du das?«

»Woher wohl? Es ist unsere Versicherung!«

Luca ließ sie los. Nicoletta glitt langsam auf den Fahrersitz.

»Es bleibt bei Montag. Fünfzehn Uhr. Geht hinten durch. Ich bin im Büro«, sagte sie und drehte den Zündschlüssel.

Die beiden Alten sahen zu, wie sie den kleinen Fiat im ersten Gang hochtourig über den Parkplatz jagte und dann, begleitet vom Hupen der Wagen, die ihretwegen abrupt bremsen und ausweichen mußten, in die Rive einbog. Proteo Laurenti duckte sich hinter die Abfallbehälter, aus denen fauliger Gestank drang. Er hatte die ganze Zeit hinter dem Container gestanden und sie beobachtet. Mit einem Taschentuch vor Mund und Nase dachte er unweigerlich an Galvano. Der durfte täglich solche Gerüche einatmen. Aber Laurenti war belohnt worden für diese Qual. Er hatte genug gehört, um das Wesentliche dieser Auseinandersetzung zu verstehen, auch wenn der Verkehrslärm immer wieder einige Satzfetzen verschluckte. Als Nicoletta nicht mehr zu sehen war, sah Laurenti, wie Mario den Beutel wieder aus der Jackentasche zog und in die Mülltonne warf. Einer der beiden meinte, sie hätten jetzt einen Kaffee verdient. Ihre Stimmen entfernten sich, und Laurenti konnte sich endlich wieder aufrichten. Was er jetzt sah, gefiel ihm aber gar nicht. Drei Männer, die den Fischmarkt putzten, trugen Fischabfälle und leere Kisten herbei und warfen sie dem Beutel hinterher.

Laurenti geriet in Panik. Er mußte an den Beutel kommen. Verschiedene Möglichkeiten schossen ihm durch den Kopf. Seinen Ausweis zu zücken und sich offiziell Zugang zu verschaffen, konnte er vergessen. Jeder, der hier zu tun hatte, würde dann spätestens am Nachmittag wissen, daß die Polizei angeblich nach ermordeten Fischen gesucht hatte, und die anderen wären gewarnt. Er könnte zwei Paletten vor den Container schieben und mit aufgekrempelten Ärmeln und angehaltenem Atem in dem Fischmodder wühlen. Aber das würden die Fischer sehen, und sie würden ihn ziemlich sicher zur Rede stellen. Hätte er seinen Wagen dabei, dann könnte er das Ding von der anderen Seite im Rückwärtsgang rammen, damit es umkippte. Das wäre vielleicht die unverdächtigste Methode. Sie würden ihn nicht lynchen, gewiß aber zwingen, den Dreck eigenhändig wieder hineinzuschaufeln. Aber sein Wagen stand seit gestern noch immer auf dem Parkplatz der Guardia Costiera. Es blieb ihm nichts übrig, als sich sofort an die Arbeit zu machen.

Fünf dieser Dinger standen nebeneinander. Sie waren schwer, aber mit etwas Glück könnte er es schaffen. Langsam zog er den Container aus der Reihe der anderen und schob ihn rasch auf die Rückseite der Pescheria und aus dem Blickfeld der Fischer. Er stieß den Deckel auf, stützte sich an der Luke ab, hielt den Atem an und sprang hinein. Sofort spürte er ein kaum bezwingbares Würgen in Hals und Magengrube. Wenn er doch wenigsten die Augen schließen könnte! Aber er mußte suchen! Mit bloßen Händen wühlte er zwischen Fischblasen, Köpfen und Gedärm herum. Es war grauenhaft und über die Maßen ekelhaft. Gut, daß ihn keiner sah, um seinen grauen Anzug war es ohnehin geschehen, er mußte es zu Ende bringen. Und schließlich hatte er Erfolg. Endlich hielt er den Beutel in Händen – und spürte einen Ruck am Container. Der Deckel fiel zu. Er stand gebückt im Dunkeln, und als er sich aufrichtete, stieß er sich den Kopf, daß er Sterne sah. Der Container bewegte sich, er hörte zwei Männerstimmen.

»Wer weiß, wie das Ding hierhergekommen ist? Porcamiseria maledetta!«

»Puttanadimerda, verflucht schwer«, maulte der zweite.

»Los, schieb schon, oder willst du den ganzen Morgen damit verbringen, dich an die Mülltonne zu lehnen?«

Laurenti öffnete vorsichtig den Deckel einen Spalt weit und sah die beiden sich mit ausgestreckten Armen gegen den Container stemmen. Sie setzten sich in Bewegung. Das war seine Chance. Er drückte den Deckel ganz zurück und sprang. Und dann rannte er so schnell er konnte, den Plastikbeutel in der rechten Hand, zu den Rive, raste zwischen dem fahrenden Verkehr hinüber zur Piazza Venezia und verlangsamte seinen Schritt erst, als er sich zweimal umgedreht und gesehen hatte, daß ihm niemand gefolgt war.

»Hast du den gesehen?«

»Wen?«

»Na, den. Jetzt stöbern schon die Manager im Müll. Trug einen grauen Anzug und gute Schuhe.«

»Die Welt wird immer verrückter! Ich glaube, das heißt Globalisierung oder so ähnlich.«

»Das heißt anders. Los! Schieb schon, damit wir endlich fertig werden mit dieser Scheißarbeit. Ich will nach Hause, mich waschen. Meine Frau bekommt heute ein Kind.«

»Schon wieder?«

Laurenti bog schnellen Schrittes und außer Atem in die Via Diaz. Auf den dreihundert Metern zu seiner Wohnung zog er viel Aufmerksamkeit auf sich. Wer ihm auf dem Bürgersteig entgegenkam, machte einen Bogen und schaute ihm verwundert nach. Das triumphierende Grinsen in seinem Gesicht, der verdreckte stinkende Anzug, dem man immer noch ansah, daß er einmal teuer gewesen war, der gehetzte Gang und der infernalische Gestank sowie der feine Blutfaden, der ihm seitlich über Stirn, Wange und Hals lief, all das ergab selbst für Triest ein ungewöhnliches Bild.

Der Aufzug stand im Parterre. Laurenti fuhr in den vierten Stock, schloß die Wohnungstür auf, warf den Beutel auf die Kommode im Flur und riß sich in der Küche den Anzug vom Leib, warf ihn auf den Boden und wollte ins Bad. Die Tür war abgesperrt.

»Bist du das, Papà?«

»Marco, mach auf, ich hab's eilig. Ich muß duschen und in einer Viertelstunde in eine Sitzung beim Questore. Mach schon.«

»Zwei Minuten. Machst du mir einen Kaffee?«

»Verflucht, beeil dich!«

Laurenti ging in die Küche zurück und schüttete den Kaffesatz aus der Espresso-Maschine in das Spülbecken, füllte Wasser und Kaffee ein und setzte die Kanne auf die Gasflamme. Dann hörte er die Tür zum Badezimmer und begegnete Marco auf dem Flur.

»Mein Gott, was ist passiert?«

»Nichts, weshalb?«

»Wie siehst denn du aus? Du blutest ja! Poooah, und du stinkst wie ein toter Fisch!«

»Blut?« Laurenti ging ins Bad und schaute in den Spiegel. Er suchte mit seinen Fischfingern zwischen den Haaren und fand eine kleine Kratzwunde auf der Kopfhaut. Dann stellte er sich unter die Dusche und wusch sich mit viel Seife und Shampoo unter dem knallheißen Wasser. Immer wenn er die Wunde am Kopf berührte, zuckte er zusammen.

Um fünf vor acht nahm er neue Kleidung aus dem

Schrank und zog sich hastig an. Es stank infernalisch im Flur nach einer Mischung aus angebranntem Kaffee und Fisch. Marco stand in der Küche, hatte alle Fenster aufgerissen und hielt soeben die glühende Espressokanne unters kalte Wasser. Es zischte und dampfte.

»Die ist hin. Du hast sie auf der Flamme vergessen!«

»Ich? Warum hast du dich nicht darum gekümmert? Wann beginnt die Schule?«

»Gleich. Was ist denn passiert?«

»Erzähl ich dir später. Ich muß los. Würdest du bitte meinen Anzug in die Reinigung bringen? Und heute abend räumen wir auf.« Er stopfte den Anzug in eine Plastiktüte.

»Später, ja.«

»Also, bis heute abend.«

»Ich wollte dich fragen, ob du was dagegen hast, wenn ich über Nacht in Udine bleibe. Da ist eine Party von Freunden.«

»Verflucht, Marco! Habe ich nicht gerade gesagt, daß wir heute abend zusammen aufräumen? Hör mir gefälligst zu!«

»Das können wir doch auch morgen machen, oder am Sonntag. Es ist wirklich wichtig!«

»Also gut«, Proteo Laurenti hatte keine Zeit mehr, seinem Sohn zu widersprechen. »Wann bist du zurück?«

»Spätestens am Sonntag.«

»Und ist deine Luciana auch dabei?«

Marco errötete. »Warum?«

»Paß auf und mach keine Dummheiten! Versprich es mir!«

Wieder einmal kam Laurenti mit einiger Verspätung zur Freitagssitzung beim Questore und erntete Stirnrunzeln aus der ganzen Runde. Niemand begriff, was es mit dem Plastikbeutel auf sich hatte, den er lächelnd hochhielt. Er hatte ihn zu Hause noch rasch in einen Gefrierbeutel gesteckt und diesen sorgfältig verschlossen.

»Es ging wohl etwas länger gestern, Laurenti?« stellte der Questore mit mokantem Lächeln fest. »Aber es ist nett, daß Sie überhaupt noch kommen.«

»Schön wär's!« Proteo fragte sich, was er wohl meinte, und zog seinen Stuhl vom Tisch. Der Polizeipräsident war gestern abend doch ganz bestimmt einer der Gäste des Diners beim obersten Staatsanwalt gewesen, das für Živa Ravno und die grenzüberschreitende Kooperation gegeben worden war.

»Ich bitte um Verzeihung«, sagte er, nachdem er Platz genommen hatte. »Und ganz im Gegenteil, Questore. Es wurde heute morgen eher etwas früher. Aber es hat sich gelohnt. Hier!« Er warf das Päckchen auf den Tisch. »Das ist fürs Labor! Fingerabdrücke sind auch drauf, nicht nur meine!«

»Waren Sie auf dem Fischmarkt, Laurenti?« Der Questore rümpfte die Nase.

»Sie vermuten richtig, und wenn da wirklich das drin ist, wonach es aussieht, dann haben wir seit einer Stunde einen ziemlich dicken Fisch am Haken. Wenn nicht, dann vielleicht trotzdem, denn das Zeug hat Wirkung gezeigt. Vielleicht kommt endlich Schwung in die Sache mit Marasi.«

Während Proteo Laurenti berichtete, rückten sowohl der Questore als auch der Kollege zu seiner Rechten ihre Stühle Stück für Stück zurück.

»Und was ist, wenn es keine Drogen sind?« fragte einer der Kollegen.

»Wir werden es sehen. Nicoletta Marasi war zumindest beeindruckt.«

»Na, endlich geht es voran«, sagte der Questore schließlich in die Stille, die nach dem Bericht herrschte. »Das entschuldigt auch den Gestank, den Sie hier verbreiten. Was schlagen Sie vor?«

»Gestank? Was für ein Gestank? Ich habe heiß geduscht, die Haare gewaschen, mich umgezogen! Sie hätten mich erst riechen sollen, als ich aus der Mülltonne kam! Entschuldigen Sie, Signori! Eilig ist vor allem der Laborbefund! Und der Kutter muß mit Hunden untersucht werden. Wir dürfen keine Zeit verlieren.«

*

Es konnte noch Wochen dauern, bis alle Triestiner sich für winterliche Kleidung entschieden. Als Proteo Laurenti mit einem euphorischen Grinsen auf die Straße trat und einen flüchtigen Blick aufs gegenüberliegende Amphitheater warf, fiel ihm auf, daß er selbst nur ein Jackett trug. Er mußte einer dicken, alten Dame im Pelz auf dem Gehweg ausweichen. Sie hatte sich ganz offensichtlich nach dem Kalender gerichtet und wahrscheinlich schon Mitte Oktober ihre nach Naphtalin riechende Wintergarderobe aus dem Schrank geholt. Alte Leute rochen zu Beginn der kalten Jahrezeit immer nach Mottenkugeln. Laurenti dagegen war meist zu leicht angezogen, er wollte einfach nie wahrhaben, daß es auch in Triest kälter wurde. Der leichte Scirocco gab Laurenti recht. Er faßte sich an die Stirn über diese befellte Gestalt, deren Kopf wie der einer Schildkröte aus dem Kragen ragte und mit jedem Schritt ein bißchen nach vorne wippte. Und auf dem Corso Italia kamen ihm Damen in einer Wintermode entgegen, die er abscheulich fand. Schon im letzten Jahr hatte sie sich wie die Pest ausgebreitet: schwarze, dick wattierte und gesteppte Popelinmäntel, knielang, die alle Frauen unweigerlich wie das Michelin-Männchen aussehen ließen – egal welches Körpergewicht sie auf die Waage brachten. Er dachte an Živa Ravno und den weichen, elegant taillierten, langen Kamelhaarmantel, aus dem er ihr erst gestern nachmittag geholfen hatte. Warum bloß hatte sie sich gestern abend nicht mehr bei ihm gemeldet? Er war lange wach geblieben und hatte erst nach ein Uhr eingesehen, daß das Telefon stumm blieb. »Das Glück des Narren: Erfolg bei der Arbeit, Pech in der Liebe«, sagte er zu sich selbst. »Dieses Jugoslawien wird sich schon noch melden. Und wenn nicht ...« Proteo Laurenti bemerkte, daß ein Bauarbeiter, der neben ihm an der Ampel stand, ihn anstarrte, als hätte er einen Irren neben sich. Laurenti beschleunigte den Schritt, während sie die vierspurige Via Carducci überquerten. Er entschied sich, an der Bar »Bellavia« vorbeizugehen, wenn er schon in dieser Ecke war. Vielleicht war von der Prügelei am Vorabend noch etwas zu sehen.

Zwischen den kahlen Stämmen und Ästen der Platanen, die den Viale XX Settembre säumten, wurden Stahlrohrgestelle abgeladen und die ersten Häuschen für den Sankt-Nikolaus-Markt aufgerichtet, der in einigen Tagen eröffnen sollte. Laurenti kämpfte sich den Weg durch das Heer von Hausfrauen, die ihm mit Einkaufstaschen bewaffnet entgegen kamen. Er verspürte Lust auf eine Zigarette und steuerte in die kleine Tabaccheria.

»Eine Zehnerpackung Marlboro und ein rotes Feuerzeug«, sagte er zu der jungen Frau, die ihre Üppigkeit hinter den Unmengen an bunten Glückwunschkarten versteckte, die wie Girlanden von der Decke baumelten und den Laden einem Jahrmarktstand gleichen ließen.

»Zehnerpäckchen habe ich leider nicht«, sagte sie und legte ein rosa Feuerzeug auf den Tresen.

»Dann eine normale Packung.«

Wenn er je wieder rauchen sollte, würde er in Zukunft seine Zigaretten immer bei ihr kaufen.

»Siebentausendzweihundert«, sagte sie.

»Ich wollte ein rotes Feuerzeug«, antwortete Laurenti. »Diese Farbe paßt eher zu Ihnen.«

Sie lächelte und tauschte das Feuerzeug um. »Ein Wetter heute, fast wie Frühling«, sagte sie im breitesten Dialekt, während sie das Rückgeld vorzählte. »Aber es soll wieder kälter werden, schade! Mir fehlt der Sommer und das Meer.«

»Mir ist der Sommer auch lieber«, antwortete Laurenti und steckte die Zigaretten ein. »Es ist alles besser als diese dumme Jahreszeit.«

»Ja, am Meer vergeht wenigstens die Zeit«, seufzte die junge Frau.

»An welchen Strand gehen denn Sie immer?«

»Ganz in der Nähe von Miramare. Da kommt man schnell hin ...«

Er stellte sich vor, wie angenehm es wäre, jetzt mit ihr am Strand zu liegen. »Kommen Sie denn überhaupt raus im Sommer?« fragte er.

»In der Mittagszeit, an den Wochenenden und natürlich den ganzen August.«

»Komisch, daß wir uns da noch nie gesehen haben«, log er. »Wir sollten uns nächstes Jahr einmal verabreden.«

»Puuh! Das ist noch lange hin.« Sie machte sich an einigen Lieferscheinen zu schaffen, die vor ihr auf dem Tresen lagen.

»Was ist eigentlich gestern abend in der ›Bellavia‹ passiert?« fragte er, um einen Grund zu haben, nicht hinaus zu müssen.

»In der Zeitung steht etwas von einer Schlägerei. Einer ist im Krankenhaus. Offenbar schwer verletzt. Die saufen zu viel, und dann kracht es.«

»Und was sagen die Leute hier dazu?«

Die Üppigkeit machte eine ausholende Armbewegung und ließ die Schultern fallen. Dann schnaubte sie: »Was soll man sagen? Gefallen tut dies niemandem. Aber man kann nichts dagegen machen. Gefährlich sind die eigentlich nicht.«

Die Tür ging auf, und ein junger Mann kam herein.

»Also, einen schönen Tag!« wünschte Laurenti, lächelte sie an und floh.

»Ebenfalls. Danke«, flötete sie ihm gleichgültig hinterher.

Auf der Straße riß er die Packung auf und steckte sich eine Zigarette an. Vor der Buchhandlung an der Ecke zur Via Xydias blieb er stehen. In der Nacht hatte wieder jemand die Fassade vollgesprayt. Er schaute an der Fassade hoch und erkannte die steinerne Gedenkplatte, die daran erinnerte, daß Italo Svevo hier geboren war. Laurenti warf sofort die Zigarette weg. Er war nahe daran, aus Ehrfurcht vor Zeno Cosini, dem traurigen Helden aus Svevos Roman, der sich das Rauchen abgewöhnen will, die ganze Packung wegzuwerfen, doch dann reute ihn das Geld. Aber was dachte er da? Er würde doch ganz gewiß nicht wieder zu rauchen anfangen. Wenn Laura zurückgekehrt war, würde er umgehend aufhören.

Dann las er die Schmierereien auf der Fassade: »Ehre den Opfern der Foibe! Mit Haider nach Europa! Viva Haider!« Laurenti schüttelte den Kopf. Das waren mit Abstand die dümmsten Parolen der Faschisten, die er in den letzten Tagen gesehen hatte. Er wollte gerade weitergehen, als ihn eine Stimme hinter sich festhielt.

»Wie war die Sitzung?«

»Sgubin? Wo kommst du her?«

»Ich war noch mal in der ›Bellavia‹. Die Idioten haben schon wieder geöffnet. Man sollte sie für immer schließen lassen.«

»Und was war gestern abend?«

»Du wirst es kaum glauben! Ein Mann wurde ins Krankenhaus gebracht. Diesmal hat es den Griechen selbst erwischt. Da staunst du!«

»Der schon wieder?«

»Der Kellner, du erinnerst dich, die Transe, hat eine

herzzerreißende Aussage gemacht.« Sgubin fing an, ihn mit tuntiger Stimme nachzuäffen. »Ich weiß auch nicht. Der arme Mann! Sie haben ihm eine Glaskaraffe über den Schädel gezogen. Es ging ganz schnell. Ich habe gleich angerufen!«

»Und wer war das? Habt ihr den Täter?«

»Die standen am Tresen und tranken«, antwortete Sgubin immer noch mit diesem gehässigen Unterton.

»Wer?«

»Angeblich hat der Kellner nicht genau gesehen, wer zugeschlagen hat, und nur das Glas krachen gehört. Dann sei Ritsos zu Boden gegangen und zur Tür gekrochen. Sie haben auch nach ihm getreten. Zwei der Schläger sind dann abgehauen. Der Grieche kam fast jeden Tag. Er war seit sechzehn Uhr dort und trank sein Bier. Sie kannten ihn. Irgendwann mischte er sich in ihr Gespräch ein. Es ging um den Toten an der Foiba von Monrupino. Einer sagte, das sei doch nur ein dreckiger Slawe gewesen. Der Grieche behauptete, daß es ein Italiener war. ›Ein Slawe‹, brüllte der andere Typ. ›Uno slavo di merda! Kein Italiener, hörst du! Dort sind schon genug von uns umgebracht worden. Jetzt bekommen sie's endlich zurückgezahlt!‹ Und Ritsos sagte, das sei nicht wahr. Er habe ihn schließlich gefunden, und die Polizei hätte gesagt, daß es ein Italiener war. So ging das eine ganze Weile hin und her. Dann sagte einer zu Ritsos, er sei doch auch ein Slawe und was er hier zu suchen habe. Er antwortete, er sei Grieche, und viele Italiener seien einmal Griechen gewesen. Diesen Quatsch hätte er besser nicht behauptet. Der kannte die doch. Sie sagten, alle Griechen seien Slawen, und dann hat ihn einer gefragt, warum er nicht arbeite. Er sagte, er sei krank geschrieben. Darauf brüllte jemand, die Bar sei kein Krankenhaus und er solle sich verpissen. Für Schmarotzer, die den Staat abzocken wollen, sei hier kein Platz. Damit sei jetzt Schluß! Dann krachte es.« Sgubins Show war zu

Ende. »Wir haben sie alle eingelocht«, sagte er schließlich. »Der Bericht liegt schon auf deinem Tisch.«

Ritsos war mit Kopfverletzungen und einer Verletzung am linken Auge ins Krankenhaus eingeliefert worden.

»Wir machen den Laden dicht. Es reicht jetzt«, sagte Laurenti. »Ich werde mich gleich nachher darum kümmern. Laß mir alle Aktenvermerke raus, die die Bar ›Bellavia‹ betreffen. Das wird genügen. Zumindest vorübergehend werden die Idioten sich einen anderen Laden suchen müssen!«

»Bei Marasis Witwe war ich auch schon. Die Frau ist völlig verstört, es ist nichts aus ihr herauszubekommen. Sie lallt die ganze Zeit: ›Ugo hat das nicht verdient!‹ Er sei ein guter Mensch gewesen, der eben nicht anders konnte. Und als ich sie fragte, was sie damit meinte, sagte sie: ›Alles.‹ Dann starrte sie mich schweigend an, und die Tränen liefen ihr über die Wangen. Und trotzdem schien es mir, als weinte sie nicht.«

»Warum?«

»Weil außer den Tränen alles fehlte. Kein Schluchzen, kein schmerzverzerrtes Gesicht, kein Schwächeanfall, keine Verkrampfung. Die war ganz locker, nur daß sie eben alle Hähne geöffnet hatte.«

Sie gingen bereits die Treppen in den dritten Stock hoch, als Sgubin noch einmal nach der Wochensitzung beim Questore fragte.

»Wir haben einen dicken Fisch an der Angel.« Sie gingen in sein Büro. »Guten Morgen, Marietta«, rief Laurenti. »Gibt's wenigstens einen guten Kaffee in diesen tristen Räumen?«

»Was ist denn mit dir los? Ist Laura zurück? Oder weshalb bist du so fröhlich?« Marietta schaute ihn zweifelnd an, dann grüßte sie Sgubin mit weicher Stimme. »Ciao, Antonio!«

»Manchmal genügt auch ein bißchen Erfolg bei der Arbeit, um glücklich zu sein. Kommt mit rüber, dann muß ich es nicht zweimal erzählen.«

Laurenti ließ sich in seinen Schreibtischstuhl fallen und legte die Füße auf den Tisch, Sgubin und Marietta saßen vor ihm, wie auf dem Standesamt.

»Ich vermute, Nicoletta Marasi verfügt über einen lukrativen Nebenverdienst, in den auch ihr Vater verstrickt war und, wenn wir Glück haben, sogar Manlio Gubian. Kann sein, daß wir ein wahres Wespennest ausräuchern müssen. Wenn mich meine Nase nicht täuscht, werden wir vielleicht beide Mordfälle auf einen Schlag lösen.«

»Ein dicker Fisch im Wespennest? Ganz schön bilderreich heute morgen, Proteo, und dann noch dieser Geruch«, sagte Marietta.

»Also, wollt ihr's nun wissen oder nicht? Dann unterbrich mich bitte nicht andauernd!«

Laurenti berichtete von seinen Erlebnissen im Müllcontainer und nannte zum Abschluß einige Punkte, die sie umgehend erledigen mußten. »Sobald das Labor die Ergebnisse meldet, geht's los!«

»Mit was?« fragte Marietta. Auch Sgubin runzelte die Stirn. »Wenn in dem Plastikbeutel was Wichtiges drin wäre, dann hätten die den doch nicht weggeworfen! Und du würdest nach kroatischer Staatsanwältin riechen und nicht nach Fisch!«

»So schlau bin ich selbst! Aber wenn nichts dran wäre, dann hätte Nicoletta sich wohl kaum davon beeindrucken lassen, ihr Genies! Meint ihr eigentlich, der Questore und die Kollegen hätten mich etwas anderes gefragt? Wenigstens haben sie es gleich begriffen. Also, wir müssen uns dringend mit der Guardia di Finanza koordinieren. Ich rufe Tozzi an. Sgubin spricht mit der Spurensicherung, damit die Trümmer aus Contovello nochmals nach Spuren von Drogen untersucht werden, Marietta, du verständigst die Capitaneria, damit sie Marasis Kutter von der Mole schleppt, außerdem muß Gubians Laden mit Drogenhunden durchsucht werden, und Punkt zwölf will ich die ganze Truppe im Sitzungszimmer sehen. Und schließlich brauche ich noch die Unterlagen für das Ordnungsamt, damit wir die ›Bellavia‹ dichtmachen können. Außerdem ist heute noch die Trauerfeier für diesen Giuliano, den Fischer. Ich gehe hin. Los jetzt, Leute!«

»Proteo«, sagte Marietta, als Sgubin aus dem Zimmer war, »verzeih, aber du stinkst wirklich ganz entsetzlich nach Fisch! Hast du dich nicht umgezogen?«

»Natürlich hab ich das! Was glaubst denn du!« Empört richtete er sich im Stuhl auf. »Das muß von was anderem kommen.« Er roch an seinen Händen und hielt sie ihr vor die Nase. »Hier, riech!«

»Und die Schuhe?« fragte Marietta. »Hast du die gewechselt?«

»Was weiß denn ich! Gib hier nicht die fürsorgliche Mutter. Wir haben zu tun und keine Zeit für Gespräche über Körperpflege.«

*

Bruna Saglietti war schon am Donnerstag morgen aus dem Ospedale Maggiore entlassen worden. Sie hatte auf dem kurzen Rückweg für sich und die Katzen ein paar Dosen Thunfisch und Brot eingekauft. Die ganze Nacht über war sie wachgeblieben in ihrem Bett im Sechserzimmer, hatte die Atemgeräusche und das leise Schnarchen der anderen Patientinnen gehört und immer wieder an Ugo gedacht und daran, daß die Katzen am Abend nichts zu fressen bekamen. Aber sie war zu matt, um aufzustehen. Das Beruhigungsmittel gab ihr keinen Schlaf, sondern fesselte sie lediglich an das Bett, zuviel ging ihr durch den Kopf. Sie fühlte sich eigentümlich leicht. Bilder aus der Vergangenheit gingen ihr durch den Kopf, von der Zeit, als alles noch gut war. Bruna erinnerte sich an den Sonntagsspaziergang, den sie zusammen mit der kleinen Nicoletta auf den Colle di San Giusto gemacht hatten. Ugo trug die Zweijährige auf dem Arm, und sie schob den leeren Kinderwagen über das grobe und holprige Pflaster die Via della Cattedrale hinauf. Es war ein sonniger Tag im Mai 1968 und ein leichter Frühsommerwind ließ die jungen Blätter der Kastanien rascheln. Auf der Piazza vor der Cattedrale di San Giusto standen Busse mit österreichischen Touristen, die das Forum Romanum und das Kastell besichtigten und sich vor dem Imbißstand mit Erfrischungen drängelten. Auch Ugo hatte nach dem Aufstieg Durst und holte ein Bier und für Bruna ein Eis. Und dann passierte es. Bruna sah es von der anderen Straßenseite, wo sie mit der Kleinen auf ihn wartete. Sie standen sich plötzlich gegenüber: zwei gleichaltrige, große, bullige Männer. Ugo erkannte Gubian sofort und bewegte sich keinen Schritt von der Stelle, in der linken Hand das Eis, in der rechten das Bier, die Arme leicht angewinkelt. Die Hände ballten sich zu Fäusten, so daß er, ohne es zu bemerken, das Eis zwischen den Fingern zerquetschte. Erst da begriff Gubian, wen er vor sich hatte, und wandte sich ab. »Du wirst noch dafür bezahlen, du dreckiger Kommunist«, zischte Ugo, und Bruna sah, wie Gubian noch einmal den Kopf drehte und ihn anstarrte. Dann ging er eilig davon.

»Was war los, Ugo?« fragte Bruna erschrocken, als er endlich zu ihnen kam und das zerquetschte Eis ärgerlich auf die Straße warf. Sie hatte ein Taschentuch aus ihrer Handtasche gezogen und wollte ihm die Hand saubermachen.

»Laß das!« Ugo goß sich das Bier über die Hand und wischte sie an der Hose ab. Die Flasche stellte er, ohne getrunken zu haben, an den Straßenrand. »Das war Gubian. Ich krieg ihn. Wir gehen nach Hause.«

Schweigend ging er mit einem Abstand von drei Metern

vor ihr und Nicoletta her und überhörte ihre besorgten Fragen. Sie hatte Mühe, ihm zu folgen, und erst als sie an den Treppen ankamen, die hinab zur Arena führten, blieb er stehen und nahm ihr wortlos die Kleine ab, die auf einmal ganz still war, als spürte auch sie, daß sich etwas verändert hatte. Dann ging er wieder schweigend voraus und sprach erst mit ihr, als sie zu Bett gegangen waren und bereits das Licht gelöscht hatten. Da auf einmal brach es wie ein Wasserfall aus ihm heraus. Er erzählte, daß die Tito-Partisanen für kurze Zeit die Herrschaft in Istrien übernahmen, nachdem das italienische faschistische System im September 1943 zusammenbrach und bevor die Deutschen ein paar Wochen später »aufräumten«, wie er sagte. Zuerst wurden die faschistischen Funktionäre festgenommen und in Schul- oder Rathäusern vor die Volksgerichte der Partisanen gestellt, wo sie schnell abgeurteilt, weggebracht und nie wieder gesehen wurden. Kurze Zeit später kamen die Partisanen auch in andere Häuser. Oft waren sie nur zu zweit, und meistens waren es die Abendstunden, die sie für ihre Aktionen wählten. In der Dunkelheit führten sie die Menschen ab. Schnell ging unter den Italienern das Gerücht um, daß es nicht nur die Faschisten traf. Man munkelte von privaten Racheakten, von Neid und Mißgunst und altem Streit. Auch Partisanen gehörten zu den Opfern, wenn sie keine Kommunisten waren und sich der Parteidisziplin widersetzten. Es war eine Woche vor der deutschen Okkupation, als sie zu den Marasis kamen. Gubian selbst war nicht dabei. Sie holten Ugos zweiundzwanzigjährige Schwester Violetta mit der scheinheiligen Begründung ab, man bräuchte sie als Krankenschwester. Violetta kam nicht mehr zurück. Ihr Kadaver wurde nach Wochen in halbverwestem Zustand in einer der Foibe gefunden, auf die man zufällig stieß, und irgendwann machte sich das Gerücht breit, sie sei zuvor lange Tage und Nächte in einem anderen Dorf im Schulhaus gefoltert und vergewaltigt worden, bevor man sie in die Foiba warf. Aber schon zu dieser Zeit traute sich niemand mehr, offen zu reden. Ugo hatte Rache geschworen. Er war davon überzeugt, daß Gubian dahintersteckte, weil er nie verkraften konnte, daß Violetta ihn zwei Jahre zuvor hatte abblitzen lassen. Seither hatte er immer wieder Lügen über sie verbreitet und die Marasis öffentlich als Betrüger, Diebe und Ausbeuter bezeichnet.

Auf dem Hügel von San Giusto war es das erste Mal, daß sie sich wieder begegneten. Gubian war 1946 zuletzt in Cittanova, das jetzt Novigrad hieß, gesehen worden. Nachdem niemand mehr von ihm hörte, hatte Marasi gehofft, daß am Ende auch er ein Opfer der eigenen Leute geworden war.

Bruna verlangte gleich bei der Visite ihre Entlassung, und der Oberarzt hatte gefragt, ob sie sich denn schon wieder wohl genug fühlte, um nach Hause zu gehen, und ihrem Wunsch schließlich zugestimmt.

Die Katzen hatten sie freudig begrüßt, als sie die Tür aufschloß, und strichen ihr um die Beine. Sie rief alle bei ihren Namen. In der Küche öffnete sie die Thunfischdosen, füllte die Schüsselchen und stellte sie auf den Boden, die leeren, öligen Dosen daneben, damit sie sie sorgsam ausleckten, und setzte sich in ihren Sessel. Endlich fielen ihr die Augen zu, endlich konnte sie schlafen. Sie war zu Hause und mußte sich keine Sorgen mehr um ihre Katzen machen.

Bruna Saglietti wachte auf, als es mehrmals an ihrer Wohnungstür klingelte. Es würde von allein wieder aufhören, sagte sie sich und blieb sitzen. Seit Jahren hatte sie niemanden mehr in ihre Wohnung gelassen. Niemand hätte verstanden, warum sie nichts wegwerfen konnte und weshalb all dieses Zeug, das sich an manchen Stellen bis unter die Decke häufte, doch noch einmal von Nutzen sein konnte. Nicht einmal ihre Tochter. Sie hatte immer eine Ausrede gefunden, um sie außerhalb zu treffen. Es klingelte immer weiter, zuletzt ohne Pause. Nach zehn Minuten stand Bruna endlich auf und ging leise durch den Flur. Sie blieb mit angehaltenem Atem hinter der Tür stehen und wartete. Schließlich erkannte sie die Stimme, die nach ihr rief.

Sie löschte das Licht im Flur, drehte sich um und überprüfte, daß man nicht in ihre Wohnung sehen konnte. Dann öffnete sie die Tür einen Spaltbreit.

»Ich habe geschlafen, Nicoletta. Was willst du?«

»Ich wollte nach dir sehen, Mamma. Bist du in Ordnung?«

»Ja, ja. Mach dir bitte keine Sorgen. Es geht schon.«

»Kann ich reinkommen?«

»Nein, Nicoletta, ich habe nicht aufgeräumt. Bitte nicht!«

»Ich wollte dich im Krankenhaus besuchen. Du warst schon weg. Ich habe Vater identifiziert.«

»Hast du einen Schlüssel?«

»Ja.«

»Dann laß uns hochgehen.«

Die Wohnung war genauso spartanisch eingerichtet wie damals, als Ugo Marasi eingezogen war. Bruna war noch nie in diesen Räumen gewesen, sie kannte sie nur von Ugos Schritten. Mit Erstaunen stellte sie fest, daß Teller und Besteck noch immer die gleichen waren. Auch das Bettzeug hatte so lange gehalten. Nur auf dem Fernseher stand ein neueres Farbfoto von Nicoletta neben der alten Schwarzweiß-Aufnahme der jungen, hübschen Violetta von 1943, das er immer wie ein Heiligtum hegte.

Sie blieben in der Küche. Nicoletta räumte das ungespülte Rotweinglas und die Flasche weg, dann setzte sie Kaffee auf.

»Wie sah er aus?« fragte Bruna.

»Nicht schlimm! Eigentlich ganz friedlich. Ich glaube nicht, daß er Angst hatte. Es ist eindeutig, daß er seinen Mörder gut kannte. Es kommt mir vor, als traute er ihm nicht einmal zu, daß er ihn umbrachte.«

»Mußte er sehr leiden?«

»Nein. Er war gleich tot«, log Nicoletta.

»Er hat es nicht verdient. Im Grunde war er ein guter Mensch. Er konnte nicht anders.«

»Was, Mamma, konnte er nicht anders? Was redest du da?«

»Alles.« Dann schwieg Bruna Saglietti lange, und erst als ihre Tochter die Kaffeetassen und das Rotweinglas abspülte, räusperte sie sich.

»Laß mir die Schlüssel hier, Nicoletta. Irgend jemand muß sich ja um die Wohnung kümmern.«

Nicoletta zögerte.

»Du mußt schließlich arbeiten! Ich bin krank geschrieben.«

»Aber laß niemand herein, Mamma. Hörst du: Niemand!«

»Ich wüßte gar nicht, wen!«

*

Bevor Proteo Laurenti dazu kam, den Hörer abzunehmen und Tozzis Nummer zu wählen, klingelte das Telefon. Die Nummer im Display kam ihm bekannt vor, doch konnte er sie nicht zuordnen. Er erstarrte, als er ihre Stimme hörte.

»Ich hoffe, ich störe dich nicht, Proteo, aber ich habe mir Sorgen gemacht, wie die Sache mit Marcos Verhaftung weitergegangen ist. Und außerdem wollte ich hören, wie es euch geht.«

»Wir kommen zurecht«, antwortete er knapp, bevor ihm etwas Besseres einfiel. Er war von ihrem Anruf überrascht. »Wo bist du?«

»Wo wohl? In San Daniele.« Sie rief vom Telefon ihrer Mutter an.

»Bist du allein?«

»Nein.«

Er spürte einen Stich im Herz. »Ist er bei dir?«

»Wer?«

»Pietro natürlich!«

»Nein, meine Mutter ist hier.«

»Wenigstens das.«

Laura war es, die das kurze Schweigen brach. »Was ist mit Marco?«

»Was soll schon mit ihm sein?« Er spürte, wie er wütend wurde. Warum rief sie jetzt an? Seit Sonntag hatte sie ihn allein gelassen. Wegen eines Versicherungsvertreters! Wenn es doch wenigstens ein Schreiner, ein Klempner oder der Briefträger wäre. Versicherer waren für ihn ein rotes Tuch und wie Immobilienmakler der Inbegriff von Blendern und Nichtsnutzen. Er faßte es als persönliche Beleidigung auf, daß Laura sich ausgerechnet mit einem von diesen Idioten eingelassen hatte.

»Kannst du nicht verstehen, daß ich mir Sorgen um meinen Sohn mache?«

»Die hättest du dir früher machen können, bevor du mit einem solchen Arschloch durchbrennst!«

»Proteo! Ich habe dir gesagt, daß ich wegfahren wollte, um mir Klarheit zu verschaffen. Auch für uns, für dich! Nicht um dich zu betrügen! Du redest mit mir wie mit einer billigen Hure! Ist dir das klar?«

Laurenti versuchte seine Wut in den Griff zu bekommen. »Deinem Sohn geht's gut. Er ist übers Wochenende bei Freunden in Udine. Ich hätte mich ohnehin nicht um ihn kümmern können. Mir steht die Arbeit bis zum Hals.«

»Hast du deshalb wieder zu rauchen begonnen?«

»Wie bitte?«

»Während des Fernsehinterviews hast du geraucht, und die Asche ist dir auf den Ärmel gefallen.«

»Ich rauche nicht. Aber es ist nett, daß du dich darum sorgst.«

»Wie sieht es zu Hause aus?«

»Es geht so. Keine Ahnung, wann ich das letzte Mal richtig gegessen habe. Marco treibt sich mit Freunden rum. Die Kaffeemaschine ist seit heute morgen kaputt. Ich hoffe, daß ich zwischendurch dazu komme, eine neue zu kaufen.«

»Was machst du abends?«

»Und du? Weshalb fragst du?«

»Nur so. Weil ich wissen will, wie es dir geht.«

»Und wie geht es dir?«

»Es geht so. Ich gehe früh schlafen.«

»Pietros Briefkasten wurde nicht geleert. Wo ist er?«

»Er ist für ein paar Tage nach Istrien gefahren. Sag mal, spionierst du ihm nach?«

»Nicht die Spur. Es fiel jemand auf, der es gemeldet hat.«

»Proteo, was ist das für eine Frau, mit der man dich gesehen hat?«

»Frau? Was für eine Frau? Von wem sprichst du?«

»Eine auffallend schöne, sehr elegante Frau Anfang Dreißig mit einem dicken Zopf und extrem enganliegenden Klamotten . . .«

Dazu hatte man also Freundinnen, dachte er. Deshalb also hatten ihn seine Töchter so besorgt gefragt. Mit Rossana di Matteo würde er gesondert abrechnen. Daß auch sie ihn verraten hatte, regte ihn besonders auf.

»Eine Kollegin«, antwortete er. »Sie ist eine Staatsanwältin aus Kroatien. Sie soll Brücken bauen zwischen den Behörden.«

»Das scheint ihr ja bestens zu gelingen, nach allem was ich höre.«

»Laura, hör auf damit! Du bist weggegangen! Du hast mich den Sommer über links liegenlassen und warst kaum ansprechbar. Nicht ich! Du hast mich betrogen, nicht umgekehrt! Und jetzt das.«

»Was heißt hier betrogen? Ich habe dich nicht betrogen ...«

»Es reicht! Was glaubst du eigentlich, wer du ...«

Proteo Laurenti warf den Hörer auf die Gabel, bevor sie antworten konnte, und schlug mit beiden Händen voller Wucht auf die Tischplatte. Als Marietta, aufgeschreckt von dem Knall, hereinkam, suchte er bereits mit brennenden Handflächen in seiner Jackentasche nach Zigaretten und Feuerzeug. Marietta schwieg, als sie seinen wütenden Blick sah.

»Einen Aschenbecher!« befahl er barsch und knallte die Füße auf die Tischplatte, um kurz darauf aufzuspringen, fünf Schritte weit zum Fenster zu rasen, dann wieder zurück, sein Jackett anzuziehen und zu Marietta zu sagen: »Ich geh zu Tozzi! Und wenn sich Živa Ravno meldet, dann sag ihr, sie soll mich umgehend auf dem Mobiltelefon anrufen!«

»Die Capitaneria sagt, daß sie den Kutter holen, und außerdem steht dein Wagen noch dort. Und vergiß nicht die Sitzung um zwölf!« Marietta hoffte, daß er sie noch gehört hatte.

Eben noch war er guter Laune gewesen, jetzt war alles wieder dahin. Glück bei der Arbeit, Pech in der Liebe. Es mußte sein Schicksal sein.

Er rannte mehr, als er ging, die Via del Coroneo hinunter, trat vor der Ampel, an der er warten mußte, ungeduldig von einem Bein aufs andere und bemerkte nicht, wie die entgegenkommenden Fußgänger ihn verwundert anstarrten und einen Bogen um den wütenden Herrn machten. Plötzlich stand er vor der »Boutique du poisson« in der

Via XXX Ottobre, Nicolettas Laden, keine hundert Meter vor dem Sitz der Guardia di Finanza. Irgend etwas hatte ihn anhalten lassen, und er überlegte, was es war. Sein Blick schweifte über die Kreideschrift auf dem Schaufenster, die das Tagesangebot anpries. Da sah er es: »Guati«! Meergrundeln aß er für sein Leben gern, und es war lange her, daß er sie zuletzt auf dem Teller hatte. Zur Laichzeit im Frühjahr schmeckten sie weniger gut, aber jetzt, gegen Ende des Jahres, war ihr Geschmack einzigartig. Er zog die kleinen, grätenreichen Fischchen allem anderen vor, wenn sie in einem Restaurant auf der Karte standen. Die meisten Fischer warfen sie natürlich zurück ins Wasser: die Dinger sorgfältig von den unzähligen feinen Gräten zu befreien war den meisten Köchen zu aufwendig. Aber Proteo Laurenti war allein zu Hause an diesem Abend, hatte keinerlei Verabredung, sein Sohn war bis Sonntag in Udine, ein Gast nicht zu erwarten, und erneut mit Franco im Faro abzustürzen, wäre der Todesstoß für seine Leber. Proteo dachte daran, zu Hause endlich aufzuräumen, die Küche in Ordnung zu bringen und sich dann zur Belohnung die Guati zuzubereiten. Zuerst ein Risotto und dann ein paar im Ofen gebackene Filets. Er spürte, wie ihm das Wasser im Mund zusammenlief. Und das Leben der Guato-Männchen war seinem doch nicht so unähnlich: zur Laichzeit bauten sie ein Nest aus Tang und Seegras, in das das Weibchen seine Eier legte. Die Männchen bewachten dann die Eier und die geschlüpften Jungtiere, während die Mütter sich herumtrieben.

»Wollen Sie zu mir?« Nicoletta war aus dem Laden gekommen, ohne daß er sie bemerkt hatte.

»Buongiorno, Signora, nein, oder ja, eigentlich schon. Woher kommen die Guati?«

»Zwischen Grado und Portogruaro. Sie sind ganz frisch. Wollen Sie welche?«

»Ja.«

»Dann kommen Sie rein. Sollen wir sie filetieren?«

»Nein, danke, das mach ich lieber selbst!«

Nicoletta ging hinter die Auslage, nahm vier Fische in die Hand und zeigte sie ihm. »Wieviel wollen Sie?«

Was sollte er sagen? Daß er für sich allein kochte? Nein. »Für zwei Personen. Ein Kilo, nehme ich mal an.«

»Das ist üppig!« Nicoletta nahm noch drei Fische. »Das sind siebenhundert Gramm.«

»Geben Sie noch einen dazu, bitte!« Den Rest konnte er morgen essen. Wenn er schon am Filetieren war, dann kam es auf ein bißchen mehr nicht an.

Nicoletta packte die Fische in eine Plastiktüte, verknotete sie, steckte sie dann in eine zweite und reichte sie über die Theke.

»Wieviel schulde ich Ihnen?«

»Nichts! Lassen Sie mal. Ich schulde Ihnen etwas, wegen gestern früh.« Er verstand, daß sie die schallende Ohrfeige meinte, die er von ihr bezogen hatte.

»Kommt gar nicht in Frage!« Er zog zwei Zehntausend-Lire-Scheine aus dem Portemonnaie und legte sie auf den Tisch.

»Doch, doch. Keine Sorge. Das geht in Ordnung!«

»Das nächste Mal gerne, Signora.« Er ließ das Geld liegen. »Wenn wir mit allem durch sind. Einverstanden?«

Sie zögerte. Dann nahm sie wortlos die Scheine, tippte den Betrag ein und gab ihm Kassenbon und Rückgeld.

»Gibt es irgend etwas Neues?« fragte sie schließlich.

»Wir kommen voran.« Er nahm die Tüte. »Sie werden es rechtzeitig erfahren. Arrivederci!«

Als er die Straßenseite wechselte, ärgerte er sich, daß er die Guati bei ihr gekauft hatte. Der Moment war nicht der richtige, sagte er zu sich, ich muß besser aufpassen. Dann ging er ins Gebäude der Guardia di Finanza, ließ sich anmelden, saß wenig später Tozzi an dessen Schreibtisch gegenüber und legte die weiße Plastiktüte mit den Fischen darauf. Tozzi schaute sie fragend an und schnüffelte wie ein Hund, der eine Fährte aufnahm.

»Guati! Es gab Guati. Ich esse sie für mein Leben gern«, sagte Laurenti.

»Ach, deshalb«, antwortete Tozzi. »Ob die bei dem Geruch noch gut sind?«

»Sie sind ganz frisch. Aus der Lagune von Grado. Aber deshalb bin ich nicht gekommen, Tozzi, ich brauche Ihre Unterstützung. Es geht um die Marasi und ihren Vater. Ich möchte, daß Sie den Laden auseinandernehmen.«

Er erzählte in knappen Worten, was er am frühen Morgen entdeckt hatte, und sie waren sich schnell darüber einig, daß ausreichend Verdacht bestand, der Sache auf den Grund zu gehen. Auch wenn sie den Inhalt des Beutels noch nicht kannten, reichte es aus, um Nicoletta schwer unter Druck zu setzen.

»Ich werde gleich mit dem Untersuchungsrichter sprechen«, sagte Tozzi schließlich. »Wir brauchen zuerst Zugang zu den Konten von Nicoletta Marasi. Und die des Alten auch. Nur, Laurenti, wenn wirklich was dran ist, dann wird das eine höllische Arbeit: ich rechne nicht damit, daß das Geld per Überweisung im Inland fließt. Entweder bar oder in der Schweiz oder in einem anderen Land mit entsprechend lockeren Banksitten. Wenn, dann geben uns die hiesigen Konten höchstens sehr verborgen Aufschluß – kleinere unerklärbare Beträge ohne Gegenbuchung vielleicht. Schnell geht das nicht. Ich schlage vor, daß wir anfangs im Verborgenen ermitteln, also zuerst die Konten in den Banken einsehen, ohne daß Nicoletta etwas davon erfährt. Heute ist Freitag. Freunde werden wir uns diesmal noch weniger machen als sonst, denn da werden einige Filialleiter Überstunden machen oder gar das Wochenende opfern müssen, wenn wir heute nachmittag anrücken.«

»Und die Geschäfte des jungen Gubian? Schauen Sie diese unter den neuen Aspekten auch noch einmal an?«

Tozzi schüttelte den Kopf. »Die sind absolut sauber, wie ich Ihnen bereits sagte. Geradezu vorbildlich, wie der seinen Laden führte. Auch die Privatkonten. Und dann fehlte bei dem sogar etwas, was sonst oft genug zu finden ist: Schenkungen von den Eltern. Das verwundert natürlich nicht, wenn man die Hintergründe kennt. Die einzigen Überweisungen innerhalb der Familie gingen regelmäßig von ihm zu seinem Vater.«

»Na gut«, was blieb ihm anderes übrig, als Tozzi zu trauen. Buchhaltung hatte ihn schon immer gelangweilt. »Wann fangen Sie an?«

»Gleich. Wenn ich den Untersuchungsrichter erwische, dann sind wir zwei Stunden später in den Banken.«

»Vielen Dank, Tozzi.« Laurenti gab ihm die Hand und war schon zur Tür raus, als er den Kollegen rufen hörte.

»Laurenti! Ihre Fische!« Mit spitzen Fingern reichte ihm Tozzi die Plastiktüte.

Wenig später saß Proteo Laurenti bei der Guardia Costiera seinem Freund Ettore Orlando gegenüber, doch diesmal waren die Rollen wieder richtig verteilt. Orlando saß tief in seinem Prachtsessel, der unter seinem Gewicht ächzte.

»Hast du was von Laura gehört?«

Laurenti winkte ab. »Ja. Wir haben uns am Telefon gestritten.«

»Trottel! Weshalb?«

»Zuerst fragte ich sie, ob Pietro bei ihr sei, daraufhin fragte sie mich, mit wem ich gesehen wurde, und machte mir eine Szene, als wäre ich es, der sie betrügt.«

»Mit wem?«

»Mit Živa Ravno.«

»Wer?«

»Das ist diese kroatische Staatsanwältin aus Pola, die zur Zeit hier ist.«

»Ach! Und mit der gehst du aus? Da steht doch mindestens die Hälfte aller Kollegen Schlange, ohne eine Chance zu haben. Und sie sucht sich ausgerechnet den gehörnten Ehemann aus. Complimenti, Proteo. Du bist ganz schön verwegen!«

»Blödsinn! Wir waren neulich abends im Tommaseo, ganz öffentlich, wo uns Rossana gesehen hat. Und außerdem war da noch Lauras beste Freundin, diese Nutte. Sie hatte natürlich nichts Dringenderes zu tun, als Laura anzurufen und zu tratschen. Meinst du wirklich, ich würde in aller Öffentlichkeit meine Frau betrügen? Wenn ich das wollte, dann würde ich über die Grenze fahren, nach Capodistria oder Portorose. So, wie das fast alle hier machen! Abgesehen davon, daß ich Laura immer treu ...«

»Sag's bitte nicht!« Ettore Orlando hatte warnend die Hand gehoben. »Sag's nicht, Proteo, dann überprüft es auch keiner! Aber du hast recht, ich habe mich immer gewundert, daß sich diese Versteckspieler jenseits der Grenze noch nie über den Weg gelaufen sind, zufälligerweise natürlich. Also, was ist dran?«

»Nichts, Ettore, rein gar nichts! Zum Teufel, ich ersticke in Arbeit und wüßte nicht, wann ich auch noch eine Affäre nebenbei haben sollte. Habt ihr den Kutter schon beschlagnahmt?«

»Schau raus! Da unten liegt er. Die Schnüffler sind bei der Arbeit.«

Laurenti ging zum Fenster. Das Schiff lag vertäut am Kai vor der Capitaneria. Ein Beamter führte gerade einen Schäferhund von Bord und ließ ihn in den Wagen springen. Der Polizist schüttelte den Kopf, während er mit einem Kollegen sprach.

»Was habt ihr Nicoletta gesagt?«

»Bis jetzt nichts. Die Anordnung zur Beschlagnahme liegt noch hier. Sie wird ihr nachher zugestellt.«

»Was steht drin?«

»Ermittlung wegen des Verschwindens von Giuliano

Scroppetti, weshalb?« Orlando warf das Papier auf den Tisch.

»Dann ist es gut. Sie darf auf keinen Fall erfahren, daß wir nach Drogen suchen.«

»Und wie geht es weiter?«

»Tozzi macht sich mit seiner Truppe über Nicolettas Konten her. Außerdem haben die beiden Kollegen von Marasi sie unter Druck gesetzt. Dort wird auch einiges vorangehen. Und wenn an der Drogengeschichte was dran ist, dann fliegt es spätestens mit dem nächsten Transport auf. Gib den Kahn nach der Durchsuchung wieder frei, Ettore. Und wenn du Nicoletta so schnell wie möglich die angefragte Lizenz erteilen würdest, wäre das nicht schlecht. Wenn alles andere nicht weiterhilft, dann müssen wir notfalls abwarten, bis die nächste Lieferung kommt.«

»Wenn eine kommt!« Orlando fuhr sich mit seiner schweren Pranke durchs schwarze Haar und ließ die Hand im Nacken ruhen. »Was macht dich so sicher?«

»Nichts Konkretes. Aber ich frage mich, weshalb Marasi als einziger von hier aus in internationale Gewässer gefahren ist, um zu fischen, während es den anderen mit den Erträgen, die der Golf von Triest hergibt, auch nicht schlecht geht. Ganz abgesehen von seinem Alter.«

»Gute Frage. Ich veranlasse, daß die Aufzeichnungen der letzten zwei Jahre durchgesehen werden. Seine Ein- und Ausfahrtsdaten. Vielleicht ergibt sich daraus etwas, was wir bisher nicht gesehen haben.«

»Braucht ihr lange dazu?«

»Nein.« Orlando griff zum Telefon. »Das ist alles gespeichert. Der Abruf dauert nicht lange.« Er gab die Anweisung an seinen Sekretär weiter.

»Kannst du die Liste bitte gleich an Tozzi weiterleiten lassen? Vielleicht hilft es, wenn man sie mit den Kontenbewegungen Nicolettas vergleicht.«

»Und wenn nicht?«

»Dann heißt es eben abwarten. Aber ich rieche, daß es vorangeht.«

»Apropos riechen, mein Lieber«, Orlando schaute auf die Tüte, die an Laurentis Stuhl hing. »Hast du Fisch gekauft?«

»Verdammt, ja! Jetzt fragst du mich auch noch. Aber es sind nicht die Fische hier, die stinken! Die sind frisch. Ich geb's ja zu: heute früh habe ich zwar die Kleider gewechselt, aber nicht die Schuhe. Daher der Geruch. Zufrieden?«

»Der verlassene Ehemann! Ich bezweifle, ob dein neues Parfüm bei dieser Kroatin so gut ankommt.«

»Was hat das damit zu tun?«

»Viel. Wenn du so gute Verbindungen zu den Kroaten hast, wie es scheint, dann versuch doch mit Gubian zu sprechen. Fahr nach Pola! Sag ihm, daß er unter Mordverdacht steht, mach ihm das mit allen Konsequenzen klar. Vielleicht redet er dann endlich.«

»Daran hab ich auch schon gedacht. Ich lasse Živa Ravno schon überall suchen. Marietta wird mich anrufen, sobald sie sie gefunden hat. So, jetzt muß ich gehen.« Er schaute auf die Armbanduhr. »Um zwölf Uhr ist die Sitzung, und wenn ich davor nicht die Schuhe wechsle, hört das mit diesen überflüssigen Bemerkungen nie auf«

»Vergiß deinen Wagen nicht, Proteo, sonst berechnen wir dir Parkgebühren. Was für Fisch hast du eigentlich gekauft?«

»Guati! Ich mach sie heute abend.«

»Guati? Wie viele hast du?«

»Tut mir leid, aber ich kann dich nicht einladen«, sagte Laurenti, als er den lüsternen Blick Orlandos sah. »Das hier reicht dir nicht einmal als Vorspeise! Und ich muß endlich Ordnung in den Saustall zu Hause bringen. Ein andermal gerne.«

»Erwartest du etwa jemanden?«

»Vergiß es!«

In der Tat war heute ein besonderer Tag: Proteo Laurenti stand vor dem Wagen und hatte die Schlüssel dabei. Er warf die Guati auf den Rücksitz und fuhr die Rive hinunter bis zur Piazza Venezia. Vor dem Museum Revoltella stellte er den Wagen ins Halteverbot, sagte dem Museums-Portier Bescheid, daß er gleich wiederkäme, und eilte nach Hause. Sein Anzug lag noch immer in der Küche, und trotz des sperrangelweit geöffneten Fensters stank es bestialisch nach Fischabfällen. Marco hatte ihn ganz offensichtlich doch nicht in die Reinigung gebracht. »Dann eben morgen«, Laurenti seufzte, wechselte die Socken, und zog andere Schuhe an. Er schaute auf die Wanduhr in der Küche und verglich sie mit der Armbanduhr. Sie ging noch immer nach. Laura hätte sie längst gestellt. Dann fiel sein Blick auf die Berge an Pizzaschachteln und Bierflaschen, das verdreckte Spülbecken und die überquellenden Mülltüten. Er seufzte nochmals, warf einen Blick ins Wohnzimmer, sah die vollen Aschenbecher und das restliche Ausmaß der Katastrophe. Er ließ sich in den Sessel fallen, steckte sich die zweite Zigarette des Tages an und berechnete, wie lange er am Abend wohl brauchen würde, die Wohnung in Schuß zu bringen, bevor er sich an die Guati machen könnte. Die Guati! Er hatte sie im Wagen liegenlassen. Aber die paar Stunden würden sie halten.

*

Knapp vierzig Personen gedachten Giuliano Scropettis während der Messe in Sant' Antonio Taumaturgo, und nur die vordersten Bänke waren belegt. Sant' Antonio schien Proteo keine schlechte Wahl zu sein, denn die Leiche des Fischers war noch immer nicht gefunden, obgleich die Guardia Costiera täglich die Gewässer absuchte und mit den Behörden an den anderen Küstenbereichen in Kontakt stand. Hoffte seine Witwe noch immer auf ein Wunder? Gut, daß man wenigstens für einen entsprechenden Obolus eine Messe lesen lassen konnte und ein wenig Trost erhielt. Vielleicht brachte der heilige Antonius ein bißchen Licht in die Sache. Laurenti erinnerte sich daran, wieviel Scheine er dem Heiligen vor vielen Jahren zugesteckt hatte und wie er ihn später mit Verachtung bestrafte, als dieser seine Wünsche nicht erfüllte. Aber wenn Laura bald zurückkäme, sagte er leise zu sich, dann würde er vielleicht doch noch mal einen großen Schein in den Opferstock stecken. Doch die Zeit der Vorauszahlungen war eindeutig vorbei, und nach Padua führe er deswegen schon gar nicht mehr.

Laurenti hielt gehörigen Abstand zur Trauergemeinde. Er wollte nicht gesehen werden, sondern in aller Ruhe feststellen, wer alles gekommen war. Als erstes sah er hinter einer der Säulen den Fotografen des ›Piccolo‹, der immerhin den Anstand besaß, ohne Blitzlicht zu fotografieren. Den würde er sich nachher noch schnappen und ihn bitten, ein paar Abzüge für ihn »privat« zu machen. Ein paar tausend Lire zusätzlich, keine Quittung, schon gar keine der Polizei, den Deal hatten sie schon öfter gemacht.

Er erkannte die Witwe. Die Leute neben ihr mußten die Kinder samt Familien sein. Sonst kannte er niemanden in den vorderen Reihen, doch staunte er nicht schlecht, daß in der vierten Bank neben Mario und Luca, die einfache dunkle Sonntagsanzüge und weiße Hemden trugen, Bruna Saglietti und Nicoletta standen. Wie Aussätzige hielten sie Abstand zur restlichen Trauergemeinde. Die Bank vor ihnen war leer. Nicoletta war zum ersten Mal, seit er sie kennenlernen mußte, besser gekleidet. Sie wäre sonst gut als Fischerkollege neben den beiden anderen durchgegangen. Breitschultrig und stämmig wie ihr Vater, mit ihrem burschikos kurzgeschnittenen schwarzen Haar, dem breiten Schädel, dem weißen Kragen der Bluse unter einem schwarzen knielangen Blazer, der viel eleganter war, als Laurenti es ihr zugetraut hätte, stand sie keinen Meter von den beiden entfernt. Noch am Morgen hatten die Funken gesprüht zwischen ihr und den beiden Fischern, und jetzt standen sie in Eintracht zusammen und gedachten offensichtlich des Vermißten.

Laurenti gab dem Fotografen ein Zeichen. Sie flüsterten miteinander, dann zog Laurenti einen roten Geldschein aus dem Portemonnaie und steckte ihn dem anderen zu, der mit einem Kopfnicken antwortete und die Kirche verließ. Plötzlich spürte er, wie sich sanft und vertraut eine Hand unter seinen linken Oberarm schob. Langsam drehte er den Kopf und blickte in das lächelnde Gesicht Živa Ravnos. Er legte seine Rechte auf ihre Hand und lächelte. Sie zog ihre Hand nicht zurück. Er schaute sie nicht an, sondern tat, als beobachte er weiterhin aufmerksam die Trauerfeier, von der er rein gar nichts mehr bemerkte. Seine Konzentration war weg, und er hätte für immer so stehen bleiben können – im Halbdunkel am Rande einer Kirche, wo kaum jemand sie sehen konnte, und weit genug entfernt von der Vernunft, die draußen lauerte.

»Was machen Sie hier?« flüsterte er ihr ins Ohr.

»Ich habe Sie gesucht!«

»Woher wußten Sie, daß ich hier bin?«

»Von Ihrer Assistentin.«

»Gehen wir etwas trinken?«

»Wollten Sie nicht die Trauerfeier beobachten?«

»Was ich sehen wollte, habe ich gesehen, und es lohnte nicht einmal den Weg hierher. Außer, daß Sie gekommen sind.«

»Ich hätte Sie auch anderswo gefunden.«

»Also, gehen wir?«

Wohin bloß? schoß es ihm durch den Kopf. Sie hatten die Wahl zwischen dem trostlos zu Tode renovierten

»Caffè Stella Polare« gleich gegenüber, der modernistisch gestalteten Illy-Bar hinter der Kirche, in der es zwar den besten Kaffee der Stadt, wenn nicht der ganzen Welt gab, wo aber die Gefahr zu groß war, daß wieder eine dieser Freundinnen Lauras als Spionin tätig war. Er führte Živa Ravno, deren Hand auf seinem Arm er noch immer in der seinen hielt, ein paar Schritte weiter auf die Piazza San Giovanni, wo der schwere, bronzene Giuseppe Verdi auf das Geschehen achtete. An der Ecke befand sich die »Gran Malabar«, in der es jetzt noch ruhig sein mußte, bevor wie jeden Freitag abend eine der weit über Triest hinaus berühmten Weindegustationen stattfand. Aber er hatte sich getäuscht. Als sie eintraten, schlug ihnen großes Gelächter entgegen, und Walter, der Wirt, stürmte auf Laurenti zu und wedelte mit der Titelseite der Zeitschrift ›Panorama‹ vor seiner Nase.

»Schau dir das an, nicht zu fassen«, japste er – und war schon wieder verschwunden.

Laurenti hatte nicht einmal die Chance, Živa Ravno vorzustellen. »China ist ganz nah!!« lautete die Headline des offensichtlich gefälschten Titelblatts. »Die historische Drogerie Toso auf der Piazza San Giovanni in Triest ist in der Hand der Chinesen!!« Dazu eine Fotografie dieses Wahrzeichens des alten Triest, das noch immer so eingerichtet ist wie vor hundert Jahren und in dem sich manchmal noch Dinge finden, die der Gründer einst selbst einkaufte. Die Regale ziehen sich bis zur Decke hinauf, das Ölporträt des alten Toso wacht über die Geschäfte, und von der Rasierseife, die vom großen Stück abgeschnitten wird, bis zum Safran findet sich alles. Und das direkt neben Walters »Malabar«.

Als immer mehr der alten Triestiner panisch vom Ausverkauf der Stadt an die Chinesen sprachen, war Walter es leid und handelte. Zum wöchentlichen Ruhetag dekorierte er den Eingang der Drogerie mit roten Laternen und chinesischen Schriftzeichen um. Als am Morgen die alten Stammkundinnen über den Platz gingen, gab es einen Aufschrei. »Jetzt hat auch Toso an die Chinesen verkauft und uns nicht einmal gefragt! Na warte, dem werden wir sagen, was Sache ist!« Viele riefen ihn zu Hause an, und der jüngere Toso war überhaupt nicht glücklich, am freien Tag hinaus zu müssen und die Schilder zu entfernen. Seine Kundinnen dagegen waren zufrieden. Beim Espresso am Tresen der »Malabar« gaben sie sich davon überzeugt, daß Toso seine Meinung nur dank ihrer Anrufe und Beschimpfungen geändert hatte. Für sie blieb damit Triest wie es war. An der Piazza San Giovanni zumindest war die Welt wieder in Ordnung.

Das alles erzählte Walter seinem lachenden Publikum, während er für Proteo und seine Begleiterin ohne zu fragen zwei Gläser Rotwein über den Tresen schob.

»Typisch Walter«, sagte Laurenti. »Er ist im besten Sinn verrückt und Gott sei Dank besessen von guten Weinen.«

»Was trinken wir da?« fragte Živa Ravno, die kein Wort verstanden hatte.

Proteo tastete in der Jackentasche nach den Zigaretten. »Die dritte an diesem Tag«, sagte er stolz, während er ihr Feuer gab. Er sog den Rauch tief ein und stieß ihn in einer langen Wolke wieder aus. »Ich bin froh, Sie bei mir zu haben«, sagte er. »Ich muß mit dem alten Gubian sprechen. Können Sie mir helfen?«

»Das habe ich Ihnen doch gestern schon versprochen! Was wollen Sie von ihm?«

»Ich will ihn unter Druck setzen. Vielleicht ein nicht ganz sauberes Spiel. Wenn Sie mitmachen und wir ihm erzählen, daß ihn auch die kroatischen Behörden suchen, packt er vielleicht aus. Ich kann mir einfach nicht vorstellen, daß er Marasi umgebracht hat, es würde mich aber wundern, wenn er wirklich nichts wüßte. Vielleicht gibt er nach, wenn wir es schlau anstellen.«

»Sie verlangen viel von mir, Proteo! Das entspricht noch immer nicht den offiziellen Beziehungen zwischen unseren Ländern.«

»Muß es denn offiziell sein? Ich verspreche Ihnen, daß ich die Finger von ihm lasse, wenn es heikel wird. Aber ich muß mit ihm sprechen. Er ist wie der zweite Schlüssel zu einem Banksafe.«

»Und wann?«

»Sobald Sie können!«

Sie drückte ihre Zigarette aus und nahm einen Schluck Rotwein. Bevor sie das Glas zurückstellte, sagte sie: »Können wir noch heute nachmittag fahren?«

»Wann?«

»Sobald Sie soweit sind.«

Er schaute auf die Uhr.

»Nach Pola sind es mindestens zwei Stunden Fahrt. Wir wissen nicht, ob Gubian da ist ...«

Sie schüttelte den Kopf. »Er ist da. Meine Leute haben es bestätigt, aber er bleibt nicht da.«

»Was heißt das?«

»Daß Sie gar nicht weit fahren müssen! Nur nach Novigrad.«

»Wohin?« Als hätte er nicht verstanden, was sie sagte.

»Cittanova. Sie können zwei Fliegen mit einer Klappe schlagen, mein Lieber. Wenn Sie wollen, dann können Sie gleich noch mit meiner Großmutter sprechen.«

Er fand ohnehin keine Ruhe, die Bücher zu lesen, die Marietta ihm besorgt hatte, aber das ging ihm fast zu schnell. »Ich muß sehen, ob ich mir an einem der nächsten Tagen freinehmen kann. Ich traue mich kaum weg, solange diese Schwelbrände hier nicht gelöscht sind.«

Živa Ravno war einen klitzekleinen Schritt zurückgetreten. »Wie? Zuerst reden Sie von einer kleinen Intrige und dann wollen Sie nicht weg? Wollen Sie nun mit Gubian reden oder wollen Sie nicht?«

»Ja, natürlich will ich mit ihm reden!«

»Und was würden Sie sagen, wenn sich Gubian mit Nicoletta trifft?«

Er zuckte zusammen. »Wann?«

»Heute abend. In Cittanova.«

»Woher wissen Sie das?«

»Ich weiß es«, sagte sie mit einem süffisanten Lächeln. »Meine Leute schlafen nicht!«

*

Bruna Saglietti raffte ihren ganzen Mut zusammen, kaufte für dreißigtausend Lire einen Strauß weißer Röschen und klingelte um halb sechs an Elianas Wohnungstür.

»Es tut mir so leid«, sagte Bruna, bevor Eliana sie begrüßen konnte, und hielt ihr die Blumen hin. »Es ist so schrecklich, der arme Giuliano!« Sie wollte sie umarmen, doch Eliana wich ihr aus.

»Komm rein«, sagte sie. »Die anderen sind vor einer halben Stunde gegangen.«

Eliana drückte die Tür hinter ihr ins Schloß und führte sie ins Wohnzimmer, wo auf dem Couchtisch noch einige halbleere Gläser und ein voller Aschenbecher standen.

»Ich stelle die Blumen ins Wasser. Vielen Dank, Bruna. Und danke, daß du zur Messe gekommen bist. Was darf ich dir anbieten?«

»Nichts, danke.« Bruna setzte sich auf die vordere Kante des Sessels.

»Wann ist die Beisetzung Ugos?« fragte Eliana, als sie zurückkam.

»Wir wissen es noch nicht. Man wollte uns heute Bescheid geben oder morgen. Sobald sie ihn freigeben. Das hängt von der Polizei ab. Ich hoffe bald.«

»Hat Ugo wieder mit dir gesprochen?«

Bruna schüttelte den Kopf »Nein. Er blieb stur. Nicht

einmal, als ich ihm sagte, daß Gubian auf ihn gewartet hat.«

»Gubian? Wer ist Gubian?«

»Dieser Fischer aus Cittanova oder Pola, der Ugos Schwester umgebracht hat. Erinnerst du dich nicht? Die Sache, die Ugo nie verwunden hat. Sie kennen sich von früher.«

Eliana nickte zustimmend. »Ein Fischer? Ein Fischer aus Istrien?«

»Ja, warum?«

»Weiß man denn, wer Ugo umgebracht hat?«

»Nein«, Bruna schüttelte heftig den Kopf. »Aber es war Gubian!«

»Weshalb bist du so sicher?«

»Weil er es mir gesagt hat, auf der Straße, als er vor dem Haus auf Ugo wartete. Er stand sehr lange dort. Und als Ugo nicht kam, sagte er mir, daß er ihn umbringen würde.«

»Und warum?«

»Weil er glaubte, daß Ugo hinter der Sache in Contovello steckt.«

Eliana hob die Augenbrauen. »Ugo? Nein! Ugo war zwar ein rücksichtsloser Egoist, der sich einen Dreck um andere kümmerte. Aber daß er vorsätzlich jemand umbringt ... Nein. Ich habe Ugo nie gemocht, das weißt du, Bruna. Und das, was mit Giuliano passiert ist, ist allein Ugos Schuld. Ich hätte ihn dafür wirklich umbringen können, aber es hatte schon jemand anderes erledigt. Hast du gesagt, Gubian sei ein Fischer aus Istrien?«

»Ja, warum?«

»Bruna, ich muß dir etwas erzählen! Als Luca und Mario am Dienstag nachmittag bei mir waren, fragte ich sie, wie es passiert ist. Beide erzählten von einem Netz, das hakte und, als Giuliano danach sah, sich löste und ihn über Bord riß. Dann kam wenig später dein Mann. Ich wollte ihn gar nicht hereinlassen, aber ich konnte ihn auch nicht loswerden. Er wollte, daß ich ihm vergebe. Einfach so! Vergeben! Und er redete ziemlich viel für seine Verhältnisse. Unter anderem sagte er, daß Giuliano zwischen die Bordwände geraten sei und er ihm deshalb nicht helfen konnte. Ja, zwischen die Bordwände!«

»Und?«

»Verstehst du denn nicht, Bruna? Luca und Mario sagten, daß sie allein waren. Ugo dagegen sprach zuerst von Bordwänden und verbesserte sich anschließend. Das heißt doch, daß da noch jemand war. Ein anderer Kutter! Doch darüber wollen sie nicht sprechen. Ich habe versucht, Luca noch einmal allein auszuquetschen, weil aus Mario sowieso nichts herauszubekommen ist. Der ist nur noch betrunken. Luca hat mir ausweichend geantwortet. Er sagte nur, daß Ugo wohl unter Schock stand. Ich möchte wissen, was draußen los war! Ich muß es wissen!«

»Keine Ahnung, Eliana! Ugo hat sein Schweigen nicht gebrochen. Hast du den Behörden davon erzählt?«

»Nein. Sie haben mich nicht einmal befragt. Und wenn ich anrufe, dann heißt es immer, sie könnten mir keine Auskunft geben, weil die Ermittlungen noch nicht abgeschlossen seien. Immer sehr höflich und nichtssagend.«

»Du mußt es ihnen sagen, Eliana. Ugo ist tot, ihm kann nichts mehr passieren. Und vielleicht hat es auch mit Giuliano zu tun. Vielleicht hat Gubian auch Giuliano umgebracht. Komm, laß uns zusammen hingehen. Wenn wir beide bei der Guardia Costiera aufkreuzen, müssen sie mit dir reden, dann können sie dich nicht mehr abwimmeln.«

»Ich werde darüber nachdenken. Vielleicht hast du recht. Aber heute bin ich zu müde. Die Trauerfeier war anstrengend, und ich muß mich ausruhen. Wenn man zu den Behörden geht, muß man wissen, was man sagt.«

Bruna war aufgeregt und nervös, als sie aus dem Haus trat. Sie blieb eine Weile auf dem Bürgersteig stehen und schaute sich hilflos um. Ob sie mit Luca sprechen sollte, oder mit Mario? Mario wohnte nicht weit entfernt, um zu Luca zu kommen, müßte sie den Bus nehmen und zweimal umsteigen. Nein, Mario, sie mußte zu Mario, der sie immer gern gemocht hatte. Auch später noch, als Ugo jeden Kontakt mit ihr abgebrochen hatte, war es immer Mario, der mit ihr redete, wenn sie sich zufällig auf der Straße trafen. Manchmal lud er sie auch zu einem Kaffee ein oder kam ins Kaufhaus, wenn er zufälligerweise in der Nähe war.

Sie kam an der Markthalle vorbei, schlängelte sich zwischen den Autos hindurch, die sich am Largo Barriera Vecchia stauten, und ging dann rasch die Via Madonnina hoch. An der Piazza Vico verspürte sie Durst und war so sehr außer Atem, daß sie in die »Bar Italia« ging, um ein Glas Wasser zu trinken. So aufgeregt wie sie war, wollte sie nicht bei Mario erscheinen. Doch als sie am Tresen stand und bestellte, legte sich eine Hand auf ihre Schulter.

»Was machst du hier, Bruna?«

»Mario! Ich wollte zu dir. Ich muß mit dir reden.«

»Komm, setz dich.«

Der Fernseher über dem Tresen dröhnte aus den beiden großen Lautsprechern, und aus der Ecke neben dem Eingang drang das Gesirre der Spielautomaten. Die Neonröhren tauchten die Bar in ein kaltes, unwirkliches Licht. Vor Mario auf dem kleinen Tischchen stand eine Glaskaraffe, in der noch ein Fingerbreit Rotwein übrig war. »Gino, noch eine!« rief er dem Kellner zu, der stumm nickte. Bruna setzte sich auf den billigen, mit einer blaugelben Kunststoffschnur bespannten Stuhl.

»Gibt's was Neues?« fragte Mario. »Warum siehst du so besorgt aus?«

Bruna spannte ihren Rücken und saß kerzengerade da.

Mit beiden Händen hielt sie sich am Henkel ihrer Handtasche fest, die sie auf den Knien trug. »Ich will wissen, was mit Giuliano passiert ist! Mit wem habt ihr euch draußen getroffen?«

Mario runzelte die Stirn und trank sein Glas aus. Er fixierte sie mißtrauisch und studierte ihre Gesichtszüge. Doch Bruna blieb bewegungslos.

»Mit niemandem. Warum?«

»Sag mir die Wahrheit, Mario! War es Gubian?« Sie faßte mit ihrer Hand seinen Unterarm. »Sag es mir!«

»Wie kommst du darauf?«

»Ich weiß es, Mario! Wie ist es passiert?«

»Wie wir es gesagt haben, Bruna. Da war niemand sonst. Was ist mir dir los?«

»Mario, ich weiß, daß du mich immer gern gemocht hast. Lüg mich jetzt bitte nicht an.«

»Es war Ugos Schuld! Wir hätten nicht fahren dürfen. Ich habe Ugo schon lange nicht mehr getraut, Luca auch nicht. Aber Giuliano. Giuliano war wie ein Kind, er brauchte Ugo. Und wir brauchten Giuliano. Auf ihn haben wir uns verlassen. Ugo war alles egal. Stur wie ein Stück Beton. Andere haben ihn nie interessiert. Niemand weiß das besser als du, Bruna!«

»Man muß Ugo verstehen! Nach allem, was er durchgemacht hat, darf sich niemand wundern, daß er komisch wurde. Ugo war kein schlechter Mensch. Er hat immer für euch gehandelt. Sag mir bitte, was draußen los war!«

»Nichts. Es war so, wie Luca und ich es gesagt haben. Nichts sonst.« Mario goß Wein nach und trank sein Glas in einem Zug aus. Seine Augen, Wangen und Nase waren stark gerötet, und unter dem Neonlicht trat die Maserung der feinen blauen Äderchen, die sein Gesicht durchzogen, deutlich hervor. »Aber Ugo war nicht so, wie du ihn beschreibst, Bruna! Auch wenn du es noch immer nicht wahrhaben willst: er war ein Schwein. Wir hätten längst mit ihm Schluß machen sollen. Er hat andere nur ausgenutzt. Nur Nicoletta nicht. Für Nicoletta hätte er alles getan. Alles.«

»Ugo hatte ein weiches Herz und eine rauhe Schale. Er war kein Schwein!« Bruna redete schnell und laut. Sie fühlte, wie ihr Puls raste. »Warum bist du so lange mit ihm gefahren, wenn er so schrecklich gewesen sein soll! Du tust ihm unrecht! Rede nicht so über Ugo!«

Mario starrte sie mit leerem Blick an. »Ugo war ein Schwein! Er hat Giuliano umgebracht. Ich hätte es schon früher tun müssen, dann würde Giuliano heute noch leben.« Er sank in seinen Stuhl zurück und stürzte hastig ein weiteres Glas Rotwein hinunter. Bruna sah, wie ihm zwei Tränen über die Wange liefen.

Der Kellner schaute neugierig zu ihnen herüber. »Mario«, rief er, »hör auf zu trinken! Das ist schon der fünfte in einer Stunde! Geh nach Hause und schlaf dich aus.«

Mario starrte auf die Wand und machte eine energielose, abwehrende Handbewegung.

»Was meinst du damit?« fragte Bruna leise.

Mario drehte den Kopf, schaute sie an und wiederholte seine Handbewegung, als wollte er die Wörter, die ihm entfahren waren, aus der Luft wischen. »Nichts!« Dann stand er auf und ging grußlos und schleppenden Schrittes aus der Bar, als wollte er alles hinter sich lassen.

*

An zahlreichen Häusern in Cittanova standen Gerüste. Im Zentrum des istrischen Hafenstädtchens waren viele Gebäude fein renoviert und das »Rosso romano« ihrer Fassaden frisch, während das der Nachbarhäuser wegen der salzigen Luft vom Mauerwerk abblätterte. Auch die Fassaden der wenigen gotischen Palazzi waren sauber herausgeputzt, die Ornamentik sorgfältig renoviert und Schilder mit mehrsprachigen Aufschriften angebracht, die das Ursprungsdatum der Gebäude zeigten. Drei Bars an der Piazza waren noch geöffnet und strahlten mit schummrigen Lampen ihre Tristesse in die Nacht. Um diese Zeit war kein Geschäft mehr zu machen.

Sie hatten ihre Ausweise hinterlegt, im voraus bezahlt, weil sie ohne Gepäck waren, den Schlüssel bekommen und stiegen nun über Plastikbahnen die Treppen hinauf in den letzten Stock, wo das Einzelzimmer lag, das sie nehmen mußten, weil kein anderes mehr frei war. Damir hatte es von seinem Restaurant aus für sie gebucht. Es kostete wegen des Umbaus nur 40000 Lire und hatte immerhin ein Bad dabei. Es sei das netteste Hotel in der Stadt, sagte Damir, aber sie müßten morgens schon früh mit dem Lärm der Arbeiter rechnen. Es war ihnen egal. Sie wollten heute nacht nicht mehr zurückfahren und mußten ohnehin am Samstag morgen in Triest sein. Keine Zeit zum Ausschlafen.

Proteo ging voraus. Die Tapeten waren von den Wänden gerissen und Gipsstaub säumte den Flur. Er drehte den Schlüssel im Schloß von Zimmer 36 und suchte den Lichtschalter. Er war verlegen und aufgeregt. Sie hatten sich noch nicht einmal geküßt und dennoch beschlossen, zu zweit in einem Einzelzimmer zu übernachten. Das Bett sei breiter als ein Einzelbett, murmelte gleichgültig der schläfrige Portier mit den Schuppen auf den Schultern seines dunklen Jacketts. Jetzt stand es da, an der Wand links von der Tür, einem breiten, vorhanglosen Fenster gegenüber, das wohl auch bald erneuert würde. Vielleicht einen Meter und zwanzig breit mochte es sein und hatte einen blumigen Überwurf. Wenigstens die Heizung funktionierte in diesem Zimmer. Die Luft war stickig, Proteo öffnete das Fenster.

»Man sieht sogar ein Stückchen Meer!« sagte er. Der größte Teil der Aussicht war durch die mittelalterliche

Stadtmauer verstellt, aber zwischen den Zinnen drang das Licht der Straßenlaternen durch, das vom ruhigen Wasser der Baia reflektiert wurde. Er fischte eine Zigarette aus der Jackentasche und steckte sie an.

»Wir sind ganz schön verrückt«, lachte Živa und verschränkte endlich ihre Hände in seinem Nacken. »Jetzt mußt du mich wenigstens küssen. Nein, warte! Jetzt hat das auch keine Eile.« Sie strich ihm langsam den Hals entlang, durchfuhr das Haar an seinen Schläfen, während er mit seinen Händen an ihrem Körper emporfuhr und den Ansatz ihrer Brüste an den Rippen fühlte. Živa öffnete den obersten Knopf seines Hemdes, dann die nächsten. Proteo streckte sich und legte den Kopf in den Nacken. Živa fuhr mit ihren Händen unter sein Hemd, und er spürte, wie sein Glied sich im Slip verklemmte und schmerzte. Živa drängte sich an ihn und zog seinen Kopf zu sich. Ihr Kuß schmeckte nach Kaffee und nach der Crème brulée, die sie zum Nachtisch gegessen hatten, und ein wenig nach dem istrischen Amaro, den Damir zweimal nachgeschenkt hatte. Proteo versank in ihr. Endlich spürte er wieder die Zärtlichkeit, ohne die er den ganzen Sommer hatte auskommen müssen. Und jetzt stand er in Cittanova in einem schäbigen Einzelzimmer eng umschlungen mit einer kroatischen Staatsanwältin, die er erst vor ein paar Tagen kennengelernt hatte, und schon mußte er sich fragen, ob seine Vorstellung von Treue und lebenslanger Liebe zu Laura ein Hirngespinst war. Aber war sie nicht wie Laura vor etwas mehr als zehn Jahren? Proteo Laurenti schob seine Hände unter ihren Pullover und spürte ihre glatte, warme Haut.

»Es ist kalt«, sagte sie. »Schließ das Fenster, bitte.«

Besorgt zog er ihren Pullover wieder herunter, küßte sie auf den Mund und ging zum Fenster.

»Entschuldige mich einen Augenblick«, sagte Proteo, nachdem er das Fenster geschlossen hatte, und verfluchte sich innerlich, daß er ausgerechnet jetzt diesen Harndrang verspürte. »Ich bin gleich wieder da.«

Als er aus dem Bad kam, lag Živa im Bett und hatte die Bettdecke bis zum Hals hochgezogen. Proteo suchte mit einem raschen Blick nach ihren Kleidern und sah Pullover und Rock über der Stuhllehne. Es hätte ihm besser gefallen, wenn er sie ausgezogen, sie Stück um Stück ihrer Kleider entledigt hätte. Sollte er sich vor ihr ausziehen? Er war verlegen.

Živa lächelte ihn an, als sie seine Unbeholfenheit erkannte. »Komm!«

Er setzte sich auf den Bettrand und wollte sie wieder küssen. Doch Živa schlug die Decke zurück, und er konnte die Augen nicht von ihr lösen.

»Komm«, sagte sie nochmals.

Proteo stand auf und zog sein Hemd aus. Dann streifte er hastig seine Hose samt Socken und Schuhen ab. Sie schaute ihm neugierig zu und lachte, als er auf einem Bein das Gleichgewicht verlor.

Es war schon fast dunkel gewesen, als sie in der Stadt ankamen, die einst Emona, dann Emonia, später Neapolis hieß und im Jahr 599 schließlich als Civitas Nova zum ersten Mal urkundlich erwähnt wurde. Eine Stunde dauerte die Fahrt von Triest über die kurvigen Straßen und steilen Hügel Istriens, auf denen die alten italienischen Gemeinden erbaut waren, mit ihren hoch herausragenden Kirchtürmen, deren ausladende Spitzen sich auf einen quadratischen Turmkörper fügten, wie der Campanile von San Marco. Sie hatten am italienisch-slowenischen Grenzübergang Rabuiese im Auto rauchend gewartet und wenig miteinander gesprochen, bis die Beamten endlich meldeten, daß Nicoletta Marasi soeben ausgereist sei. Sie ließen zehn Autos Abstand und folgten ihr über die kurvige Strecke. Am kroatischen Zoll wurden sie rasch durchgewunken, als Živa Ravno ihren Dienstausweis zeigte, und wenig später reckte sich der Bergkegel von Buie vor ihnen über das Land. Was für ein hübsches Städtchen, das seit dem Exodus der Italiener noch immer halb verlassen dalag und freien Blick weit übers Land bis aufs Meer bot!

»Wußten Sie«, fragte Živa Ravno, »daß Buie einst ›Spia d'Istria‹ genannt wurde? Der Spion Istriens?«

»Ganz wie wir heute«, sagte Laurenti und bremste. Nicoletta war nach rechts abgebogen, die Wagen zwischen ihnen blieben auf der Hauptstrecke, und er wollte den alten Abstand wahren. Nicoletta kannte schließlich seinen Wagen, seit er sie zu den Verließen der Gerichtsmedizin gebracht hatte. »Aber ich verstehe nicht, weshalb die Jugoslawen die Stadt nach der Auswanderung der Italiener nicht bezogen haben.«

»Was hätten sie hier tun sollen?« fragte Živa. »Die Eigentumsverhältnisse waren oft genug nicht geklärt. Viele Italiener haben damals nicht verkauft. Dazu hatte man ihnen zu wenig angeboten. Oder die Alten blieben zurück, während die Jungen nach Westen gingen. Als sie starben, blieben die Häuser leer, aber im Familienbesitz. Außerdem wurde die Landwirtschaft bald kollektiviert. Das bot keinen Anreiz für andere, hier ein neues Leben aufzubauen. Die hatten ihre Äcker und ihr Eigentum, ihre Wurzeln meist woanders.«

»Schwierige Frage, ob das slawische oder italienische Erde ist«, sagte Laurenti.

Živa Ravno schaute ihn verwundert an. »Ich dachte, das sei geklärt.«

»So meinte ich es nicht. Aber schauen Sie sich die venezianische Architektur an. Die Kirchtürme, die byzantinischen Fassaden mancher Häuser und die Fensterbögen. Sie wissen, daß ich kein Revisionist bin.«

»Auch die Venezianer waren Invasoren, Proteo! Und die

Römer waren hier auch schon am Werk. Aber deswegen war es noch lange nicht ihr Land.«

»Ach, hören Sie mir mit den Römern auf! Meine Tochter hat mir damit schon das Leben schwergemacht. Ich frage mich oft, was Heimat überhaupt ist. Ich war froh, als ich aus Salerno wegkam, war glücklich, daß ich irgendwo anders meinen Weg machen konnte, meinen eigenen, und fühle mich in Triest zu Hause, obgleich auch ich ein Immigrant bin.«

»Immigrant?«

»Echte Triestiner gibt es doch nicht. Alles Zugewanderte. Von überall her. Ich eben aus dem Süden, ›aus Italien‹, wie manche heute noch sagen. Waren Sie schon einmal auf unseren Friedhöfen? Neben dem katholischen gibt es sechs weitere: British Cemetery, griechisch-orthodox, serbisch-orthodox, jüdisch, protestantisch, und selbst die Moslems sind vertreten. Ich schäme mich nicht im geringsten, mich als Triestiner zu bezeichnen. Ganz im Gegensatz zu den Triestinern, die hier geboren sind und immer so tun, als sei es überall anders besser, aber doch nicht weggehen. Aber was mich interessiert, ist dieses nationale Zugehörigkeitsgefühl, das ich nicht verstehe. Die Slowenen in Triest, die seit Hunderten von Jahren hier leben und darauf bestehen, keine Italiener zu sein. Aber was sind sie denn sonst? Den italienischen Paß haben sie doch. Oder die Esuli! Italiener, die aus Istrien nach Kanada gingen oder nach Australien oder Argentinien, dort ein neues Leben anfingen und es zu etwas brachten. Und noch immer heulen sie ihrem Istrien nach. Ich frage mich, ob es für sie überhaupt ein Zurück gäbe! Die haben sich überall anders besser sozialisiert als hier. Die Kinder, Enkel, Urenkel haben australische oder amerikanische Pässe und interessieren sich einen feuchten Dreck für diesen Zipfel Festland in der nördlichen Adria. Und dennoch gibt es diese Nostalgie, die ein Zusammenleben jenseits der ökonomischen Wirklichkeit schwierig macht. Živa, sagen Sie mir doch, was Sie fühlen? Sie haben in München gelebt, sind nicht in Cittanova aufgewachsen, von wo Ihre Familie stammt. Und dennoch kamen Sie zurück. Was ist das?«

»Ein Ideal, Proteo! Für mich ist das nichts anderes als ein Ideal. Ich weiß, daß ich keine Deutsche bin und keine Italienerin, auch keine Engländerin, obgleich ich all diese Sprachen gut spreche. Ich kann mir auch gut vorstellen, irgendwo anders zu leben. Ich wurde in Jugoslawien geboren und wurde 1991 Kroatin, ohne etwas dazu zu tun. Wie heißt es so schön: In diesem Landstrich weiß man nie, welchen Paß man morgen hat. Meine Eltern hatten zuerst den italienischen, meine Urgroßeltern sogar noch den österreichisch-ungarischen und mußten damit leben, daß sich ihre Staatsbürgerschaft viermal in ihrem Leben änderte. Wenn meine Großmutter noch zehn Jahre lebt, bekommt sie vielleicht noch einen europäischen Paß: den fünften dann.

Die Antwort ist einfach! Es ist dieser seltsame Idealismus, der mir sagt, daß ich hier gebraucht werde. Wenn alle abhauen und nicht mehr zurückkommen, dann bleibt dieses Land in den Händen derer, die es über Jahrzehnte ruiniert haben. Und dann bleiben auch die Vorurteile und die Spannungen. Es ist an der Zeit, offen über die Probleme der Vergangenheit zu sprechen, damit es eine Zukunft gibt, die nicht nur EU heißt, sondern gute Nachbarschaft. Ich will, daß dieses Land so schnell wie möglich alle Grenzen vergißt. Verstehen Sie das?«

»Natürlich! Bei uns hat die Linke das Thema lange genug unterschlagen, so getan, als hätte es das alles nicht gegeben. Jugo-Kommunismus war guter Kommunismus. Schweinereien durfte es schon aus ideologischen Gründen nicht geben. Und damit haben sie den Rechten das Feld überlassen. Bis heute.«

Bei Vertenéglio bog Nicoletta links ab. Auch dieses Dörfchen hatte sich einen Platz auf einem Hügel ausgesucht, und auch hier ragte der typische Kirchturm hoch über die Dächer hinaus. Nicoletta parkte auf dem Dorfplatz und ging in ein Lebensmittelgeschäft. Laurenti fuhr eine Ecke weiter, bevor er anhielt. Živa Ravno stieg aus und folgte ihr. Nach fünf Minuten kam sie zurück.

»Die Dame kauft ein. Pancetta und Salsicce. Sah gut aus, das Zeug. Sie weiß offensichtlich, wo man hingehen muß. Die istrischen Würste und den Schinken habe ich früher auch immer gerne gegessen, bevor man überlegte, was im Fleisch ist.«

Proteo Laurenti ließ den Wagen wieder an und wartete, bis Nicoletta an ihnen vorbeigefahren war.

Am Ortseingang von Cittanova holperten sie über die Bremsschwellen, die quer über die Straßen gepflastert waren. Der Abstand zu Nicoletta hatte sich stark verringert.

»Was meinen Sie? Lassen wir den Wagen hier? Da drin entdeckt sie uns vielleicht.«

»Nein. Halten Sie an. Wir wechseln. Mich kennt sie nicht, und Sie machen sich klein. Wir stellen ihn bei meiner Großmutter in den Hof. Wenn sie zufälligerweise auf der anderen Seite wieder rausfährt, stehen wir sonst dumm da.«

Živa Ravnos Befürchtung trat nicht ein. Nicoletta war auf einen Parkplatz gefahren und ging zu Fuß weiter, bis zu einem Lokal auf der linken Seite.

»Sie können wieder hochkommen, Proteo. Sie ist in das Lokal der italienischen Gemeinde gegangen.« Dann hielt sie an und stellte den Motor ab. »Wir sind da.«

Sie standen vor einem kleinen, adretten Häuschen mit Garten. Mehr als vier enge Zimmer konnten sich nicht hinter dem Gemäuer verstecken.

»Ich möchte hören, was sie mit Gubian zu reden hat. Wenn er überhaupt da ist.«

»Da können Sie nicht rein! Man würde Sie gleich erkennen, als Fernsehstar der italienischen Nachrichten. Aber mich kennt niemand. Wenn Sie wollen, gehe ich.«

Das Lokal der italienischen Gemeinde war ein großer, mit einfachem Mobiliar eingerichteter Raum mit niedriger Decke und karger Beleuchtung. Meist ältere Männer mit roten Gesichtern und groben, schrundigen Händen saßen an blanken Holztischen, tranken offenen Wein und unterhielten sich lautstark. Niemand beachtete Nicoletta, als sie eintrat und sich umschaute. An einem Tisch am hinteren Ende des Lokals sah sie Gubian.

»Salve.« Sie grüßte knapp und setzte sich.

»Salve«, antwortete er und schaute an ihr vorbei.

Ein Kellner stellte grob eine Karaffe Terrano und zwei einfache, dickwandige Gläser auf den Tisch. Dann verschwand er wieder.

»Was wollen Sie?« fragte Gubian.

»Fahren Sie weiter! Sie können nicht einfach abbrechen.«

»Und warum nicht?«

»Ich habe noch immer das Material von damals, Gubian! Außerdem hängen Sie mit drin. Wenn ich hochgehe, gehen auch Sie hoch.«

»Das ist mir egal. Glauben Sie wirklich, man sperrt einen alten Mann wie mich noch ein?«

»Es gibt auch andere Methoden. Vergessen Sie nicht, daß auch ich nur ein kleines Rädchen bin. Die Leute, für die wir arbeiten, Sie und ich, verzeihen es nicht, wenn man einfach aufhört. Mein Auftrag ist, Ihnen dies auszurichten.«

»Und was wollen sie tun?«

»Sie werden jemand anderes finden, wenn man Sie erledigt hat. Überlegen Sie es gut!«

»Das ist mir auch egal. Ich habe nichts mehr, an dem ich hänge. Sollen sie mich doch erschießen. Das hat man schon damals versucht, als ich bei den Partisanen war. Nur, damals war ich noch jung. Die Kugel ist verschwendet. Richten Sie das aus – wem auch immer!«

»Ich sage es Ihnen nochmals: die verstehen keinen Spaß. Zeugen mögen die nicht.«

»Und wer fährt den Kutter? Marasi ist tot.«

»Ich bekomme nächste Woche die Lizenz. Die Crew habe ich schon.«

»Das ging ja schnell. Aber es ändert nichts.«

»Ach ja?« Nicoletta wurde wütend. »Sie sind verdammt stolz, Gubian. Wollen Sie mehr Geld?«

»Geld?« Er lachte laut auf. »Was soll ich damit?«

»Warum sind Sie dann überhaupt gekommen?« zischte Nicoletta. »Was soll der Mist?«

»Mist?« Er beugte sich weit über den Tisch, keine zwanzig Zentimeter waren ihre Köpfe voneinander entfernt, und Nicoletta roch seinen säuerlichen Atem. Seine Augen fixierten sie scharf. »Mist nennen Sie das? Hören Sie mir genau zu! Ich will das Leben meines Sohnes wieder. Ich will Vergeltung!«

Nicoletta starrte ihn an und wartete, ob er weiterreden würde. Wie zwei Kampfstiere kurz vor dem Angriff hielten sie die Köpfe leicht gesenkt. Keine Mimik, nicht einmal ein Wimpernschlag, bewegte ihr Gesicht.

»Die haben Sie doch schon«, sagte Nicoletta. »Sie haben meinen Vater umgebracht, wie damals seine Schwester Violetta.«

»Sie sind so verrückt wie er! Ich habe weder mit dem einen noch mit dem anderen etwas zu tun. Aber ich weiß, daß Ihr Vater meinen Sohn und seine Familie auf dem Gewissen hat. Dafür will ich Rache, und ich werde sie bekommen!«

»Sie lügen!«

Er hob drohend die Hand. Nicoletta zuckte zusammen und schwieg.

»Ich lüge nicht«, er zog seine Hand zurück. »Seien Sie vorsichtig!«

»Mein Vater hat Ihre Familie nicht umgebracht! Und an wem wollen Sie sich überhaupt rächen?« Nicoletta ließ sich in den Stuhl zurückfallen und lachte spöttisch. »Los! Sagen Sie: an wem?«

»Überlegen Sie selbst! Viel Auswahl gibt es nicht!«

»Dann wagen Sie es!«

»Wen müßte ich töten«, fragte Gubian mit leiser Stimme, »um den größtmöglichen Schmerz zu verursachen? Na? Sagen Sie es! Sie wissen es gut! Denken Sie nach!« Gubians Augen blitzten, und Nicoletta spürte, wie die Wut sich in ihr aufbaute an seiner Hochmütigkeit. Aber sie schwieg.

»Ihre nette Mutter natürlich! Dann bleiben Sie allein zurück. Ganz die Tochter ihres Vaters. Bis zum Ende Ihrer Tage werden Sie daran denken. Und Sie sind noch sehr jung!«

»Ich sage es Ihnen nur einmal, Gubian!« Nicoletta stand halb von ihrem Stuhl auf. »Lassen Sie meine Mutter in Ruhe! Wenn Sie auch nur daran denken, ihr ein Haar zu krümmen, werde ich Sie aufs elendigste fertigmachen! Haben Sie das begriffen? Sie hat nichts mit meinem Vater zu tun. Reicht es Ihnen eigentlich nicht, daß Sie ihn umgebracht haben, obwohl er nichts damit zu tun hatte?«

»Sie decken Ihren Vater selbst noch nach einer solchen Tat. Sie sollten sich schämen. Der Blitz soll Sie treffen!«

»Ich decke ihn nicht! Aber ich weiß, daß er es nicht war. Sie haben ihn umsonst umgebracht, Gubian. Er wollte Sie erledigen, aber mir zuliebe hat er es nicht getan. Sie waren zu wertvoll fürs Geschäft.« Langsam glitt Nicoletta auf ihren Stuhl zurück.

»Ich weiß! Halten Sie mich nicht für dumm! Das Geschäft war wichtig, solange Manlio lebte. Sie haben uns lange genug erpreßt. Jetzt ist Schluß. Wer soll es gewesen sein, wenn nicht Ihr Vater? Sagen Sie mir das!«

»Sie werden es schon noch erfahren. Sie fahren weiter! Ich rate es Ihnen im Guten. Nächste Woche rufe ich Sie an. Sobald die Lizenz da ist. Überlegen Sie es sich gut! Sonst kann ich nichts mehr für Sie tun.« Nicoletta schob den Stuhl geräuschvoll über die Steinplatten, als sie aufstand. »Überschätzen Sie sich nicht! Sonst bekommen Sie das gleiche Paket wie Ihr Sohn.«

»Sie werden sich wundern! Sie sind ein Stück Scheiße!« brüllte Gubian, und alle Köpfe drehten sich zu ihm hinüber. Nicoletta wandte sich schnell um und stieß mit Živa Ravno zusammen, die die ganze Zeit kaum einen Meter von ihnen entfernt stand und so tat, als schaute sie dem Kartenspiel am Nachbartisch zu. Nicolettas Schulter versetzte ihr einen harten Schlag auf das Nasenbein. Sie mußte sich an einer Stuhllehne festhalten, um nicht zu Boden zu gehen. Auf ihren Lippen schmeckte sie Blut. Hinter Nicoletta fiel die Tür mit einem lauten Scheppern ins Schloß.

Živa Ravno zog ein Taschentuch aus der Manteltasche und hielt es sich vor die Nase. Dann spürte sie eine Hand auf der Schulter.

»Setzen Sie sich, Signora. Ja, hier.«

Sie fühlte, wie sie auf einen Stuhl gedrückt wurde.

»Hier, nehmen Sie!«

Sie öffnete die Augen und sah einen schwarzhaarigen Mann um die Vierzig, der ihr einen Stapel Papierservietten hin hielt.

»Danke«, sagte sie durch das Taschentuch.

»Ein Glas Wasser!« rief der Mann. »Ich hoffe, sie ist nicht gebrochen.«

Živa schüttelte den Kopf »Nein, nein. Keine Sorge. Es ist gleich vorbei. Wo ist die Toilette?«

»Dort hinten links. Brauchen Sie Hilfe?«

»Danke. Es geht schon.« Sie fühlte, wie alle im Lokal sie anstarrten. Als sie vor dem Spiegel stand und ihr Gesicht wusch, sah sie, daß das Nasenbein leicht angeschwollen war. Sie versuchte es zu kühlen und die Blutung zu stillen.

Der Mann wartete vor der Tür auf sie und tat besorgt. »Hier, wenn Sie Hilfe brauchen«, sagte er und gab ihr seine Visitenkarte. »Über das Telefonino bin ich jederzeit erreichbar.«

»Danke«, antwortete Živa Ravno. »Wirklich freundlich!«

Sie lächelte und ging hinaus.

Proteo Laurenti rauchte die elfte Zigarette an diesem Freitag, und das Wageninnere glich einem verhangenen Novembertag in Venedig. Er hatte die Rückenlehne des Beifahrersitzes ein Stück hinuntergedreht, die Füße auf die Abdeckung des Airbags gelegt und darauf gewartet, daß Živa Ravno zurückkam. Merkwürdige Gedanken schossen ihm durch den Kopf. Er dachte daran, wie schön es wäre, mit Živa zu schlafen, und sofort drängte sich das Bild dazwischen, wie er in der Gruft Doktor Galvanos unter Nicoletta zu liegen kam, dann erinnerte er sich an die herbe Ohrfeige, die er davor hatte einstecken müssen, und sah gleich darauf wieder Živa, wie sie an seinem Schreibtisch sitzend mit ihrer Großmutter telefonierte. Die Fischer am Molo Venezia schoben sich dazwischen und dann die Bilder dieses Mario und seines Kollegen Luca, die er widerwillig im Kommissariat abgefertigt und viel zu wenig befragt hatte. Sein dummes Vorurteil, daß es ohnehin vergebene Mühe sei, mit diesem Menschenschlag ein Gespräch zu führen, hatte ihn von seinem Instinkt abgebracht. Ich muß wieder aufmerksamer sein, sagte er laut zu sich und verschluckte sich am Rauch. Er hustete und hörte plötzlich die Stimme Lauras, die ihn fragte, seit wann er wieder zu rauchen begonnen habe. Und dann sah er den Sicherheitsgurt, der sich zwischen Živas Brüsten spannte, und ihren BH durch den Pullover schimmern. Ungeduldig warf er die erst zur Hälfte gerauchte Marlboro aus dem Fenster.

»Meine Großmutter wird sich freuen, wenn sie die Kippen im Vorgarten sieht!« Živa Ravno war bleich und hielt sich die Wange.

»Was ist passiert? Was haben Sie?« Proteo Laurenti sprang aus dem Wagen und faßte sie an den Schultern.

»Nichts Schlimmes!« Sie nahm die Hand mit dem Taschentuch vom Gesicht und lächelte schief.

»Was ist los?« Proteo erschrak, als er die Rötung auf ihrem Nasenbein sah, und wollte ihr mit der Hand über die Wange streichen, doch Živa wehrte ihn ab.

»Nicht! Es tut so schon weh genug. Sieht es schlimm aus?«

»Nein. Ein bißchen rot. Was war los?«

»Nach rot kommt blau, dann grün, dann gelb ... Kennen Sie den Kinderspruch? Ihre schöne Fischerin hat mich in die Seile geschickt! Au! Nicht, Proteo, nicht anfassen!«

Er zog seine Hand zurück.

»Wie ist das passiert? Sollen wir zu einem Arzt gehen?«

»Nicht nötig. In ein paar Tagen ist es vorbei. Sie haben sich gestritten, Nicoletta sprang etwas abrupt vom Tisch auf und traf mich dabei. Aber ich habe jedes Wort gehört. Lassen Sie uns zu meiner Großmutter gehen, damit ich mir ein bißchen Eis auf die Nase legen kann. Sie wollten sowieso mit ihr sprechen.«

»Ich denke, es wäre besser, einen Arzt zu suchen!«

»Nein, nein. Das hat schon der nette Mann vorgeschlagen, der mir Erste Hilfe leistete. Er hat mir sogar seine Karte gegeben.«

Laurenti schaute drauf und riß sie ihr aus der Hand. »Das darf doch um Himmels willen nicht wahr sein!« brüllte er.

»Was?« Živa starrte ihn verblüfft an.

»Hier«, schrie Laurenti und stieß den Zeigefinger immer wieder auf die Karte. »Hier! Lesen Sie seinen Namen! Pietro Materada! Beten Sie für ihn, daß er mir jetzt nicht über den Weg läuft. Ich bring ihn um! Erst meine Frau, und dann macht er sich auch noch an Sie heran!«

Živa Ravno nahm ihm die Karte aus der Hand. »Ob das Zufall ist?« fragte sie. »Armer Proteo.« Sie legte ihre Hand an seine Wange. »Das ist wirklich mehr als ein übler Scherz. Ich kann Sie verstehen. Kommen Sie! Auf den Schreck brauche ich eine Grappa.«

Živa Ravno ging zur Haustür und klingelte. Proteo Laurenti stand einen Schritt hinter ihr und ließ seinen Blick über ihren Rücken streifen, aber er dachte nur an Pietro. Cittanova war klein, und wenn er ihn jetzt träfe, dann könnte er für nichts mehr garantieren.

Niemand öffnete. Živa Ravno schaute auf die Uhr.

»Komisch. Sie müßte eigentlich zu Hause sein.« Sie klingelte noch einmal. »Ob sie ausgegangen ist? Aber wohin um diese Zeit? Es ist fast halb acht.«

»Zeigen Sie mir Cittanova, gehen wir ein paar Schritte, dann wird sie zurück sein.«

Živa Ravno kramte in ihrer Tasche und zog einen Zettel und einen Stift heraus. Sie schrieb ein paar Worte darauf, die Laurenti nicht lesen konnte, und klemmte ihn in die Haustür. »Sie geht manchmal zum Bridge. Wie alle Damen dieses Alters. Das haben sie schon vor sechzig Jahren gespielt. Aber ich weiß leider nicht wo. Lassen Sie uns essen gehen. Ich habe Hunger. Wir schauen später noch einmal nach ihr, und wenn sie dann noch immer nicht zu Hause ist, fahren wir zurück nach Triest. Dann müssen Sie sich eben telefonisch mit ihr unterhalten.«

»Was war eigentlich zwischen Nicoletta und Gubian?«

»Gleich, beim Essen. Kommen Sie, ich habe Hunger.«

»Wohin gehen wir?«

»Es ist nicht weit: ein köstliches Restaurant! So frischen Fisch haben Sie noch nirgendwo gegessen. Wir lassen den Wagen hier.«

*

»Komm in Vaters Wohnung!« sagte Bruna.

»In einer halben Stunde bin ich da. Mach niemand anderem auf!«

Nicoletta war gegen zwanzig Uhr zurück in Triest. Die ganze Fahrt lang dachte sie über ihre Begegnung mit Gubian nach. Sie verstand nicht, weshalb sie auf einmal Angst hatte. Nicoletta hatte bisher noch nie Angst gehabt. Nur einmal in ihrem Leben war sie bisher einem ähnlichen Gefühl begegnet: als ihr Vater Manlio Gubian hinauswarf und sie zwang, sich von ihm zu trennen. Und ausgerechnet heute, nach dem Treffen mit Manlios Vater, spürte sie dieses Gefühl wieder. Nach den seltsamen Worten des alten Gubian hatte Nicoletta Angst um ihre Mutter. Sie durfte sie nicht mehr allein lassen. Es war undenkbar, daß Gubian versuchte, ihr selbst etwas anzutun. Nicoletta war fast so groß wie er und kräftig genug, sich gegen ihn zu wehren. Aber er hatte unmißverständlich gesagt, er wolle Rache und würde sie bekommen. Viel Auswahl gäbe es nicht. Ein Stück Scheiße hatte er sie genannt. Dabei konnte er es sich doch gar nicht leisten, sie zu bedrohen. Sie hatte all die Unterlagen von damals, die Manlio ihr gegeben hatte, als er die Waffen nach Osten schleuste, und der Alte hatte doch selbst über Jahre hinweg die Ware in internationalen Gewässern ihrem Vater übergeben. Was konnte er riskieren? Und dennoch verließ Nicoletta dieses dumpfe Gefühl der Angst nicht, bis sie in der Via Stuparich ihren Wagen fast quer in eine enge Parklücke quetschte, die Treppen emporstieg und das besorgte, bleiche Gesicht ihrer Mutter sah.

»Was ist mit dir, Nicoletta? Warum warst du so aufgeregt am Telefon?« fragte Bruna im Treppenhaus vor der Wohnung ihres Mannes.

»Laß uns reingehen!« Nicoletta schob sie zurück in die Wohnung. »Gubian spinnt. Ich habe ihn heute nachmittag getroffen. Er hat damit gedroht, dir etwas anzutun, um seinen Sohn zu rächen. Er glaubt, Vater hat die Bombe gelegt, dabei ist das der größte Unsinn. Er behauptet auch, daß er Papà nicht umgebracht hat. Du darfst nicht mehr rausgehen!«

Bruna hörte ihr zuerst gleichgültig zu.

»Du bist in Gefahr, Mamma! Es wäre am besten, du führest weg.«

»Nein! Das ist unmöglich. Ich kann nicht weg. Wohin sollte ich?«

»Komm, setzen wir uns. Ist noch etwas Wein da? Ich habe Durst.« Nicoletta fand im Schrank eine halbvolle Korbflasche Merlot. »Du auch?«

Bruna nickte, und Nicoletta goß die einzigen beiden Gläser, die sich in der Küche fanden, voll.

»Was hat Gubian gesagt? Warum sollte er mir etwas antun?«

»Er ist völlig außer sich. Er ist wie Vater. Genauso entschieden und genauso starrsinnig wie Vater. Ich traue ihm alles zu. Du bist in Gefahr. Gubian weiß nicht, daß ihr euch vor langem getrennt habt.«

»Wir haben uns nie getrennt. Ugo ist nicht richtig weggegangen. Ich bin noch immer seine Frau.« Bruna schwieg einen Augenblick und sah zu, wie Nicoletta ihr Glas in zwei Zügen austrank und schnell nachschenkte. »Du bist aufgeregt, mein Kind. Hab keine Angst. Ich war heute bei Mario. Ich habe mit Mario geredet. Ich glaube, er hat Vater umgebracht.«

Nicoletta kämpfte mit dem letzten Schluck. »Was sagst du da?« rief sie hustend. »Mario?«

»Es war nur eine Kleinigkeit, die mich darauf gebracht hat. Ich habe die ganze Zeit versucht, dich zu erreichen. Mario war betrunken. Eliana sagte, er sei in den letzten Tagen nie nüchtern gewesen. Sie sagte, daß Ugo, als er sie besuchte, von einem zweiten Kutter sprach. Ich fragte Mario danach. Er stritt es ab und sagte plötzlich, wenn er Ugo schon früher umgebracht hätte, lebte Giuliano heute noch. Und dann stand er auf und ging.«

»Mario? Das ist Unsinn. Entweder du hast dich verhört oder er war wirklich besoffen. Mario hat nicht den Mumm dazu. Nein, es war Gubian, auch wenn er es abstreitet.«

»Und weshalb sollte er es dann auch noch auf mich abgesehen haben?« Brunas Stimme hatte sich schlagartig verändert.

»Egal, Mamma. Du darfst nicht mehr aus dem Haus gehen! Gleich morgen früh suche ich einen Platz für dich. Eine Kur, ein schönes Hotel mit Massagen und Moorbädern, wo du die nächsten vier Wochen verwöhnt wirst und dich erholst. Ich bringe dich hin und besuche dich an den Wochenenden. Abbano oder Saturnia in der Toskana.«

Bruna schüttelte energisch den Kopf. »Nein, Nicoletta! Ich kann meine Katzen nicht im Stich lassen. Es geht nicht.«

»Ich komme jeden Tag, um sie zu füttern. Mach dir keine Sorgen.«

»Nein. Nicoletta, es geht nicht. Ich bleibe hier. Irgend jemand muß sich auch um die Beerdigung kümmern.«

»Dann komm wenigstens zu mir!«

»Und die Katzen? Wer kümmert sich um die Katzen?«

*

Ende November machten nur noch wenige Triestiner kulinarische Ausflüge nach Istrien. Lediglich drei Tische waren in dem kleinen Restaurant besetzt, dessen vorderer Teil die blanken Karststeine an den Wänden zeigte und wo schwere alte Deckenbalken sich durch den Raum zogen. Sie wählten einen Tisch im hinteren Teil, in einer Nische mit einem einzigen Tisch. Der Wirt hatte sie in Italienisch begrüßt und gleich eine Flasche Malvasia und Wasser auf den Tisch gestellt. Proteo Laurenti fragte nach Rotwein, was offenbar eine Sünde war.

»Trinken Sie die Malvasia!« sagte der Wirt streng, und seine großen, roten Ohren bewegten sich tatsächlich. »Einen besseren Wein finden Sie nicht. Es ist der beste, den Sie je getrunken haben. Unsere Roten halten da nicht mit. Istrische Malvasia. Probieren Sie. Ich tausche ihn gerne um, wenn er ihnen nicht behagt. Aber probieren Sie.«

Laurenti tat, wie ihm geheißen, und selbst wenn ihm der Wein nicht geschmeckt hätte, wäre es ihm schwergefallen zu widersprechen. Doch der Wein war gut und hatte nichts mit den sonstigen Malvasia zu tun, die man in den Bars offen ausgeschenkt bekam.

»Sie sind Damir?« fragte Živa.

»Ja.« Er schaute sie fragend an.

Živa wechselte ins Kroatische, und Laurenti ahnte nur, daß sie erklärte, wer sie war. Der Wirt war höchstens ein paar Jahre älter als sie. Sein Gesicht hellte sich auf. Nach ein paar weiteren Sätzen kehrte Živa zum Italienischen zurück.

»Ich empfehle Ihnen rohen Fisch zum Anfang«, sagte Damir.

»Rohen Fisch?« Laurenti hob eine Augenbraue. »Japanisch?«

»Vergessen Sie japanisch! Damit hat das nichts zu tun.«

»Was meinst du?« fragte Proteo und verbesserte sich schnell. »Živa, was halten Sie davon?«

»Hört sich gut an!«

Damir verschwand ohne ein weiteres Wort von ihrem Tisch.

»Das war nett, Proteo! Bleiben wir dabei.« Živa hob ihr Glas.

Er schaute sie belemmert an. »Wobei?«

»Beim Du, bei was sonst? Meinst du nicht, daß es Zeit ist? Wir können uns nicht ständig umarmen oder an den Händen fassen wie frisch Verliebte und uns siezen!«

Er lachte. Und faßte ihre Hand.

Damir riß ihre Blicke auseinander, als er die rohen Scampi und eine Seezunge brachte, die sich, kalt und graubraun, farblich kaum von dem Servierbrett unterschied, auf dem sie lag.

»Sie ist sehr frisch. Noch keine vier Stunden hier«, sagte Damir. »Eßt.« Dann nahm er ein Filetiermesser und setzte einen chirurgischen Schnitt hinter den Kiemen des Tiers, rund um den Kopf. Mit seinen Fingern tastete er die Gräten von Bauch- und Rückenflossen ab, setzte zwei weitere Schnitte und hob mit der Messerspitze die Fischhaut hinter dem Kopf ab. Er griff sie mit den Fingern und zog sie mit einem kurzen Ruck ab. Von der Schwanzflosse her hob er die Filets an und legte sie auf ein Silbertablett. Dann drehte er den Fisch um und wiederholte die Prozedur. Proteo schaute ihm gebannt zu. Die Filets wurden in dünne Streifen geschnitten, mit Zitrone beträufelt, gepfeffert und gesalzen und schließlich mit reichlich Olivenöl angerichtet.

»Was ist das für ein Öl?« fragte Proteo.

»Teils eures, teils unsres. In größeren Teilen kommt es von euch. Man hat hier vergessen, wie man gutes Öl macht, obwohl überall Olivenbäume stehen, schon immer. Essen Sie zuerst die Scampi! Die Seezunge soll ziehen, aber nicht zu lange, sonst wird ihr Geschmack überdeckt.«

Sie hatten den Griff ihrer Hände erst gelöst, als sie zu essen begannen. Begeistert tauschten sie sich über den Geschmack der rohen Scampi aus und dann über den der Seezunge. Und dann kamen die Datteri, die Damir empfahl. Datteri! Proteo Laurenti dachte an das Mittagsmahl der Familie Gubian in Contovello, bevor zum Dessert die Bombe serviert wurde. Die verbotenen Muscheln.

Als sie die dritte Flasche Malvasia zur Hälfte getrunken hatten, war es fast Mitternacht. Nun kamen noch einige schwarzgebrannte Magenbitter, um das Mahl abzurunden. Proteo Laurenti fragte den Wirt nach einer weiteren Schachtel Zigaretten. Soviel wie heute hatte er zuletzt vor der Geburt seiner ältesten Tochter geraucht, bevor er die Qualen des Entzugs durchlitt. Das war fast dreiundzwanzig Jahre her.

*

Mario ging nicht, wie der Kellner der »Bar Italia« geraten hatte, nach Hause. Er schlurfte zum Colle di San Giusto hinauf, ging zwischen den Säulen des Forum Romanum durch und setzte sich auf den Sockel des waffenstarrenden Denkmals für die Gefallenen des Ersten Weltkriegs. Er schaute auf die Stadt hinab, und ein regelrechter Weinkrampf überfiel ihn. Hier oben gab es niemanden, vor dem er sich schützen mußte. Mario schrie und schrie und manchmal hörte es sich an wie das Geschrei rolliger Katzen im Mai. Wieder sah er den entsetzten Blick Giulianos, bevor er über Bord ging und in der sturmgepeitschten Adria verschwand. Jeden Abend sah er ihn. Er konnte es nur ertragen, wenn er trank. Doch dann gab es oft Momente, in denen sein Schmerz noch zunahm, bevor der Rotwein seine Sinne lähmte und ihn in einen bewußtlosen Schlaf zwang. Es mußte aus ihm heraus. Mit der Faust hieb er auf den Steinsockel, bis die Knöchel bluteten. Woher wußte Bruna, daß sie nicht allein draußen waren? War das ein

Trick Nicolettas, um ihn und Luca einzuschüchtern? Und das, obwohl sie glaubten, den Spieß umgedreht zu haben, als sie Nicoletta am Morgen an der Pescheria abpaßten. Nicoletta traute er alles zu. Es paßte gut zu ihr, sich nicht so leicht geschlagen zu geben. Mario erhob sich mit einem Ächzen, wischte sich das Gesicht mit dem Ärmel ab und machte sich wieder auf den Weg. Ein alter Mann, der Klarheit haben wollte. Er mußte nochmals mit Bruna sprechen.

Auf dem Parkplatz vor San Giusto war ein öffentlicher Fernsprecher. Er kramte ein paar Münzen aus der Hosentasche und wählte Brunas Nummer. Als sie abnahm, wußte er nicht, was er sagen sollte, und hängte ein. Er setzte sich auf eine Treppenstufe und dachte nach. Noch zweimal versuchte er es, und jedesmal war es das gleiche: Kein Wort brachte er über die Lippen. Schließlich beschloß er, zu ihr nach Hause zu gehen. Er mußte sie vor sich haben, wenn er mit ihr sprach. Dann könnte er auch die Gefahr einschätzen, die von ihr ausging. Und notfalls handeln.

Bruna hatte sich durchgesetzt. Wer könnte schon in ihre Wohnung kommen, wenn sie die Tür gut verschloß und die Kette vorhängte wie immer? Die Rolläden öffnete sie sowieso nie. Nachdem Nicoletta sich verabschiedet hatte, setzte Bruna sich in den Sessel und schaltete den Fernseher ein. Zwei Katzen drängten sich auf ihren Schoß, die anderen beiden strichen noch eine Weile um ihre Beine, bevor sie sich wie jeden Abend niederlegten und ihr die Füße wärmten. Bruna spürte den Rotwein. Sie war froh, daß sie ihrer Tochter endlich von ihrem Verdacht berichtet hatte und sich nun ausruhen konnte.

Drei Anrufe, die sie in kurzen Abständen aufschrecken ließen, machten ihr angst. Niemand meldete sich, sie hörte Straßengeräusche, aber keine Stimme und kein Atmen. Jedesmal wurde nach ein paar Sekunden wieder eingehängt. Bruna scheuchte die Katzen von ihrem Schoß und schaute durch den Spion. Als sie sah, daß das Treppenhaus leer war, öffnete sie die Tür und riß rasch das Namensschild von der Klingel. Jetzt stünde der Name Marasi nur noch im oberen Stock. Sie drehte den Schlüssel zweimal im Schloß und hängte die Kette vor. Bevor sie sich setzte, ging sie noch einmal zur Tür zurück und vergewisserte sich, daß sie alle Sicherungsmaßnahmen sorgfältig erledigt hatte. Dann stellte sie den Fernseher leiser. Noch einmal klingelte das Telefon. Sie hob nicht mehr ab. Bruna dachte an die Worte Marios und an den Bericht Nicolettas von ihrem Treffen mit Gubian. Der Mann war ihr unheimlich. Es war damit zu rechnen, daß er wieder nach Triest kam. Schon einmal hatte er Stunden vor dem Haus gewartet – auf Ugo. Aber auch Mario hatte etwas gesagt, das sie nicht vergessen konnte. War Mario ein Mörder? Auch wenn ihm niemand eine solche Tat zutraute: Bruna hatte genau gehört, wie er sagte, er hätte Ugo schon viel früher aus dem Weg räumen müssen. Was sollte das heißen? Daß er es wirklich war oder daß er nur mit dem Gedanken spielte? Gerade wenn man betrunken ist, sagt man doch Dinge, über die man sonst besser schweigt. Und was sollten diese Anrufe? Irgend jemand wollte ihr angst machen. Aber weshalb?

Solange sie niemanden hereinließ, konnte ihr nichts passieren. In den nächsten Tagen würde sie nur ausgehen, wenn viele Menschen auf der Straße waren. Aber sie mußte ohnehin nicht hinaus. Sie war noch zwei Wochen krank geschrieben und hatte das Nötigste im Haus. Und wenn etwas fehlte, konnte Nicoletta es besorgen. Morgen würde sie oben Ugos Sachen sortieren und die Kleider packen, damit die Armenhilfe sie abholen konnte. Viel Arbeit konnte die Wohnung nicht machen. Vielleicht würde sie dann sogar selbst einziehen, weil es bei ihr mit den Jahren so eng geworden war. Aber wer paßte eigentlich auf Nicoletta auf? Über diesem Gedanken nickte Bruna vor dem laufenden Fernseher ein.

Kurz nach Mitternacht hörte Bruna laute Schritte im Treppenhaus. Sie schaltete den Fernseher aus und ging leise durch den Flur. Sie sah das Treppenhauslicht durch die Türritze und ging auf Zehenspitzen weiter. Sie hörte die Schritte auf der unteren Treppe und erkannte, daß sie immer wieder innehielten. Als würde jemand verharren, um zu lauschen. Wie sie, aber auf der anderen Seite der Tür und noch ein paar Meter entfernt. Es schien ihr eine Ewigkeit, die sie im dunklen Flur stand und kaum zu atmen wagte. Dann hörte sie die Schritte wieder und wußte, daß sie näher kamen. Und dann gab es wieder eine Pause, aus der sie aufschreckte, als sie den klirrenden Lärm splitternden Glases vernahm. Sie hörte schweren Atem. Der Mann war direkt vor ihrer Tür. Bruna ging leise ins Wohnzimmer zurück, tastete nach dem Telefon und wählte die 113. Nach dem zweiten Klingeln meldete sich die Einsatzzentrale der Polizia di Stato. Ganz leise sprach sie in den Hörer.

»Hören Sie, er ist da! Er steht vor meiner Tür. Kommen Sie schnell.«

»Wie heißen Sie? Nennen Sie bitte Ihren Namen.«

»Bruna Saglietti«, flüsterte sie und der Beamte ergänzte so schnell, daß sie staunte, Straße, Hausnummer und Stockwerk. Ein Blick auf den Telefoncomputer hatte gereicht.

»Was ist genau los, Signora?«

»Er steht draußen. Er will mich umbringen. Ich kann ihn hören.«

»Wer?« Der Beamte gab via Computer den Einsatzbefehl an einen Streifenwagen.

»Ich weiß es nicht! Entweder Gubian oder Mario.«

»Ich schicke Ihnen einen Wagen. Wie heißt dieser Mario mit Nachnamen?«

»Einer von beiden. Ich muß auflegen, sonst hört er mich.«

»Legen Sie nicht auf, Signora. Bleiben Sie unbedingt am Apparat! Hören Sie, Signora? Wir können Ihnen besser helfen, wenn . . .«

Er war zu langsam. Bruna hatte ganz leise den Hörer aufgelegt und tapste zurück in den Flur. Wieder hörte sie den schweren Atem direkt vor ihrer Tür und ein Geräusch, das nur von einem Schuh kommen konnte, der sich langsam auf Glassplittern bewegte. Dieses Geräusch kannte sie. Vor ein paar Tagen hatte sie es oben gehört, als Ugo die Weinflasche an der Wand zertrümmerte. Dienstag morgen mußte das gewesen sein. Sie hörte, wie etwas an ihrer Tür entlangstrich, und kurz darauf einen dumpfen Schlag gegen das Holz. Auch die Klinke hatte sich bewegt. Aber die Kette hing davor, und den Schlüssel hatte sie zweimal umgedreht, da gab es keinen Zweifel. Dann hörte sie ein Kratzen und einen schweren Gegenstand, der an der Tür entlangstrich und auf dem Boden zu liegen kam. Sie stand da wie gelähmt und wagte nicht, sich zu bewegen.

Das Klingeln an der Haustür riß sie aus der Erstarrung. Das mußte die Polizei sein. Schnell suchte sie im Dunkeln den Türöffner und ließ ihn nicht mehr los, als könnte das das Eintreffen ihrer Retter beschleunigen. Sie hörte, wie Männer in schweren Schuhen die Treppe heraufrannten und dann Geschrei. Erst jetzt wagte Bruna, an die Tür zu treten und durch den Spion zu schauen. Sie sah die Schulter eines Uniformierten und hörte eine laute Auseinandersetzung. Ein Mann protestierte undeutlich, wirr und lautstark gegen seine Festnahme. Dann Stille, bis es an ihrer Tür klingelte. Bruna sah durch den Spion einen Polizisten mit ausdruckslosem Gesicht. Sie drehte den Schlüssel im

Schloß, ließ aber die Kette hängen. Sie öffnete die Tür einen Spaltbreit.

»Ja?«

»Polizia di Stato. Signora Bruna Saglietti?«

»Ja?«

»Sie haben uns gerufen. Sind Sie in Ordnung?«

»Ja.«

»Öffnen Sie bitte! Erzählen Sie uns, was los ist.«

»Nein.«

»Signora, bitte öffnen Sie!«

»Ist er noch da?«

»Wir haben ihn festgenommen. Haben Sie keine Angst! Bitte öffnen Sie.«

»Einen Augenblick! Ich komme gleich.«

Bruna drückte die Tür wieder in das Schloß, schaltete endlich das Licht an und suchte in ihrer Manteltasche nach dem Schlüssel zu Ugos Wohnung. Keinen würde sie hier hereinlassen. Nicht einmal die Polizei. Sie könnten oben reden, wenn es sein mußte. Dann löschte sie wieder das Licht und öffnete langsam die Tür.

Vor ihr stand ein großer Beamter, hinter ihm ein Kollege und dahinter ein weiterer Mann, der von den Polizisten verdeckt war.

»Ist er das?« fragte Bruna. Ihr Herz pochte wie irrsinnig. Gleich würde sie sehen, wer es war, Mario oder Gubian.

»Haben Sie keine Angst! Er kann ihnen nichts mehr tun. Er trägt Handschellen.« Der Polizist trat einen Schritt zur Seite. »Kennen Sie diesen Mann?«

Bruna senkte den Blick und sah die Scherben grünen Glases auf dem Boden, sowie Hals und Boden einer Flasche in einer Pfütze gelblicher Flüssigkeit, die von den Schuhen der drei Männer über den ganzen Treppenabsatz verschmiert war.

»Signora. Kennen Sie diesen Mann?«

Langsam hob sie die Augen.

»Sie?« rief sie erschrocken. Es war der Grieche aus dem obersten Stock!

Ritsos schaute sie mit einem stark geröteten Auge an. Das andere war durch eine dicke Binde verdeckt. Er wankte. Seine Hände waren tatsächlich in Handschellen, und er konnte sich nicht richtig am Geländer festhalten. Schwer prallte er dagegen und ging halb in die Knie.

»Kann man nicht einmal mehr in Ruhe nach Hause gehen?« lallte er.

Mit dem Griechen hatte sie nicht gerechnet. Hilflos schaute sie den Beamten an. »Nein«, sagte sie schüchtern. »Das ist er nicht. Der nicht.«

Putztag

Es war ein verfluchter Samstagmorgen, der 25. November, und die Sonne wollte nicht durch die tiefhängenden Wolken brechen. In der Nacht hatte es wieder zu regnen begonnen. Der Scirocco war abgeflaut und die Temperatur um einige Grad gefallen.

Laurenti tastete mit der Hand neben sich, aber das Bett war leer. Wahrscheinlich war sie im Bad und würde gleich zurück sein. Er döste wieder ein.

Irgendwann hörte er den Lärm des Preßlufthammers, und der Seewind wehte Fischgeruch durch das gekippte Fenster. Proteo Laurenti kam langsam in die Wirklichkeit zurück. Wo war er? Er schaute sich um. Diese Wände kannte er. Das war nicht das Hotel, und das Bett war viel größer als jenes, das er sich mit Živa geteilt hatte. Aber der Fischgeruch war da. Er kniff die Augen zusammen, blinzelte, rieb sich mit beiden Händen das Gesicht und war endlich wach. Das war sein Bett. Seines und Lauras Bett! Wie war er hergekommen? Was, um Gottes willen, war letzte Nacht passiert? Er schlug die Decke zurück und tapste ungelenk durch die Wohnung, schaute in alle Zimmer und ging dann ins Bad. Auf der Kloschüssel sitzend, die Ellbogen auf den Knien und den Kopf in die Handflächen gestützt, versuchte er das Puzzle des gestrigen Abends zusammenzusetzen.

Sie waren zurück nach Triest gefahren, als Damir den Laden schloß. Sie waren die letzten Gäste gewesen und Damir zeigte sich lange geduldig. Irgendwann hatte er ihnen ohne ein Wort die Rechnung auf den Tisch gelegt. Proteo bezahlte mit seiner Kreditkarte und lehnte ab, als Živa anbot, die Zeche zu teilen. Eine Stunde später waren sie in Triest. Betrunken und müde setzte er Živa am Hotel »Colombia« ab und fuhr nach Hause. Ohne sich die Zähne zu putzen, ließ er sich aufs Bett fallen und schlief sofort ein. Und der Fischgeruch? Er mußte von den Guati kommen, die die ganze Fahrt durch Istrien mitgemacht hatten und in der Plastiktüte neben seinem Bett lagen, halb verdeckt von seinen Kleidern. Oder kam er aus der Küche, wo noch immer sein Anzug lag? Hatte er wirklich alles nur geträumt? Proteo Laurenti fühlte sich zerschlagen wie nach einer zehnstündigen Flugreise, dabei hatten sie doch nur einen kleinen, anregenden Ausflug gemacht.

Vor dem Haus rissen Bauarbeiter der Gaswerke die Straße auf. Als Proteo Laurenti seinen Wagen suchte, fand er ihn nicht mehr. Dort, wo er glaubte, ihn in der Nacht abgestellt zu haben, schauten die Helme von zwei Männern aus der Baugrube. Er überlegte, wo der Wagen sonst stehen konnte, aber ein anderer Platz kam nicht in Frage. Zum ersten Mal seit langem hatte er einen Parkplatz direkt vor dem Haus gefunden, und jetzt? Die Welt war gegen ihn. Er ging zurück in die Wohnung und rief die Vigili Urbani an. Man sagte ihm, daß der Dienstwagen ins städtische Depot geschleppt worden war. Er schimpfte mit dem diensthabenden Beamten und beschwerte sich, daß man ihn nicht verständigt hatte. Bei der Überprüfung der Autonummer hätten sie doch leicht feststellen können, um wessen Fahrzeug es sich handelte. Der Vigile redete sich mit der Vorschrift bei Notfällen heraus. Gasgeruch sei gemeldet worden, was hätten sie schon anderes tun können. Ob er es vorgezogen hätte, in die Luft zu fliegen, fragte er, und Laurenti legte mißmutig auf. Dann stopfte er den Anzug in eine Plastiktüte und machte sich zu Fuß auf den Weg zur Reinigung in der Via Lazzaretto Vecchio. Als Silvana ihn freundlich begrüßte, nach Laura und den Kindern fragte und über den Gestank seines Anzugs scherzte, rang er sich ein müdes Lächeln ab. Erst auf dem Rückweg ordneten sich seine verwirrten Gedanken.

Irgendwann waren sie zum Du übergegangen. Sie hatten ausgezeichnet zu Abend gegessen und viel getrunken. Rohe Seezunge? Ja, sie hatten wirklich rohen Fisch gegessen, das hatte er nicht geträumt. Sie hatten sogar darüber geredet, daß sie nicht mehr fahren sollten und es vernünftiger wäre, ein Hotel zu suchen. Wäre das wirklich vernünftiger gewesen? Proteo Laurenti war plötzlich nicht mehr so sicher. Andererseits …

Heute früh würde er zu Hause endlich saubermachen, den Müll, die Pizzaschachteln, Bierflaschen, Kippen und den Kaffeesatz in feste schwarze Plastiksäcke füllen. Er durfte diese Guati im Schlafzimmer nicht vergessen, die dort vor sich hinstanken. Eine neue Kaffeemaschine mußte er auch kaufen. Außerdem Zeitungen und Lebensmittel. Er verspürte große Lust, Ordnung zu machen. Aber zum Einkaufen brauchte er den Wagen. Also rief er Sgubin an, damit er ihn zum städtischen Abschleppplatz brachte. Zwanzigtausend Lire für ein Taxi, das war ihm zuviel. Er hatte in den letzten Tagen dem Staat schon genug Geschenke gemacht: die Bücher, die Reinigung, das Abendessen in Cittanova.

Als er auf die Straße kam, wartete Sgubin schon auf ihn.

»Buongiorno, Antonio.«

Sgubin runzelte die Stirn. Sein Chef nannte ihn nur sehr selten beim Vornamen. Erstaunlich genug, daß er ihn überhaupt behielt.

»Wie geht's?«

Laurenti winkte ab. »Fahr mich bitte hoch zu den Vigili Urbani, die Dummköpfe haben meinen Wagen abgeschleppt.« Der Blick, den er ihm zuwarf, machte Sgubin klar, daß eine witzige Bemerkung über das Verhältnis des Chefs zu seinem Wagen fehl am Platz war.

»Was war gestern noch los?« fragte Laurenti.

»Du hast nichts verpaßt. Wir waren zweimal auf dem Viale XX Settembre, weil einer von den Rechtsextremen mit einer Axt Bier bestellen wollte. Ein anonymer Anruf. Als die Streife eintraf und ihn festnahm, rotteten sie sich zusammen. Die Kollegen mußten Verstärkung anfordern. Die Typen sind dann sofort verduftet. Das ist der Nachteil des Viale. Zu viele Bars. Die haben sich einfach in die Kneipen in der Nähe verdrückt. Aber von zweien haben wir die Personalausweise, und ein paar andere haben die Kollegen in der Kartei erkannt. Sie werden heute vernommen. Es würde mich wundern, wenn sie nicht bald redeten. Bevor es ihnen selbst ans Leder geht, packen die meisten aus.«

»Ist die ›Bellavia‹ endlich zu?«

»Ja. Das Ordnungsamt war um achtzehn Uhr endlich soweit.«

»Und sonst?«

»Nicht viel.«

»Dann ist ja gut.« Laurenti sank in seinen Sitz zurück und legte unter dem kritischen Blick Sgubins seine Beine auf die Ablagefläche unter der Windschutzscheibe. »Halt mal da vorne kurz an. Ich will mir den ›Piccolo‹ kaufen.«

Sgubin hielt am Ende der Via Diaz auf einem Behinderten-Parkplatz.

»Bin gleich zurück«, sagte Laurenti und ging in den Laden, in dem er sich auf dem Weg zur Arbeit sonst jeden Morgen die Zeitungen holte. Außer in dieser Woche. Zuletzt war er am vergangenen Sonntag hier, als die Bora nera den Schnee durch die Stadt trieb.

»Warst du Skilaufen?« fragte Gianna, als er den Laden betrat.

»Ja, daher die Farbe«, sagte Laurenti, der wie ausgekotzt aussah.

»Laura habe ich auch die ganze Woche nicht gesehen.

Ich dachte mir schon, daß ihr unterwegs seid. Willst du den ›Piccolo‹?«

»Ja. Und den ›Corriere‹ auch«, sagte er wie jeden Samstag.

»Dreitausendsiebenhundert.«

»Gib mir bitte noch eine Schachtel Marlboro und ein rotes Feuerzeug.«

Gianna runzelte die Stirn. »Schon das zweite Mal in dieser Woche, Proteo.« Sie legte die Zigaretten auf den Tresen. »Ich dachte, du rauchst nicht.«

»Sag mal, Gianna, überwachst du mich? Ich rauche wirklich nicht! Die brauche ich für die Arbeit. Was macht's?«

»Zehntausendachthundert, und grüß Laura von mir.«

»Wenn ich sie sehe«, murmelte er übellaunig vor sich hin.

Er riß die Packung auf und steckte sich eine Zigarette an. »Ich hoffe, es stört dich nicht, Sgubin. Los, fahr schon.« Dann blätterte er in der Zeitung. Bevor er zu den Tageshoroskopen kam, stieß er auf die Doppelseite mit den Nachrichten aus der Region.

»Halt! Sgubin, halt an!«

»Was ist los? Was hast du?« fragte sein Assistent besorgt.

Laurenti knallte ihm die Zeitung auf den Schoß. »Hier! Lies selbst!«

Jugendliche verüben Anschlag auf Haiders Projektionswand, lautete die Headline. *Die Übertragung der Ansprache des Kärntner Landeshauptmanns Jörg Haider kann voraussichtlich nicht stattfinden. Haider wollte am Sonntag eine Rede an seine Nachbarn in Friaul halten, die auf einer sieben mal zehn Meter großen Projektionswand auf der Piazza Matteotti in Udine übertragen werden sollte. Am Freitag abend gegen dreiundzwanzig Uhr stürmte eine Gruppe Ju-*

gendlicher, die in der Nähe eine Party feierte, die technische Anlage und steckte sie mit Hilfe zweier Benzinkanister in Brand. Die von Nachbarn alarmierte Polizei konnte vier Jungen und ein Mädchen im Alter von 17 bis 21 Jahren festnehmen. Die Polizei übermittelte uns lediglich die Initialen: A. V., 19, C. C., 18, beide aus Udine, G. F., 21, aus Butrio, M. L., 17, aus Triest. Das Mädchen, L. Z., 18, stammt ebenfalls aus Triest. Die Anzeige lautet auf Sachbeschädigung und groben Unfug. Eine Wache der Lega Nord beschützt seit gestern nacht die Großleinwand. Wahrscheinlich wird es nicht mehr gelingen, die notwendigen Ersatzteile rechtzeitig zu beschaffen und den Schaden zu reparieren. Die Lega Nord kündigte an, Haiders Ansprache notfalls eine Woche später zu wiederholen.

»Und? Weshalb regst du dich auf?« fragte Sgubin. »Ist doch gut so.«

Laurenti stieß heftig den Rauch einer neuen Zigarette aus und riß Sgubin die Zeitung aus der Hand. »Hier! Hast du das nicht gesehen? M. L., 17, aus Triest! Rat mal, wer das wohl ist? Na? Fällt's dir ein? Hast du schon einmal den Namen Marco Laurenti gehört? Und diese L. Z. ist wahrscheinlich seine Freundin Luciana. Sie ist auch noch älter als er, porcamiseria!«

»Ich weiß schon, weshalb ich keine Kinder habe«, sagte Sgubin und wollte den Wagen starten.

»Warte noch!« Laurenti wählte am Mobiltelefon Lauras Nummer und stieg aus.

Sie meldete sich nach dem dritten Klingeln.

»Hast du heute schon Zeitung gelesen?« schnauzte Laurenti ins Telefon, ohne sie zu grüßen.

»Ja, warum?«

»Warum? Kannst du nicht mehr lesen? Dein Sohn hat vermutlich große Probleme. Und ich auch. Und du auch.«

»Was ist los? Wovon sprichst du?«

»Fahr sofort nach Udine und hol ihn da raus! Du bist

näher dran, und ich muß arbeiten. Außerdem wäre das alles nicht passiert, wenn du hier wärst. Aber ein Sohn ohne Mutter – was will man da anderes erwarten? Wenigstens bist du nicht in Cittanova mit diesem Arschloch von Versicherungsbetrüger.«

»Proteo! Bist du verrückt? Wovon redest du? Ich verstehe kein Wort!«

»Marco sitzt vermutlich seit gestern abend in Udine hinter Gittern. Lies wenigstens die Zeitung richtig, wenn du schon nicht da bist, verflucht! Und wenn du dich noch daran erinnern solltest, daß du seine Mutter bist, dann hol ihn da raus! Und ruf mich an, wenn du was weißt.« Er hängte ein und ging zurück zum Wagen. »Los, fahr schon«, schnauzte er Sgubin an.

Die Scherze des diensthabenden Vigile, der ihm den Wagen aushändigte, überhörte Proteo Laurenti. Er grüßte nicht einmal zurück, als man ihm die Schranke öffnete, damit er vom Gelände des städtischen Abstellplatzes fahren konnte. Er fuhr zum Büro und rannte die Treppe hinauf, suchte die Nummer der Questura in Udine heraus, wählte und legte auf, bevor jemand abnahm. Nein, er wollte und er durfte nicht intervenieren. Er mußte seine Finger raushalten. Marco schadete es nicht, einen Tag mit den anderen in einer Zelle zu verbringen. In dieser Zeit richtete er wenigstens keinen weiteren Unfug an. Und Laura sollte sich ruhig ein bißchen Sorgen machen und sich kümmern. Vielleicht begriff sie auf diese Weise endlich, daß sie auf dem Holzweg war.

Wenig später schaltete er den Computer ein, um den Polizeibericht seit gestern nachmittag durchzulesen. Noch immer hatte er das Gefühl, daß er viel länger als nur ein paar Stunden aus Triest weg gewesen war, so als müßte er sich völlig neu einfinden. Die ersten Meldungen waren belanglos, dann riß ihn das Telefon aus der Lektüre.

»Proteo, bist du's?« Es war die tiefe Stimme Ettore Orlandos von der Guardia Costiera.

»Ach, Ettore. Was machst du heute im Büro?«

»Könnte ich dich auch fragen. Ich habe eine gute Nachricht für dich, von der ich nicht weiß, ob sie dir gefällt!«

»Marasi? Habt ihr doch noch was gefunden?«

»Nicht die Spur. Aber die Frau des toten Fischers war hier. Sie behauptet, daß die ›San Francesco‹ Dienstag nacht nicht allein draußen war, sondern ein anderes Schiff getroffen habe.«

»Wen?«

»Das weiß sie nicht. Aber sie sagte, Marasi habe sich verplappert.«

»Ist diese Frau ernst zu nehmen?«

»Ich glaube schon. Sie macht einen sehr vernünftigen Eindruck. Ich habe selbst mit ihr gesprochen, sie ist soeben gegangen. Das Protokoll erreicht dich in einer halben Stunde per Fax. Kannst du dir etwas darunter vorstellen? Ich meine, geben deine Ermittlungen vielleicht einen Hinweis darauf, wer der andere sein könnte?«

»Durchaus: Antonio Gubian. Der Vater der Leute in Contovello. Er ist im Alter Marasis. Wie sein Schiff heißt, weiß ich nicht. Schick eine Anfrage an deine kroatischen Kollegen.«

»Wie wär's, wenn du deine neue Geliebte fragtest. Das ginge erheblich schneller, nehme ich an.«

»Laß die Scherze, Ettore! Ich habe dir schon mal gesagt, daß du mit deinen Vermutungen auf dem Holzweg bist.«

»Man hat euch gestern nachmittag händchenhaltend hinter Sant' Antonio gesehen.«

»Wer?«

»Irgend jemand. Mach's diskreter. Die Stadt ist zu klein, Proteo. Jeder kennt dich hier. Es würde mich wundern, wenn man es Laura nicht auch schon zugetragen hätte.«

»Beruhige dich, da ist wirklich nichts. Vernimmst du eigentlich die beiden Fischer nochmals?«

»Gleich Montag vormittag. Wir haben sie vorgeladen.«

»Dann halte mich bitte auf dem laufenden.«

»Wie waren übrigens die Guati? Hast du sie wirklich allein gegessen?«

»Ettore, vergiß es! Nicht einmal das habe ich gemacht. Ich mußte sie wegwerfen, weil ich vor lauter Arbeit nicht zum Kochen kam. Nicht einmal dazu, sie in den Kühlschrank zu legen.«

»Dann kauf das nächste Mal ein paar mehr und lad mich ein. Bis bald.«

Laurenti wurde ein zweites Mal aus seiner Lektüre des Polizeiberichts gerissen. Diesmal war es Tozzi von der Guardia di Finanza. Noch einer, der samstags am Schreibtisch saß.

»Dieser Gubian ist wieder hier. Nachdem Sie mich das letzte Mal beschimpft haben, weil wir ihn nach dem Geschrei dieser Frau nicht festgenommen haben, könnten wir es ja jetzt tun. Auch wenn nichts gegen ihn vorliegt.« Tozzi hatte ihm also noch immer nicht restlos verziehen. Sein Ton schwankte zwischen Ironie und Spott. »Er steht seit zwei Stunden unten auf der Straße und rührt sich nicht von der Stelle. Ich dachte, das interessiert Sie vielleicht, Laurenti.«

»Allerdings. Wo, sagten Sie, ist er?«

»Er steht versteinert wie ein Mahnmal auf dem Bürgersteig gegenüber der ›Boutique du poisson‹. Wenn er der Mörder Marasis wäre, würde er sich das kaum trauen. Meinen Sie nicht auch?«

»Eher nicht, aber ich habe in meinem Leben schon genug Verrückte gesehen«, gab Laurenti zögerlich zu. »Können Sie ihn eine Weile im Auge behalten? Ich schicke so schnell es geht jemanden vorbei.«

»Ja, aber beeilen Sie sich.«

»Was macht die Marasi?«

»Sie kam zweimal heraus und schaute zu ihm hinüber. Sonst nichts.«

»Noch eine Frage, Tozzi. Haben Sie schon Erkenntnisse über Nicoletta Marasis Kontenbewegungen?«

»Wir sind dran. Die Unterlagen haben wir gestern noch erhalten. Wir stellen sie im Moment der Liste von Marasis Fahrten in internationale Gewässer gegenüber, die die Guardia Costiera geschickt hat. Es dauert noch. Montag wissen wir mehr.«

»Danke, Tozzi.« Laurenti knallte den Hörer auf

Nicht nur für Sgubin, auch für Marietta war nach dem Anruf ihres Chefs der freie Samstag vorbei. Laurenti war ans Fax gegangen, wo er nicht nur das Protokoll der Aussage Eliana Scropettis vorfand, sondern auch den Bericht des Labors, der ihn gestern nicht mehr erreicht hatte. Der Befund war eindeutig: die weiße Masse in dem Plastikbeutel war Stukkaturgips. Selbst die Marke hatten die Laboranten dazugeschrieben. Es war eine Finte der beiden Fischer, die jedoch bei Nicoletta gezogen hatte. Davon hatte sich Laurenti gestern morgen selbst überzeugen können. Aber dann verfinsterte sich sein Gesicht, und Marietta, die ihn wie üblich fröhlich begrüßte, bekam die erste Salve ab.

»Warum hast du mich gestern nicht über diesen Befund verständigt, verdammt?«

»Welcher Befund?«

»Dieses Ding hier!« Laurenti fuchtelte mit dem Fax. »Der Laborbericht.«

»Der war noch nicht da, als ich ging.« Sie stand wie angewurzelt da, den linken Arm noch immer im Ärmel des Mantels. »Was steht drin?«

»Nichts. Gips!«

»Und weshalb regst du dich auf?«

In diesem Moment kam Sgubin herein, und Marietta warf ihm neben einem Kußmund einen warnenden Blick zu, verdrehte die Augen und tippte sich an die Stirn.

»Hast du mir vorhin nicht gesagt, daß gestern außer den Nazis nichts vorgefallen sei?« schnauzte ihn Laurenti an, bevor er etwas sagen konnte.

»Warum?«

Laurenti tobte. »Spinnt ihr eigentlich? Kaum bin ich mal ein paar Stunden nicht da, geht hier alles auseinander. Was ist das? Sgubin!« Er pochte wie wild mit dem Finger auf den Bildschirm.

Sgubin beugte sich herüber und Marietta spähte ihm über die Schulter.

»Das habe ich vergessen«, gestand Sgubin kleinlaut.

»Das? Vergessen?« Laurenti ließ sich in seinen Schreibtischsessel fallen. »Wie kann man so etwas vergessen?«

»Was ist das?« fragte Marietta.

»Hier steht, daß Bruna Saglietti gestern kurz nach Mitternacht die Polizei verständigte – das sind wir, meine lieben Freunde! Nur zur Erinnerung! –, weil sie sich bedroht fühlte. Die Streife verhaftete den besoffenen Griechen aus dem obersten Stock. Man hat ihn heute früh wieder freigelassen. Aber bei der Befragung gab sie an, daß sie sich von Gubian oder diesem Mario bedroht fühlte. Fällt irgend jemandem irgend etwas dazu ein? Nein? Mir schon!« Er sprang wieder auf. »Erstens: dieser Mario ist einer der Fischer, die mit Marasi fuhren. Zuerst ist Montag nacht einer von ihnen angeblich bei einem Unfall ertrunken, nur daß bis heute seine Leiche fehlt. Dienstag nacht hat es Marasi erwischt. Und gestern nacht ruft seine Frau an, weil sie sich von diesem Mario bedroht fühlt. Na? Selbst der dümmste Polizist müßte da doch auf die Idee kommen, daß bei diesem Mario etwas komisch ist. Zweitens hat die Saglietti diesen Gubian auf der Straße als Mörder bezeichnet, und drittens hat Gubian ihrer Tochter gestern damit gedroht, sie umzubringen. Und heute steht er vor dem Fischladen Nicolettas. Das könnt ihr noch nicht wissen, weil Tozzi es mir erst vor ein paar Minuten gesagt hat. Daß die Saglietti die Witwe Marasis ist, weiß hier jeder. Oder etwa nicht? Wir könnten große Fortschritte machen, aber ihr ruht euch aus, turtelt rum oder was auch immer, verflucht noch mal!«

Marietta und Sgubin fanden keine Gelegenheit, zu protestieren. Proteo Laurenti war in voller Fahrt. »Noch ist alles relativ einfach. Nicoletta wird ihren Laden kaum vor dreizehn Uhr dreißig verlassen, wenn sie ohnehin schließt. Aber sie muß beschattet werden. Gubian braucht wohl keinen eigenen Aufpasser, weil er ziemlich sicher Nicoletta hinterherlaufen wird. Ich will, daß man mich über jeden ihrer Schritte informiert. Sgubin, das machst du. Außerdem muß schleunigst eine Streife vor das Haus der Saglietti.«

»Daß ich Nicoletta überwachen soll, halte ich für keine gute Idee«, widersprach Sgubin. »Sie weiß, wer ich bin.«

»Eben deshalb, Sgubin! Genau das will ich. Sie muß wissen, daß wir ihr auf den Fersen sind. Vielleicht macht sie dann endlich einen Fehler. Sie soll dich ruhig sehen, hast du verstanden. Aber behalte auch Gubian im Auge.«

»Und was soll ich tun?« fragte Marietta.

»Du bleibst hier im Büro, bis der Fall gelöst ist.«

Marietta lachte kurz auf. »Du bist wirklich verrückt, Laurenti! Das kann dauern.«

»Dann läßt du dir eben eine Zahnbürste bringen. Davor will ich aber diesen Mario hier sehen. Und zwar innerhalb der nächsten halben Stunde. Los jetzt. Macht euch an die Arbeit.«

Marietta schaute ihn an, als wollte sie Feuer spucken, und blieb noch einen Augenblick stehen, nachdem Sgubin schon das Weite gesucht hatte. Doch dann verzog auch sie sich wortlos in ihr Büro nebenan und schloß zum ersten Mal seit langem die Tür mit Wucht hinter sich.

*

Die Streife traf Mario nicht zu Hause an. Sie folgten den Anweisungen Mariettas, fuhren einmal quer durch die Stadt bis in die Via San Severo unterhalb der Universität. Sie fanden ihn schließlich bei Luca und dessen Frau am Mittagstisch. Um vierzehn Uhr zwanzig saß er vor Laurenti und fragte, weshalb man ihn nicht einmal den Nachtisch essen ließ.

Laurenti stand auf und ging im Zimmer hin und her, während der Fischer maulte. Dann ging er ohne eine Antwort hinaus und kam wenig später mit dem Aufnahmegerät zurück, knallte es auf den Tisch, sprach drei Worte ins Mikrofon, beobachtete währenddessen die Anzeige, und spulte das Band zur Kontrolle zurück. Mario sah ihm interessiert zu.

»Samstag, 25. November 2000... – Triest – Büro Proteo Laurenti, Commissario IV qualifica, Polizia di Stato – Einvernahme des Mario ... Wie ist Ihr Nachname?«

Mario sagte seinen Namen und Laurenti wiederholte ihn. »Verdächtiger in der Mordsache Giuliano Scropetti, wie auch des Mordes an Ugo Marasi.«

Mario riß schon bei der Nennung Giulianos die Augen auf, fand aber keine Worte, um zu protestieren. Laurenti nahm es befriedigt zur Kenntnis und stellte das Mikrofon in die Mitte des Tisches.

»Fangen wir ganz am Anfang an. Die Nacht von Montag auf Dienstag, als Sie mit der ›San Francesco‹, einem Kutter, an dem Sie eigene Anteile haben, in internationalen Gewässern angeblich einen Unfall hatten, bei dem Giuliano Scropetti über Bord ging und ertrank. Ist das richtig?«

Mario nickte.

»Antworten Sie laut und sprechen Sie in das Mikrofon.«

»Ja.«

»Wir sprechen über die Mordsache Scropetti, Giuliano, 21. November ...«

Mario fiel ihm ins Wort. »Das war kein Mord! Es war ein Unfall!«

»Es liegt eine Zeugenaussage vor, die besagt, daß es sich um Mord handelt«, antwortete Laurenti unbewegt. »Wer waren die anderen?«

»Ich verstehe Sie nicht.« Mario stand der Mund vor Staunen offen.

»Sie haben sich mit einem anderen Schiff getroffen, als der Unfall passierte!«

Mario zögerte einen Augenblick und sagte dann: »Nein.« Seine Hände waren stark gerötet.

»Wir wissen, daß ein zweites Schiff da war. Bleiben Sie bei Ihrer Aussage?«

»Ja.«

»Sie lügen! Wir wissen, daß Sie sich mit Gubian getroffen haben. Antonio Gubian aus Pola. Aber gehen wir noch ein Stück weiter: Einen Tag später, Dienstagnacht, laut Gutachten der Gerichtsmedizin etwa zwischen neunzehn und zweiundzwanzig Uhr, wird Ihr anderer Kollege, Ugo Marasi, ebenfalls Eigner der ›San Francesco‹, ermordet und am Mittwoch an der Foiba von Monrupino mit einer Harpune im Herz gefunden. Können Sie dies bestätigen?«

»So stand es in der Zeitung.«

»Und heute, kurz nach Mitternacht, verständigte Bruna Saglietti die Polizei. Sie sagte, sie fühle sich von Ihnen bedroht.« Laurenti machte eine lange Pause und starrte Mario mit kaltem Blick an. Dann ließ er seiner Phantasie freien Lauf. »Signora Saglietti sagte aus, daß der Tod Giuliano Scropettis kein Unfall war, und ist bereit, dies zu beeiden.« Laurenti steckte sich eine Zigarette an und blies Mario den Rauch ins Gesicht, so wie er es als junger Polizist getan hatte, als er glaubte, daß dies die Verhörten beeindrucke. »Haben Sie dazu etwas zu sagen?«

»Bruna spinnt! Sie ist schon lange etwas merkwürdig.«

»Bruna Saglietti sagt, daß Sie damit zu tun haben. Sie ist davon überzeugt, daß Sie am Tod dieses Giuliano Scropetti schuld sind. Danach haben Sie Ugo Marasi umgebracht, weil er das unter Ihnen vereinbarte Schweigen brechen wollte. Wo waren Sie Dienstag abend?«

Mario kratzte sich am Kopf. »Zum Abendessen bei Luca. Wo ich auch heute zum Mittagessen war, bevor Sie mich holen ließen. Fragen Sie ihn.«

»Das haben wir schon getan«, log Laurenti weiter und lehnte sich neben Mario auf den Tisch. Mario kratzte sich am linken Unterarm.

»Bruna Saglietti ist bereit, ihre Aussage zu beeiden.«

»Das kann sie nicht! Sie lügt! Und übrigens, welches Motiv sollte ich haben, Giuliano umzubringen?«

»Sie und Ihr Kollege Luca Vidulini wollten seinen Anteil, weil Sie aufhören wollten. Doch Giuliano wollte nicht verkaufen und hielt zu Marasi. Der hat Ihnen aber zu wenig angeboten, als daß es als Lebensunterhalt gereicht hätte. Darüber hatten Sie heftigen Streit!«

»Jetzt reicht's aber! Das sind Hirngespinste. Los, sperren Sie mich doch ein. Bruna hat Ihnen diesen Unsinn nicht erzählt. Auf keinen Fall! Sie hatte keine Ahnung davon, was bei uns lief.« Mario bebte vor Empörung und Zorn.

»Bleiben Sie ganz ruhig!« Laurenti ging um den Tisch herum und stützte sich mit beiden Händen auf die Tischplatte. »Ugo Marasi hat ihr alles erzählt, und die Saglietti hat es aufgeschrieben.« Laurenti zog ein paar Blätter Papier aus einer Akte, wedelte damit herum, warf sie zurück und klappte den Pappdeckel zu.

»Das ist unmöglich!« Mario lachte bissig. »Ugo hat seit

über zwanzig Jahren nicht mehr mit Bruna gesprochen. Erzählen Sie mir nichts, sie wohnten nicht einmal mehr zusammen. Sie wollen mich reinlegen. Aber das schaffen Sie nicht, Sie verdammter ...«

Laurenti hob eine Hand. »Sagen Sie's ruhig! Los! Es macht mir nichts aus, wenn Sie mich beleidigen! Sie haben wesentlich größere Probleme.« Plötzlich schoß ihm die letzte Äußerung des Fischers durch den Kopf. »Sie werden schon reden. Das schwöre ich Ihnen!« Laurenti drückte die Zigarette aus und setzte sich. »Was meinten Sie damit, daß Marasi nicht mit seiner Frau redete?«

»Genau das, was ich sagte. Er hat sie vor langem verlassen. Er war ein Schwein. Er hat sich die Wohnung über ihr genommen und nicht mehr mit ihr geredet. Er hat sich nicht einmal scheiden lassen. Bruna hat das nie verkraftet. Und Sie wollen mir erzählen, daß es anders war?«

»Warten Sie«, sagte Laurenti.

Er ging zu Marietta ins Sekretariat. Sie wich zurück, als er ihr ins Ohr flüstern wollte, und erst dann verstand sie, daß es kein Versöhnungversuch war. »Wo sind die Adressen von Ugo Marasi und Bruna Saglietti?«

Sie kramte in ihren Unterlagen und zog zwei Blätter heraus. »Hier, warum?«

Er fuhr mit dem Finger über die Angaben und sah, daß bei Bruna im Feld der Stockwerksangabe eine römische eins und bei Ugo eine zwei stand. Er faßte sich an die Stirn. »Deshalb. Jetzt verstehe ich alles. Aber das konnte nicht auffallen!«

»Was?« fragte Marietta, doch Laurenti schloß schon wieder die Tür hinter sich.

Ganz ruhig setzte er sich Mario gegenüber, schaltete das Tonband mit einem hörbaren Tastendruck wieder ein und nahm befriedigt zur Kenntnis, wie Marios Augen dem Klacken folgten. Der Mann war von dieser Situation immer noch beeindruckt.

»Wir werden Ihre Aussage überprüfen.« Sein Ton war versöhnlich. »Bruna Saglietti sagte aus, daß Ugo Marasi sein Schweigen nach dem Tod Giuliano Scropettis gebrochen habe.«

»Unmöglich«, sagte Mario. »Sie kannten Ugo nicht. Haben Sie eigentlich einen Haftbefehl?«

»Den brauche ich nicht. Was haben Sie mit Gubian da draußen gemacht?«

»Ich sagte Ihnen schon einmal, daß er nicht da war. Würden Sie rausfahren, wenn man Ihren Sohn umgebracht hat?«

»Sie können gehen«, sagte Laurenti abrupt. Er mußte das Verhör sofort abbrechen, bevor ein Gespräch zustande kam. Seine Spekulationen taugten nur, solange der Fischer überrumpelt war. Er durfte den Überraschungseffekt nicht zerstören, der Mario noch unübersehbar in den Knochen steckte. Laurenti schaltete das Band ab. Doch der Mann stand noch immer nicht auf.

»Gehen Sie!« herrschte Laurenti ihn an und riß die Tür auf. »Los. Verschwinden Sie!«

»Was war denn da los?« Marietta konnte ihre Neugier nicht im Zaum halten.

Laurenti lehnte tief in seinem Stuhl, hatte die Füße auf dem Schreibtisch, trommelte mit einer ungerauchten Zigarette auf die Tischplatte und schaute zum Fenster hinaus.

»Ich weiß nicht, wie man so leben kann«, sagte er. »Wenn das wahr ist, was dieser Fischer sagte, dann ist es furchtbar. Zwei Menschen, in einem Haus, in zwei verschiedenen Stockwerken, verheiratet und nicht geschieden, getrennt, aber nahe. Und haben nichts miteinander zu tun. Da ist es doch besser, man trennt sich gleich und mit Anstand, wenn es nicht mehr klappt, anstatt sich und den anderen zu quälen. Ich muß nachdenken.« Er steckte sich die Zigarette in den Mund, zündete sie aber nicht an.

»Worüber? Würdest du bitte Klartext reden?«

»Steht eigentlich schon jemand vor dem Haus, in dem Bruna Saglietti wohnt?«

»Natürlich!«

»Wer?«

»Eine Streife.«

»Was? Die erkennt doch jeder! Laß sie sofort durch Zivilbeamte ablösen!«

»Sag's doch gleich«, murrte Marietta und ging in ihr Büro hinüber.

Er nahm die Füße vom Tisch, zündete die Zigarette an und inhalierte tief.

»Ich mache ein paar Schritte. Darüber muß ich nachdenken, wie man so leben kann! Ruf mich sofort an, wenn auch nur das Geringste passiert! Und tippe bitte das Band ab, wenn du dazu kommst.«

Marietta begriff, daß es sinnlos war, ihn weiter zu fragen. Natürlich käme sie dazu, sie hatte ja sonst nichts zu tun, außer dazusitzen und bereit zu sein. Aber diesen leicht abwesenden Gesichtsausdruck ihres Chefs kannte sie gut genug. So war er Gott sei Dank nur, wenn er ganz in die Arbeit vertieft war, die Fährte aufnahm wie ein Kojote, oder wenn er zu Hause Krach hatte. Im Moment galt beides.

»Wann kommst du wieder?« rief sie ihm hinterher.

»Nachher!« murmelte er, als er schon im Flur war. Sie konnte es kaum hören.

*

Mario kochte vor Wut, als er nach dem Verhör auf die Via del Coroneo hinaustrat. Er fühlte sich verraten und fragte sich, weshalb der Kommissar ausgerechnet ihn verdächtigte, Giuliano umgebracht zu haben. Es war unbegreiflich, daß Bruna so etwas gesagt haben sollte. Außerdem war es unvorstellbar, daß Marasi sein Schweigen gegenüber Bruna gebrochen hatte. Weshalb sollte ein Sadist wie er plötzlich sein Verhalten ändern? Mario ging nach hundert Metern in die »Bar X« und verlangte ein Glas Merlot, das er in einem Zug herunterstürzte, und gleich danach ein zweites. Seine Nervosität legte sich ein bißchen. Sollte er Luca anrufen und ihm von dem Verhör erzählen? Er wartete sicher schon auf eine Nachricht oder rechnete damit, selbst abgeholt und vernommen zu werden. Aber der Polizist hatte doch nur ihn beschuldigt, von Luca war nicht die Rede. Oder war es ein Trick? Er bezahlte und ging weiter. Auf dem Viale XX Settembre wartete er schließlich vor einem Münzfernsprecher, der von einigen Jugendlichen belegt war, die den Hörer von Hand zu Hand gaben und scherzten. Mario wartete fünf Minuten. Als er begriff, daß die Jungen das Spiel noch nicht so schnell aufgeben würden, ging er in die nächste Bar und trank ein weiteres Glas. Die Plaudereien des Kellners beantwortete er nur mit einem Knurren und behielt das Telefon im Auge. Als es endlich frei wurde, verließ er grußlos die Bar.

»Luca, es gibt Probleme.«

»Was ist los? Was wollten sie von dir?«

»Die Polizei behauptet, ich hätte Giuliano umgebracht. Bruna soll das gesagt haben.«

»War sie selbst da?« fragte Luca.

»Nein.«

»Das ist unmöglich. Wie kann sie das behaupten?«

»Ich glaube nicht, daß sie es gesagt hat. Aber ich bin mir nicht sicher. Ugo soll ihr das erzählt haben.« Mario schaute sich um. Er befand sich in der Nähe des Kaufhauses, in dem Bruna arbeitete. Vielleicht begegnete er Bruna zufällig auf der Straße. Aber außer der Gruppe Jugendlicher war niemand zu sehen.

»Ugo? Ausgeschlossen.«

»Ich werde mit Bruna reden. Ich will das von ihr selbst hören.«

»Meinst du, sie werden auch mich verhören?« fragte Luca.

»Sicher. Sie müssen. Du bist der einzige, der weiß, daß es anders war.«

Luca brummte sein Unbehagen in den Hörer. »Ich werde bezeugen, daß du unschuldig bist. Ich bleibe bei unserer bisherigen Version, nur daß ich hinzufüge, daß Marasi nicht genug aufgepaßt hat.«

»Da ist noch was! Sie wissen, daß wir Gubian getroffen haben.« Mario trat von einem Bein auf das andere. Er telefonierte selten und ungern.

»Woher?«

»Das haben sie nicht gesagt.«

»Verdammt. Wir müssen Nicoletta jetzt schnell dazu bringen, daß sie die Anteile verkauft.«

»Luca?« sagte Mario nach einem kurzen Zögern.

»Ja?«

»Da ist noch etwas, was ich dir sagen muß.« Er stockte.

»Was?«

»Ich will den Kutter nicht mehr. Sie soll uns ausbezahlen.« Die gleiche unberechenbare Nervosität wie vorhin hatte ihn wieder überfallen.

»Was redest du da?« rief Luca.

»Da liegt kein Segen mehr drauf. Ich will verkaufen.«

»Und dann? Was willst du machen?«

»Das wird sich zeigen. Ich muß jetzt ...«

»Komm vorbei, Mario«, sagte Luca schnell, als er aus Marios Tonfall heraushörte, daß er das Gespräch beenden wollte. »Laß uns ins Ruhe darüber reden!«

»Nein. Heute nicht mehr.« Mario hängte ein und blickte ratlos in den Viale. Wenigstens hatte er es gesagt. Luca mußte sich damit abfinden. Und sollten sie ihn zum Verhör holen, war er gewarnt. Aber Bruna? Er mußte mit ihr reden. Gleich nachher, wenn er ruhiger war.

Die Läden öffneten erst wieder in einer halben Stunde. Es waren kaum Menschen auf der Straße und wenig Verkehr – ein klassischer Samstagnachmittag im November. Laurentis schlechte Laune war endlich gewichen, und er schlenderte die Via Battisti hinunter. Das Gespräch mit Mario ließ ihm keine Ruhe. Er hatte wild drauflosspekuliert, nur Ideen zusammengefügt, die er nicht beweisen konnte, und der alte Fischer war in der Tat darauf reingefallen und nervöser geworden, als Laurenti sich hatte träumen lassen. Mit irgend etwas mußte er ins Schwarze getroffen haben. Aber womit? Vielleicht hatte Ettore Orlando doch recht damit, daß er Živa Ravno bitten sollte, herauszufinden, ob auch Gubians Kutter am Montag abend ausgelaufen war. Es wäre auch ein guter Vorwand, zu fragen, wie sie den gestrigen Abend überstanden hatte.

Er erreichte sie auf dem Mobiltelefon. Vor einigen Minuten war ihr offizieller Besuch mit der letzten Besprechung beim Leitenden Staatsanwalt zu Ende gegangen. Sie verabredeten sich im »Caffè Piazzagrande«, wo sie zu dieser Zeit gewiß einen freien Tisch finden würden.

Živa Ravno wartete bereits auf ihn, als er eintrat. Er sah sie an einem der Tische im hinteren Teil der Bar. Laurenti schob sich an den Menschen vorbei, die am Tresen ihren Kaffee tranken, grüßte eilig ein paar Leute und wurde am Ärmel gezupft. Es war Lauras beste Freundin.

»Hast du etwas von deiner Frau gehört?« fragte sie lächelnd.

»Ich glaube, da bist du besser informiert als ich, du Denunziantin!«

»Man wird doch fragen dürfen.«

»Übrigens kannst du sie gleich nochmals anrufen. Ich werde nämlich erwartet.« Er winkte Živa, die mit einem sehr charmanten Lächeln antwortete. »Los«, sagte er zu Lauras bester Freundin, »ruf sie an! Oder muß ich dir auch noch ihre Nummer geben?«

Er ließ sie mit offenem Mund stehen und drängte sich zu Živa durch.

»Entschuldige bitte«, sagte er, während er sie auf die Wangen küßte. »Das war die beste Freundin meiner Frau.«

»Ich weiß, die Dame von Mittwoch abend. Aber es ist schön, dich zu sehen!« sagte Živa. »Du siehst aus, als wärst du bei der Arbeit.«

»Dabei bin ich eigentlich nur zum Müßiggang geschaffen. Setzen wir uns? Ich hoffe, die Besprechung ist gut gelaufen – nach unserem kleinen Ausflug.« Er schaute sich nach dem Kellner um, der auch hier, wie in fast allen Triestiner Bars, nicht zu den schnellsten gehörte und die Gäste nur in langen Abständen mit seiner großzügigen Aufmerksamkeit bedachte.

»Es war eine Formsache. Nichts Wichtiges mehr. Ich war nur ein bißchen müde.« Sie lächelte, und Proteo war froh darüber. Es war also nichts Schlechtes zwischen ihnen zurückgeblieben.

»Ich habe geträumt, wir hätten dort übernachtet«, sagte er. Der Kellner hatte sich ihrer tatsächlich erinnert und unterbrach ihn ruppig. Laurenti bestellte zwei Kaffee.

»Klüger wäre es gewesen! Ich habe schon lange nicht mehr soviel getrunken. Bist du weitergekommen?«

»Vermutlich ja. Es scheint ein bißchen Bewegung in die Sache zu kommen. Gubian ist in Triest und scheint Angst verbreiten zu wollen. Er stand wie ein Mahnmal zwei Stunden vor Nicolettas Fischladen. Wir überwachen ihn. Aber ich brauche nochmals deine Hilfe. Es ist nur ein Anruf. Wir müssen wissen, ob Gubians Kutter am Montag abend ausgelaufen ist und ob er in internationale Gewässer fuhr. Die Hafenbehörde in Pola müßte das schnell feststellen können.«

»Sieht so aus, als würde ich jetzt für die Triestiner Polizei arbeiten. Wieviel verdient man denn als deine Assistentin?«

»Viel zu wenig, aber man verdient ohnehin immer zu wenig! Deswegen lohnt es auch nicht, sich darüber aufzuregen. Ich lade dich dafür heute noch mal zum Abendessen ein!«

»Das ist schwierig. Ich habe bereits aus dem Hotel ausgecheckt und wollte nur noch ein paar Einkäufe machen und dann fahren. Morgen um zwölf habe ich eine Besprechung in Pola.«

»Fahr doch einfach später. Nach dem Essen!«

»Und so betrunken wie gestern? Keine gute Idee.«

»Keine Sorge, wir übertreiben heute nicht. Ich bin in der ›Trattoria al Faro‹ noch immer eine Erklärung schuldig, weshalb wir neulich nicht kamen, obwohl ich reserviert hatte. Du wirst sehen, es wird dir gefallen.«

»Gegen alle Vernunft: ja, aber ich fahre wirklich gleich nach dem Kaffee. Ich erzähle dir dann heute abend, was ich über Gubian erfahren habe.«

*

»Trink nicht so viel, Mario«, sagte der Kellner in der »Bar Italia«. Aber er mußte trinken, es ging nicht anders. Im Kaufhaus hatte man ihm gesagt, daß Bruna krank geschrieben und folglich zu Hause sei. Vom Viale war er gleich in die Via Stuparich gegangen und hatte lange geklingelt. Doch Bruna öffnete nicht. Er sah das Polizeiauto auf der anderen Straßenseite und die uniformierten Beamten, die ihn gelangweilt beobachteten. Er würde später wiederkommen und war gar nicht unzufrieden damit, daß Bruna nicht da war. So hatte er noch ein bißchen Zeit, die Sache zu durchdenken und einen Plan zu machen. Die Verdächtigungen dieses Polizisten ließen ihm keine Ruhe, trieben ihn von Raserei in Resignation und wieder zurück in ein Gefühl ohnmächtiger Wut. Heute noch mußte er mit ihr reden. Gestern hatte sie ihm bereits diesen Schrecken versetzt, als sie ihn in der Bar aufsuchte. Danach mußte sie mit der Polizei gesprochen haben. Er fragte sich, weshalb sie sich ausgerechnet ihm gegenüber so verhielt. Er hatte Bruna immer gut behandelt. Vielleicht hatte Marasi doch wieder mit ihr geredet und ihr diese Lügen aufgetischt. Es war nicht vorstellbar, daß Bruna solche Geschichten erfand.

Draußen dunkelte es inzwischen. Mario hatte in den letzten beiden Stunden allein an dem Tischchen in der Bar gesessen, an dem er die letzten Tage verbracht hatte, und einen halben Liter Wein nach dem anderen in sich hineingeschüttet. Immer stärker drang die Erinnerung an die beiden verhängnisvollen Nächte in den Vordergrund. Wieder sah er die Bilder, wie Giuliano über Bord ging. Stark vergrößert sah er die Hand Giulianos an dem Tau, bevor er in den Schlund zwischen den Bordwänden stürzte. Er sah die großen Augen seines Freundes vor Schreck geweitet. Er erinnerte sich an die Herzlosigkeit Ugos, der bestimmte, welche Lüge sie der Guardia Costiera aufzutischen hatten, damit ihre dreckigen Geschäfte gedeckt blieben. Mario war wütend auf ihn. Marasi hatte immer nur an sich gedacht, alle anderen nur benutzt, damit Nicoletta ihren Willen bekam. Diese häßliche Nicoletta, die jetzt schon so war wie ihr Vater mit fünfundsiebzig. Und dann stiegen die Bilder von Dienstag abend in ihm auf. Er saß am Tisch, ohne noch irgend etwas anderes wahrzunehmen. Er trank und sah die Bilder. Er wußte nicht, wie lange das dauerte, doch war es wie ein Wachtraum, aus dem er nur langsam entkam. Er verspürte Durst und bestellte noch einen halben Liter Rotwein. Der Kellner zögerte und schaute ihn besorgt an. Er wußte, daß Mario ein standfester Säufer war, doch diese Mengen heute nachmittag und dieser leere Blick in den Raum, der nicht einmal auf die Grüße der anderen Gäste reagierte, ließen ihn zweifeln, ob es richtig war, ihm weiter zu trinken zu geben. Doch schließlich lebte er davon. Mario nahm reglos zur Kenntnis, daß die neue Karaffe auf seinen Tisch gestellt und die leere abgeräumt wurde. Er hatte sich endlich entschieden. Er wußte jetzt, was zu tun war. Die einzige, die ihm gefährlich werden konnte, war Bruna. Das hatte der Kommissar ihm mitgeteilt. Das mußte er unter allen Umständen verhindern. Er mußte sie finden.

Antonio Gubian kam am Samstag morgen nach Triest zurück. Das kurze Gespräch mit Nicoletta in Cittanova hatte ihn in seinem Entschluß bestärkt. Wenn er den Kontakt nicht hielte und nicht mehr als Zwischentransporteur für sie arbeitete, wenn er nicht mehr hinausführe, hatte sie gedroht, bekäme er das gleiche Paket wie sein Sohn. Er wußte jetzt, daß er ihr schaden konnte.

Er war zuerst nach Pola zurückgefahren und hatte fast die ganze Nacht kein Auge zugetan. Er wußte seit damals, als sie sich nach langen Jahren wiedergesehen hatten, daß Marasi ihn verdächtigte, für den Tod seiner Schwester Violetta verantwortlich zu sein. Deswegen war er nach dem Krieg nicht mehr nach Cittanova zurückgekehrt und hatte sich Arbeit in Pola gesucht. Bei Marasi hatte er immer mit dem Schlimmsten gerechnet. Jede Nacht, wenn sie sich auf dem Meer trafen. Gubian war jedesmal vorbereitet, er fuhr nie ohne seine alte russische Armeepistole im Hosenbund zum Treffen mit Marasi. Seine Männer kannten die Geschichte nicht. Mißtrauisch stand Gubian am Steuer und ließ Marasi keine Sekunde lang aus dem Auge. Und Marasi stand wie sein Spiegelbild im Steuerhaus der »San Francesco«. Sie sprachen nie miteinander. Gubian überlegte oft, ob Marasi auch damit rechnete, angegriffen zu werden. In mondhellen Nächten sahen sie sich deutlich. Einer starrte den anderen an, während sie mechanisch Ruder und Maschine regelten und ihre Männer die Ware von Deck zu Deck verluden. Und Gubian dachte mehr als einmal daran, die Pistole zu ziehen und Marasi einfach abzuknallen. Aber er hätte es nicht erklären können, niemandem, und außerdem war er sich sicher, daß Marasis Tochter sofort seinen Sohn ans Messer liefern würde. Manlio wäre zwar höchstens zwei Jahre ins Gefängnis gegangen, aber sein Ruf wäre ruiniert gewesen, die Familie bis ins Mark erschüttert und auch die monatlichen Zahlungen an den Vater ausgeblieben. Es wäre so leicht gewesen, Marasi zu erledigen, doch die Folgen wären schlimmer gewesen, als ihm einmal die Woche auf dem Meer zu begegnen. Gubian blieb wachsam.

Nicoletta hatte damit gedroht, daß die Leute, für die sie beide arbeiteten, ihn aus dem Weg räumen würden, wenn er nicht mehr mitmachte. Damit konnte sie ihn nicht einschüchtern. Aber als sie begriff, daß er keinen Spaß machte, und als er damit drohte, Manlio zu rächen, sagte sie, daß er mit einem Paket mit einer Bombe zu rechnen hätte, wie sein Sohn. Darüber schloß Gubian kein Auge. Welches Motiv hatte Nicoletta? Er konnte sich bei einer so aggressiven Frau nicht vorstellen, daß es lediglich blinder Gehorsam gegenüber ihrem sturen Vater war.

Er war früh am Morgen nach Triest gefahren. Am Montag mußte er ohnehin mit dem Notar sprechen, der den Verkauf von Manlios Feinkostgeschäft regeln sollte. So blieben ihm Samstag und Sonntag, die er nutzen konnte. Er wollte die Sache regeln. Von der Polizei erwartete er sich nichts. Man mußte die Dinge selbst in die Hand nehmen, wenn man weiterkommen wollte. Gubian beschloß, Druck zu machen. Nicoletta sollte ihn jede Minute sehen müssen. Er würde ihr einfach folgen, bis sie redete. Und ihre Mutter gab es auch noch. Antonio Gubian war sich sicher, daß er in jedem Fall die Richtigen traf, egal an wen von beiden er sich hielte. Auch dazu war eine Familie gut.

In Triest hatte er wieder ein Zimmer in der »Blauen Krone« genommen, für 39 000 Lire die Nacht. Es war nicht weit zu Nicoletta. Kurz nach zehn Uhr baute er sich auf der anderen Straßenseite auf und starrte zum Laden. Ein kräftiger alter Mann in einem kurzen grauen Mantel, mit einer blauen Mütze auf dem Kopf und die Hände tief in den Manteltaschen verborgen. Die Passanten, die ihre Samstagseinkäufe machten, mußten sich an ihm vorbeidrängen. Er stand mitten auf dem Gehweg und wich keinen Schritt zur Seite.

An diesem Samstagmorgen lief das Geschäft gleich ab acht Uhr, als sie den Laden öffnete, ausgezeichnet. Die Kunden gaben sich die Klinke in die Hand, und Nicoletta mußte selbst in den Laden. Ihre Mitarbeiter hatten sie gerufen. Sie ordnete rasch die Papiere, über denen sie in ihrem Büro saß, sperrte dann die Tür sorgfältig ab und ging nach vorne an die Kasse. Mehrmals mußten sie aus den Kühlfächern Nachschub holen, um die Fischtheke wieder aufzufüllen. Für die Restaurants gäbe es heute weniger günstige Restware nach Ladenschluß zu kaufen. Nicoletta war zufrieden und für ihre Verhältnisse gut gelaunt, sogar zu kleinen Plaudereien mit den Kunden bereit. Bis zwanzig nach zehn, als es für einige Minuten ruhiger zuging. Ihr Blick fiel auf die Straße und sie erschrak. Der alte Mann auf der anderen Seite war Gubian. Langsam glitt Nicoletta von ihrem Hocker und schaute hinüber. Sie wußte nicht, wie lange er dort schon stand und sie anstarrte. Er bewegte sich nicht einmal vom Fleck, als zwei mit Einkäufen schwer bepackte alte Damen ihn mit ihren prallen Plastiktüten anstießen. Gubian stand einfach da, wie ein Denkmal. Nicoletta wurde durch eine Kundin, die bezahlen wollte, aus ihrer Beobachtung gerissen. Sie tippte den Betrag in die Kasse, zählte das Rückgeld ab und murmelte ein Dankeschön.

Dann ging sie langsam auf den Gehweg hinaus, stellte sich vor das Schaufenster und ließ Gubian nicht aus den Augen. Er reagierte nicht. Nicoletta ging an die Kasse zurück und beobachtete ihn weiter. Ihre gute Laune war verflogen und die alte Einsilbigkeit zurückgekehrt. Eine halbe Stunde später ging sie wieder hinaus. Entschlossen überquerte sie die Straße und baute sich vor Gubian auf, der durch sie hindurchzuschauen schien. Sie forderte ihn auf, zu verschwinden, doch er reagierte nicht. Nur ein einziges Mal antwortete er. »Sie werden mich nicht vergessen!« Nicoletta stieß Drohgebärden aus, drohte mit der Polizei, doch Gubian blieb stumm und bewegungslos. Wütend zog sie wieder ab. Gegen Mittag parkte Sgubin seinen Wagen in der Einfahrt gegenüber, lehnte sich an die Karosserie und starrte ebenfalls auf die »Boutique du poisson«. Sie rätselte, was dies zu bedeuten habe. Sie rechnete damit, daß bald auch Laurenti auftauchen würde und ein paar Streifenwagen. Nicoletta gab trotz des vollen Ladens einem der Verkäufer die Anweisung, sich um die Kasse zu kümmern, und ging durch den Hintereingang über den Hof in ihr Büro. Rasch packte sie ein paar Papiere zusammen, zerriß und zerknüllte sie, warf sie in einen Blecheimer und zündete sie an. Sie mußte das Fenster und die Tür des Verschlags öffnen, damit der Rauch abzog. Dann ging sie zurück in den Laden und setzte sich wieder an die Kasse.

Ab dreizehn Uhr war in fast allen Edelstahlwannen nur noch das Eis geblieben. Die Verkäufer legten die wenigen Fische, die noch blieben, zusammen und begannen damit, die leeren Kästen zu reinigen. Immer seltener kam jetzt Kundschaft, bald war Ladenschluß. Nicoletta drückte die Taste für die Tagessumme. Der Umsatz war so hoch wie schon lange nicht mehr. Sie nahm die Geldschublade und ging in ihr Büro, um die Kasse zu machen. Sie zählte den Wochenlohn der Verkäufer ab und steckte die Geldscheine in die vorbereiteten Umschläge, die sie ihnen aushändigen würde, wenn sie in ein paar Minuten mit dem Putzen fertig waren und die Rolläden herunterließen.

Gubian stand noch immer wie angewurzelt da. Nur einmal hatte er den Blick von der »Boutique du poisson« zu einem Auto gewechselt, das vor einer halben Stunde direkt vor ihm in der Einfahrt einparkte. Er sah, wie der Fahrer ein Mikrofon an einem Spiralkabel vom Armaturenbrett nahm, hineinsprach und gleichzeitig auf Nicolettas Laden schaute, als spräche er über sie. Nach ein paar Minuten stieg der Fahrer aus und lehnte sich an den Wagen. Gubian mußte einen Schritt zur Seite treten, damit der andere ihm nicht die Sicht verbaute.

Zwei Männer standen nun vor der »Boutique du poisson«, als hätten sie nichts Besseres zu tun. Der Alte verharrte bewegungslos, der andere, Ende Dreißig, trat von einem Bein auf das andere und legte manchmal einen Arm aufs Autodach. Gubian wußte, daß es sich um einen Polizisten handelte. Sie waren überall gleich. Auch in Kroatien konnten sie nicht stillstehen, während sie jemanden beobachteten, und nicht einmal die zivilen Gestapo-Beamten im Adriatischen Küstenland waren damals dazu imstande gewesen. Gubian hatte es früh gelernt. Und jetzt wußte er, daß die Polizei mit im Spiel war. Darauf konnte er sich einstellen, die käme ihm nicht in die Quere.

Plötzlich wußte Nicoletta, was sie zu tun hatte. Sie ahnte, daß weder der Kommissar noch andere Polizisten kämen. Sgubin mußte den Auftrag haben, sie zu überwachen. Doch dafür gab es eine Lösung.

In aller Ruhe beendete Nicoletta ihre Büroarbeiten, ging gegen fünfzehn Uhr zurück in den Laden und konnte durch eine Ritze des Rolladens sehen, daß Sgubin und Gubian noch immer warteten. Sgubin schaute überall hin, aber nicht zu ihr herüber. Er mußte sich langweilen. Das war ihre Chance. Sie schloß die hintere Ladentür und das Büro ab, setzte sich in ihren Wagen und fuhr aus dem Hof. Nur Gubian irritierte sie. Diesmal drehte er endlich den Kopf und schaute sie an. Nicoletta fuhr schnell die Via XXX Ottobre hinab, bog rechts ab und parkte in der nächsten freien Lücke. Sie ließ den Fiat unverschlossen stehen und rannte in eine Hauseinfahrt. Früher hatte sie im Innenhof einen Parkplatz vor der Werkstatt des Elektrikers. Die Tür stand tagsüber offen. Nicoletta warf sie hinter sich ins Schloß und wartete im Halbdunkel des Durchgangs. Durch die schmutzigen Fenster sah sie Sgubin vor dem Haus bremsen und zurücksetzen. Er stieg aus und schaute in ihren Wagen. Als er erkannte, daß sie ihn nicht abgeschlossen hatte, ging er zurück und wartete. So hatte sie es geplant. Nicoletta durchquerte den Innenhof und ging auf der gegenüberliegenden Straßenseite wieder hinaus. Den Fiat brauchte sie nicht. Sie ging rasch zurück zur Via XXX Ottobre und sah gerade noch, wie Gubian an ihrem Ende auf die Piazza Sant' Antonio Nuovo verschwand. Endlich hatte sie die Rolle getauscht. Nicoletta war nicht mehr die Verfolgte.

Gubian beschloß, in einer Bar eine Kleinigkeit zu essen und sich dann auf den Weg zu machen. Er hatte keine Eile.

*

Proteo Laurenti spürte einen unbändigen Drang, Ordnung zu machen. Nicht nur das Chaos zu Hause mußte angegangen werden – die Wohnung aufzuräumen könnte ihm vielleicht sogar helfen, diesen ganzen inneren Wirrwarr zu bewältigen. Und es wäre besser, als im Büro herumzusitzen und darauf zu warten, daß irgend etwas passierte – mit der beleidigten Marietta im Vorzimmer, die ihn seinen rüden Ton noch lange würde büßen lassen.

Als erstes beschloß er, sich die Haare schneiden zu lassen. Er hatte zwar keinen Termin, aber bei Oskar käme er selbst am Samstag zwischendurch dran. Der Salon in der Via del Mercato Vecchio hinter dem ehemaligen Palast des Triestiner Lloyd lag auf dem halben Weg zur Wohnung. Er trat ein, und Oskar, dem man gerne selbst einen guten Friseur, der ihm auch den Schnauzbart trimmte, empfohlen hätte, sagte, er könne warten, wenn er damit zufrieden sei, daß ihm die kleine Gehilfin die Haare schnitt. Darauf hatte Proteo gehofft. Deswegen meldete er sich nie an. Er war der Meinung, daß sie seinem Kopf besser bekam als der Chef. Außerdem redete sie nicht so viel und vor allem leiser.

Er rutschte tief in den Sessel, in den er nach dem Haarewaschen gebeten wurde, damit es die kaum ein Meter fünfzig große Gehilfin leichter hatte.

»Kurz, wie immer?« fragte sie.

»Ja, ja. Wie immer«, sagte er und schloß die Augen, als sie seinen Kopf nach vorne drückte und damit begann, seinen Nacken auszuputzen.

»Ganz schön gewachsen«, sagte sie.

»Ach ja?« sagte er mit geschlossenen Augen.

»Wann waren Sie zum letzten Mal hier?«

»Keine Ahnung«, antwortete er leise

»Wolle ist genug drauf.«

»Ja, ja.« Er achtete nicht mehr darauf, was sie sagte. Beim Friseur zog er es schon seit langem vor, sich zu entspannen und zu dösen. Erst als die Schere an der Stirn entlang schnippte, öffnete er die Augen wieder. Dann hörte er sein Telefonino. Die Friseuse unterbrach ihre Arbeit, während er unter dem Umhang mit dem Blumenmuster in seiner Jacke nach dem Telefon suchte.

»Pronto!«

»Sgubin hat Nicoletta verloren, und Gubian ist auch weg. Nicoletta hat Sgubin ausgetrickst. Irgend etwas braut sich da zusammen. Ich habe alle verfügbaren Streifen losgeschickt, aber bis jetzt hat sie noch niemand gesehen.«

»Wann war das?«

»Gleich nachdem du weggegangen bist!«

»Ich komme sofort!« sagte er und sprang auf. »Schick mir einen Wagen!«

»Wohin?«

»Zum Friseur«, sagte Proteo Laurenti und schaltete das Telefon ab. »Was macht das?« fragte er, während er an dem Umhang zerrte.

»Aber Sie sind doch noch gar nicht fertig! Es dauert nur noch fünf Minuten«, sagte die Gehilfin.

»Ich komme nachher wieder!«

Oskar faßte ihn am Arm und trimmte mit drei Schnitten rasch die längsten Strähnen, dann knöpfte er ihm den Umhang auf.

»So ist es besser«, sagte er dann. »Das fällt nicht gleich jedem auf, auch wenn es nicht schön ist. Wir sind bis halb acht Uhr da. Schauen Sie einfach kurz rein.«

Die kleine Friseuse stand mit besorgtem Gesicht daneben. Sie war nicht damit einverstanden, daß ihr Kunde so den Salon verließ. »Kurz, wie immer«, hatte er verlangt und sie war auf der linken Seite doch erst am Anfang. Proteo Laurenti stürmte aus dem Laden, als der blauweiße Streifenwagen mit laufender Sirene und aufgeblendeten Scheinwerfern heranschoß. Die Friseuse schüttelte lachend und zweifelnd zugleich den Kopf.

»Das ist ein hoher Polizeibeamter!« sagte Oskar stolz zu dem anderen Kunden, der sich das schon gedacht hatte. »Der kommt seit vielen Jahren. Aber das ist bisher noch nie passiert. Wer weiß, was da wieder los ist.«

Laurenti nahm zwei Treppenstufen auf einmal, als er in den dritten Stock hinaufrannte. Der Aufzug wäre zu langsam gewesen. Außer Atem stürzte er in sein Vorzimmer, in dem Marietta und Sgubin auf ihn warteten.

»Wie konnte das passieren?« rief er.

»Verdammt, was hätte ich tun können?« fluchte Sgubin. »Eine Dreiviertelstunde habe ich auf Nicoletta gewartet. Sie ist durch den Hinterhof entwischt. Aber wie hätte ich das riechen sollen. Erst stand ich drei Stunden vor dem Laden und dann noch das. Das ist nicht besonders witzig.«

»Und jetzt? Was machen wir jetzt?« Laurenti steckte sich eine Zigarette an. »Gubian ist natürlich auch weg! Mit Nicoletta hast du auch ihn verloren! Es war doch klar, daß er ihr folgte.« Er ging in sein Zimmer hinüber und knipste das Licht an. Marietta und Sgubin folgten ihm.

»Warst du bei Nicoletta zu Hause?«

»Ja. Aber dort war sie auch nicht.«

»Ich habe eine Zivilstreife hingeschickt. Wir werden informiert, sobald sie auftaucht«, sagte Marietta.

»Wenigstens das«, murrte Laurenti und schnippte die Asche in den Papierkorb. »Mist, es ist schon fast dunkel. Das paßt mir gar nicht. Marietta, schärfe den Männern in der Via Stuparich unbedingt ein, wachsam zu sein, und gib nochmals die Personenbeschreibungen durch. Sgubin, du kommst mit mir. Wir gehen spazieren. Oder nein, es ist besser, du setzt dich in den Wagen und fährst die Straßen ab. Ich gehe zu Fuß. Irgendwo müssen wir sie doch entdecken.«

»Und wo soll ich rumfahren?«

»Überall zwischen den Rive und der Via Stuparich! Ganz einfach durch das Zentrum. Und noch etwas: Such auch diesen Mario.«

»Von dem wissen wir, wo er ist«, sagte Marietta. »Eine Streife hat es durchgegeben.«

»Und wo? Sag schon!«

»Vor einer halben Stunde war er in der ›Bar Italia‹ und

betrank sich systematisch. Von dem wird kaum etwas zu erwarten sein, besoffen wie er ist.«

»Darauf kannst du dich nicht verlassen. Behaltet ihn im Auge. Fahr zuerst dorthin, Sgubin. Ich gehe rüber in den Viale und dann in die Via Stuparich. Wir verständigen uns sofort, wenn auch nur das geringste passiert. Verstanden? Egal was, wir geben es sofort durch, klar?«

Sgubin und Marietta nickten. Laurenti zog seine Jacke an und ließ sich von Marietta ein Funkgerät geben.

*

Sie ging am Nachmittag hinauf, nachdem sie zuvor Nicoletta informiert hatte, daß sie oben Ordnung machen wolle.

Von Ugo Marasis Leben berichteten nur wenige persönliche Gegenstände. Die Schrankfächer waren teilweise fast leer. Kaum Kleidung und wenig Krimskrams, wie man ihn in einem langen Leben anhäuft: Briefe, Fotografien, Dokumente, Andenken, Zeitungsausschnitte und Bücher. Ein paar Postkarten lagen zwischen einer Versicherungspolice und uralten Quittungen, auch eine Schachtel mit alten Fotografien und die verschiedensten Papiere. Sie zog alles aus den Fächern und legte es auf den Tisch. Mit einer Mischung aus Neugier und dem Gefühl, etwas Verbotenes zu tun, nahm sie jeden Gegenstand in die Hand und betrachtete ihn eingehend oder las die Seiten durch, die das Zeugnis von Ugos Leben in den letzten Jahren waren, von dem sie außer dem Geräusch seiner Schritte in der Wohnung über ihr nichts kannte. Sie hatte Durst und ging in die Küche, wo die Korbflasche stand. Nicht einmal an Festtagen hatte sie bisher ohne Gesellschaft ein Glas Wein getrunken, doch heute goß sie sich von dem Merlot ein und setzte sich zurück an den Tisch, um ihre Arbeit fortzusetzen. »Ich muß hier Ordnung machen«, sagte Bruna zu sich selbst. »Erst hier und später auch unten. Ich muß Ordnung machen, jetzt wo er tot ist. Ordnung...« Sie verstummte, als sie das Telefon in ihrer Wohnung unten klingeln hörte, aber sie stand nicht auf. Also hatte auch Ugo die ganzen Jahre über sie gehört – also hatte auch Ugo auf diese Weise mit ihr gelebt und immer gewußt, in welchem Zimmer sie sich aufhielt – ob Schlaf- oder Wohnzimmer, Toilette, Bad oder Küche. Ugo wußte immer, was sie gerade tat. Sie war ihm die ganze Zeit so nahe wie er ihr.

Ihr Telefon hatte aufgehört zu klingeln. Bruna trank noch einen Schluck Merlot und holte eine Plastiktüte aus der Küche. Sie setzte sich wieder an den Tisch und begann, Ugos Unterlagen zu sortieren. Was sie für unwichtig und wertlos hielt, steckte sie in die Tüte. Es blieb nur wenig übrig. »Ich muß hier Ordnung machen«, murmelte Bruna vor sich hin. Nach einer Weile schlief sie im Sitzen ein.

Nicoletta folgte Gubian mit großem Abstand. Sie trat nie in eine Straße, die er noch nicht verlassen hatte, sondern wartete hinter der Ecke, bis er abgebogen war und beschleunigte dann ihre Schritte, um ihn wieder einzuholen. Einmal fragte sie sich, warum sie das tat, zumal Gubian kein festes Ziel zu haben schien. Irgendwann ging er die Via San Nicolò hinunter und dann weiter Richtung Börsenplatz. Vom Sauerkrautgeruch angezogen, der aus dem »Pepis« drang, dem Traditionsbuffet mit Eisbein, gekochter Zunge und Schweinebauch, nahm Gubian sein Mittagessen dort ein. Nicoletta fluchte. Sie stand in der Via Cassa di Risparmio und wußte nicht, wie lange Gubian in dem Laden bleiben würde. Nicoletta entschied, in die Bar schräg gegenüber zu gehen. Auch sie hatte Hunger, und sie konnte von dort aus den Eingang zum »Pepis« im Auge behalten.

Gubian trank ein Bier zum gekochten Schweinebauch mit frischem Meerrettich und las den ›Piccolo‹, den ein anderer Gast auf dem Tisch hatte liegen lassen. Die Ausfälle der rechtsnationalen Politiker gegen den Minderheitenschutz für die Slowenen schwappten schon auf der Titelseite über. Die Rechte bäumte sich auf, von den Extremisten lautstark unterstützt, und sprach von übelster Unterdrückung der Italianità in Istrien. Zuerst müßten die Opfer der Foibe durch die Slowenen anerkannt werden, bevor Italien einen Schritt machen dürfe. Einen der abgelichteten Politiker erkannte er. Er saß ein paar Tische vor ihm im Lokal. Ein ehemaliger rechtsextremer Schläger, wie man sich erzählte, der für die Alleanza Nazionale im Parlament saß und aufgrund der Eigenheit seiner Bewegungen an Frankensteins Monster erinnerte, egal wie teuer der Anzug war, in dem er steckte. Gubian starrte ihn, ohne es zu merken, an. Was sollte er jetzt tun? Nicoletta hatte er verloren. Also müßte er ihre Mutter aufsuchen, dann tauchte ganz gewiß auch sie wieder auf. Sie mußte Angst vor ihm haben, denn sie wußte nicht, was er plante. Das war gut so. Er würde sie dazu bringen, die Wahrheit über den Anschlag in Contovello zu verraten. Seit gestern vermutete er, daß sie etwas darüber wußte. Und wenn er Gewißheit hatte, dann würde er handeln. Gubian stand auf und bezahlte am Tresen. Als er wieder auf die Straße trat, war es bereits dunkel. Er ging den Corso Italia hinauf, über dem zum ersten Mal in diesem Jahr die Weihnachtsbeleuchtung brannte. Ein riesengroßes »Auguri« aus Glühbirnen zog sich über die ganze Straßenbreite. Gubian war gut zu Fuß und bahnte sich behend seinen Weg zwischen den Einkaufenden.

Nicoletta hatte überstürzt bezahlt und die Bar verlassen. Sie versuchte Gubian zwischen den Menschen auf dem Bürgersteig zu entdecken. Weit konnte er noch nicht sein. Sie hastete den Corso Italia hinauf und rempelte immer wieder Passanten an, die ihr nicht schnell genug ausweichen konnten. Nicoletta fluchte. Wenn sie Gubian einmal entdeckte, dann war er im nächsten Moment wieder in der Menge verschwunden. Sie hatte Mühe, ihm zu folgen.

Mario war davon überzeugt, daß Bruna sich zu Hause aufhielt, auch wenn sie weder auf sein Klingeln noch auf seine Anrufe reagierte. Aber so einfach würde er sich nicht abweisen lassen. Wenn sie der Polizei gegenüber schon unhaltbare Dinge behauptete, dann sollte sie ihm diese wenigstens ins Gesicht sagen. Er war entschlossen, die Tür einzutreten, wenn sie jetzt nicht öffnete.

Mario hatte die »Bar Italia« gegen siebzehn Uhr dreißig verlassen, zu Hause eine Zange und zwei Schraubenzieher eingesteckt. Trotz seiner Trunkenheit setzte er sich in den alten Mitsubishi. Er fuhr so langsam in Richtung Ospedale Maggiore, daß hinter ihm wütend gehupt und geblinkt wurde. Er bemerkte es nicht, denn er dachte nur daran, wie er vorgehen würde. Einen Parkplatz würde er kaum finden. Aber er konnte den Wagen für einen Moment auch irgendwo in der zweiten Reihe parken. Lange brauchte er wohl kaum mit Bruna.

Er war beruhigt, daß der Streifenwagen, den er vor ein paar Stunden noch dort gesehen hatte, nicht mehr da war. Die Zivilstreife erkannte er nicht. Mario parkte den Mitsubishi direkt neben ihrem Fahrzeug und ging zur anderen Straßenseite. Die beiden Männer waren beruhigt, als sie sahen, daß er an der obersten Klingel bei dem Griechen läutete. Das konnte mit Bruna Saglietti nichts zu tun haben. Außerdem war zu erwarten, daß der Mann gleich zurückkäme, so wie er seinen Wagen stehen ließ. Mario klingelte nochmals, und endlich drückte der Grieche den Türöffner. Doch Mario ging nur bis zu Brunas Tür im ersten Stock. Er setzte den Schraubenzieher zwischen Tür und Rahmen in Höhe der Schloßfalle an, drückte ihn hinein und drehte. Die Tür öffnete sich fast geräuschlos. Mario wunderte sich, daß Bruna weder abgeschlossen noch die Kette vorgehängt hatte, und zögerte. Er hatte es sich schwieriger vorgestellt. Doch dann hörte er jemanden die Treppe herunterkommen und trat rasch in den schmalen dunklen Flur. Leise schloß er die Tür hinter sich und hielt den Atem an, um ein Geräusch aus der Wohnung zu erkennen. Er erschrak, als er etwas Weiches an seinen Füßen spürte und gab ihm instinktiv einen Stoß. Am Geschrei erkannte er, daß es eine Katze gewesen war, die wehklagend vor ihm davonlief. Mario tastete an der Wand nach dem Lichtschalter.

»Bruna?« rief er und wartete einen Augenblick auf eine Antwort. »Bruna! Ich bin's, Mario! Bruna, ich muß mit dir reden. Ich weiß, daß du da bist. Ich komme jetzt rein.«

Zuerst ging er in die Küche. Er traute seinen Augen nicht. Die Spüle und der freie Platz waren blitzblank, doch an den Wänden stapelte sich bis unter die Decke Müll und unnützes Zeug. Hunderte, wenn nicht tausende leerer Thunfischdosen, Plastikteller, Tüten, Kartons. Mehr als zwei Quadratmeter freie Fläche gab es nicht mehr. Genug, um die Kühlschranktür zu öffnen, aber an den Tisch konnte man sich nicht mehr setzen. Das Zeug stapelte sich darunter und darüber. Mario schloß schnell die Tür und ging hinüber ins Wohnzimmer, in das die Katze gelaufen war. Er erschrak, als er das Licht anknipste. Außer dem Katzenklo, dem Fernseher und dem Sessel gab es auch hier keinen freien Platz mehr. Meterhoch stapelten sich wertlose Gegenstände. Allein die Zeitungen mußten mehrere Jahrgänge ausmachen. Mario erfaßte nicht mehr, was da im einzelnen lagerte, und schaute in vier Katzengesichter, die ihn mißtrauisch von ihrem Versteck hinter dem Fernseher beobachteten. Dann hörte er die Schritte im Treppenhaus. Er lauschte, bis er sicher war, daß sie an der Wohnung vorbei und weiter hinaufgingen. »Bruna!« rief er nochmals. »Wo bist du?« Dann ging er in ihr Schlafzimmer.

Bruna erschrak. Irgend etwas hatte sie gehört. Sie wußte nicht, wie lange sie, vor Ugos Sachen sitzend, geschlafen hatte. Sie saß im Dunkeln und wollte gerade aufstehen, um Licht zu machen, als sie es wieder hörte. Es war ihr Name, der da gerufen wurde, und es konnte nur aus ihrer Wohnung kommen. Sie zog rasch ihre Schuhe aus und ging auf Zehenspitzen in den Flur. Sie hörte Schritte unten im Treppenhaus und wollte die Tür verriegeln, aber in Ugo Marasis Wohnung gab es keine Kette, die sie hätte vorhängen können. Und ihre Schlüssel? Wo hatte sie die Schlüssel hingelegt? Sie huschte in das Wohnzimmer und in die Küche, bevor sie sich erinnerte, daß sie noch außen an der Wohnungstür steckten. Die Schritte im Treppenhaus kamen immer näher. Sie mußte die Tür öffnen. Sie mußte den Schlüssel abziehen und von innen abschließen. Sie mußte schneller sein, erst dann könnte sie die Polizei verständigen und sich in der Wohnung verbarrikadieren, bis Hilfe kam. Bruna öffnete die Tür und griff nach dem Schlüssel – und dann spürte sie einen festen Druck an der Tür und eine riesige Hand, die sich über ihren Mund legte und ihr dann auch noch die Augen verschloß. Alles ging blitzschnell. Dennoch erkannte sie ihn sofort.

Sgubin meldete sich über Funk und teilte mit, daß er Gubian an der Piazza Goldoni gesehen hatte.

»Bleib dran, aber laß dich nicht sehen!« befahl Laurenti. »Wo Gubian ist, ist Nicoletta nicht weit.«

»Ich sehe sie schon«, flüsterte Sgubin. »Sie hält gehörig Abstand, aber es ist klar, daß sie ihm folgt. Sie läßt ihn nicht aus den Augen.« Sgubin hatte offensichtlich Geschmack an seiner Verfolgung gefunden.

»Wohin gehen sie?«

»Sieht so aus, als hättest du recht: Richtung Via Stuparich. Wo bist du?«

»Auf dem Viale. Halt mich auf dem laufenden, wo ihr

seid. Ich komme zu dir.« Laurenti zog noch einmal kräftig an der Zigarette und warf sie weg. Er hatte Mühe, an den Ständen des Nikolaus-Marktes, vor denen sich die Menschen dicht drängten, vorbeizukommen und die andere Seite des Viale zu erreichen. Laurenti bahnte sich grob fluchend seinen Weg. Ohne Sirene half nur noch Unfreundlichkeit.

Sgubin folgte Nicoletta mit großem Abstand und so langsam, daß die Fahrer hinter ihm immer wieder hupten und blinkten. Laurenti traf ihn am unteren Ende der Via della Ginnastica. Er hatte, hinter einer Mülltonne versteckt, zuerst Gubian vorbeikommen sehen und dann Nicoletta, die finster dreinschaute und immer Schutz suchte, hinter einem Auto oder in Hauseingängen, sobald Gubian langsamer ging oder den Kopf drehte. Laurenti mußte sich tief hinter den Müllcontainer ducken, um nicht von ihr gesehen zu werden.

»Warum muß ich bloß mein halbes Leben in und hinter stinkenden Mülltonnen verbringen«, dachte er, als er plötzlich Nicoletta vor sich hinschimpfen hörte. Da erinnerte er sich an den Anruf am vergangenen Sonntag, mit dem der Anschlag in Contovello angekündigt wurde. Könnte das Nicolettas Stimme gewesen sein? War das die Lösung?

Er gab ihr fünfzig Meter Vorsprung und folgte ihr, so wie sie Gubian folgte: immer darauf bedacht, sofort ein Versteck zu finden, bevor sie ihn sah. Sgubin war in die Via Stuparich vorausgefahren und würde dort auf ihn warten.

Antonio Gubian hielt ein paar Schritte vor dem Haus inne und schaute sich sorgfältig um. Es dauerte nicht lange, bis er die Zivilstreife entdeckte, deren Sicht durch einen Kleinwagen eingeschränkt war, der neben ihnen in der zweiten Reihe parkte. Das konnte ihm helfen, aber er mußte sich beeilen, bevor der Fahrer zurückkam. Gubian hatte Glück. Er sah durch die gläserne Haustür einen hageren Mann mit einem Augenverband die Treppe herunterkommen und auf die Straße treten. Perikles Ritsos war auf dem Weg in die Bar nebenan, um Zigaretten zu kaufen. Bevor die Haustür zufiel, war Gubian im Treppenhaus. Rasch ging er die Treppe hinauf und verschwand aus dem Blickfeld der Zivilbeamten, bevor sie ihn zur Kenntnis nahmen. Den Namen an der Tür im ersten Stock konnte er nicht entziffern, aber er sah Spuren, die eindeutig von einem Einbruch stammten. Ein übler Gestank hatte sich in diesem Hausflur festgesetzt, als wäre er jahrelang nicht gelüftet worden. Im zweiten Stock sah er das Namensschild, das er suchte: Marasi. Antonio Gubian spürte plötzlich, wie aufgeregt er war. Er zitterte am ganzen Leib, und Schweiß stand ihm auf der Stirn. Noch einmal ließ er den Plan vor sich ablaufen, bevor er den Zeigefinger ausstreckte, um den Klingelknopf zu drücken. In diesem Moment wurde die Tür geöffnet.

Als Mario aus Brunas Schlafzimmer zurück in den Flur kam, hörte er Schritte in der oberen Wohnung. Dort war sie also. Dann würde er dort mit ihr reden. Er ging erst hinaus, als er sicher sein konnte, daß der Mann im Treppenhaus bereits nach oben gegangen war. Mit angehaltenem Atem zog er die Tür hinter sich ins Schloß und wischte den Griff mit dem Ärmel ab. Doch dann hörte er von oben ein Geräusch wie einen erstickten Schrei. Was war das? Er lief so schnell er konnte die Treppe hinauf und sah gerade noch, wie die Tür zu Marasis Wohnung zufiel. War das nun Bruna gewesen? Oder war es der Schatten eines Mannes? Schwer atmend stand er auf dem Treppenabsatz, bis er, einer Eingebung folgend, den Schraubenzieher noch einmal ansetzte. Die Tür sprang auf, und Mario reagierte sofort. Vor ihm stand Gubian, den er von den nächtlichen Begegnungen auf dem Meer kannte. Er hielt der sich in seinem Griff windenden Bruna den Mund zu. Die Frau versuchte sich zu befreien, aber der Alte war zu stark für sie. Mario stürzte sich auf ihn, riß ihm den Kopf an beiden Ohren zurück und rammte ihm gleichzeitig das Knie in die Wirbelsäule. Dann folgte ein schwerer Haken an die Schläfe. Nur ein leiser Seufzer war zu hören, so als zischte Luft aus einem Ballon, als Gubian zu Boden ging. Bruna stand mit offenem Mund und starrem Blick vor Mario, als wäre sie gelähmt.

»Bruna«, sagte Mario. »Warum–«

Weiter kam er nicht. Er fiel wie ein Sack Mehl in sich zusammen und kam mit einem Röcheln neben Gubian zu liegen. Er hatte nicht einmal mitbekommen, von wem der Schlag ins Genick kam, der ihn zu Fall brachte.

Laurenti hatte Nicoletta gut im Blick. Sie war gerade in die Via Stuparich eingebogen, und es waren nur noch ein paar Schritte bis zu ihrem Ziel, dem Haus, in dem ihre Mutter wohnte. Gubian sah er nicht mehr. Nun blieb Nicoletta stehen und wandte sich um. Laurenti rettete sich in einen Hauseingang. Als er um die Ecke spähte, war Nicoletta verschwunden. Die Zivilbeamten machten ihm ein Zeichen, daß sie ins Haus gegangen war. Er winkte sie zu sich herüber, und auch Sgubin stand plötzlich da.

»Los!« brüllte Proteo Laurenti. »Schlagt die Tür ein!«

Doch bevor sie in Scherben lag, kam der Grieche aus der Bar nebenan zurück und nuschelte: »Was ist passiert?«

»Schließen Sie auf, schnell!«

Umständlich zog Ritsos den Schlüssel aus der Tasche, Laurenti riß ihn ihm aus der Hand. Sie rannten die wenigen Treppen hoch zu Brunas Wohnung. Die billige Holztür flog durch einen gut plazierten Tritt Sgubins aus den Angeln.

Die beiden Zivilbeamten stürmten mit gezogenen Waffen in die übelriechende Wohnung und fielen beinahe über die wild fauchenden Katzen, die ihnen entgegenschossen und sich in Panik einen Weg hinaus suchten. Nichts! Bruna war nicht in der Wohnung, kein Mörder war zu sehen, nichts. Nur Müll und Gestank!

»Eins höher«, rief Laurenti, als sie auch schon aus dem oberen Stock einen dumpfen Schlag vernahmen.

Sgubin rannte allen voran die Treppe hinauf und schubste den angetrunkenen Griechen grob zur Seite. Noch auf der Treppe kam ihnen stammelnd und mit weit aufgerissenen Augen Bruna entgegen und zitterte am ganzen Leib. »Da, da«, murmelte sie verstört und zeigte auf die nur angelehnte Wohnungstür.

Sie verständigten sich mit Handzeichen und sicherten den Flur.

»Nicoletta Marasi, Antonio Gubian! Kommen Sie heraus«, rief Laurenti. »Wir wissen, daß Sie in der Wohnung sind!«

Keine Antwort, kein Geräusch. Man hätte eine Nadel zu Boden fallen hören können, wenn nicht der Grieche hinter ihnen andauernd den Rotz in der Nase hochgezogen hätte.

Laurenti gab ein Zeichen. Einer der beiden Zivilbeamten sprang mit der Waffe im Anschlag gegen die nur angelehnte Tür. Er kam nicht weit. In dem engen Flur lagen drei Personen reglos auf dem Boden: Gubian, Mario und Nicoletta.

Gubian lag auf dem Bauch, und in seinem Rücken steckte ein Messer. Mario hielt es noch in der Hand. Nicoletta lag daneben und starrte mit dem leeren Blick einer Toten an die Decke, aber sie atmete. Eine seltsame Trinität.

»Durchsuchen«, rief Sgubin.

Die beiden Beamten staksten über die Körper, inspizierten den Rest der Wohnung und gaben Entwarnung, nachdem sie festgestellt hatten, daß niemand hinter den Türen lauerte und keiner sich durch die Fenster davongemacht haben konnte. Sgubin forderte über Funk Ambulanzen an. Sie waren kaum mehr als einen Steinwurf vom Ospedale Maggiore entfernt. Man hätte die drei Personen beinahe hinüber tragen können.

»Sie atmet«, sagte Laurenti, der über Nicoletta kniete und sein Ohr ganz nahe an ihr Gesicht hielt. Dann schaute er nach Gubian.

Das Messer in seinem Rücken hatte eine lange und feine Klinge, aber nach allem was er erkennen konnte, steckte sie nur zwei Fingerbreit unterhalb des Schulterblatts des Alten und konnte keine tödliche Verletzung verursacht haben. Doch warum gab er keinen Laut von sich? Diese Verwundung konnte ihn wohl nicht einmal in Ohnmacht geschickt haben. Laurenti beugte sich tiefer zu ihm herab. Er mußte sich mit der Hand abstützen und traf auf Marios Brustkorb. Dem halbgeöffneten Mund entfuhr ein rülpsendes Röcheln. Mario zuckte, schüttelte zweimal den Kopf und tastete nach Halt.

Das Messer fiel ihm aus der Hand, und er versuchte, sich mit beiden Händen aufzustützen und auf die Beine zu kommen. Sein rechter Unterschenkel legte sich schwer über Nicolettas Kehle. Sanfter, als irgend jemand es aus Nicolettas Mund je erwartet hätte, stöhnte sie, dann zeichnete ein Lächeln ihre Mundwinkel. Mario versuchte, auf die Beine zu kommen, und Laurenti sprang auf, wich zurück. Unsicher stützte der Fischer sich an der Wand ab, seine Pupillen suchten wirr nach Halt und fanden ihn schließlich an Nicolettas Anblick. Er schnaubte und schüttelte den Kopf, als versuchte er, eine Halluzination abzuschütteln. Noch bevor er ganz bei sich war, schlossen sich die Stahlfesseln mit einem stumpfen Klicken auf seinem Rücken. Sgubin hielt ihn fest.

»Aber«, Mario drehte sich abrupt herum und versuchte zu begreifen, »aber... Warum ich? Warum fesseln Sie mich? Ich habe sie doch nur gerettet.« Dann schüttelte er wieder, wie ein nasser Hund, heftig den Kopf.

»Bringt ihn weg«, befahl Laurenti.

»Nein!« lallte Mario. »Was ist mit Bruna? Wo ist sie?«

»Weg mit ihm!« Laurenti schob sich an ihm vorbei.

Nicoletta stöhnte. Laurenti bückte sich wieder zu ihr hinab und sah sie zum zweiten Mal in dieser Woche aus einer Ohnmacht erwachen. Sie hob ächzend den Kopf, dann erkannte sie Laurenti.

»Bleiben Sie liegen«, sagte Laurenti so sanft er konnte, doch sie war schon halb auf den Beinen und blitzte ihn wütend an.

»Was ist passiert?« fragte Nicoletta.

»Das muß ich Sie fragen. Kommen Sie ins Treppenhaus. Setzen Sie sich auf eine der Stufen. Gleich kommt ein Arzt. Fehlt Ihnen was?«

»Lassen Sie mich in Ruhe! Wo ist meine Mutter?« Sie versuchte Laurenti zur Seite zu schieben.

»Keine Sorge! Ihr geht es soweit gut. Was war los?«

»Ich muß ohnmächtig geworden sein.« Dann sah sie Bruna, die, noch immer am ganzen Leib zitternd und vor sich hin stammelnd, auf der Treppe kauerte und nicht wahrzunehmen schien, was um sie herum vorging. »Mamma? Was hast du?« Nicoletta nahm sie in den Arm. »Komm, wir gehen in die Wohnung. Ich bringe dich hinunter.«

Bruna schüttelte unablässig den Kopf und murmelte unverständliche Brocken vor sich hin. Nicoletta hakte sie unter und zog sie auf die Beine, dann führte sie ihre zitternde Mutter langsam die Treppe hinab. Dem betrunkenen Griechen, der wie angewurzelt zwei Stufen tiefer stand, versetzte sie einen herben Stoß.

»Mach Platz, du Idiot«, fauchte Nicoletta.

Sgubin folgte ihnen.

*

Man hatte Galvano nach Laurentis Anweisung auf dem Mobiltelefon angerufen und ihm den Aperitif mit Živa Ravno versaut. Der Gerichtsmediziner hatte schon darauf spekuliert, die schöne Kroatin den ganzen Abend für sich zu haben, weil er hoffte, daß die Verhöre und der anschließende Papierkram Laurenti bis in die Nacht im Büro halten würden. Doch daraus wurde nichts.

Zuerst hatte Gubian eine ärztliche Untersuchung stur verweigert und steif und fest behauptet, es sei nicht der Rede wert, ins Krankenhaus wolle er nicht. Er blickte starr vor sich hin, und auf Laurentis Befragungen antwortete er nur langsam und ohne den Blick zu heben. Er habe nur mit Bruna sprechen wollen, weil er von ihr zu erfahren hoffte, wo Marasi am Sonntag nachmittag war. Gubian sagte, Bruna habe geöffnet und ihn in die Wohnung gelassen. Er sei niedergeschlagen worden, als er ihr folgte. An die Stichwunde, die er kaum zu spüren schien, erinnerte er sich nicht. Er bestand so sehr darauf, daß Laurenti eine gerichtsmedizinische Untersuchung anordnete. Erst Galvano konnte Antonio Gubian schließlich davon überzeugen, daß es besser war, die Wunde zu untersuchen. Mürrisch folgte er ihm, entledigte sich im Institut schweigend seiner Jacke und des Hemds, nachdem Galvano zuvor versucht hatte, den Einstichwinkel des Messers im Stoff zu ermitteln.

»Es ist nicht weiter schlimm«, sagte Galvano und desinfizierte die Wunde.

»Habe ich gleich gesagt«, antwortete Gubian.

»Aber man weiß es nicht vorher«, sagte Galvano. »Ich habe schon Menschen vor mir gehabt, die spürten das Messer im Rücken überhaupt nicht mehr. Tot! Einfach so! Andere fielen erst später um. Es ist besser, man sieht nach.« Er brachte ein Pflaster auf.

»Kann ich gehen?« fragte Gubian ungeduldig, als der Arzt ihm sagte, er könne sich wieder anziehen.

»Wo wollen Sie hin?«

»Nach Hause.«

»Dann viel Glück!«

Vor der Tür wurde Gubian von zwei Polizisten erwartet, die ihn zurück ins Kommissariat brachten.

Živa Ravno rief an, während Proteo Laurenti mitten im Verhör Nicolettas war.

Die Hafenbehörde in Pola hatte bestätigt, daß auch Gubian am Dienstag in internationalen Gewässern war. Marietta hatte sie schnippisch durchgestellt, und Laurenti antwortete nur mit knappen Worten, während Nicoletta ihn neugierig beobachtete. Er legte langsam auf und schaute sie einen Moment lang schweigend an. Dann nahm er den Faden wieder auf.

»Also, wenn ich wiederholen darf: Sie sagten, daß dieser Mario gerade versuchte, Gubian zu erstechen, und Sie ihn daraufhin außer Gefecht setzten.«

»Ja.«

»Und wer hat dann Sie niedergeschlagen?«

»Niemand. Ich nehme an, es war die Aufregung. Als ich sah, daß Mario das Messer in der Hand hielt, bin ich vermutlich ohnmächtig geworden.«

»Ach, so eine zarte Seele? Und was hat Gubian mit Ihrer Mutter zu tun?«

»Ich sagte es Ihnen bereits: Er hat meinen Vater umgebracht und wollte jetzt auch meine Mutter ermorden, weil sie weiß, daß er es war. Später wäre dann vermutlich ich dran gewesen. Gubian war nicht davon abzubringen, daß mein Vater die Bombe in Contovello gelegt hat.«

»Und was haben Sie mit Gubian zu tun?«

»Nichts. Ich kannte seinen Sohn.«

»Komisch«, sagte Laurenti und schwieg. Er grinste Nicoletta ins Gesicht und steckte sich eine Zigarette an. »Ab morgen höre ich übrigens wieder damit auf.«

»Was ist komisch?« knurrte Nicoletta.

»Daß Gubian sich regelmäßig mit Ihrem Vater auf See getroffen hat.« Laurenti nahm einen tiefen Zug und drückte die Zigarette wieder aus. »Vielleicht sollte ich gleich damit aufhören. Was meinen Sie?«

»Hören Sie auf mit diesen albernen Spielchen. Wenn Sie etwas zu sagen haben, dann sagen Sie es. Sonst vergeuden Sie nur meine Zeit.«

»Weshalb haben sich die beiden Todfeinde, wie Sie sagen, auf See getroffen?«

»Davon weiß ich nichts.«

»Ihr Vater und Gubian haben geschmuggelt.«

»Sie machen sich lächerlich!«

»Am vergangenen Samstag haben Sie Gubian gedroht, weil er nicht mehr mitmachen wollte.«

Nicoletta wurde blaß und ballte die Fäuste. »Ich sage kein Wort mehr.«

»Sie beide waren in Cittanova im Lokal der italienischen Gemeinde und haben gestritten. Sie sagten, Sie würden ihm ein Paket schicken, wie sein Sohn es erhalten hat.«

»Das habe ich nicht gesagt. Es war Gubian, der gedroht hat, meiner Mutter etwas anzutun. Deshalb bin ich ihm gefolgt. Ich hätte Mario nicht hindern sollen, ihn umzubringen. Das hat man davon, wenn man jemandem hilft. Kann ich jetzt endlich gehen? Ohne Anwalt bringen Sie kein Wort mehr aus mir heraus.«

»Sie können in die Zelle gehen, Signorina. Haben Sie das immer noch nicht begriffen?«

Nicoletta sprang auf und stieß den Stuhl um. Laurenti wich instinktiv ein Stück zurück. Er hatte ihre letzte Ohrfeige noch gut genug in Erinnerung.

»Das werde ich nicht«, schrie Nicoletta, stürmte wütend zur Tür und riß sie auf. Als sie die beiden Uniformierten sah, machte sie auf dem Absatz kehrt. »Was liegt gegen mich vor?«

»Sie waren es, die die Bombe in Contovello gelegt hat!«

»Beweisen Sie es!«

»Sie haben mich angerufen. Am Sonntag nachmittag gegen sechzehn Uhr. Als Sie heute hinter Gubian her waren und vor sich hin schimpften, erinnerte ich mich an Ihre Stimme. Die Telefongesellschaft wird es bestätigen. Ich habe keinen Zweifel.«

»Und was beweist das, außer daß ich Sie angerufen habe?«

»Für mich genug, für den Haftrichter erst recht. Der Rest wird sich vor Gericht ergeben. Das kann dauern, wie Sie wissen. Mir ist das egal.« Laurenti winkte den beiden Polizisten. »Bringt sie endlich weg!«

Mario empörte sich zwar nicht, aber er stritt alles ab. Er sagte, er habe kein Messer dabeigehabt. Er wisse auch nicht, wie es in seine Hand gekommen sei. Es sei tatsächlich Nicoletta gewesen, die ihn schachmatt gesetzt habe. Sie sei kurz nach ihm in die Wohnung gekommen und habe nicht lange gefragt, sondern sofort zugeschlagen, bevor er sich wehren konnte. Dabei wollte er doch nur Bruna zu Hilfe kommen.

Laurenti bat Sgubin, das Verhör fortzusetzen. Diese Fischer raubten ihm den letzten Nerv. Dagegen war sogar Nicoletta eine Freude. Er wartete ungeduldig auf das Ergebnis der gerichtsmedizinischen Untersuchung Gubians. Zweimal hatte er Galvano schon angerufen. Außer dem Vorwurf, zu ungeduldig zu sein, war nichts aus dem Alten herauszubringen.

Laurenti setzte sich zu Marietta ins Vorzimmer und steckte sich eine Zigarette an. Sie schien nicht besonders erfreut über seine Gesellschaft und tippte ohne aufzuschauen weiter.

»Sag mal«, sagte er plötzlich, »hattest du nicht eine Flasche Jack Daniels in deinem Schreibtisch?«

»Wer will das wissen?«

»Ich. Hör endlich auf zu schmollen! Ich reiße mir hier den Arsch auf und werde auch noch schlecht behandelt. Sei nicht so grausam.«

»Du nervst, Proteo. Ganz gewaltig sogar! Aber wenn du abwartest, bis ich die Sicherstellungspapiere für Marios Wagen fertig habe, dann überlege ich es mir vielleicht noch einmal. Außerdem verqualmst du mir das Zimmer.«

»Vergiß es!« Laurenti stand auf. »Dann gehe ich eben kurz in die Bar da drüben.«

»Die ist nur tagsüber geöffnet.«

»Dann gehe ich ins ›San Marco‹.«

»Und wer macht hier weiter?«

»Ihr!«

»Na gut.« Marietta öffnete die Schreibtischschublade und zog eine halbvolle Flasche Jack Daniels heraus. »Hier!« Sie knallte sie auf den Tisch. »Gläser habe ich nicht. Nimm die Kaffeetassen, dann fällt es niemandem auf. Für mich übrigens auch einen!«

Laurenti schenkte ein und stellte ihr die Tasse hin.

»Was für einen Wagen hat Mario?«

»Mitsubishi. Baujahr 1989.«

»Und warum sagst du mir das jetzt erst?«

»Geht das schon wieder los? Geh, fick dich ins Knie, Laurenti. Immer sind es die anderen.«

»Wo steht die Kiste?«

»Wo wohl? Bei der Spurensicherung natürlich.«

»Ruf mir einen Wagen! Ich muß die Karre sofort sehen!«

Laurenti schlug die Bürotür hinter sich zu, bevor Marietta noch fragen konnte, wann er zurück sei. Er rannte die Treppe hinab und wartete ungeduldig auf den Streifenwagen.

Galvano rief erst kurz vor zwanzig Uhr an und bestätigte, daß Gubian zuerst niedergeschlagen wurde.

»Die Stichwunde wurde ihm später versetzt, als er schon auf dem Boden lag. Das Messer wurde ihm auf keinen Fall im Stehen in den Rücken gerammt. Der Einstich erfolgte fast senkrecht, das Gewebe von Jacke und Hemd sind neben der Klinge kaum versehrt. Das ist unmöglich, wenn jemand auf den Beinen steht. Dann erfolgt der Stich grundsätzlich schräg, ob von oben oder von unten. Ich glaube auch nicht, daß dieser Mario es war.«

»Was heißt das?« fragte Laurenti.

»Gubian sollte dran glauben, aber es blieb nicht genug Zeit. Ein Kerl wie dieser Mario hätte trotz seines Suffs das Messer tiefer gestoßen. Also war es jemand anderes, der ihm die Sache in die Schuhe schieben wollte. Und wer wohl? Vermutlich Nicoletta, deine neue Flamme. Und noch was, Laurenti: Ich gehe jetzt mit Živa Ravno abendessen und hoffe sehr, daß du noch ziemlich lange zu tun hast.«

Bevor Laurenti seinem Ärger Luft machen konnte, hatte Galvano aufgelegt. Das Telefon klingelte gleich wieder. Man gab ihm das Ergebnis der Spurvermessung von Marios Wagen durch und des Vergleichs der Bereifung mit den Abdrücken im Schnee vor der Foiba. Mario war erledigt. Zuerst fing er langsam an auszupacken, hoffte noch immer, einen Ausweg zu finden. Doch plötzlich redete er wie ein Wasserfall und achtete nicht mehr darauf, was um ihn herum geschah.

Marios Befreiung

Am Dienstag abend sollte Ugo Marasi um zwanzig Uhr zum Abendessen zu Luca kommen, um mit ihm und Mario zu verhandeln. Marasi gehörten fünfundvierzig Prozent der »San Francesco«, und nach Giulianos Tod hielt er die Mehrheit, sofern die beiden anderen Eliana nicht auf ihrer Seite hatten. Widerwillig erinnerte Marasi sich an die Vertragsvereinbarungen, die sie einst getroffen hatten und die ihn nun zu diesem Gespräch zwangen. Er war es nicht gewohnt, sich nach anderen zu richten. Aber er würde hingehen, weil sie darauf bestanden. Erst gegen achtzehn Uhr konnte er sich dazu durchringen. Vielleicht war das Thema aber dann vom Tisch.

Schlechtgelaunt erhob er sich von seinem Küchenstuhl, als es klingelte, und öffnete.

»Was willst du hier? Wir sehen uns um acht bei Luca!« Marasi hatte mit Mario zuallerletzt gerechnet.

»Komm mit, Ugo! Es geht um den Kutter. Ich habe einen Käufer, aber wir müssen mit ihm reden, bevor wir zu Luca gehen.«

»Wer ist das?«

»Das wirst du sehen. Er bietet einen guten Preis und erwartet uns. Wenn wir uns beeilen, sind wir rechtzeitig zurück. Dann ist das Problem aus der Welt.«

»Wo?«

»In Monrupino.«

Marasi kannte niemanden dort oben. »Wer ist es?«

»Du wirst es sehen, wenn wir dort sind. Sonst versuchst du doch nur wieder, das Geschäft allein zu machen. Also, komm schon, oder willst du lieber mit Luca um den Preis feilschen, wenn wir alles einfacher haben können?«

Er roch Marios Fahne und wußte nicht, ob er ihm trauen konnte. Andererseits hatte er Mario schon lange nicht mehr so entschieden erlebt. »Wie heißt er?« fragte Marasi noch einmal.

»Das wirst du erfahren, wenn wir bei ihm sind. Kommst du jetzt, oder nicht?«

Ugo Marasi schaute ihn mißtrauisch und zögernd an. Doch schließlich nahm er seine Jacke vom Kleiderhaken im Flur und zog die Tür hinter sich ins Schloß.

»Wann sind wir zurück?«

»Rechtzeitig! Wir fahren anschließend direkt zu Luca.«

»Woher kennst du den Käufer?«

»Er hat mich schon heute mittag angesprochen, als wir nach dem Verhör die Guardia Costiera verließen. Luca wollte nichts davon wissen. Aber der Vorschlag ist interessant. Ich habe keine Lust mehr, und wenn ich geahnt hätte, daß du auch verkaufen willst, dann hätte ich es dir schon früher gesagt. Der bietet einen sehr guten Preis.«

»Wenn das mal wahr ist«, sagte Marasi und zog die Tür des Kleinwagens zu, den Mario seit elf Jahren fuhr. »Wie machen wir das mit dem Vorkaufsrecht der anderen?«

Mario winkte ab. »Mach dir darüber keine Sorgen. Luca wird seine Meinung ändern, wenn er weiß, daß auch ich nicht mehr mitmache. Und Eliana braucht Geld. Was willst du tun, wenn du nicht mehr fährst?«

»Mal sehen«, sagte Marasi und versenkte den Kopf zwischen den Schultern.

Sie schwiegen die ganze Fahrt über. Marasis Mißtrauen legte sich auch nicht, als sie endlich den Anstieg auf den Karst hinter sich hatten und durch Opicina fuhren. Gleich am Ortsausgang bog Mario auf die kleine, kurvige Straße nach Monrupino ab. Doch kurz darauf steuerte er den Wagen über einen matschigen Feldweg in den Wald.

»Was machst du? Wohin fährst du?«

»Ich muß pinkeln.«
»Dann halt hier an.«
»Gleich.«
»Wo zum Teufel fährst du hin?«
»Ich drehe da hinten um. Hier geht das nicht.«
Mario fuhr auf einen großen, schotterbelegten Platz, wendete, hielt den Wagen nach fünfzig Metern vor der Foiba von Monrupino an und schaltete die Lichter aus.
»Bin gleich zurück.« Er verschwand in der Dunkelheit.
»Beeil dich«, sagte Marasi.

Mario hatte alles vorbereitet. Nachdem sie Ugo in der Bar getroffen und mit ihm gestritten hatten, war er entschlossen. Es ging sehr schnell. Den Draht und die paar Eisenstangen hatte er im Keller. Es brauchte nur ein paar Handgriffe, um das Gestell auf der Foiba zu errichten, und die Gefahr, daß hier oben irgendein fanatischer Jogger vorbeikeuchte, war im Winter, wenn es schon früh dunkelte, gering. Zudem lag der Schnee immer noch genauso hoch wie am Sonntag.

Die Harpune gehörte ihm. Im Sommer ging er an Tagen, an denen es nicht lohnte hinauszufahren, vor der Küste auf Unterwasserjagd. Die Harpune hatte einen mit knallgelbem Kunststoff verkleideten Lauf und Kolben. Er hatte sie geladen und mit drei weiteren Pfeilen und dem Draht in einen Jutesack gesteckt und hinter einen Stein am Eingang der Foiba gelegt. Während Marasi glaubte, er schlüge sein Wasser ab, holte Mario die Harpune und ging zurück zum Wagen. Er riß die Beifahrertür auf und rief:
»Komm raus, Ugo, jetzt geht's los!«
Marasi erschrak, fing sich aber sofort. »Mach keine Witze! Hier oben gibt es keine Fische.« Er hatte ein Bein bereits aus der Tür und hielt sich mit der linken Hand am Dachholm des Wagens, als wollte er aufspringen.
»Steig aus, Marasi!«

»Was ist los? Willst du mich umbringen?«

»Komm raus, wenn du es wissen willst.«

»Dann hol mich doch, du Idiot!«

»Steig aus, es ist mir ernst!«

Marasi lachte und lauerte auf eine Chance. »Das haben schon viele versucht. Schon die Kommunisten haben es nicht geschafft, und die waren nicht allein wie du. Du tust mir leid, du Idiot.«

Mit dem letzten Wort versuchte der Alte sich auf Mario zu stürzen. Doch Mario reagierte schnell und versetzte der Wagentür einen so harten Tritt, daß Marasi mit einem Stöhnen auf den Wagensitz zurückfiel. Mario knallte die Wagentür noch zweimal mit aller Wucht gegen Marasis Schienbein, bis der alte Mann vor Schmerz in sich zusammensackte. Mario riß ihn mit aller Kraft aus dem Wagen und stieß ihn zu Boden. Schnell hatte er seine Hände auf den Rücken gefesselt. Als Marasi wieder zu sich kam, spürte er den Draht auch an seinen Fußknöcheln. Mario hievte ihn empor und befahl ihm zu gehen. Er konnte nur kleine Schritte machen.

»Wohin bringst du mich?« fragte Marasi.

»Wo du hingehörst! Geh weiter.« Er gab ihm einen heftigen Stoß. Marasi taumelte und stolperte am Rand der Steinfläche, mit der die Foiba einst verschlossen worden war. Er fiel auf die Knie und hatte Mühe, sich wieder aufzurichten, doch er mußte dem schmerzhaften Ruck an seinen Drahtfesseln folgen. Dann erkannte er in der Dunkelheit endlich das Gestell und blieb wie gelähmt stehen.

»Das ist es also! Du bist ein widerwärtiges Dreckschwein. Auf den Dreifuß willst du mich binden. Langsam krepieren lassen willst du mich. Aber den Gefallen werde ich dir nicht tun. Ich gehe da nicht hinauf. Verstehst du? Ich gehe da nicht rauf!«

»Du wirst, Marasi!« Mario hielt ihm den Lauf der Harpune vor die Nase. »Du wirst tun, was ich dir sage. Wenn du um Mitternacht noch lebst, hole ich dich wieder. Wenn du nicht durchhältst, ist es dein Pech! Aber die paar Stunden wirst du schon schaffen. Du sollst wissen, wie das ist, wenn man langsam vor die Hunde geht, Marasi! Wie Giuliano. Du wirst es erfahren.«

Er trat hinter ihn. Marasi spürte den Pfeil der Harpune in seinem Nacken. »Ich löse dir jetzt die Handfesseln. Wenn du versuchst, mich auszutricksen, drücke ich ab, aber wenn du tust, was ich dir gesagt habe, hast du eine Chance. Verstehst du mich?« Marasi hörte das Knipsen der Zange und spürte, daß seine Handgelenke frei waren. »Knöpf Jacke und Hemd auf! Aber langsam, sehr langsam! Hörst du? Sei vorsichtig!«

Marasi öffnete die Knöpfe. Mario faßte die beiden Kleidungsstücke am Kragen und zog sie ihm wie eine Fessel über die Oberarme.

»Jetzt komm!« Er zog Marasi nach hinten bis zu dem Gestell. »Steig hinauf!«

Marasi tastete mit dem Fuß hinter sich und bemerkte einen großen Stein. Er versuchte den Kopf zu drehen, doch spürte er gleich die Harpunenspitze an seiner Wange. Er stellte umständlich den rechten Fuß auf den Stein und streckte das Bein. Mario zog ihn mit einem Ruck hinauf. Dann spürte er plötzlich die Drahtschlinge um seinen Hals, die seinen Kopf nach hinten riß, bis an die Metallstange. Er keuchte, doch dann lockerte sich die Schlinge wieder.

»Ich will dich ja nicht umbringen, Ugo«, sagte Mario ernst. »Zieh jetzt die Jacke aus. Und dann die Hose! Wenn du willst, helfe ich dir!«

»Verpiß dich!« Marasi hatte große Mühe, dem Befehl nachzukommen. Die Schlinge ließ ihm nur wenig Spiel. Ganz langsam schaffte er es und wollte gerade durchatmen, als Mario seinen rechten Arm mit einem groben Ruck nach oben riß und mit Draht an die querstehende Eisenstange fesselte. Er dachte fieberhaft darüber nach, wie er sich wehren konnte. Doch Kopf und Arm waren schon gefesselt. Er hatte keine Chance.

»Ugo, hast du Angst?« fragte Mario.

»Vergiß nicht, was du mir zu verdanken hast, Judas!«

»Denk an Giuliano!« sagte Mario ruhig.

Wenig später fand Marasi sich, nur noch mit Unterhemd und Unterhose bekleidet, mit Stahldraht an das Gestell gekreuzigt. Die Drahtschlinge um seinen Kopf wurde gelöst. Marasi wunderte sich und spürte Hoffnung. Vielleicht wollte Mario ihm nur einen Schrecken einjagen. Er ließ ihn nicht aus den Augen und sah, wie Mario die Harpune vor ihm auf einer anderen Stange fixierte, die mit dem Gestell verbunden war. Zwanzig Zentimeter von seinem Herzen entfernt erkannte Marasi die in der Dunkelheit schimmernde Pfeilspitze. Mario wickelte den Draht um den Abzug, lenkte ihn um das Ende des Kolbens und rüttelte an dem Gestell. Es stand fest genug. Die Harpune bewegte sich nicht. Dann zog er den Draht zu Marasi.

»Das ist zu deiner Sicherheit, Ugo. Du mußt nicht, aber wenn du nicht mehr willst, kannst du sie auslösen! Du mußt nur kräftig mit dem Kopf ziehen. Hast du gehört: kräftig! Sonst funktioniert es nicht!«

Marasi antwortete nicht. Er schaute Mario zu, wie er um das Gerüst herum ging. Dann spürte er plötzlich den Jutesack über seinem Kopf.

»Warum machst du das, Mario?«

»Damit du weißt, was Angst ist. Wenn man nichts mehr sieht und weiß, daß man vielleicht draufgeht, dann kommt sie erst richtig. Was glaubst du wohl, wie es Giuliano ging?«

Mario band den Draht um Marasis Stirn, kontrollierte mehrmals die Spannung und war mit seinem Werk zufrieden.

Dann stieß er den Stein unter Marasis Füßen weg. Marasi ächzte, doch Mario hatte sorgfältig gearbeitet. Marasi rutschte kaum herunter, und die Spannung am Draht zur Harpune veränderte sich nicht, allein die Fesseln schnitten tief in die Gliedmaßen des Alten.

»Also bis Mitternacht, Ugo. Du bist zäh. Du schaffst das. Und wenn du nicht mehr willst, dann genügt ein kräftiger Ruck mit deinem verfluchten Schädel. Und jetzt denk nach, Ugo! Bis später.«

Marasi hörte, wie die Autotür zugeschlagen und der Wagen gestartet wurde. Nach ein paar Minuten drangen nur noch die Fahrgeräusche von der Landstraße nach Monrupino und dem Autobahnzubringer zur slowenischen Grenze zu ihm herüber. Ein leichter Schneefall legte sich über den Karst.

Er war nur eine Dreiviertelstunde bei Luca geblieben und hatte das Essen nicht angerührt. Schweigend saß er am Tisch und brannte darauf, schnell wieder wegzukommen. Mario war mit sich zufrieden. Er hatte Marasi eine Lektion erteilt, die dieser nicht vergessen würde. Auch für die Verhandlungen über die Anteile und den Verkauf des Kutters war das gut. Und wenn Marasi irgend jemand erzählte, daß Mario ihn auf der Foiba auf ein Gestell geflochten und mit einer Harpune bedroht habe, würde ihm gewiß niemand glauben. Diese Idee war zu absurd, um für wahr gehalten zu werden.

Kurz nach zweiundzwanzig Uhr fuhr Marios Wagen zum dritten Mal an diesem Abend auf den Karst, wo es wieder zu schneien begonnen hatte. Fast drei Stunden hing Marasi inzwischen am Gestell. Er mußte ihn losmachen, sonst erfror er. Die Lektion genügte.

Mario sah den halbnackten Mann im Scheinwerferlicht hängen. Er traute seinen Augen nicht. Marasis Kopf war auf die Brust gesunken, und auf dem Unterhemd hatte sich ein dunkler Fleck gebildet. Er ließ den Wagen mit laufendem Motor stehen und lief zu ihm hin. Das Blut war noch nicht geronnen. Marasi konnte sich erst vor wenigen Minuten getötet haben. Mario hätte gerne seine Augen gesehen, doch wagte er nicht, den Sack von Marasis Kopf zu ziehen. Dann fiel sein Blick auf die von gestautem Blut und Kälte blaugefärbten Arme des Alten, die im Scheinwerferlicht gespenstisch schimmerten. Der Draht hatte sich tief in Marasis Haut eingeschnitten. Die Füße hingen weit nach unten, so daß die Zehen fast den Schnee auf dem Boden berührten.

Mario schaute sich voller Panik um. Schnell montierte er die Harpune und den Draht ab, der sie mit Marasi verband. Dann ging er zurück zu seinem Wagen und warf die Waffe auf den Rücksitz zu Marasis Kleidern. Langsam fuhr er zurück auf die Straße und zurück in die Stadt. So langsam, daß immer wieder die Autos hinter ihm hupten und Lichtzeichen machten, bis sie überholen konnten. An einem Müllcontainer hielt er an und warf Kleider und Harpune hinein.

Mario hatte nicht erwartet, daß Marasi es tun würde. Er hatte den Draht so gelegt, daß nur ein sehr kräftiger Ruck die Harpune auslösen konnte. Marasi hatte sich umgebracht, ein Zufall war ausgeschlossen.

Guati

Galvano saß allein an einem Tisch im vorderen Teil der »Trattoria al Faro« und vertilgte ein Frittomisto. Die Flasche Vitovska von Kante war schon fast leer. Franco warf Laurenti einen vielsagenden Blick zu. Der Alte war offenbar gut bei der Sache.

Er stand auf, als er Proteo Laurenti sah, und gab ihm die Hand. »Ich habe Franco schon gesagt, daß er gefälligst auch für Rotwein sorgen soll. Keine einzige Flasche hatte er mehr.«

»Wo ist Živa?«

»Hat dir das deine Assistentin nicht ausgerichtet? Sie ist gar nicht mehr mitgekommen. Als ich von der Untersuchung des Alten zurückkam, sagte sie, daß sie müde sei und besser gleich nach Hause führe.«

»Verflucht. Sie hätte mich doch wenigstens anrufen können.«

»Hat sie doch! Aber sie wurde nicht durchgestellt, weil du mitten im Verhör warst.«

»Wenn ich Marietta erwische, drehe ich ihr den Hals um!«

Franco brachte eine neue Flasche Wein und einen herrlichen Fisch, dcn er als Hauptgang vorschlug. Der Doktor fragte Proteo Laurenti, ob er Lust hätte, die Lucerna mit ihm zu teilen. Vierzig Zentimeter lang war die gegrillte Seeschwalbe, und mit einem Strich Olivenöl darüber mußte sie eine Wucht sein.

»Hier, da ist noch das Loch der Harpune«, sagte Franco. »Für den Fall, daß du noch etwas lernen willst.«

»Ich habe nur eine einzige Bitte«, sagte Laurenti. »Heute abend keinen dummen Witz mehr.«

Galvano warf Franco einen bedauernden Blick zu.

»Man sollte in der Tat nie vergessen, daß mit der Polizei nicht zu scherzen ist«, kommentierte Franco.

»Macht doch was ihr wollt«, sagte Laurenti. Aber als er hörte, daß es zuvor noch ein Risotto mit Guati gab, war er sofort versöhnt.

»Endlich Guati«, sagte er. »Meine habe ich am Freitag gekauft, dann zweimal über die Grenze geschmuggelt, dann wegen Živa nicht gegessen, und am anderen Morgen konnte man sie wegwerfen.«

»Sie sah wirklich mitgenommen aus! Weiß der Teufel, was ihr zusammen gearbeitet habt, aber es muß ziemlich anstrengend gewesen sein«, sagte der alte Gerichtsarzt.

»Ich meinte die Fische! Lassen Sie diese dummen Scherze, Galvano. Sie sind deplaziert.«

Als Laurenti gegen zwei Uhr sich nicht mehr besonders nüchtern auf den Heimweg machte, dachte er an das Chaos, das ihn dort erwartete. Morgen würde er endlich aufräumen, absolut nichts könnte ihn noch davon abhalten, sonst sah es auch bei ihnen bald so aus wie in der Wohnung von Bruna Saglietti. Und dann mußte rasch eine Putzfrau gefunden werden. Er würde Marietta fragen, ob sie jemanden hatte. Marietta? Nein, Marietta wirklich nicht. Er würde ihr vielmehr am Montag einmal deutlich die Meinung sagen. Beleidigte Ziege! Živa? Nein, sie konnte ihm auch nicht helfen. Außerdem hatte sie schon genug für ihn getan. All diese Frauen, die sein Leben beherrschten, es regelten und gleichzeitig aus der Bahn brachten.

»Sei nicht so streng mit Laura«, hatte Franco zu ihm gesagt, als er sich verabschiedete.

»Ich? Streng? Wieso das?« Darüber wollte er heute abend noch nachdenken. Ein Glas Wein würde sich in der Küche schon noch finden, und zwei Zigaretten hatte er auch noch.

Natürlich fand er in der Via Diaz keinen Parkplatz. Er fuhr zurück auf die Rive und stellte den Wagen vor der Pescheria ab, der »Santa Maria del Guato«, wie man den alten Fischmarkt im Volksmund nannte. Laurenti lachte. Er hatte viel und gut getrunken und sehr gut gegessen: endlich Guati. Morgen früh würde er Živa anrufen und sich mit ihr verabreden. Er schlurfte nach Hause und suchte in der Manteltasche nach einer Zigarette. Er steckte sie in den Mund, vergaß aber, sie anzuzünden.

In Flur und Küche brannte Licht. Und es roch sauber, ganz anders als noch am Morgen. Es roch nach frischer Luft. Was zur Hölle war los? War Marco zurück? Oder Laura? Marco? Laura?

Proteo Laurenti warf hastig das Jackett über den Garderobenhaken, schlitterte den Flur hinunter und riß eine Zimmertür nach der anderen auf.